COLLECTION TERREUR

dirigée par Patrice Duvic

Iain Banks
LE SEIGNEUR DES GUÊPES
William P. Blatty
L'ESPRIT DU MAL
EXORCISTE 3
Robert Bloch
PSYCHOSE
LORI
PSYCHOSE 2
Ramsey Campbell
ENVOÛTEMENT
LA SECTE SANS NOM
Martin Cruz-Smith
LE VOL NOIR
John Farris
LE FILS DE LA NUIT ÉTERNELLE
L'ANGE DES TÉNÈBRES
Ray Garton
EXTASE SANGLANTE
Raymond E. Feist
FAËRIE
Linda C. Gray
MEDIUM
Thomas Harris
DRAGON ROUGE
James Herbert
LES RATS
LE REPAIRE DES RATS
LE SURVIVANT
FOG
Stephen King
SALEM
Dean R. Koontz
LE MASQUE DE L'OUBLI
MIROIRS DE SANG
LA VOIX DES TÉNÈBRES
LES YEUX DES TÉNÈBRES
LA NUIT DES CAFARDS
UNE PORTE SUR L'HIVER
LA PESTE GRISE
LA MORT A LA TRAÎNE
Stephen Laws
TRAIN FANTÔME
Robert McCammon
SCORPION
Michael McDowell
LES BRUMES DE BABYLONE
Graham Masterton
LE DÉMON DES MORTS
LE PORTRAIT DU MAL
LE JOUR « J » DU JUGEMENT
MANITOU
LA VENGEANCE DU MANITOU
Anne Rice
LESTAT LE VAMPIRE
ENTRETIEN AVEC UN VAMPIRE
Peter Straub
JULIA
GHOST STORY
Sheri S. Tepper
OSSEMENTS
Thomas Tessier
L'ANTRE DU CAUCHEMAR
Jack Vance
MÉCHANT GARÇON
Bari Wood-Jack Geasland
FAUX-SEMBLANTS
Chet Williamson
LA FORÊT MAUDITE

JOHN SAUL

CASSIE

PRESSES DE LA CITÉ

Titre original :
The Unwanted

Traduit de l'anglais par Thierry Arson

ISBN 2-266-04281-5

CASSIE

A mon père,
le meilleur père du monde.

PROLOGUE

Le soleil embrasait le ciel limpide et, sans une légère brise venue du large, la chaleur accablante et humide de cet après-midi estival eût été insupportable. Sur la plage presque déserte, la petite fille discernait à peine les enfants qui jouaient au bord de l'eau, bien plus loin qu'elle n'avait le droit d'aller. Une seule fois – elle ne se souvenait plus quand, mais à deux ans chaque jour est démesuré, et une semaine prend des allures d'éternité –, elle avait fait quelques pas mal assurés en direction des silhouettes minuscules, ses mains tendues comme pour les toucher. Mais avant d'avoir suffisamment progressé pour les voir clairement, elle avait senti la brûlure sèche de la main maternelle, et le Terrible Mot avait claqué à ses oreilles :

– *Non!*

Elle n'avait même pas eu le temps de crier sa douleur. Déjà elle était brutalement tirée en arrière et traînée jusqu'à son point de départ, les genoux égratignés par le sable. Le visage convulsé de colère, sa mère avait déversé sur elle un torrent de mots indistincts mais au sens clair.

Elle avait fait quelque chose de mal, et une fois revenues près de leurs affaires, sa mère lui avait administré une sérieuse fessée. Ensuite l'enfant avait dû rester assise sur sa serviette de bain pendant un temps interminable, bien après qu'elle eut oublié la raison de cette punition.

Aujourd'hui, elle se contenta d'observer pendant quelque temps les enfants qui s'ébattaient là-bas, près des vagues. Elle ne tenta pas d'abandonner pelle et seau pour aller vers eux. Sans se rappeler exactement le châtiment encouru en pareil cas, elle savait qu'aller de ce côté aurait des conséquences douloureuses, et elle ne tenait pas à souffrir.

Elle entreprit de creuser le sable avec sa pelle. En peu de temps il y eut près d'elle un trou que l'eau envahit rapidement, comme par magie. Dans de grands éclaboussements, elle essaya de le vider, mais en pure perte. L'eau continuait de sourdre des parois avec une obstination surnaturelle pour noyer la cavité. Elle se mit alors en devoir de creuser au plus profond, mais ce n'était plus la bonne solution. Le suintement régulier sapait les bords qui s'effondrèrent; le trou était plus large, mais toujours aussi plein.

Elle remarqua alors qu'en prenant l'eau sablonneuse dans ses mains réunies en coupelle, il était très intéressant de la laisser dégouliner en taches bien rondes. Elle répéta plusieurs fois l'opération avec de petits gloussements de plaisir. Elle se couvrit d'abord les genoux, puis les chevilles et les pieds de ce qui ressemblait fort à de petites crêpes grises. Si elle restait immobile, le sable devenait blanc, et elle pouvait alors remuer les orteils, ce qui avait pour effet de créer des avalanches lilliputiennes tout à fait captivantes.

Elle recommença la manœuvre sans se lasser jusqu'à ce qu'une nouvelle idée lui vienne à l'esprit.

Elle remplit soigneusement le seau avec le mélange humide et le renversa d'un coup sur le bord du trou. Une tour à peu près ronde au sommet plat apparut. En réitérant cette prouesse, elle eut vite fait de constituer un château de sable. Mais elle voulut parachever sa forteresse en l'entourant d'un fossé. Dès que celui-ci eut une quinzaine de centimètres, l'eau suinta de nouveau et les bords s'affaissèrent.

Fascinée, la petite fille contempla la désagrégation de son ouvrage.

Le désastre achevé, elle s'attela avec entrain à la construction d'une autre citadelle.

Le soleil glissait lentement dans le ciel, mais l'enfant n'en avait cure.

Elle était déjà entourée des ruines de cinq châteaux de sable lorsqu'elle sentit un frôlement soyeux.

C'était un petit chat, la queue dressée à la verticale, la fourrure maculée de sable, qui miaula doucement avant de s'asseoir. De ses grands yeux jaunes il la considérait avec curiosité.

L'enfant s'approcha pour le toucher, mais l'animal battit en retraite.

– Minou, dit doucement la petite fille. Minou!

Les châteaux de sable oubliés, elle se releva et fit un pas incertain vers le chaton.

C'est alors qu'elle aperçut le garçonnet, immobile à quelques pas, qui la fixait d'un air particulièrement renfrogné.

Elle lui rendit son regard assorti d'un sourire irrésistible et se laissa retomber lourdement sur les fesses, avec un grand naturel.

Le nouveau venu émit un petit rire et s'approcha.

A quelques pas de là, le chaton, rassuré, se rassit et enroula sa queue autour de ses pattes.

Tandis que le soleil poursuivait sa course immuable, les deux enfants se faisaient face en gazouillant leur satisfaction. Chacun mimait les gestes de l'autre sous l'œil attentif de l'animal. Enfin, après un miaulement sourd, le chaton se redressa, s'étira avec componction pour s'élancer soudain sur la plage.

– Minou! s'exclama le garçonnet.

Il se remit sur pied et s'engagea sur ses traces sans plus se soucier de la fillette.

Elle resta sans bouger quelques secondes avant de tourner vers sa mère un visage grave. Mais cette dernière regardait ailleurs, en grande conversation avec un homme inconnu.

L'enfant se mit debout avec effort et suivit son nouvel ami et le chaton. Le seau, la pelle et les châteaux de sable étaient totalement oubliés.

Elle devait se dépêcher pour rattraper le garçonnet, et elle savait qu'elle ne pouvait l'appeler sans risquer d'alerter sa mère. Elle progressait donc en se dandinant aussi vite que possible, malgré les chutes régulières qui ponctuaient sa marche. Tous les dix pas, son short glissait sur ses jambes et elle devait s'arrêter pour le remonter. Elle finit par l'abandonner en tas sur le sable.

La pente de la plage devenait plus marquée et les pieds de la petite fille se dérobaient maintenant sous elle presque à chaque pas. Elle dut s'accrocher aux herbes qui parsemaient les dunes pour continuer. Elle atteignit enfin le sommet de la butte sableuse et découvrit le petit garçon immobile, le pouce de la main droite en sécurité dans sa bouche, ses yeux ronds fixés sur le chaton. L'animal s'était assis non loin de l'Endroit Interdit.

En fait, elle ne savait pas trop pourquoi c'était un Endroit Interdit, mais elle se rappelait vaguement que sa mère l'avait amenée ici une fois, lui avait désigné ce lieu puis l'avait fessée en martelant le Terrible Mot.

– Non! C'est compris? *Non!*

Entre le Mot, la colère dans la voix de sa mère et son postérieur douloureux la gamine avait compris.

Elle se figea, incertaine. Instinctivement elle se retourna mais ne vit que les herbes folles.

Après un moment le garçonnet la remarqua et son pouce

surgit de ses lèvres. Il montra le chaton d'un index potelé en riant. Puis il avança vers l'Endroit Interdit, la main gauche retenant son short, le pouce droit de nouveau dans sa bouche.

La fillette hésita un instant et l'imita. De ce côté la pente s'inversait et elle rejoignit son camarade en quelques secondes.

Il fit halte et se tourna pour la dévisager, les traits empreints de solennité, sans rien dire. Elle étendit le bras et mit la main dans la sienne. A la suite de l'insaisissable chaton, les deux enfants se dirigèrent vers l'Endroit Interdit.

Soudain, sous les pieds de la petite fille, le sable ne fut plus chaud et sec. Il s'était transformé en une substance poisseuse désagréable qui enrobait maintenant ses orteils dans un contact répugnant. Elle s'arrêta et baissa les yeux.

De la boue.

De la gadoue épaisse et noire. La puanteur qui s'en dégageait arracha une grimace de dégoût à la fillette et lui fit plisser le nez. Mais le chaton et le garçonnet ne semblaient pas souffrir de ces inconvénients.

La gamine risqua un autre pas, extirpant son pied du bourbier et l'essuyant sur son autre jambe avant de le reposer. Après tout, il y avait un chemin dans l'Endroit Interdit, donc tout irait bien.

A présent, autour d'elle, l'herbe montait si haut qu'elle se serait crue en pleine jungle.

Il y avait aussi des bruits. Des bruits étranges.

D'abord elle ne sut pas si elle devait s'en effrayer.

Puis elle se souvint des bruits qu'elle avait perçus dans sa chambre la nuit où les « monstres » étaient venus pour l'enlever. Elle avait hurlé jusqu'à ce que son père entre dans la petite pièce, allume sa lampe de chevet et l'assure qu'il n'y avait aucun monstre.

Mais elle savait bien qu'ils étaient venus. Et aujourd'hui, tout en s'enfonçant dans l'Endroit Interdit, sa petite main dans celle du garçonnet, elle les sentait autour d'elle, même s'ils restaient invisibles.

Et ils produisaient ces horribles sons.

Son estomac se crispait de façon très déplaisante, et des picotements parcouraient sa peau.

Dans sa poitrine, son cœur se mit à battre plus fort.

Si les monstres l'entendaient, ils sauraient où elle se trouvait et ils viendraient la prendre.

Elle geignit faiblement. Ses yeux s'emplirent de larmes.

Elle aurait voulu appeler sa mère, pour qu'elle vienne la chercher et l'emmène loin d'ici, malgré la peur du châtiment.

Elle tira la main du garçonnet et il s'arrêta. Le pouce rivé dans la bouche, il la regarda sans comprendre.

– M-monstres, parvint-elle à articuler. Là.

Elle montra la jungle autour d'eux, mais le garçonnet secoua la tête.

– Minou.

Puis il la prit par le bras et tituba avec assurance vers le chaton.

Elle n'aurait pu dire s'ils s'étaient aventurés très loin à l'intérieur de l'Endroit Interdit, mais elle était maintenant persuadée que les monstres allaient la repérer bientôt et elle pleurait sans retenue, le cœur battant la chamade.

A présent, ils étaient tout près, d'ailleurs elle percevait les bruissements de leur approche et leurs gémissements d'impatience.

Les sanglots de la fillette redoublèrent. Elle lâcha la main du garçonnet pour fuir vers le chaton aussi vite que le lui permettaient ses petites jambes. Sournoisement, la boue freinait sa course de son emprise gluante, et malgré ses efforts frénétiques elle avait l'horrible impression de ne pas avancer. Tout comme en pleine nuit, lorsqu'elle tentait de leur échapper et restait paralysée de terreur.

La jungle elle-même essayait de la retenir en tissant de ses innombrables bras verts une toile vicieuse afin de la livrer aux monstres. L'herbe et les plantes rampantes s'étaient métamorphosées en serpents qui ondulaient vers elle, leurs têtes filiformes dardées, sifflant de colère sur son passage.

Brusquement, tout un côté de la jungle menaçante fit place à une vaste étendue de sable identique à celui de la plage.

Elle était sortie de l'Endroit Interdit! En sécurité!

Le chaton était assis à quelques pas de la fillette qu'il observait. Le cœur de la gamine se calma quelque peu. Elle chancela jusqu'au sable, enfin hors de la boue visqueuse, loin des dangers de cette jungle perfide.

Le sol se déroba doucement sous ses pieds.

Elle poussa un hurlement d'épouvante qui roula sur la jungle et fit même taire les monstres.

Le sable lui montait déjà aux genoux, froid et traître comme la boue de la jungle. Elle cria encore, à gorge déployée.

Inexorablement, le piège se refermait sur ses jambes.

Le garçonnet émergea en se dandinant de la jungle et s'arrêta, les yeux fixés sur elle.

Elle hurla de nouveau, perdit l'équilibre et s'étala dans le sable mouvant.

Le gamin fit un pas vers elle, puis un autre. Son pied droit commença à s'enfoncer, aussitôt suivi du gauche.

Maintenant, la fillette comprenait pourquoi ce lieu était l'Endroit Interdit.

Ici vivaient tous les monstres de ses cauchemars, et tandis qu'elle se débattait en vain, elle sentait leur présence. Ils rampaient dans la jungle pour venir la prendre.

Elle entendait son cœur battre follement, et ses cris redoublèrent lorsqu'elle se rendit compte qu'aujourd'hui son père ne viendrait pas à son secours.

Il ne faisait pas nuit, elle ne se trouvait pas dans sa chambre et son père ne pouvait l'entendre.

Même sa mère ne pouvait l'entendre.

Ses parents n'étaient nulle part alentour. Il n'y avait personne hormis les monstres.

Les yeux brouillés de larmes, elle regarda le gamin qui se rapprochait. Il chancela, lutta un instant pour recouvrer son équilibre et tomba. Une longue seconde le piège se referma sur lui, puis sa tête réapparut et il ajouta ses cris à ceux de la gamine.

Et les monstres allaient bientôt surgir...

La nuit vînt d'un coup. Les ténèbres glacées submergèrent la fillette, étouffant ses cris, oblitérant la lumière et la venue imminente des monstres.

Sa poitrine semblait prête à exploser. Elle lutta un moment encore pour continuer à respirer malgré le froid humide qui l'étranglait. Puis elle n'eut plus la force de crier et elle cessa de combattre les abysses mortels de l'Endroit Interdit.

Elle ouvrit les yeux. Un cri monta dans sa gorge.

Les ténèbres avaient disparu.

Des mains la touchaient.

Chaudes. Mais pas celles de son père.

Elle cligna des paupières. Le cri s'éteignit.

Une agréable chaleur l'enveloppait. Elle se sentait serrée contre un corps doux.

Elle leva les yeux et vit un visage au-dessus d'elle.

Mais pas celui de sa mère.

Le visage d'une femme qu'elle ne connaissait pas.

C'est alors qu'elle entendit la voix, basse et feutrée :

– Enfin tu es venue. A présent tu es à moi. A partir de maintenant tu m'appartiens. A jamais.

1

Immobile dans la tiédeur de cet après-midi d'avril, Cassie Winslow s'efforçait de concentrer son esprit sur le cercueil suspendu au-dessus de la tombe béante. Le mécanisme qui permettrait de descendre le coffre mortuaire dans la fosse n'était masqué qu'en partie par les fleurs, ultimes témoignages des rares amis de sa mère. Même la plus grosse couronne, envoyée par son père, paraissait minuscule. Cassie se sentait enveloppée d'une torpeur irréelle depuis trois jours, exactement depuis que la police était arrivée au petit appartement de North Hollywood qu'elle partageait avec sa mère et lui avait annoncé que celle-ci ne reviendrait plus jamais. Et maintenant elle essayait de se persuader que c'était bien sa mère qu'on s'apprêtait à mettre en terre, mais elle avait du mal à réaliser pleinement la chose.

Dans cet engourdissement ouaté, elle s'attendait presque à sentir un coude s'enfoncer dans ses côtes et à entendre les intonations sèches de la voix familière lui ordonner un maintien plus droit et un peu plus d'attention.

Mais j'ai presque seize ans! Pourquoi ne me laisse-t-elle pas tranquille?

Elle rougit de honte à cette pensée et jeta un coup d'œil furtif pour s'assurer que personne ne l'observait. Mais qui l'aurait remarquée? A part le prêtre et elle-même, seul l'avocat s'était dérangé pour assister aux funérailles. Il était apparu le lendemain du décès pour déclarer qu'il s'occupait de tout. Demain, elle devait prendre l'avion pour Boston où son père viendrait l'accueillir.

L'accueillir! *A Boston!* Si son père désirait vraiment s'occuper d'elle, pourquoi n'assistait-il pas à l'enterrement?

Mais Cassie connaissait la réponse à cette question : il avait chambre, elle rêvait d'une autre femme. Celle-là ne criait jamais, ne la battait jamais, ne l'agressait jamais de paroles acerbes. Jamais.

Elle chassa cette pensée de son esprit, préférant ne pas se remémorer ce qu'elle avait enduré si longtemps de sa mère, et se concentra sur cette femme inconnue qui hantait son sommeil d'une présence bienveillante et compréhensive. La rencontrerait-elle un jour?

Les yeux fixés sur la balle qui fonçait vers lui, Eric Cavanaugh raffermit sa prise sur la batte, plissa un peu plus les paupières contre l'éclat du soleil et frappa.

Crac!

Le bois heurta le cuir de la balle et l'adolescent jura entre ses dents en sentant le manche se fendre entre ses mains. Le projectile décrivit un arc de cercle vers le côté droit du terrain, mais Eric avait déjà jeté la batte et se ruait vers la première base. Si ce satané morceau de bois n'avait pas cédé, il aurait pu passer les bases dans un fauteuil, il en était certain. Malgré cet incident, il pourrait toujours en gagner une, à moins que Jeff Maynard ne parvienne à l'intercepter.

Mais il y avait peu de risque que son vieux copain réussisse la réception, et c'est pourquoi Eric avait renvoyé vers lui en priorité. L'adolescent passa le premier coin avec aisance. A quinze pas de la deuxième base, il plongea tête en avant pour terminer son vol plané par une glissade majestueuse. Prix de l'acrobatie : une tenue de sport déchirée à l'épaule.

– Tu finiras par te casser le cou, un de ces quatre.

C'était la voix de Kevin Smythe, à la deuxième base. A l'intonation, Eric sut qu'il avait réussi. Gagné! Il se releva en grimaçant de joie et se mit en devoir de brosser la boue qui maculait son maillot malmené. Il jeta un coup d'œil machinal alentour et son sourire s'évanouit.

Un vieux pick-up blanc était garé dans le virage de Bay Street, juste derrière la clôture. Sur la portière poussiéreuse, des lettres d'un bleu agressif proclamaient fièrement « Pêcherie Cavanaugh ». Adossé au véhicule, les bras croisés sur la poitrine, son père discutait à voix basse avec l'entraîneur qui s'était approché du grillage. Il hochait la tête de temps en temps pour montrer son accord.

Eric sentit son cœur se serrer. C'était toujours la même chose : si son père était venu une demi-heure plus tôt, il aurait vu son fils envoyer la balle au-delà de la clôture. Mais non, bien sûr! Il n'apparaissait que lorsque Eric commettait une faute. Ce soir, comme d'habitude, Ed Cavanaugh voudrait en parler pendant le repas. L'adolescent devrait sans doute retourner avec son père sur le terrain, après le dîner, pour répéter les mouvements de batte jusqu'à la tombée de la nuit. Eric ne pourrait se mettre à ses devoirs qu'après huit heures.

Sauf si son père avait bu, ce qui arrivait souvent. La soirée prendrait alors une tournure beaucoup plus désagréable.

L'entraîneur siffla la fin du jeu. Eric se dirigea vers les vestiaires en compagnie de Jeff Maynard. Il se demandait s'il assisterait au conseil de classe, à quatre heures et demie. En qualité de président, il ne pouvait guère y couper, malgré le caractère tout à fait inutile de ces réunions. Il n'y gagnerait que sa photo dans le Livre de l'Année, mais son père aurait un sujet de vantardise supplémentaire pour sa tournée des bars. En revanche, s'il n'y allait pas, l'entraîneur, Mr. Simms, en informerait ses parents, et il n'éviterait pas un sermon sur « ce qu'un fils doit faire pour faire honneur à son père », en plus de la leçon particulière pour améliorer son jeu.

– Tu nous aurais encore enfoncés si la batte ne t'avait pas pété dans les mains, dit Jeff avec bonhomie. Pourquoi tu me les renvoies toujours comme ça? Tu sais bien que je ne peux pas les rattraper, celles-là!

Les yeux bleus d'Eric pétillèrent et son sourire reparut.

– Tu te fous bien de les rattraper ou pas, « celles-là », comme tu dis! Alors je te les balance et je gagne une base. Parce que je sais que toi tu n'en feras pas une maladie, comme certains.

Jeff haussa les épaules avec une indifférence tranquille.

– Ton paternel a vu ce qui est arrivé, remarqua-t-il. Tu crois que ça va chauffer?

– Comme d'habitude, je suppose.

Il avait répondu d'un ton détaché, comme si les colères de son père ne comptaient pas plus pour lui que les balles manquées pour Jeff. Mais son ami de toujours semblait posséder la faculté irritante de percer à jour ses émotions et il le prouva encore une fois.

– On sèche le conseil de classe? Ça nous permettrait de finir les problèmes de trigonométrie avant que tu rentres chez toi. On pourrait même laisser tomber la trigo et aller à la plage.

Eric réfléchit un moment à la proposition, mais il hocha la tête en ouvrant la porte des vestiaires.

– Impossible. Si je n'ai pas un A à l'examen la semaine prochaine, ma moyenne baissera. Et tu sais ce que ça signifie.

Jeff roula des yeux étonnés.

– Comment le saurais-je? Et toi, d'ailleurs? Tu n'as jamais

eu que des A! De toute façon, ton père ne va pas te tuer pour ça, non?

Un hurlement de l'entraîneur empêcha Eric de répondre. Mr. Simms l'interpellait de l'autre bout des vestiaires, près des douches :

– Ça fait deux battes cette semaine, Cavanaugh! Encore une et tu les payes! T'as pigé?

– Je ne voulais pas... commença Eric.

La voix de l'entraîneur monta d'un ton, très semblable maintenant aux vociférations de son père :

– Je me fous de savoir ce que tu veux ou pas! Je vois ce que tu fais, un point c'est tout!

Eric sentit la rage l'envahir et dut lutter pour garder son calme. Piquer une colère ne ferait qu'aggraver sa situation. Quand même, pourquoi faire toute une histoire pour une batte fêlée? Mais l'adolescent savait que ce n'était là qu'un prétexte. Avec lui, rien ne semblait jamais satisfaisant. Ni pour son père, ni pour les professeurs, ni pour quiconque en fait. Aussi loin qu'il pût se rappeler, personne n'avait jamais été *vraiment* content de lui. Il faisait pourtant de son mieux, mais ce n'était jamais suffisant.

De nouveau, Jeff Maynard avait lu dans son esprit.

– Laisse tomber, murmura-t-il. Si tu lui réponds, il le dira à ton paternel et en plus il te collera vingt tours de piste au pas de course. Tu louperas le conseil et l'exam! La voix de son ami devint ironique. Bien sûr, ça pourrait être marrant de voir Superman se faire étendre, pour une fois!

Eric se retourna pour lui envoyer une bourrade mais Jeff s'était déjà mis hors de portée.

Un coup d'œil à la pendule murale l'avertit qu'il ne lui restait que dix minutes pour se rendre au conseil de classe. Il ôta son maillot et le glissa dans son sac, avec ses livres de cours. Sa mère le lui laverait ce soir.

Et il le raccommoderait.

Eric sortit de Memorial High vers cinq heures trente et prit le chemin de la maison. Les rues de False Harbor étaient presque désertes en cette saison. La période estivale ne débuterait pas avant six semaines et les bateaux de pêche étaient sortis en mer pour la plupart. Le long de Bay Street, des planches clouées occultaient toujours les vitrines des boutiques à touristes, et la ville entière baignait dans l'atmosphère caractéristique des petites stations balnéaires en hiver. Les commerçants saisonniers avaient fermé leurs échoppes jusqu'à l'été prochain pour suivre les vacanciers vers le sud. En ce moment même, ils vendaient leurs articles en Floride. Eric préférait la région en hiver, malgré son aspect quelque peu désolé. C'était l'époque où il pouvait se promener en solitaire, s'enfonçant entre les dunes et sillonnant la plage battue par les vagues sous les rafales de vent glacé.

Et il y avait le marais, recouvert à marée haute, qui avait donné son nom à la ville, car il paraissait alors agrandir considérablement le chenal et rendre le port beaucoup plus accessible qu'il ne l'était en réalité. Durant l'été, les bateaux de plaisance envahissaient la petite installation portuaire et l'odeur âcre de leurs moteurs empuantissait les étendues de roseaux. Mais en hiver, avec le vent du nord qui balayait la côte en rugissant, le marais se parait pour Eric d'une magie indéfinissable. Il restait assis pendant des heures, le dos tourné à la ville, dans le piaillement continu des mouettes qui virevoltaient dans le ciel. Une fois ou deux il avait persuadé Jeff Maynard d'aller explorer le marais, mais son ami avait frissonné de froid au bout de quelques minutes et suggéré une partie de bowling au club local de Providence Street. « Là, au moins, avait-il grommelé, on ne se les gèle pas! » Eric n'avait pas protesté. Les occasions de se rendre dans le marais étaient plutôt rares, et lorsque c'était possible il préférait y aller seul.

Aujourd'hui le temps lui était compté, mais en remontant Bay Street il envisagea de passer par l'embarcadère. Il avait repéré le premier nid de mouette de la saison, coincé dans un amoncellement de planches. Deux fois déjà il était venu avec l'espoir de trouver des œufs. Jusqu'alors il avait fait chou blanc, mais cette visite serait peut-être plus fructueuse.

Il atteignit Wharf Street et regarda l'horloge juchée sur un pilier métallique à l'entrée de la marina. Trop tard pour chercher des œufs. Il devait rentrer pour six heures, sinon il en prendrait pour son grade. A regret il bifurqua à gauche, vers la vieille ville.

Seul le centre de False Harbor montrait un peu d'animation. Ses habitants y résidaient sur une bande de quatre pâtés de maisons sur dix-huit environ, s'étalant du marais à l'ouest jusqu'aux dunes à l'est. Depuis longtemps, la population de False Harbor avait abandonné Cape Drive et Bay Street aux estivants. De fait, dès qu'on sortait de Bay Street, la ville ressemblait à n'importe quelle autre bourgade de la Nouvelle-Angleterre. Elle s'était bâtie autour d'un terrain communal rectangulaire dont l'herbe n'avait pas vu de mouton depuis plus d'un siècle. Les propriétaires des maisons avoisinantes avaient résisté à l'envie de transformer ce centre historique gazonné en un de ces lieux que les guides touristiques qualifient de « pittoresques ».

L'adjectif étant pourtant adéquat. La plupart des bâtisses dataient d'au moins deux cents ans, en majorité reconverties en échoppes à l'époque victorienne après avoir servi d'habitations. L'hôtel de ville dominait toujours la place, face à Commonwealth Avenue, de son imposante masse de brique, bordé à l'est par le terrain communal et à l'ouest par High Street. A côté de la mairie s'élevait la lourde silhouette en pierre de la bibliothèque Carnegie, sur l'emplacement occupé par les écuries municipales jusqu'au début du siècle.

Eric sortit de Wharf Street et traversa la place de l'hôtel de ville en diagonale afin de rejoindre Commonwealth Avenue. Mais il changea brusquement d'idée et s'engagea dans Ocean Street. Il voulait contempler l'église congrégationaliste située entre le terrain communal et Cambridge Street. Sans qu'il sache pourquoi, ce majestueux édifice l'avait toujours attiré. Il aimait sa silhouette étroite, élancée, ses murs couverts de bardeaux blancs percés de fenêtres à vitraux, son toit pentu surmonté d'un haut clocher dont le carillon d'époque ne servait plus que le dimanche et les jours de fête.

Eric fit halte devant le porche. Il hésitait. Prendrait-il le temps d'entrer dans le hall de l'église pour entendre la vieille horloge sonner six heures? Il allait céder à cette envie quand un klaxon lui fit tourner la tête. Le pick-up blanc de son père sortait au ralenti du virage. Derrière le volant, Ed Cavanaugh eut un geste impatient à son intention.

Eric sentit son estomac se nouer d'appréhension comme il traversait la pelouse en courant. Il monta à côté de son père.

– Alors, on prend le temps de flâner? grogna Ed Cavanaugh en embrayant.

Eric ne dit rien. Les yeux fixés droit devant lui, il sentait le regard de son père qui pesait sur lui par intermittence.

– Il me semble qu'il y a autre chose à faire que d'observer une horloge, non?

L'inflexion doucereuse n'annonçait rien de bon.

– Je n'allais pas rester plus d'une minute ou deux, risqua Eric.

– A moins de vouloir finir dans la mouise, je ne crois pas que tu aies de temps à perdre, trancha Ed Cavanaugh.

Il jeta un coup d'œil sur la rue pour négocier le virage de Cambridge Street et revint aussitôt à son fils.

– Et tu pourrais me regarder quand je te parle, merde!

L'estomac de l'adolescent se contracta un peu plus, mais il était décidé à ne pas laisser transparaître sa peur. Docilement, il se tourna vers son père.

– Tu trouves que je suis trop dur avec toi, hein?

L'aigreur perçait maintenant dans la voix de l'adulte. Il respirait plus lourdement, et les forts relents de whisky chargeant son haleine alertèrent Eric.

Comme il n'obtenait pas de réponse, Ed secoua la tête.

– Non, mon gars, je ne suis pas trop dur. Mais je veux que tu réussisses. Et tu ne réussiras pas en gaspillant tes journées à te balader!

Et toi, tu ne les gaspilles pas dans les bars, peut-être? songea Eric sans oser formuler sa pensée.

– Je rentrais, avança-t-il. J'avais simplement décidé de m'arrêter à l'église une minute, c'est tout.

– Tu devrais déjà être à la maison, en train d'étudier! gronda Ed. Et je crois qu'on va passer un petit bout de temps ensemble sur le terrain de base-ball, après dîner. A seize ans tu ne sais pas encore tenir une batte correctement.

– C'était un accident, maugréa Eric.

Il avait vaguement espéré que l'alcool ingurgité par son père lui aurait fait oublier ce qu'il avait vu cet après-midi à l'entraînement.

– Je sais tenir une batte, plaida-t-il. C'est même toi qui m'as appris.

La méfiance étrécit les yeux d'Ed Cavanaugh et sa mâchoire se durcit.

– Tu veux la ramener devant ton père, en plus?

– Mais tu m'as bien appris, insista Eric. Et je ne la ramène pas. Seulement tu n'as pas assisté au reste de la séance. J'ai marqué trois points sur la ligne et j'ai même réussi un sans-faute. Dommage que tu ne l'aies pas vu.

– Ça n'aurait rien changé, rétorqua son père. Les sans-faute et les points marqués, c'est normal. Mais les battes cassées et les renvois de gonzesse, je ne digère pas! A part Jeff Maynard, n'importe quel abruti aurait rattrapé le retour que j'ai vu. Et je ne digère pas non plus ton insolence!

– Jeff n'est pas un abruti, protesta Eric. Il n'accorde pas autant d'importance que toi au base-ball, c'est tout. Il aurait pu rattraper ce lob s'il avait vraiment voulu.

– Alors il aurait dû!

Le ton n'admettait pas de réplique. Ed engagea le pick-up dans Alder Street. Quelques secondes plus tard, il garait le véhicule devant leur maison. C'était une construction sur deux niveaux couverte de bardeaux, d'aspect assez délabré. Les Cavanaugh l'avaient achetée en arrivant à False Harbor l'année où Eric était né. A l'époque, son père pensait que cette demeure serait une solution provisoire, le temps qu'il développe sa propre flottille de pêche. Mais les affaires n'avaient pas marché comme il l'escomptait et à l'heure actuelle la « flottille » d'Ed Cavanaugh se résumait au chalutier de quinze mètres avec lequel il avait débuté, dix-sept ans plus tôt. Depuis longtemps déjà, il avait abandonné le projet de déménager dans une habitation plus spacieuse, à l'ouest de la ville. Après tout, se disait-il parfois lorsqu'il ruminait ses ambitions déçues, ça n'était pas sa faute si la pêche périclitait, si le bateau et la maison se dégradaient au fil des ans. Le chalutier n'avait besoin que d'une bonne couche de peinture, certes, mais la maison nécessitait une nouvelle toiture. Même le jardin, naguère bien entretenu, était envahi par les mauvaises herbes.

Évidemment, les choses auraient été différentes si sa femme avait daigné l'aider un peu. Leur foyer aurait eu une autre tenue et ses affaires auraient prospéré, à coup sûr. Maintenant, ça n'avait pas vraiment d'importance. D'ailleurs plus rien n'avait d'importance.

Il décocha un regard mauvais à son fils, trouvant un exutoire au ressentiment diffus qui empoisonnait sa vie.

Eric ne valait pas mieux que Laura. Tout lui tombait rôti dans le bec, et ce petit merdeux ne semblait même pas apprécier sa chance. En plus, il ne se prenait pas pour n'importe qui, ce gosse! Mais il ne tarderait pas à déchanter.

Oh, Eric était malin, ça ne faisait aucun doute. Bien plus malin que sa mère, et peut-être même davantage que son père. Et il était presque aussi développé qu'Ed à son âge. Presque, mais pas autant.

Personne – absolument personne – n'avait jamais été un athlète aussi accompli que le Grand Ed Cavanaugh. Et si les choses avaient pris une autre tournure – si on lui avait donné sa chance, rien qu'une fois –, il aurait pu jouer au niveau national. Mais, bien entendu, l'occasion ne s'était jamais présentée.

Eric, à l'opposé, se voyait offrir toutes les opportunités. Pour autant qu'Ed pût en juger, son jeune coq de fils n'en tirait qu'un sacré toupet.

Ce qui signifiait que son père devait lui rabattre le caquet.

Et Ed savait comment s'y prendre : en le gardant sous pression, en n'étant jamais satisfait de sa conduite.

Il sortit du pick-up et inspecta le jardin, cherchant une corvée à ajouter aux travaux qu'il imposait à son fils chaque week-end. Puis il jeta un coup d'œil machinal à l'habitation voisine et sa hargne redoubla.

La maison des Winslow avait bien meilleure allure que la sienne. Comment se débrouillaient-ils? Il le savait, naturellement : Keith Winslow – un type pas meilleur que les autres, simplement plus chanceux – s'était trouvé une femme convenable, lui. Là était toute la différence. Si Ed Cavanaugh avait épousé Rosemary Winslow, sa vie en aurait été transformée du tout au tout. Non seulement elle savait tenir un foyer, mais elle gagnait aussi un salaire honnête. Ainsi Keith pouvait se la couler douce avec son bateau, sans avoir même besoin de pêcher. Tout au plus emmenait-il parfois un groupe de richards venus de Boston pour un peu de sport en mer.

Son regard glissa vers la fenêtre du premier étage. Il aurait bien aimé savoir à quoi s'occupait Rosemary Winslow à cet instant précis. Mais ça n'était pas difficile à deviner : son mari était rentré ce matin d'une balade de quatre jours, alors...

Et les nuits où Keith était en mer? Certains soirs, après l'avoir vue coucher sa gosse, Ed avait caressé l'idée d'aller lui tenir un peu compagnie. Jusqu'à présent il n'avait rien tenté, mais ça ne voulait pas dire qu'il n'essaierait pas un jour. Et si Laura n'appréciait pas, tant pis pour elle.

Brusquement il sentit le regard de son fils braqué sur lui et fit volte-face. Eric le fixait comme s'il pouvait lire dans ses pensées.

– T'as un problème? aboya Ed, et sa bouche se tordit en un rictus malveillant. Tu penses à la fille Winslow, hein? Celle qui arrive demain de Californie?

Eric hocha la tête et commença à remonter l'allée d'un pas pressé. Son père haussa le ton :

– Eh bien, tu peux faire une croix dessus, mon gars! Que je ne te voie pas fricoter avec cette sale petite pisseuse de la côte ouest, compris?

L'adolescent ne répondit pas mais il rentra la tête dans les épaules, comme pour dévier cet assaut verbal.

Ed contempla encore un moment la maison des Winslow puis suivit son fils. Ce soir, il y aurait du pétard, il le sentait. Eric voudrait faire le malin, ou Laura, et il devrait leur montrer qui commandait chez les Cavanaugh. Mais c'était égal, il avait passé une journée infecte, et ça lui permettrait de se défouler un peu. Il allait toujours mieux ensuite.

Laura Cavanaugh se tenait devant l'évier de la cuisine et observait par la fenêtre son fils et son mari qui remontaient l'allée. Elle remarqua tout de suite que quelque chose n'allait pas. Le visage d'Ed semblait plus rougeaud qu'à l'accoutumée; quant à Eric, il affichait cette expression de placidité forcée qu'elle connaissait bien et qui camouflait sa rage intérieure.

Laura ne pouvait deviner la raison de la tension évidente

entre les deux arrivants, mais elle se dit qu'elle l'apprendrait bien assez tôt. Elle ouvrit le four pour retourner une dernière fois les côtelettes, puis sortit la salade du réfrigérateur et la porta dans la salle à manger où la table était déjà dressée. Elle entendit la porte qui claquait et revint dans la cuisine au moment où Eric et Ed entraient. Son fils déposa un rapide baiser sur sa joue avant de monter quatre à quatre l'escalier vers sa chambre. Ed lança le sac contenant sa gamelle sur la table et lava ses mains dans l'évier sans dire un mot. Les muscles de son dos roulaient sous le coton tendu de sa chemise.

Quinze ans auparavant, Laura se serait approchée pour glisser ses bras autour de lui et l'étreindre amoureusement. Mais elle savait ce qui arriverait si elle osait ce geste aujourd'hui. Son mari se raidirait puis se dégagerait avec brutalité, les yeux brillants de colère. Sans transition il demanderait pourquoi le dîner n'était pas encore prêt, et sans attendre la réponse il irait se plonger dans le journal.

A moins qu'Eric ne redescende.

Si son fils commettait cette erreur, Ed arrêterait de lire et passerait en revue la journée de l'adolescent. Qu'était-il arrivé? Avec qui avait-il déjeuné? Comment travaillait-il à l'école? Et après les cours, qu'avait-il fait? Avait-il prévu quelque chose pour sa soirée? Verrait-il Lisa Chambers?

Après un coup d'œil d'animal piégé vers sa mère, Eric s'efforcerait alors de donner des réponses satisfaisantes. Mais Laura savait que son mari ne s'en contenterait pas plus que d'habitude.

Pour l'instant Ed Cavanaugh s'essuyait les mains avec un torchon. Il alla ensuite s'asseoir à la table. Son regard croisa celui de sa femme et il fronça les sourcils.

– Quelque chose qui ne va pas? lâcha-t-il avec un air de défi.

Laura ouvrit la bouche pour répondre, se ravisa et se contenta d'un mouvement de tête négatif. Ed prit le journal et l'étala devant lui. Avec un soupir silencieux, Laura se retourna vers l'évier.

Je devrais le quitter, pensa-t-elle. *Partir avec Eric et le planter là.*

Mais elle ne le ferait pas. Elle n'avait nulle part où aller. Elle était piégée, sans issue possible.

En outre, les problèmes qu'ils avaient ne pouvaient être imputés à son mari. Elle seule était responsable de la situation. D'une certaine façon, elle avait déçu Ed, du moins le croyait-elle. Elle ne pouvait donc l'abandonner.

Mais pourquoi fallait-il qu'il s'en prenne toujours à Eric?

Elle avait tenté d'en parler plusieurs fois, lorsqu'il paraissait particulièrement de bonne humeur, mais il s'était toujours défendu de persécuter le garçon. A l'entendre, il faisait son devoir de père, rien de plus. Cependant, Laura ne pouvait s'empêcher de soupçonner quelque raison cachée. A lui seul, le désir de voir Eric réussir ne suffisait pas à expliquer l'acharnement de son père.

On eût dit qu'Ed cherchait à punir son fils. Mais pour quel motif?

Laura se surprit à observer son mari à la dérobée.

Ses cheveux jadis châtain foncé tiraient à présent sur le gris. En vingt ans, ce corps d'athlète dont il s'enorgueillissait s'était empâté. Ses mains étaient devenues calleuses, et les veines saillaient sous l'épaisse toison de poils couvrant jusqu'aux phalanges. Jeune homme, ses traits irréguliers lui donnaient une beauté fruste. Depuis, les années de boisson avaient alourdi son visage et des poches disgracieuses soulignaient maintenant ses yeux.

Quelle différence avec Eric! Le corps de l'adolescent ne serait jamais aussi massif que celui de son père, et ses mains avaient une délicatesse d'artiste. Eric ne s'était jamais essayé à peindre, mais sa mère savait qu'il dessinait parfois, dans la solitude de sa chambre, car elle y avait trouvé de nombreux croquis. Un temps, elle avait songé les montrer à Ed, sans pourtant franchir le pas. Elle s'était souvenue d'un commentaire lâché par son mari, entre deux gorgées de bière, alors qu'un soir la télévision diffusait un reportage consacré à un peintre célèbre : « Un métier de pédé, ça, tiens! Et la plupart crèvent de faim même s'ils sont doués! »

Le visage d'Eric ne ressemblait pas non plus à celui de son père. Ses traits fins et sensibles, encadrés d'une masse désordonnée de cheveux noirs bouclés, étaient illuminés par des yeux bleus bordés de longs cils. Encore aujourd'hui, Laura pouvait difficilement résister au plaisir de passer ses doigts dans la chevelure soyeuse de son fils lorsqu'il passait près d'elle.

En fait, elle se demandait si le physique d'Eric n'était pas la vraie raison de cette sévérité paternelle. Peut-être Ed se serait-il comporté moins durement avec lui si l'adolescent lui avait davantage ressemblé.

Soudain la voix dure de son mari coupa court à ses supputations.

– Il est six heures dix, bon Dieu! Est-ce qu'on pourrait dîner une seule fois à l'heure dans cette foutue baraque?

Laura sursauta et se pencha aussitôt pour ouvrir le four.

– Je sers tout de suite, assura-t-elle. C-comment s'est passée ta journée? Tout a bien marché? Et le moteur, tu as réussi à le réparer?

Ed lui lança un regard furieux avant de se replonger dans la page des sports.

– Si ça s'était mal passé, je te le dirais, non? grinça-t-il sans relever la tête. Eh bien non, je n'ai pas pu réparer le moteur. J'ai dû batailler tout l'après-midi avec le mareyeur pour tirer un prix correct de ma pêche.

Ce qui signifie que tu es resté une bonne partie de la journée à boire à la Taverne des Baleiniers, traduisit mentalement Laura. Elle plaça les côtelettes dans des assiettes qu'elle apporta dans la salle à manger.

Alors qu'elle s'apprêtait à l'appeler, son fils apparut à l'entrée de la cuisine.

– Maman? murmura-t-il pour n'être pas entendu par son père. Tu peux parler à P'pa? Il veut que nous allions nous entraîner après dîner, et il faut que j'étudie.

Laura s'immobilisa. Elle pouvait voir la crainte voiler les yeux clairs du garçon, ainsi que la honte qu'il éprouvait à demander son aide. Elle hésita mais secoua la tête, presque contre son gré.

– Je ne peux rien faire, tu le sais. S'il est décidé, il ne changera pas d'avis.

Une lueur traversa le regard d'Eric.

– Ouais, je sais, dit-il après un instant. Bon, ne t'en fais pas, Maman, je me débrouillerai pour trouver quelque chose.

Ed s'était assis à table. Il attendit qu'ils fassent de même en les dévisageant sans aménité.

– Eh bien, fit-il alors d'un ton sarcastique, je suppose que je n'ai pas à me plaindre : une baraque minable, un fils fainéant et une femme qui ne sait même pas cuisiner! Que demander de plus?

Les yeux d'Eric brillèrent d'une rage impuissante tandis que sa mère tressaillait sous l'insulte, mais ils ne dirent pas un mot. Ils n'espéraient plus qu'une chose, sans trop y croire d'ailleurs : que les voisins ne percevraient pas les cris d'Ed.

A l'extérieur, Eric agissait comme si rien ne venait jamais troubler la quiétude familiale. Pour Laura, c'était plus difficile. L'expression apitoyée qu'elle surprenait parfois sur le visage des voisins – en particulier de Rosemary Winslow – lui faisait presque aussi mal que les coups de son mari.

2

– Si tu ne te décides pas bientôt, tu finiras par être en retard, prévint Rosemary Winslow après avoir consulté l'horloge murale.

Il était déjà neuf heures et Keith ne paraissait toujours pas concerné. Il se servit un second café et plia soigneusement le *Boston Globe* à la page des sports.

– Keith? Tu m'écoutes? Il ne s'agit pas d'une partie de pêche, voyons! Tu ne peux pas arriver en retard pour accueillir ta propre fille!

A regret il posa le journal.

– Ne t'inquiète donc pas, chérie. Je serai à l'heure. Nous sommes samedi et il n'y aura pas beaucoup de circulation jusqu'à l'aéroport.

A l'extérieur, une porte claqua. Par la fenêtre, Keith aperçut son voisin, Ed Cavanaugh, qui descendait l'allée en traînant les pieds. Keith fit un geste vers la fenêtre et dit à sa femme d'un air narquois :

– Je parie que Laura ne l'asticote pas comme tu le fais.

Rosemary se rembrunit en se remémorant le vacarme qui avait éclaté chez leurs voisins le soir précédent. Cette fois les vociférations d'Ed n'avaient pas été ponctuées par les cris de douleur de sa femme, mais Rosemary était certaine que la brute avait encore frappé. Peut-être aurait-elle dû suivre le conseil de Keith et appeler la police...

– Ça n'a rien de drôle, dit-elle, et je préférerais que tu évites ce genre de plaisanterie.

Jusque-là occupée à tracer des rivières de sirop d'érable sur ses œufs brouillés, leur fille Jennifer leva la tête.

– Qu'est-ce qui n'est pas drôle? demanda-t-elle en haussant les sourcils.

Elle ne comprenait pas. A huit ans, elle dormait comme une souche dès qu'elle se mettait au lit et n'entendait jamais les altercations tardives des voisins.

– La façon dont Mr. Cavanaugh traite sa famille, expliqua Keith, la voix soudain grave. Et ta mère a raison : je ne devrais pas plaisanter sur ce sujet.

– Ah bon.

La question n'intéressait déjà plus la fillette, mais elle profita de l'occasion pour revenir au problème qui la tracassait depuis ce matin. Elle se tourna vers sa mère :

– Pourquoi je ne peux pas accompagner Papa à Boston pour aller chercher Cassie?

– Je te l'ai déjà expliqué, ma chérie, répondit Rosemary avec une patience toute maternelle. (Elle ébouriffa la tignasse rousse de la gamine.) Cassie vient juste de perdre sa maman, et il est probable qu'elle ne se sentira pas très détendue en arrivant. Nous avons pensé que ce serait plus facile pour elle de ne voir d'abord que ton papa. D'ailleurs nous avons encore beaucoup de travail ici, toutes les deux. Il faut faire les courses et préparer la chambre, tu te souviens?

La mauvaise humeur assombrit le visage de Jennifer.

– Ça devait être la mienne, ronchonna-t-elle. Tu avais promis...

Rosemary soupira. Comment expliquer à une fillette de huit ans que les événements viennent parfois bouleverser les plans les mieux établis?

– Je sais, mais c'était avant d'apprendre que Cassie viendrait vivre avec nous. Et n'est-ce pas toi qui as reconnu que tu préférais une grande sœur à une chambre plus spacieuse?

Jennifer considéra un instant la question avant de décider de l'ignorer.

– Mais si elle ne m'aime pas? contre-attaqua-t-elle.

– Bien sûr qu'elle t'aimera, Grenouille, intervint Keith. Pourquoi ne t'aimerait-elle pas? Parce que tu parles sans arrêt, que tu es souvent insolente et que tu donnes des coups de pied en pleurant dès que tu n'es pas satisfaite?

– C'est même pas vrai! protesta la fillette.

Elle essaya de prendre l'air outragé qui convenait mais ne put s'empêcher de rire, comme à chaque fois que son père la taquinait ainsi.

– Et je ne m'appelle pas Grenouille, fit-elle avec dignité, mais Jennifer.

– D'accord, Grenouille.

Keith se leva à temps de sa chaise pour éviter le petit poing qui visait ses côtes.

– Et ne t'en fais donc pas. Cassie va t'adorer.

La gamine redevint sérieuse.

– Si c'est sûr qu'elle va m'aimer, pourquoi elle n'est jamais venue me voir? Est-ce qu'elle ne vous aime pas?

Ses parents s'entre-regardèrent pendant une seconde. Jennifer posait très exactement la question qu'ils auraient voulu éviter.

Pas plus qu'elle, Rosemary ne connaissait Cassie. Quant à Keith, il n'avait pas vu sa fille depuis bon nombre d'années. Sa dernière visite en Californie s'était soldée par un échec douloureux. Sa première femme, Diana, venait de rompre avec son second mari, et elle semblait accuser Keith en bloc de ses deux divorces.

– Je ne veux plus te voir, avait-elle craché au visage de Keith. Je ne peux pas t'empêcher de rencontrer ta fille, mais je ne suis pas obligée de te supporter!

– Mais pourquoi? avait voulu savoir Keith. Qu'ai-je donc fait?

Diana avait alors donné libre cours à son amertume :

– Tommy m'a quittée. Parce que je n'arrivais pas à lui faire confiance, prétend-il. Tout ça est de ta faute! Merci d'empoisonner ma vie! Grâce à toi, je n'ai plus confiance en personne!

La jalousie maladive de Diana avait une fois encore détruit son mariage. Et ce n'était pas une question de confiance. Son ex-femme se croyait continuellement dépréciée, mal aimée, trahie.

Et surtout elle s'imaginait que son mari la trompait.

Avec Keith au moins, cette idée n'avait reposé sur aucun fondement. Il n'avait même jamais envisagé cette possibilité. Mais elle avait commencé à le questionner sur chacun de ses déplacements. Dès qu'il s'absentait, elle le soupçonnait des pires turpitudes. Elle avait fini par décider qu'un enfant les rapprocherait. Keith avait cédé. Le déséquilibre de sa femme provenait peut-être du sentiment qu'elle éprouvait de ne pas lui être indispensable. En tant que mère, Diana assumerait mieux sa personnalité, avait-il cru.

Dans ces conditions désastreuses, Cassie avait été conçue.

Bien sûr, les choses ne s'étaient pas arrangées. La jalousie de Diana n'avait fait qu'empirer jusqu'au jour où Keith, incapable d'en supporter davantage, était parti.

Jamais Diana ne le lui avait pardonné. Keith avait renoncé à son droit de garde alternée lorsque son ex-femme lui avait affirmé sa détermination à batailler jusqu'à l'en dépouiller. Il n'avait pas voulu faire souffrir Cassie dans d'interminables procédures juridiques. Diana avait emmené sa fille en Californie.

Chaque année, Keith se rendait seul à Los Angeles pendant une semaine. Il dormait à l'hôtel et passait autant d'heures que possible avec sa fille durant la journée.

Lors de son dernier séjour, Cassie s'était murée dans un mutisme presque total. Avant de repartir, il avait découvert la cause de cette attitude : Diana avait réussi à convaincre l'enfant que son beau-père les avait quittées par la faute de Keith.

Quelques jours par an ne suffiraient pas à ressouder des liens aussi effilochés, s'était dit Keith. L'année suivante, lorsque Diana lui avait annoncé que leur fille ne désirait plus le voir, il avait accepté cette requête sans discuter. Avec l'accord de Rosemary, il s'était résolu à rester complètement en dehors de la vie de Cassie, pour son bien et celui de Diana.

Mais, voilà quatre jours, son ex-femme était partie dîner avec des amis et n'était jamais rentrée.

A trois heures du matin, c'est une Rosemary tout ensommeillée qui avait répondu au téléphone pour apprendre avec horreur le décès de Diana.

Désemparée, Cassie avait communiqué à la police leur numéro. Ils découvrirent le jour suivant que l'adolescente avait prévenu les policiers de ne pas s'étonner si Keith leur raccrochait au nez. Ses propos exacts avaient été : « Il a déjà coupé la ligne avec moi et Maman et il y a longtemps. » Quand il apprit ces paroles, Keith éprouva une peine presque physique.

A n'importe quel autre moment, il aurait pris le premier vol pour Los Angeles. Mais Rosemary l'avait joint par radio alors qu'il se trouvait à deux jours de navigation de la côte. Après une série d'appels téléphoniques très désagréables, il avait été convenu que Cassie prendrait l'avion jusqu'à Boston où son père viendrait l'accueillir. Ils repartiraient ensemble pour False Harbor où l'adolescente trouverait une nouvelle famille.

Quant à la question de Jennifer, Keith ne pouvait y apporter une réponse simple.

Apparemment, non, Cassie ne l'aimait pas.

Mais depuis l'âge de deux ans elle n'avait plus vécu avec lui, et leur dernière rencontre remontait à cinq ans...

En revanche, Keith était certain d'une chose : il aimait toujours sa fille et entendait bien le lui prouver maintenant qu'elle avait besoin de lui.

– Elle m'aimera, finit-il par dire à la fillette. Elle nous aimera tous.

Il baisa le front de Jenny, embrassa brièvement Rosemary et sortit. Cinq minutes plus tard il franchissait les limites de False Harbor et fonçait sur l'autoroute en direction de Boston.

Cassie sentit une légère tape sur son épaule. Elle redressa la tête et abandonna sa lecture pour regarder l'hôtesse de l'air qui se penchait vers elle par-dessus deux sièges vides. L'adolescente ôta un écouteur.

– Votre ceinture, s'il vous plaît, fit la jeune femme avec un sourire en désignant le signal lumineux qui clignotait sur la cloison. Nous atterrissons dans cinq minutes.

Sans un mot, Cassie retira son casque et le rangea avec le walkman dans le grand sac fourre-tout en cuir qui avait appartenu à sa mère. La veille elle avait décidé de l'emmener en pensant qu'ainsi, peut-être, elle se sentirait plus proche de la défunte. A présent elle ne pouvait le regarder sans avoir aussitôt les larmes aux yeux et elle regrettait amèrement sa décision. Elle aurait dû le laisser dans l'appartement de North Hollywood avec toutes les autres affaires qui seraient bientôt empaquetées par les déménageurs. Elle détourna le regard, boucla sa ceinture et s'absorba dans la contemplation de la ville qui s'étalait sous l'avion.

Pendant les cinq heures du vol, elle avait entretenu l'espoir improbable de reconnaître Boston. Elle comprenait maintenant qu'il n'en serait rien. L'avion survola Massachusetts Bay puis vira sur l'aile au-dessus de Boston pour se mettre dans l'axe de Logan Airport. Cassie fouillait le paysage à la recherche d'un détail familier, mais rien n'éveillait le moindre souvenir en elle. L'appareil descendit graduellement et elle détourna le regard du hublot. Après tout, elle avait quitté cette ville à l'âge de deux ans. Le vide de sa mémoire n'avait donc rien d'étonnant. D'ailleurs, sans l'accident de sa mère, elle n'aurait jamais essayé de se rappeler... Une bouffée de ressentiment envers la défunte monta en elle, qu'elle chassa aussitôt. Cet accident n'était rien d'autre qu'un malheureux concours de circonstances. Pourtant une étrange sensation persistait. A deux reprises déjà, depuis le drame, elle s'était éveillée en pleine nuit, tremblante, baignée d'une sueur glacée. Le cauchemar qu'elle avait fait la veille de l'accident était revenu la hanter.

... Elle se tenait au bord de l'autoroute et regardait passer les véhicules. Au loin, elle voyait arriver la voiture de sa mère qu'elle reconnaissait immédiatement, bien qu'elle fût semblable à toutes les autres. Au moment où l'automobile arrivait à sa hauteur, la conductrice tournait la tête dans sa direction. De façon très étrange, c'était sa mère et pourtant elle ne lui ressemblait pas. Les cheveux de Diana étaient d'un brun terne et ses yeux aussi marron que ceux de sa fille. La femme dans la voiture avait une longue chevelure d'un noir de jais qui retombait en cascade sur ses épaules, et son regard d'un bleu profond semblait sonder l'âme de Cassie.

Dans le rêve, la conductrice lui parlait.

L'adolescente ne comprenait pas le sens des mots prononcés, mais la seconde suivante la femme éclatait de rire et l'auto bondissait en avant pour virer presque aussitôt sur la gauche et s'écraser contre un pilier du pont. Le véhicule prenait feu sur-le-champ.

Cassie se réveillait à cet instant, en sueur et secouée de tremblements incoercibles. A ses oreilles résonnait encore le vacarme de l'explosion, et elle voyait toujours le visage de sa mère – ce visage inconnu – auréolé de flammes qui se tournait vers elle pour murmurer : « Au revoir... » Ensuite la femme laissait échapper un rire suraigu comme si elle trouvait très drôle d'abandonner Cassie dans le monde des vivants.

Le plus étonnant était sans doute la certitude qu'éprouvait Cassie : cette conductrice *était* sa mère...

Tout cela n'avait aucun sens. L'adolescente avait tourné et retourné le problème dans sa tête sans trouver d'explication. Sa mère s'était-elle suicidée? Cassie avait-elle provoqué l'accident, d'une façon ou d'une autre? Mais elle savait que c'était impossible puisqu'elle ne se trouvait pas sur les lieux du drame. Sauf en rêve...

Lorsque le cauchemar était devenu réalité, le sentiment de culpabilité qui étreignait Cassie avait redoublé.

Elle sentit un léger choc comme l'avion touchait le sol. Ses mains se crispèrent sur les accoudoirs en attendant que l'appareil s'immobilise. Quelques minutes plus tard la passerelle vint se positionner devant la porte. De l'autre côté de cette porte que l'hôtesse ouvrait, son père l'attendrait. L'homme qui l'avait abandonnée alors qu'elle n'était encore qu'un bébé...

Pourquoi n'avait-elle pas pu rester à Los Angeles? Au moins, là-bas, elle aurait été entourée de ses amis.

Tandis que les autres passagers piétinaient docilement vers la sortie, Cassie reculait le moment où elle devrait elle aussi quitter l'appareil et rencontrer son père.

Et s'il ne la reconnaissait pas? Devrait-elle aller vers lui et se présenter? *Certainement pas!* se dit-elle. *Je sortirai la dernière de l'avion; ainsi il saura qui je suis.*

Elle déboucla enfin sa ceinture, sortit son manteau du compartiment à bagages au-dessus d'elle et ramassa son sac fourre-tout. Elle ne répondit pas à l'hôtesse qui lui souhaitait une bonne journée et avança dans la passerelle en regardant ses pieds. Quelques secondes plus tard elle pénétrait dans le terminal.

Les derniers passagers de son vol s'éloignaient. Quelques personnes, assises dans les sièges en plastique moulé du hall, patientaient avant d'embarquer à leur tour, des bagages divers à leurs pieds.

Personne ne l'attendait.

Sa première réaction fut de retourner à l'avion, mais elle ne pouvait agir ainsi et le savait. Elle se sentit soudain désemparée, exposée de la sorte aux regards étrangers. Qu'allait-elle faire?

Elle réfléchit. Peut-être avait-elle mal compris le lieu du

rendez-vous et son père l'attendait-il à l'aire des bagages? Non. Elle se rappelait parfaitement leur conversation téléphonique : il avait fixé comme endroit la salle de débarquement et l'avait assurée qu'elle n'aurait besoin que du strict nécessaire pour quelques jours. Le reste de ses affaires serait acheminé plus tard par la route. Elle n'avait donc pas à se soucier de bagages. C'était d'ailleurs la seconde raison qui lui avait fait choisir le sac fourre-tout de sa mère : il était assez grand pour contenir ses effets personnels.

Elle regarda autour d'elle une nouvelle fois. Il aurait dû se trouver ici! Il ne pouvait quand même pas lui faire traverser tous les États-Unis pour la laisser plantée à l'aéroport! A moins que...

Elle se souvint de ce que disait sa mère à propos de son père : « Je n'ai jamais eu confiance en lui! Dès que j'avais le dos tourné il disparaissait je ne sais où, et je ne pouvais jamais être sûre qu'il reviendrait. Et un jour il n'est pas revenu. Pas d'avertissement, aucun signe que quelque chose n'allait pas, oh non! Il a décidé de ne plus rentrer à la maison, tout simplement. Ensuite j'ai appris qu'il demandait le divorce. Et il t'a fait la même chose, Cassie! Il a arrêté de venir te voir et de t'écrire. Comme ça! D'une certaine façon, c'est une bonne chose que tu puisses constater quel genre d'homme il est avant qu'il puisse vraiment te faire du mal... »

Pourtant, se raisonna Cassie, *je l'ai eu au téléphone hier soir et il a promis qu'il serait ici. Il ne ferait pas ça...*

Mais il n'était pas là.

A quelques mètres elle repéra plusieurs cabines téléphoniques contre un mur. Elle se dirigea vers la plus proche en fourrageant d'une main au fond de son sac pour trouver de la monnaie. Elle l'appellerait et en aurait le cœur net.

Après une vingtaine de sonneries elle raccrocha. Anéantie, elle s'affaissa sur le sol de la cabine, ses yeux remplis de larmes fixés sur le téléphone. Et si la même chose était arrivée à son père? S'il avait eu un accident en roulant vers Boston?

S'il était mort?

Alors il lui sembla qu'on prononçait son prénom de très loin. Et elle le vit qui se hâtait vers elle.

– Cassie? Cass!

Elle se releva et fit un pas dans sa direction mais il était déjà là et la serrait dans ses bras. Elle tenta de se raidir puis se laissa aller.

– Je suis désolé, ma chérie, murmura Keith à son oreille. Je serais arrivé avant ton avion sans ce satané tunnel! C'est ma faute, j'aurais dû partir plus tôt.

Cassie recula et leva les yeux vers son père.

– Je... j'avais peur qu'il ne soit arrivé quelque chose. Je craignais...

– Chh, fit Keith pour la calmer, et il l'embrassa de nouveau. Tout va bien; je n'ai rien et toi non plus, et rien ne va nous arriver.

Il prit le grand sac fourre-tout et la guida par la main hors du terminal.

Pendant le long trajet de Boston à Cape Cod, ils parlèrent peu. Keith ne voulait pas la forcer à discuter tant qu'elle n'en manifestait pas le désir, et Cassie apprécia de pouvoir rester pelotonnée contre la portière sans dire un mot. Elle observait le paysage avec l'espoir de reconnaître quelque endroit familier. Sans résultat.

En fait, elle commençait déjà à trouver tout trop petit dans cette région où elle était née. Ils quittèrent rapidement la banlieue de Boston et s'enfoncèrent dans un moutonnement de basses collines boisées. Soudain elle réalisa qu'elle n'avait aucune idée de la direction qu'ils prenaient.

A la maison, elle savait toujours où elle allait. Il suffisait de se repérer aux deux barrières montagneuses limitant la vallée de San Fernando au nord et au sud. Mais ici il n'y avait pas de montagne.

Cassie avait l'impression que le paysage se refermait lentement sur elle. Pour chasser cette idée elle se concentra sur la forêt, mais les arbres eux-mêmes semblaient différents. Elle connaissait les étendues boisées de Californie, où les séquoias sont énormes et majestueux, très espacés les uns des autres. En comparaison les arbres d'ici lui paraissaient ridiculement chétifs, serrés entre eux comme s'ils se battaient pour pousser.

Ils quittèrent l'autoroute et s'engagèrent sur une nationale capricieuse qui traversait de petites villes. La région prit une apparence plus familière aux yeux de Cassie. Elle comprit pourtant que ce n'était pas la mémoire de ses deux premières années qui lui donnait ce sentiment. Elle reconnaissait l'aspect de ces bourgades d'après des photos vues dans les magazines ou des reportages télévisés.

De petites agglomérations aux jardins bien entretenus sortaient soudain du néant après un virage, pour disparaître aussitôt. Rien de comparable avec les villes de Californie, dont on ne pouvait jamais dire exactement où elles commençaient ni où elles finissaient. Vous rouliez dans le désert et vous passiez d'abord une ou deux maisons isolées, entourées de carcasses de voitures. Un peu plus loin, une station à essence, un dépotoir, puis quelques habitations. Et vous vous retrouviez dans une ville sans être vraiment sûr du moment où vous y étiez entré.

Ici en Nouvelle-Angleterre, vous le saviez! Au beau milieu des bois, vous traversiez en quelques secondes un groupe de maisons.

– Est-ce que toutes les villes sont comme ça? demanda-t-elle.

– Comme quoi? fit Keith, tiré de ses rêveries personnelles.

– Je veux dire... eh bien, ici elles semblent isolées. En Californie, il n'y a pas de séparation...

Son père sourit.

– J'avais remarqué ça quand je venais te voir. Je ne voyais pas la limite entre North Hollywood, Studio City, Van Nuys ou Sherman Oaks. D'ailleurs je n'ai jamais compris comment on pouvait s'y faire!

Pour la première fois depuis la mort de sa mère, Cassie émit un petit rire.

– C'est parce qu'il n'y a aucune différence. Elles se ressemblent toutes. (Son sourire disparut.) Est-ce pour cette raison que tu n'es plus venu me voir? Parce que tu n'aimais pas le coin?

Keith resta silencieux un moment avant de secouer la tête.

– Le lieu n'avait rien à voir. J'ai juste pensé... Oh, ça n'a plus aucune importance maintenant.

Ce fut au tour de Cassie de s'enfermer dans le silence. *Il ne veut pas parler de ma mère,* songea-t-elle. Elle se souvint de la dernière visite de son père, après le départ de Tommy. Elle avait voulu lui parler alors, lui demander pourquoi il avait quitté sa mère. Mais elle avait eu peur. Diana lui avait assez répété qu'il n'était qu'un menteur et qu'en conséquence il ne fallait pas croire ce qu'il racontait. Aussi n'avait-elle pas posé de question ce jour-là. Et depuis elle ne l'avait jamais revu. Jusqu'à aujourd'hui.

– Tu aurais pu m'écrire, bougonna-t-elle finalement.

Keith lui jeta un coup d'œil. Elle fixait la route devant eux, et il vit le miroitement des larmes dans ses yeux.

– Mais je t'ai écrit, ma chérie, fit-il calmement. Je t'ai écrit chaque mois. Et je t'ai envoyé des cadeaux pour Noël et ton anniversaire. Mais je n'ai jamais eu de réponse.

Il attendit, mais Cassie gardait un silence douloureux.

– Ta mère ne te les a jamais transmis, c'est ça? finit-il par demander.

Cassie hésita puis hocha la tête.
Aucun des deux ne desserra plus les lèvres jusqu'à leur arrivée à False Harbor.

Eric Cavanaugh tondait la pelouse devant la maison quand le break des Winslow s'engagea dans l'allée. L'adolescent fit un signe de la main et s'approcha pour saluer les arrivants. La portière du côté passager s'ouvrit et la jeune fille sortit.

Elle devait avoir le même âge que lui, jugea-t-il. Le visage était pâle, et les cheveux brun foncé, en queue de cheval, accentuaient la blancheur de sa peau. Elle portait des jeans et des tennis rouges et un chemisier blanc. Elle contourna le véhicule et ouvrit le hayon pour prendre un imper marron et un gros sac en cuir. Bien qu'Eric ne pût rien discerner chez elle qui la différenciât des autres filles qu'il connaissait, il sut tout de suite qu'elle était *spéciale*. Puis Mr. Winslow lui adressa la parole.

– Eric, je voudrais te présenter quelqu'un. Voici ma fille, Cassie. Elle arrive de Californie pour vivre avec nous. Cassie, je te présente Eric Cavanaugh, notre voisin.

Cassie eut un sourire timide et tendit la main, mais Eric ne la serra pas. Sans le vouloir il fronça les sourcils imperceptiblement, cherchant dans sa mémoire une image gommée depuis longtemps. Puis leurs regards se croisèrent et il fit un pas en arrière. Se ressaisissant aussitôt, il esquissa un sourire mal assuré.

– S-salut, bégaya-t-il. Je suis désolé pour ta mère...

Le visage de la jeune fille pâlit un peu plus. Eric aurait voulu trouver autre chose à dire mais son esprit s'était vidé d'un coup. Une étrange sensation l'engourdissait.

Il avait l'impression d'avoir immédiatement communiqué avec l'esprit même de Cassie. Elle l'avait touché de l'intérieur et il avait répondu. Tandis qu'il retournait vers la tondeuse à gazon il essaya d'analyser cet échange insolite.

Sans le savoir, il attendait Cassie depuis très longtemps. Il connaissait ses pensées et les sentiments qui l'agitaient. Et pour quelque raison inconnue il était persuadé qu'elle avait réagi de même face à lui.

A cet instant il sut autre chose : Cassie Winslow n'était pas véritablement bouleversée par la disparition de sa mère.

C'est idiot, se raisonna-t-il. *Je ne l'ai jamais vue avant aujourd'hui et je ne sais rien d'elle.*

3

Elle paraît bien plus âgée que je ne l'imaginais, pensa Rosemary Winslow dès que la porte s'ouvrit et que Cassie entra. Mais c'était tout à fait compréhensible. Les dernières photos d'elle que possédait Keith dataient d'au moins quatre ans. L'enfant aux immenses yeux marron qui fixaient l'objectif sous une lourde frange avait disparu. L'adolescente qui se tenait devant elle était presque une adulte. A peine moins grande que Rosemary, Cassie gardait une pose rigide qui accentuait l'impression de maturité. Mais le regard de la jeune fille avait toujours cette profondeur indéfinissable qui transparaissait sur les photos.

– Bonjour, je suis Rosemary.

Elle eut un sourire de bienvenue et s'avança d'un pas, prête à serrer l'adolescente dans ses bras.

– Je suis tellement désolée de ce qui est arrivé. S'il y a quoi que ce soit que je puisse faire...

Cassie hésita – Rosemary sentit le recul intérieur de la jeune fille – puis tendit la main.

– Je suis Cassie. C'est... c'est très gentil à vous de m'accueillir.

Gentil? Quel mot étrange en la circonstance, songea Rosemary. Pensait-elle qu'ils agiraient autrement?

– Ça fait si longtemps que je voulais te rencontrer, assura-t-elle d'une voix un peu trop forte. J'ai même essayé de convaincre ton père de nous laisser l'accompagner, moi et Jennifer, la dernière fois qu'il t'a rendu visite, mais Jenny n'avait que trois ans et j'ai fini par renoncer.

Elle se tourna vers l'escalier.

– Jen? Tu viens dire bonjour à ta sœur?

La fillette apparut aussitôt sur le palier du premier étage et considéra la nouvelle venue avec une timidité curieuse. Puis elle descendit lentement les marches.

– Je m'appelle Jennifer Elisabeth, dit-elle en tendant la main. Mais tu peux m'appeler Jen ou Jenny. Je te demande juste de ne jamais m'appeler Grenouille; Papa le fait et je déteste ça! Est-ce qu'il avait aussi un surnom idiot pour toi, quand tu étais petite?

Cassie dévisagea la gamine. Jennifer était la réplique féminine et enfantine de son père. Un enchevêtrement de boucles rousses encadrait un visage ouvert. Le menton trahissait l'entêtement. La fillette avait parlé d'une voix sérieuse mais Cassie vit un éclair de joie illuminer les yeux verts.

– Je ne me souviens plus du surnom qu'il me donnait,

répondit-elle avec douceur. Je n'étais qu'un bébé lorsqu'il est parti. (Ellc se tourna vers son père.) D'ailleurs, avais-je un surnom?

– Pareil que Jenny : Grenouille.

A l'expression vexée qu'affichèrent immédiatement ses deux filles, il regretta ses paroles et ajouta aussitôt :

– Je crois que je manque un peu d'imagination, n'est-ce pas?

– Jenny, pourquoi n'emmènerais-tu pas Cassie à l'étage pour lui montrer sa chambre? proposa en hâte Rosemary, avant de s'adresser à Cassie. As-tu vraiment réussi à mettre toutes tes affaires dans ce sac, ou reste-t-il des valises dans le break?

Cassie secoua la tête.

– C'est tout ce que j'ai amené. Papa a dit que ce n'était pas la peine de prendre autre chose.

Rosemary afficha un étonnement exagéré.

– Et tu l'as écouté? Je lui ai pourtant dit qu'aucune jeune fille de ton âge ne saurait se suffire d'un seul sac et je lui ai recommandé de ne pas te forcer.

– Ça n'est pas grave, dit Cassie. De toute façon, je n'ai pas grand-chose. Je n'ai besoin que de quelques vêtements de rechange.

– Si tu le dis, acquiesça Rosemary sans trop de conviction. Mais si tu t'aperçois qu'il te manque quoi que ce soit, n'hésite pas à me prévenir et nous irons l'acheter.

Jennifer, qui avait déjà regrimpé une bonne partie de l'escalier, fit volte-face en trépignant d'excitation.

– Alors, tu viens voir ta chambre?

Cassie suivit la fillette à l'étage. A l'extrémité du couloir elles entrèrent dans une grande pièce orientée au sud-est. L'adolescente s'arrêta net. A l'évidence, la chambre venait d'être refaite, mais pour une enfant de dix ans. Les murs étaient tapissés d'un papier aux motifs évoquant les personnages d'*Alice au pays des merveilles,* avec des rideaux assortis. Contre un mur, elle vit un lit en cuivre couvert d'une couette bleue bordée de dentelle blanche. Un bureau en bois, une commode et une chaise à bascule, le tout peint en blanc, constituaient le reste du mobilier. Le rocking-chair était affublé d'un coussin tendu du même tissu bleu que la couette.

– C'est super, hein? s'extasia Jennifer. *Alice au pays des merveilles* est mon livre préféré!

Cassie comprit soudain.

– C'est ta chambre, n'est-ce pas?

– Ça a toujours été ma chambre. Maman et moi avons juste fini de la refaire, et je devais me réinstaller aujourd'hui. Mais quand on a su que tu venais, on a décidé que j'irais dans l'autre pièce et que tu aurais celle-ci. Parce qu'elle est plus grande.

– C'est idiot, décréta Cassie. Allons voir l'autre.

Les yeux de Jennifer trahirent son hésitation.

– Tu sais, je ne devrais pas te la montrer. Maman dit que je ne dois laisser entrer personne tant que je n'ai pas rangé, et je n'ai même pas commencé...

Cassie retint un sourire amusé.

– Eh bien, c'est idiot, ça aussi. Je ne rangeais jamais ma chambre en Californie, et j'y invitais qui je voulais. Allons-y.

A regret, Jennifer conduisit sa sœur à l'autre extrémité du couloir.

– C'est plutôt petit, prévint-elle avant d'ouvrir la porte. Papa dit qu'au début il n'y avait pas de salle de bains au premier. Alors, forcément, quand il en a installé une, ça a pris de la place.

Elle poussa le battant et laissa Cassie entrer la première.

Dès qu'elle eut passé le seuil, l'adolescente sut qu'elle s'installerait ici.

Sans la place prise par la salle de bains, la pièce eût été spacieuse, en forme de L, éclairée d'une fenêtre à chaque mur. Pour l'heure elle se réduisait à un rectangle parfait de trois mètres à peine sur cinq, ce qui lui donnait plus l'air d'un hall d'entrée que d'une chambre. Derrière la porte, sur la gauche, était installée une penderie. Le plancher en pin craqua comme Cassie traversait la pièce jusqu'à la fenêtre.

Malgré ses dimensions et le plancher grinçant, ou peut-être pour ces raisons, cette chambre lui plaisait.

Le rapport de cette pièce avec le reste de la maison reflétait exactement celui qu'elle ressentait envers sa nouvelle famille.

Pas vraiment intégrée à l'ensemble, quelque peu différente.

A part.

En pensée elle vida la pièce des jouets de Jennifer et disposa ses affaires. Elle recouvrirait le papier mural d'une peinture vert foncé et le cadre de la fenêtre à guillotine de blanc laqué. La chambre lui parut soudain plus accueillante, comme si elle tentait de séduire sa future occupante. Ses dimensions étaient certes originales, mais en examinant l'espace plus attentivement Cassie estima qu'elle pourrait le séparer en deux. Elle réserverait la partie la plus proche de la porte à son lit, et le reste serait une sorte de cabinet privé, réservé à sa seule personne.

Elle se tourna vers la fenêtre et regarda au-dehors. Le jardin étalait sa pelouse bien entretenue jusqu'à une grille en fer forgé noir. Au-delà s'étendait un petit cimetière.

– Qu'est-ce que c'est? demanda-t-elle.

Jennifer la rejoignit et prit un air solennel.

– C'est le vieux cimetière de False Harbor. Tous ceux qui y sont enterrés sont là depuis drôlement longtemps, tu peux me croire. Plus personne ne se fait enterrer ici, maintenant. Ça doit être plein.

Cassie grimaça malicieusement.

– Y a-t-il des fantômes qui y habitent?

La gamine contempla sa demi-sœur avec condescendance.

– Les fantômes n'existent pas, tout le monde sait ça!

– Mais c'est amusant à imaginer, non? répliqua l'adolescente avec une expression singulière. C'est marrant de penser qu'il y a là des gens enterrés depuis des centaines d'années et que, parfois, quand il fait vraiment noir, ils se lèvent et vont faire un tour en ville...

Jenny fronça les sourcils. Cette conversation commençait à lui déplaire.

– Et pourquoi ils feraient ça?

– On peut trouver plein de raisons. Peut-être qu'ils veulent revoir la maison où ils ont vécu. Ou alors ils viennent surveiller leurs descendants – sa voix se fit plus douce –, et il y a peut-être dans certains de ces cercueils des gens qui n'auraient pas dû mourir et qui attendent pour se venger...

Jennifer plissa les yeux avec scepticisme, mais lorsqu'elle parla ce fut avec une ombre de chevrotement dans la voix :

– Alors ça, c'est vraiment super-débile! Je sais que tu essaies de m'effrayer, mais ça ne marchera pas, parce que je ne suis plus un bébé!

– Mais ça pourrait être vrai, insista Cassie en fixant le cimetière. Personne ne sait ce qui nous arrive après la mort. Peut-être qu'on meurt, simplement; peut-être pas... Qui peut dire si on ne continue pas à vivre dans d'autres corps...

Jennifer eut une moue dégoûtée.

– Tu veux dire comme ces trucs de réincar-je-sais-plus-quoi?

– Réincarnation, corrigea Cassie. Qui sait...

Elle se figea en repérant du coin de l'œil un léger mouvement. Par la fenêtre elle vit Eric, sur la gauche, qui poussait la tondeuse dans l'herbe drue du jardin voisin. Elle fronça légèrement les sourcils au souvenir de sa réaction lorsqu'ils s'étaient rencontrés. Elle avait eu l'impression qu'il avait peur.

Elle l'observa quelques secondes encore et il finit par lever la tête vers elle, comme s'il sentait son regard. Il plissa les yeux contre le soleil et fit un geste vague de la main en guise de salut. Cassie laissa s'égrener quelques secondes avant de lui répondre de la même façon.

Elle s'éloigna de la fenêtre et détailla une fois encore la chambre avant de remarquer l'attente circonspecte de Jenny.

– Je t'avais prévenue que c'était petit, rappela la fillette sans enthousiasme. Elle ne te plaît pas, hein?

– Au contraire. Et je la préfère même nettement à l'autre. Que dirais-tu d'un échange?

Les yeux de Jennifer brillèrent de plaisir.

– Vrai?

Cassie approuva.

– Pourquoi ne descends-tu pas l'annoncer à ta mère? Si elle est d'accord, on pourrait ramener tes affaires dans ta chambre aujourd'hui. Ça marche?

La gamine laissa échapper un cri d'approbation et se précipita hors de la pièce. Cassie l'entendit dévaler l'escalier. A nouveau seule, elle se laissa aller à ressentir l'atmosphère de la chambre.

Comme auparavant, elle était amicale.

Cette maison n'était pas la sienne, et les gens qui y vivaient n'étaient pas sa famille. Pas totalement. Mais, pour quelque raison qu'elle ne saisissait pas encore, elle sentait que cette pièce était faite pour elle. Ici, elle serait à l'aise, en sécurité.

Quelques minutes plus tard, lorsque Rosemary apparut à l'entrée de la chambre, Cassie était toujours assise sur le rebord de la fenêtre.

– Cassie?

La jeune fille ne bougea pas.

– Cassie, quelque chose ne va pas? Je peux t'aider?

L'adolescente se retourna et Rosemary eut l'impression fugace que sa belle-fille revenait d'un lieu étranger, bien au-delà des murs de la pièce. Puis quelque chose changea dans le regard de l'adolescente et elle sourit.

– Non, je pensais que ce serait mieux si je prenais cette chambre et si Jenny gardait la sienne. C'est possible?

Rosemary eut la tentation de défendre sa décision. La jeune fille ferait certainement meilleur usage que Jenny de l'espace supplémentaire qu'offrait l'autre pièce. Mais elle se ravisa en sondant les yeux de Cassie, car elle y découvrit quelque chose qui l'alerta sur-le-champ.

L'entêtement de Keith, tout comme celui de Jennifer d'ailleurs, transparaissait dans sa mâchoire et n'allait pas très loin. Celui de Cassie se lisait dans son regard et semblait être d'une nature toute différente, beaucoup plus profonde. Rosemary eut soudain la certitude qu'une fois sa décision prise, la jeune fille devait être très difficile à dérouter de son idée.

– Si c'est ce que tu veux, dit-elle enfin, je ne vois aucune raison de te le refuser.

En sortant de la chambre, Rosemary songea qu'elles venaient de s'affronter pour la première fois, bien qu'à aucun moment Cassie n'ait laissé paraître la moindre émotion. Et l'adolescente l'avait remporté.

C'est ridicule, se dit-elle. Elle avait eu un geste très gentil envers Jennifer et il ne fallait pas y voir autre chose.

Mais en descendant l'escalier Rosemary comprit soudain sa réaction. Pendant toute la conversation elle avait eu l'étrange impression de ne pas parler à la véritable Cassie mais à un personnage que l'adolescente présentait au monde. Sous cette apparence se cachait quelqu'un d'autre. La vraie Cassie. Et elle était certaine que rien n'avait encore été dévoilé de cette personnalité réelle.

Eric termina de tondre la pelouse à six heures trente. Il rangea les outils dans le garage dont il referma avec soin la porte asymétrique. Puis il emprunta l'allée pour entrer par la porte de derrière. Au moins, la pelouse était propre et il avait arraché la plupart des mauvaises herbes du jardin. Mais leur maison n'avait toujours pas l'aspect net de celle des Winslow, et Eric savait pourquoi : à cause de la peinture.

S'il avait réussi à persuader son père d'en acheter quelques pots, Eric aurait pu rendre leur foyer bien plus présentable. Mais il savait la situation sans issue. L'année dernière déjà, il l'avait proposé à son père. Ed s'était contenté de jeter un regard méprisant sur son fils et lui avait suggéré de s'occuper un peu plus de ses études au lieu de s'inquiéter de l'état des murs.

– D'ailleurs, avait-il ajouté, je n'ai pas d'argent à gaspiller pour frimer devant les voisins, moi. La seule raison valable de repeindre une maison, c'est quand on veut la vendre. Et ça ne fait pas partie de mes projets immédiats. Vu?

Il existait une autre raison, hélas beaucoup plus simple, qui empêchait Ed Cavanaugh d'acheter de la peinture. Eric ne la connaissait que trop bien. Son père dépensait presque tous ses gains dans l'alcool.

Et c'était arrivé de nouveau aujourd'hui. Ed était parti après le petit déjeuner en annonçant qu'il se rendait sur le port pour finir de réparer son bateau, le *Big Ed*. A la mi-journée il n'était pas rentré déjeuner. Eric et Laura n'avaient pas besoin de se concerter. Ils savaient à quoi s'attendre. Une demi-heure plus tôt, la camionnette s'était engagée dans l'allée. Quand son père était descendu du véhicule, Eric avait immédiatement su qu'il était saoul en voyant le pas mal assuré et les yeux brillant de colère qui annonçaient des ennuis sous peu. L'adolescent avait vivement détourné les yeux, mais il n'avait pas été assez rapide.

– Tu regardes quoi, mon gars? avait grondé Ed Cavanaugh. Bon, laisse-moi te dire un truc : quand on bosse aussi dur que moi, on a droit à un peu de détente, vu? Et si je m'arrête pour boire quelques bières avec mes potes, c'est mes oignons! C'est clair?

Sans un mot Eric avait hoché la tête. Il n'osait pas affronter son père, mais il aurait parié que c'était bien plus que de « quelques » demis qu'il s'agissait. Ed avait peut-être commencé par une bière mais il avait dû la faire suivre de plusieurs whiskies, et tous ceux qui avaient bien voulu écouter ses vantardises avaient profité du même traitement. Son père n'était rentré que lorsque l'assistance s'était clairsemée.

Eric avait gardé la tête baissée et les lèvres closes pendant de longues secondes, jusqu'à ce qu'il entende enfin le pas traînant de son père s'éloigner vers la maison.

A présent, incapable de retarder davantage le moment de rentrer, Eric arriva sous le porche. Il entendit la voix de son père provenant de la cuisine. Sans le voir, Eric savait qu'Ed s'était affalé à la table, un verre à demi-plein de bourbon devant lui, et qu'il couvait sa mère d'un regard mauvais.

– T'as une excuse pour expliquer le retard du dîner?

Malgré l'élocution pâteuse, l'agressivité du ton était évidente.

– T'as certainement fait des trucs très importants, aujourd'hui, hein? Par exemple t'es restée le cul rivé au fauteuil à regarder cette foutue télé toute ta putain de journée, peut-être? Eh bien moi je la passe à trimer, ma journée, et j'aimerais pouvoir bouffer quand je rentre, nom de Dieu!

– Je suis désolée, Ed, répondit Laura d'une voix presque inaudible. Je prépare un rôti et ça prend un peu plus de temps que prévu.

Eric entra dans la cuisine. La porte du four était baissée et sa mère, penchée, retirait le plat du four. Elle le posa sur le plan de travail.

– Ça sent rudement bon, Maman! fit Eric d'un ton enjoué.

– Ça peut, bordel! grogna son père. Vu le prix de cette saloperie! Et il n'y a que du nerf!

– Allons, Papa, protesta doucement l'adolescent en voyant les yeux de sa mère s'emplir de larmes. Maman cuisine super...

Ed se leva d'un bond et vint se planter devant son fils, les yeux étincelants.

– Et qu'est-ce que mon merdeux de rejeton connaît à la cuisine? T'es un expert là-dedans aussi, peut-être?

Menaçante, sa main droite s'éleva lentement.

– Non, Ed! implora Laura. Eric n'a rien fait!

Mais il était trop tard. La large paume s'abattit à toute volée sur la joue gauche du garçon. La force du coup lui rejeta la tête sur le côté. Étourdi par le choc, Eric chancela. La douleur amena des larmes à ses yeux et il détala de la cuisine pour filer dans sa chambre.

– C'est ça! hurla son père. Et ne redescends pas tant que tu n'es pas capable de respect!

Trois heures plus tard, Eric était toujours allongé sur son lit, consumé de rage et d'humiliation. Seule la douleur cuisante de sa joue avait diminué un peu.

Je le tuerai, pensait-il. *Un jour il me frappera une fois de trop et je le tuerai...*

Les yeux au plafond où jouaient des ombres imprécises, il attendait que sa colère s'apaise pour sombrer dans le sommeil. Mais il se surprit à réfléchir au moyen d'accomplir sa vengeance.

Comment tuer son propre père.

Le bateau. C'était la solution la plus évidente. On pouvait faire une multitude de choses à un bateau, et personne ne découvrirait jamais la cause du naufrage... D'ailleurs son père prenait si peu soin du *Big Ed* que c'était un miracle s'il flottait encore. Non, personne ne s'étonnerait.

Pourtant, au plus profond de lui-même, Eric se savait incapable d'un tel forfait. Il pouvait en rêver, l'imaginer dans ses moindres détails, jamais il ne passerait à l'acte.

Parce qu'en fin de compte il s'agissait quand même de son père.

Avec irritation il se retourna sur son lit et envoya un coup de poing à l'oreiller. Si seulement il pouvait comprendre pourquoi Ed Cavanaugh était continuellement sur son dos. Il faisait justement de son mieux pour le contenter! Et pourtant rien de ce qu'il disait ou faisait ne recevait jamais l'approbation de son père.

Sa mère lui répétait qu'il n'y était pour rien et qu'il devait ignorer son père quand celui-ci s'en prenait à lui parce qu'il était saoul. Mais comment rester de marbre alors que rien n'était jamais satisfaisant, malgré tous ses efforts?

Sa rage et sa frustration redoublèrent. Il se leva et alla jusqu'à la fenêtre. Dehors, au-delà de ces murs devenus étouffants, la nuit était paisible. Les rainettes commençaient à coasser entre elles, et au loin il perçut le bruit d'une déferlante qui s'écrasait sur la plage.

Peut-être devrait-il sortir faire un tour, jusqu'à ce qu'il soit suffisamment calmé pour dormir. Il s'apprêtait à enfiler un épais chandail quand il réalisa qu'il ne pouvait pas sortir.

Souvent, les soirs où son père s'était enivré et désirait passer sa colère sur quelqu'un, il montait dans la chambre d'Eric, parfois tard la nuit. Si son fils avait pris la poudre d'escampette, la rage d'Ed en serait multipliée et il se retournerait contre la seule autre occupante de la maison.

Sa mère.

Or Eric préférait encore supporter lui-même les raclées que d'assister au spectacle pitoyable qu'offrait Laura quand elle soignait ses ecchymoses le matin, dans un silence résigné.

Il était donc pris au piège. Il regarda la maison des Winslow de l'autre côté de l'allée commune. La fenêtre de Jennifer était ouverte.

Parfois il essayait d'imaginer ce que pouvait être une vie de famille comme celle des voisins, sans cris au milieu de la nuit, où l'amour remplaçait la haine.

Soudain il remarqua un mouvement dans l'encadrement de la fenêtre en face de lui. Un visage apparut, mais ce n'était pas celui de Jennifer.

Cassie.

Leurs regards se rencontrèrent et ils restèrent ainsi un long moment. La colère d'Eric s'évanouit peu à peu. C'était comme si Cassie avait senti en le fixant le tumulte intérieur qui l'agitait, et le lui avait fait comprendre.

Enfin la jeune fille esquissa un sourire et eut un hochement de tête, puis elle disparut.

Eric resta longtemps devant sa fenêtre, essayant de comprendre cet étonnant face-à-face. Au bout de quelques minutes, il ressentit autre chose.

Quelque part, dans l'obscurité, on l'épiait.

Son regard glissa jusqu'au petit cimetière voisin. Au début il ne vit rien dans les ténèbres, sauf les ombres des arbres et des pierres tombales. Peu à peu pourtant, émergeant de la nuit, une silhouette prit forme. Il se concentra afin de distinguer qui hantait le vieux cimetière à pareille heure.

Miranda.

L'étrange vieille femme qui vivait seule dans le marais. Que faisait-elle donc, en pleine nuit, dans un endroit aussi incongru, à surveiller sa maison?

Puis, comme la silhouette bougeait légèrement et devenait plus visible, il comprit que ce n'était pas le foyer des Cavanaugh qu'observait Miranda.

C'était celui des Winslow.

Tout comme lui quelque temps auparavant, Miranda fixait la fenêtre de la chambre où vivait maintenant Cassie.

L'adolescente s'éveilla en sursaut dans les heures qui précèdent l'aube. Son cœur battait la chamade et elle était trempée d'une sueur glacée qui la fit frissonner. Pendant un moment elle ne sut plus où elle se trouvait. Puis elle entendit le bruit régulier des vagues, au loin. Son rêve s'estompa et elle se rappela où elle était.

A False Harbor, sa nouvelle demeure. Dans la chambre voisine, sa demi-sœur dormait à poings fermés, et de l'autre côté du couloir son père partageait son lit avec sa deuxième femme.

Alors pourquoi ce sentiment de solitude?

A cause du rêve, bien sûr.

Cette nuit encore, elle avait vu cette femme qui aurait dû être sa mère mais ne l'était pas.

De nouveau Cassie avait assisté avec horreur au feu qui dévorait la voiture. Vaguement consciente de rêver, elle s'était attendue à se réveiller comme précédemment.

Mais alors qu'elle voulait se détourner et fuir, elle était restée clouée devant l'automobile enveloppée de flammes.

Il n'y avait pas eu de rire aigu, pas de cris, aucun bruit. Dans un silence surnaturel, le feu avait calciné la carcasse tordue. Alors que Cassie allait enfin partir, la femme était apparue dans la fournaise.

Vêtue de noir de la tête aux pieds, la silhouette était parfaitement immobile, préservée des flammes qui l'environnaient. Lentement, elle avait levé une main. Ses lèvres avaient formé un seul mot qui avait survolé l'autoroute encombrée de véhicules anonymes pour frapper ses seules oreilles.

– Cassandra...

Le nom avait vibré dans l'air quelques instants. Puis la femme avait fait demi-tour pour disparaître dans les flammes.

Instinctivement, Cassie avait fait un pas dans sa direction pour la sauver.

Alors le silence avait été brisé par le vacarme d'un klaxon et le crissement de pneus bloqués freinant sur l'asphalte.

Cassie avait levé les yeux à temps pour voir le camion se ruer sur elle, la grille de son énorme radiateur à quelques centimètres seulement de son visage.

Elle ouvrit les yeux à l'instant où la masse d'acier la percutait, réprimant de justesse un hurlement de terreur absolue.

Les battements de son cœur se calmèrent et son tremblement cessa. Mais la pièce semblait se refermer sur elle et sa respiration se fit plus difficile. Elle se glissa hors du lit, alla jusqu'à la fenêtre qu'elle ouvrit en grand. Alors qu'elle s'apprêtait à se recoucher, elle perçut un mouvement dans les ténèbres extérieures.

Elle baissa les yeux vers le cimetière. D'abord elle ne vit rien. Puis elle décela un nouveau mouvement et une silhouette sombre émergea de la nuit. Habillée de noir, parfaitement silencieuse, une femme se tenait immobile dans les ombres projetées par les pierres tombales.

Le temps parut s'arrêter.

Enfin l'apparition leva une main. Cassie entendit un mot, à peine audible dans le bruit lointain du ressac.

– Cassandra...

L'adolescente sentit une paralysie inexplicable l'envahir. Les yeux clos, elle tenta de réentendre les syllabes de son prénom mais il n'y avait plus maintenant que le son étouffé des vagues sur la grève. Un peu plus tard, lorsqu'elle releva les paupières, elle ne vit personne dans le cimetière.

L'étrange femme en noir avait disparu.

Cassie retourna dans son lit et ramena les couvertures sur elle. Longtemps elle resta immobile et finit par se demander si elle n'avait pas tout simplement imaginé cette scène pour le moins singulière.

Peut-être avait-elle rêvé cette femme dans le cimetière. C'était la même que celle de son cauchemar. Une telle personne ne pouvait exister.

A moins que...

4

– Je peux venir avec toi? supplia Jennifer.

La gamine gratifia Cassie de son regard le plus pathétique – et le plus efficace –, celui qui attendrissait toujours son père, quoiqu'il remportât moins de succès auprès de sa mère.

– Oh, s'il te plaît?

Avec sa demi-sœur, la manœuvre semblait avoir ses chances.

– Je vais juste faire un tour en ville, l'avertit l'adolescente. Tu risques de trouver ça un peu barbant, non?

Jennifer secoua la tête avec véhémence et repoussa son assiette vide.

– Oh non! J'adore marcher, et je connais tous les endroits les plus super! (Elle se tourna vers son père.) Je peux lui montrer le bateau, Papa? On ne touchera à rien, juré!

Keith interrogea sa femme du regard et haussa les épaules.

– Pourquoi pas? D'ailleurs nous pourrions sortir en mer cet après-midi, tous ensemble. Jusqu'à Hyannis, par exemple. Enfin, si le temps se maintient, bien sûr.

– Et si tu as fini le jardinage, rappela Rosemary. Je croyais d'ailleurs que Jenny devait te donner un coup de main?

L'expression déjà ravie qu'arborait la fillette disparut comme par enchantement.

– Il faut vraiment que je l'aide? dit-elle d'une toute petite voix.

– Et si Jennifer et moi aidions Papa *après* notre balade? intervint Cassie. Nous ne serons pas absentes longtemps, c'est promis.

L'ombre d'un sourire jouait sur ses lèvres tandis qu'elle observait Rosemary. Celle-ci hésita. Elle se sentait vaguement mal à l'aise. Ce que l'adolescente proposait paraissait très sensé, mais ne se laissait-elle pas manipuler en acceptant? Elle donna son assentiment d'un geste nerveux, non sans une certaine réticence. Elle attendit en silence que les deux filles aient enfilé leur blouson – Cassie en emprunta un nettement trop grand à son père – et qu'elles soient sorties pour aller s'asseoir en face de son mari.

– Tu n'as pas l'impression que nous nous sommes fait rouler?

Keith releva le nez de son journal.

– Rouler? Elles voulaient juste aller faire un tour. Et je suis plutôt content que Cassie accepte aussi bien la compagnie de Jen.

– Jennifer savait très bien qu'elle devait t'aider ce matin, insista Rosemary.

Keith tapota son journal avec un peu d'irritation.

– Il y aura des centaines d'autres matins, non? D'ailleurs il ne reste pas tant de jardinage que ça. Laissons-les s'amuser ensemble. Sachant ce qui est arrivé à Cassie...

– Ce n'est pas ce que je voulais dire, corrigea Rosemary, regrettant déjà d'avoir engagé cette conversation. Il m'a simplement semblé qu'elles essayaient toutes les deux de me manipuler.

Cette fois Keith repoussa son journal.

– Allons, Rosemary! Jennifer agit toujours de la sorte avec nous, et tu le sais! Quant à Cassie, elle n'a fait que proposer un compromis.

– Alors pourquoi ai-je l'impression de perdre tout contrôle sur ma fille? Pourquoi ce sentiment que tout a changé?

Keith ne dit rien pendant un moment, puis il prit la main de sa femme entre les siennes.

– Parce que c'est la vérité, ma chérie, fit-il d'une voix douce. Je sais que tu ne prévoyais pas de te retrouver face à une adolescente avant encore quelques années, mais la vie décide parfois pour nous. Alors ne nous laissons pas aller à bâtir toute une théorie sur un détail, d'accord? Cassie n'est arrivée que depuis quelques heures. Il faut nous donner le temps à tous de nous habituer à cette nouvelle situation. A moins que tu n'aies décidé de te transformer en marâtre dès le premier jour?

– Je n'ai rien décidé, soupira Rosemary.

Elle retira sa main, se leva et entreprit de débarrasser la table des reliefs du petit déjeuner.

– Ce n'est qu'une impression, rien de plus. Je croyais que Cassie préférerait la plus belle chambre et il n'en est rien. Et je n'avais encore jamais vu une adolescente heureuse d'avoir sa petite sœur pendue à ses basques. Ça n'a pas l'air... enfin, elle ne réagit pas comme je m'y attendais.

– Mais elle réagit bien, reconnais-le. Et n'oublie pas qu'elle se sent certainement encore un peu étrangère ici. Il lui faut le temps de trouver ses marques. Laisse-lui une semaine ou deux, et je suis sûr que tu considéreras Cassie comme une jeune fille semblable à toutes les autres. Ce qui nous promet d'ailleurs pas mal de soucis...

Rosemary se força à sourire. Keith avait sans doute raison. Ce petit incident restait dans l'ordre des choses. Et elle aurait dû se réjouir de l'entente spontanée entre Cassie et Jennifer.

Alors pourquoi ressentait-elle un malaise indéfinissable face à l'adolescente?

Elle se souvint des paroles de son mari. La nouveauté de la situation devait la troubler quelque peu.

Et Cassie, après les épreuves qu'elle avait traversées, ne se sentait-elle pas cent fois plus perdue? Soudain frappée par cette idée, Rosemary réalisa que la jeune fille venait de perdre sa mère et d'être arrachée au seul environnement qu'elle eût jamais connu.

Elle finit la vaisselle et monta à l'étage pour ranger leur chambre. Comme à l'accoutumée, Jennifer n'avait pas fermé sa porte qui laissait entrevoir le capharnaüm habituel. En revanche, celle de Cassie était close.

Rosemary s'arrêta devant le battant en bois, sachant qu'elle devait continuer à vaquer à ses propres occupations, d'autant plus qu'elle se rappelait l'indignation éprouvée au même âge que Cassie en constatant que sa mère avait violé l'intimité de sa chambre en son absence. *Je ne ferai rien*, se dit-elle. *Je ne toucherai à rien et je n'entrerai même pas. Je jetterai juste un coup d'œil...*

Avec une pointe de culpabilité, elle posa la main sur le bouton de la porte, le tourna et repoussa le battant de quelques centimètres. Elle détailla la pièce avec le sentiment d'espionner dans sa propre maison.

Le lit était fait et les quelques vêtements de Cassie sagement rangés dans la penderie. Sur la petite commode elle vit un peigne et une brosse, et contre le mur un cadre en argent.

Le cadre était vide.

Intriguée, Rosemary entra dans la chambre et s'approcha du meuble. Son regard se porta instinctivement sur la corbeille à papiers placée à côté de la commode. Les morceaux d'une photo étaient éparpillés au fond.

Ne t'occupe pas de ça, songea-t-elle, sachant bien qu'elle serait incapable de résister à la curiosité.

Presque contre son gré, elle pêcha les fragments et les assembla soigneusement pour reconstituer le cliché.

Un frisson la parcourut lorsqu'elle reconnut le sujet de la photographie. Cassie avait détruit le portrait de sa propre mère.

L'adolescente marchait lentement, au rythme de Jennifer, tout en étudiant la petite ville avec fascination. Ce qu'elle voyait était tellement différent de ce qu'elle avait toujours connu! Partout des érables et des ormes gigantesques se couvraient de leurs premières feuilles. Leurs branches s'étalaient au-dessus de la rue, s'entrelaçant par endroits pour former une voûte végétale. Malgré l'hiver encore proche, elle n'eut aucun mal à imaginer les tunnels de verdure qui se constitueraient ainsi en été.

Les maisons n'étaient séparées par aucune clôture et la plupart semblaient au moins centenaires à ses yeux étonnés. Beaucoup possédaient un ou deux étages. Les pelouses, d'une verdeur luxuriante, s'agrémentaient de parterres de tulipes et de jonquilles déjà turgescentes.

Les deux promeneuses arrivèrent à une place et Cassie observa l'endroit sans cacher sa surprise. Il y avait bien un drugstore et un supermarché, mais d'une taille ridicule si on les comparait à ceux de Californie entourés de leurs immenses parkings. Ce n'étaient ici que des bâtiments en bois de dimensions modestes donnant directement sur la rue. On avait délimité à la peinture quelques places pour la clientèle en face de leur devanture.

Cassie remarqua également une petite librairie, trois magasins de vêtements et quelques boutiques d'antiquités. Jennifer la traîna devant l'une d'elles.

– C'est le commerce de Maman, déclara la fillette avec une fierté mal dissimulée. Super, hein?

Un service complet datant sans doute de la reine Anne était exposé dans la petite vitrine.

Pour l'adolescente, cette boutique ressemblait à s'y méprendre aux autres, mais elle colla son nez contre la vitre et passa consciencieusement en revue les articles contenus à l'intérieur.

– C'est ouvert tous les jours pendant l'été, et des fois Maman me permet de l'aider, à condition que je fasse très attention. Pour ne rien casser, tu comprends. Mais ça, c'est en été. En ce moment presque personne ne vient ici.

Tandis que Jennifer continuait à discourir sur un ton très sérieux, Cassie abandonna le magasin d'antiquités pour contempler la place avec un désappointement grandissant.

– Et... c'est tout ce qu'il y a?

Le fillette étouffa un petit rire.

– Oui, avec les magasins de Bay Street. Mais seuls les touristes y vont.

– Mais où faites-vous vos courses? Il n'y a pas de centre commercial?

Jennifer secoua la tête.

– Ben non. Des fois on va à Providence, des fois à Boston. On n'a même pas de *Mac Donald* à False Harbor.

– Mais... que font les jeunes ici?

– Oh, il y a plein de trucs super : l'été on peut aller à la plage, et l'hiver on patine sur l'étang gelé, à côté de l'école.

Elle s'arrêta de parler en voyant une silhouette tourner le coin d'une rue et tira sur la manche de l'adolescente.

– Cassie, souffla-t-elle, allons-nous-en vite!

Ahurie, la jeune fille baissa les yeux vers sa sœur dont le visage exprimait une angoisse réelle.

– Que se passe-t-il, Jen? Qui est-ce?

– Miranda. Viens, partons. S'il te plaît...

Le ton était pressant, mais Cassie ne bougea pas d'un pouce. En fait, elle était clouée sur place par l'apparition. Comme la silhouette approchait, une impression de déjà vu l'envahit en un long frisson.

Tout de noir vêtue, la femme arrivait silencieusement. Sa robe touchait presque le sol. Elle poussait devant elle une carriole remplie de sacs en papier qui paraissaient contenir de vieilles hardes. Elle avançait avec lenteur, s'arrêtant avec régularité devant chaque vitrine.

Ses lèvres bougeaient par intermittence dans un discours muet.

– *Allons!* insista Jenny, au bord de la panique.

La gamine avait les larmes aux yeux et tirait avec frénésie sur le blouson de Cassie. L'adolescente finit par céder et elles traversèrent la rue.

Cassie se retourna pour regarder encore la vieille femme. Celle-ci progressait sans s'arrêter. D'abord, la jeune fille la crut inconsciente des regards fixés sur elle. Mais lorsque la silhouette noire se trouva à leur hauteur sur l'autre trottoir, elle pivota brusquement et fixa Cassie.

Ses yeux rencontrèrent ceux de l'adolescente quelques secondes, puis elle hocha la tête et tourna les talons, s'éloignant lentement, toujours poussant sa misérable carriole.

Cassie sentit un autre frisson la parcourir alors que l'étrange silhouette disparaissait au coin d'une rue.

Quand leurs regards s'étaient rencontrés, elle avait reconnu la femme en noir.

C'était elle qui hantait son cauchemar.

Qui conduisait la voiture.

L'étrangère qui, inexplicablement, était aussi sa mère.

L'apparition qui avait prononcé son prénom, la nuit précédente, dans le cimetière.

L'esprit de Cassie chavirait. Comment avait-elle pu rêver d'une femme qu'elle n'avait jamais vue auparavant?

Elle se rendit compte que Jennifer recommençait à tirer sur le pan de son blouson, les yeux humides.

– Elle t'a regardée?

– Oui, pourquoi?

Les yeux de la gamine s'agrandirent d'horreur.

– Ne la laisse jamais refaire ça! Jamais!

Cassie fronça les sourcils, étonnée.

– Mais pourquoi donc?

– Parce que c'est une sorcière! hoqueta la fillette en surveillant les alentours. Elle peut te jeter un sort rien qu'en te regardant!

Cassie la dévisagea avec incrédulité.

– Une sorcière? Qui t'a raconté ça?

– Je... je ne sais pas.

Jennifer semblait un peu déroutée par la question. Elle s'assombrit en constatant le scepticisme évident de sa sœur.

– C'est vrai! dit-elle avec force. Tous les enfants savent que c'est une sorcière. Elle habite près de la plage et elle est vraiment méchante. Il faut l'éviter et surtout elle ne doit pas vous regarder, voilà!

– Voyons, Jen, les sorcières n'existent pas, ce ne sont que des histoires. Ne me dis pas que tu as réellement peur d'elle.

Vexée, la fillette pinça les lèvres avant de lâcher à toute vitesse :

– Tout le monde a peur d'elle. Elle est vraiment bizarre et elle reste tout le temps chez elle sauf quand elle sort avec sa carriole.

– Ce n'est qu'une pauvre clocharde, protesta Cassie malgré la sensation insolite qu'elle avait éprouvée en croisant le regard de la vieille femme. Il y en a partout, tu sais. Chez moi aussi on en voyait. Elles marchaient toute la journée sur Ventura Boulevard et la nuit, si les flics le permettaient, elles dormaient dans le parc. Elles sont juste un peu folles, c'est tout.

– Miranda est différente, insista Jenny. La maman de Wendy Maynard lui a dit que la mère de Miranda était pareille, aussi bizarre! Tous les enfants avaient peur d'elle, comme nous de Miranda. Et elle habitait dans la même maison que Miranda, et personne n'a jamais osé y aller.

Cassie observait la gamine avec perplexité. Ce ne pouvaient être que des racontars! Et pourtant Miranda était bien la femme dont elle avait rêvé, l'adolescente en était maintenant persuadée. Mais comment était-ce possible?

Elle se sentait à la fois terrifiée et fascinée par ce mystère.

– Sais-tu où elle habite?

Jennifer acquiesça de mauvaise grâce.

– Tu veux bien me montrer?

– Je ne veux pas m'approcher de sa maison! s'écria aussitôt la fillette. Et toi, si tu le fais, je le dirai à Papa et Maman!

Mais Cassie n'était pas décidée à renoncer.

– A-t-elle jamais *vraiment* fait du tort à quelqu'un? Je veux dire, quelque chose de méchant?

– Je... je ne sais pas, bafouilla Jenny. Elle n'était pas là pendant longtemps parce qu'on l'avait enfermée dans un asile de fous.

– Alors pourquoi avoir peur? Si elle était dangereuse, les docteurs ne l'auraient pas relâchée, non?

Mais la fillette tenait à ses convictions.

– Ça, je sais pas. Mais je sais qu'elle est folle et que c'est une sorcière, et je te parie qu'elle pourrait te tuer rien qu'avec son regard si elle voulait! Voilà. Et on ferait mieux de rentrer tout de suite si on ne veut pas avoir d'ennuis.

– Je croyais qu'on devait visiter le bateau de Papa? fit Cassie en retenant un sourire malicieux.

Elle avait remarqué que Miranda s'éloignait en direction du port et, d'après sa réaction gênée, Jennifer s'en était aperçue elle aussi.

– Je te le montrerai la prochaine fois.

Les cloches de l'église congrégationaliste se mirent à sonner tandis qu'elles se dirigeaient vers Alder Street. Elles passèrent devant le majestueux édifice au moment où les portes s'ouvraient pour livrer passage au flot des fidèles matinaux qui s'éparpillèrent dans les rues. Jennifer salua de la main ses amies et les deux sœurs se trouvèrent bientôt entourées d'un groupe d'enfants réjouis. Jenny capta immédiatement leur attention en relatant avec un certain sens théâtral leur rencontre avec Miranda. La voix de la gamine n'avait plus aucun accent de peur comme elle concluait :

– ... et Cassie l'a regardée droit dans les yeux!

Quelques enfants détaillèrent la jeune fille avec une expression d'effroi mêlé de respect. Alors qu'elle allait parler, Cassie sentit peser sur elle un autre regard. Elle repéra presque aussitôt une adolescente blonde, près de la porte de l'église, qui la contemplait avec insistance. Avant qu'elle ait pu lui adresser un geste amical, elle vit son observatrice lui tourner ostensiblement le dos et parler à quelqu'un d'autre.

Quoiqu'elle fût trop loin pour entendre, Cassie eut sur-le-champ la certitude qu'elle faisait les frais de cette conversation. Elle se sentit rougir de confusion. Prenant la main d'une Jennifer surexcitée dans la sienne, elle fendit le petit groupe. Ce n'est qu'hors de vue de l'église, après avoir tourné le coin de la première rue, qu'elle interrogea la gamine.

– Qui est cette fille qui me dévisageait?

– Je n'ai vu personne. Pourquoi est-ce qu'on te dévisagerait? Je ne sais pas. C'était une fille blonde et...

Elle s'arrêta net dans sa phrase, alertée par la même sensation d'être épiée. Elle fit volte-face et surprit l'adolescente blonde en grande discussion avec deux autres filles de son âge, au coin de la rue. Elles surveillaient Cassie mais regardèrent ailleurs dès que celle-ci se retourna.

– Là! s'exclama-t-elle. Qui est-ce?

Mais elle avait parlé trop tard. Jenny avait aperçu son père occupé à pousser la tondeuse à gazon devant leur maison et elle filait déjà pour le rejoindre. Tentée de retourner sur ses pas pour se présenter au trio, Cassie hésita un instant. Finalement, rouge de l'humiliation d'être observée comme une bête curieuse, elle suivit la gamine.

– Cassie, quelque chose te tracasse? demanda Rosemary après le dîner.

Ils étaient tous réunis dans le salon; Jennifer, affalée sur la moquette, le menton entre les mains, suivait le film de début de soirée que diffusait la télévision; Keith feuilletait un catalogue d'articles de marine tandis que sa femme tricotait un pull déjà bien avancé; Cassie s'était lovée à une extrémité du canapé, un livre ouvert sur les genoux. Mais Rosemary remarqua qu'elle n'avait pas tourné une page depuis un bon quart d'heure.

Surprise par la question de sa belle-mère, l'adolescente fit un petit signe de tête négatif et se replongea dans son livre. Jennifer choisit ce moment pour rouler sur le dos et s'adresser à sa mère :

– On a vu Miranda sur la place aujourd'hui, et Cassie l'a regardée droit dans les yeux.

Rosemary constata que son mari avait cessé de tourner les pages de son catalogue. Lorsqu'elle parla, elle prit soin d'adopter un ton détaché :

– Et alors? Qu'y a-t-il d'extraordinaire?

– Moi je n'oserais jamais! s'exclama Jenny. Si je peux l'éviter, je ne la regarderai même pas! Wendy Maynard dit que...

– Je connais par cœur les racontars de Wendy Maynard! coupa Rosemary. Et tu sais comme moi que ce ne sont que des idioties! Miranda Sikes est tout à fait inoffensive.

– Ce n'est pas ce que tous les enfants disent, protesta la fillette.

Puis, baissant le ton :

– Et quand Cassie l'a regardée, elle l'a fixée droit dans les yeux... C'était *bizarre!* Elle était là, dans son horrible robe noire, à parler toute seule en marchant. J'ai emmené Cassie sur l'autre trottoir et je l'ai avertie de ne pas la regarder mais elle l'a fait quand même!

– Je ne l'observais pas, corrigea l'adolescente en fermant son livre. Je lui ai simplement jeté un coup d'œil.

– Eh bien, ça suffit, qu'est-ce que tu crois? affirma Jennifer, péremptoire. Je suis sûre qu'elle t'a jeté un sort!

Rosemary ne put contenir son exaspération.

– Oh, pour l'amour du Ciel!

L'air sévère, elle se pencha vers sa fille.

– Jennifer, nous avons déjà eu cette discussion cent fois! Miranda Sikes est peut-être un peu excentrique, mais elle est absolument inoffensive.

– Alors pourquoi ils l'ont enfermée? Pourquoi ils l'ont mise dans un asile de fous?

– Mais elle n'y est plus, n'est-ce pas? Si elle était encore malade, ils ne l'auraient pas laissée sortir. Elle essaie de se rétablir, et la façon dont toi et tes amies vous comportez avec elle ne l'aide certainement pas!

Le visage de Jennifer se décomposa devant la réprimande. Mais Rosemary était lancée :

– Comment réagirais-tu si tout le monde s'enfuyait à chaque fois que tu approches? Tu ne crois pas que tu commencerais à parler toute seule et à agir bizarrement?

Des larmes envahirent les grands yeux de la fillette qui se mit debout avec maladresse.

– J'ai rien fait! pleurnicha-t-elle. J'ai juste traversé la rue parce qu'elle me fait peur. Je ne l'ai pas montrée du doigt, ni regardée, ni...

Éclatant en sanglots convusifs, elle sortit de la pièce en courant. Un moment plus tard la porte de sa chambre claquait.

Un silence interdit s'abattit sur le salon. Puis Cassie prit la parole avec douceur :

– Elle ne l'a pas dévisagée, Rosemary. Elle n'a rien fait. Elle était simplement apeurée par l'aspect assez particulier de Miranda.

Elle se leva, laissant son livre sur le canapé.

– Je vais monter et lui parler...

– Non! s'écria Rosemary d'une voix stridente. J'irai. Après tout, c'est moi qui l'ai vexée, pas toi.

Elle se leva et vit le regard désapprobateur de Keith. Bien qu'il ne dise rien, elle sut qu'il regrettait le ton qu'elle venait d'adopter. Et il avait raison : l'adolescente essayait simplement d'arranger les choses. Elle monta l'escalier d'un pas nerveux.

Après s'être excusée auprès de Jennifer, elle ferait de même avec Cassie.

Elle trouva sa fille dans sa chambre, allongée sur le lit, le visage enfoui dans l'oreiller et son petit corps agité de spasmes au rythme de ses sanglots.

– Jen? dit doucement Rosemary. Puis-je entrer?

La fillette ne répondant pas, sa mère avança et referma la porte derrière elle.

Elle s'assit au bord du lit et prit son enfant dans ses bras.

– Je suis désolée de t'avoir grondée, ma chérie.

La gamine releva la tête.

– J'ai rien fait... commença-t-elle d'une petite voix.

Rosemary lui posa un index sur les lèvres.

– Je sais, mais je veux que tu comprennes bien qu'en prenant un air effrayé quand tu vois Miranda, ça lui fait du mal.

– Mais j'ai vraiment peur d'elle! insista Jennifer en se frottant les yeux des deux poings. Tous les enfants ont peur d'elle!

– Et moi je t'assure qu'il n'y a aucune raison d'avoir peur. Ce n'est qu'une femme bizarre, différente des autres gens. C'est tout. Mais elle n'est pas méchante, et ce n'est pas une sorcière. Ces choses-là n'existent pas, et surtout pas les personnes qui peuvent jeter des sorts et faire des opérations magiques. Donc tu n'as pas à t'inquiéter; d'accord?

Jennifer acquiesça mais Rosemary voyait bien qu'elle ne l'avait pas convaincue. Le contraire l'eût étonnée. A l'âge de sa fille, elle et ses amies étaient tout aussi persuadées des pouvoirs maléfiques d'une vieille femme qui habitait la maison au coin de sa rue. Bien entendu elle découvrit quelques années plus tard que celle qu'elle prenait pour une sorcière n'était en fait qu'une alcoolique notoire, probablement agoraphobe de surcroît. Plus à plaindre qu'à craindre. Mais les ragots du quartier avaient gardé les enfants du voisinage éloignés de sa maison, ce qui ne devait pas déplaire à la vieille solitaire. Miranda Sikes, après tout, ne se souciait peut-être pas le moins du monde des histoires qui couraient sur son compte parmi la jeunesse de False Harbor.

Rosemary décida qu'elle en avait assez dit.

– Veux-tu redescendre voir la fin du film?

– C'était nul, répondit Jennifer, encore maussade. Un truc pour les gosses.

Sa mère eut un rire plein d'affection.

– Bon, eh bien évite-nous ce genre de situation à l'avenir, tu veux bien?

Jennifer la gratifia d'un hochement de tête solennel.

– Maman, Cassie a dit que quelqu'un la dévisageait ce matin, devant l'église.

Le sourire de Rosemary s'évanouit aussitôt.

– La dévisageait? Qui donc?

– Je ne sais pas. Moi, je n'ai vu personne.

– Il n'y avait peut-être personne, répondit Rosemary en baisant le front de la fillette. Maintenant, il est huit heures trente et je veux que tu sois au lit à neuf heures, entendu?

Selon le rituel du coucher, Jennifer allait protester, mais sa mère ne lui en laissa pas le temps.

– Pas ce soir. Neuf heures, pas une minute de plus. D'accord?

Jennifer ronchonna un peu puis son visage s'éclaira :

– Est-ce que Cassie peut monter me border?

Rosemary sentit l'aiguillon d'une émotion très semblable à la jalousie. Pourtant elle résolut de ne pas accepter un ressentiment aussi puéril.

– Bien sûr. Je te l'envoie dans un moment.

Elle embrassa de nouveau sa fille et redescendit au salon. Keith s'était replongé dans son catalogue et Cassie semblait absorbée par sa lecture. Rosemary s'installa à côté d'elle et reprit son tricot, mais elle se surprit à regarder l'adolescente à la dérobée. Cassie tournait une page toutes les deux minutes, mais Rosemary aurait juré qu'elle ne lisait pas un mot.

Plusieurs fois elle fut tentée de parler à la jeune fille, changeant d'avis au dernier moment. *Plus tard*, se dit-elle. *Après qu'elle sera allée se coucher. Je monterai et je lui parlerai.*

Il était presque dix heures lorsque Rosemary frappa légèrement à la porte de Cassie et entra sans attendre de réponse. L'adolescente était assise en tailleur sur son lit, son livre ouvert posé sur les genoux. A nouveau, Rosemary aurait parié qu'elle ne lisait pas réellement.

– Je... j'ai pensé que nous pourrions parler un peu...

Elle vint s'asseoir au bord du lit et approcha sa main comme pour prendre celle de Cassie. La jeune fille ne répondit pas à l'invite et Rosemary retint son geste.

– J'ai cru que tu aurais peut-être envie de bavarder un peu avec moi, essaya-t-elle une nouvelle fois.

Elle jeta un coup d'œil furtif vers la commode.

– C'est de ça que tu veux me parler? fit aussitôt Cassie. La photo de ma mère?

Rosemary se sentit rougir jusqu'à la racine des cheveux.

– N-non, bégaya-t-elle. Enfin, je veux dire...

– Je l'ai déchirée.

– Je sais, avoua Rosemary après une profonde inspiration. Je... je suis venue ici cet après-midi et je n'ai pas pu m'empêcher de remarquer le cadre vide.

Cette fois elle prit d'autorité la main de Cassie dans la sienne.

– Pourquoi l'as-tu déchirée?

– Je... je ne sais pas. Ce matin, quand je me suis levée, je ne pouvais plus supporter de la voir, c'est tout.

– Je comprends, fit Rosemary avec sollicitude. Ce doit être très dur pour toi. Mais pourquoi ne pas avoir simplement rangé la photo? Dans quelque temps, quand tu te seras habituée à l'idée que... – elle trébucha et choisit ses mots avec soin – qu'elle est partie, tu voudras avoir une photo d'elle.

Une ombre passa sur le visage de l'adolescente.

– Non, dit-elle à voix basse. Je me fous de la revoir un jour en photo!

– Cassie!

– Je m'en fous, j'ai dit! s'écria la jeune fille. Et pourquoi pas? Elle ne s'est jamais occupée de moi! Sinon elle ne serait pas...

Elle laissa la phrase en suspens, les yeux noyés de larmes.

– Ne serait pas morte? compléta doucement Rosemary.

Cassie ne répondit pas. Rosemary se pencha et releva une mèche de cheveux qui tombait sur le front de l'adolescente.

– Cassie, elle n'est pas morte *exprès*. C'était un accident. Elle t'aimait beaucoup et...

– C'est faux! éclata Cassie. Personne ne m'a jamais aimée! Papa nous a quittés quand je n'étais encore qu'un bébé, et tout ce que faisait ma mère, c'était sortir tout le temps. Elle se foutait pas mal de moi! Elle ne faisait que m'accuser d'être toujours dans ses pattes! Et je ne suis ici que parce que Papa n'avait pas d'autre solution que de me prendre avec lui.

– Non, protesta Rosemary. Ce n'est pas vrai! Tu es ici parce que ton père t'aime. Et moi aussi je t'aime...

Cassie se redressa d'un bond et retira sa main de celle de Rosemary. Ses yeux lançaient des éclairs.

– Non, tu ne m'aimes pas! D'ailleurs tu ne me connais même pas! Personne ne m'aime, *personne!* Et ne viens pas me dire que tu sais ce que je ressens. Personne ne le sait! Personne n'a jamais compris ce que je pouvais éprouver!

Rosemary fit à nouveau un geste vers l'adolescente qui se déroba.

– Laisse-moi tranquille! cria-t-elle d'une voix aiguë. Pourquoi tu ne me laisses pas tranquille?

Soudain la porte s'ouvrit et Keith s'immobilisa sur le seuil, son visage pâle à peine visible dans la lumière du couloir.

– Cassie, que se passe-t-il?

La jeune fille se tourna vers son père.

– Fais-la sortir, je t'en prie! Elle n'est pas ma mère, elle ne me connaît pas, et elle n'a aucun droit de venir dans ma chambre. Fais-la sortir!

Keith resta silencieux un moment avant de s'adresser à sa femme.

– Que s'est-il passé? Que lui as-tu dit?

– Rien, fit Rosemary, désorientée. Je suis venue lui parler et...

Elle regarda Cassie.

– Je suis désolée, je ne voulais pas t'ennuyer. Je pensais que...

– Laisse-moi tranquille! cria l'adolescente. *Laisse-moi*!

– Je... commença Rosemary.

Cette fois Keith intervint.

– Je m'occuperai d'elle.

Il entra dans la pièce et fit signe à sa femme de sortir. Puis il s'assit sur le lit et prit sa fille dans ses bras.

– Laisse-nous quelques minutes, d'accord, chérie?

Incertaine, Rosemary marqua un temps d'arrêt; enfin elle quitta la chambre en refermant la porte derrière elle.

– Que se passe-t-il, Grenouille? demanda alors Keith. Tu veux bien m'en parler?

Mais Cassie évita son regard.

– Ça ira, dit-elle. J'ai... j'ai seulement besoin qu'on me laisse un peu seule. S'il te plaît.

Keith hésita, certain qu'il aurait dû faire ou dire quelque chose. Finalement, se sentant incapable de la soulager, il tapota la jambe de sa fille dans un geste paternel.

– D'accord, Grenouille. Comme tu voudras. Mais si tu as envie de bavarder, rappelle-toi que je suis là, okay?

Comme elle ne répondait pas, il se leva et sortit de la pièce. *Peut-être n'a-t-elle besoin que d'un peu de solitude*, se dit-il en descendant l'escalier.

Rosemary l'attendait au pied des marches, le visage blême.

– Ça va?

Il eut un geste d'ignorance.

– Comment veux-tu que ça aille? Avec ce qu'elle vient de vivre... Que s'est-il passé là-haut?

Sa femme relata les faits aussi précisément que possible.

– Elle ne voulait même pas me parler, conclut-elle. Elle prétend que personne ne l'aime ni ne la comprend. J'essayais juste de l'aider.

– Je sais. Mais la meilleure façon de l'aider, du moins pour l'instant, c'est sans doute de la laisser résoudre ses problèmes seule.

– Mais Keith, ce n'est qu'une enfant!

– Elle a presque seize ans, lui rappela son mari. Ce n'est plus une gosse et nous ne devons pas la traiter comme telle.

– Mais elle croit que personne ne l'aime.

– Pour l'amour du Ciel, Rosemary! Je suis son père et elle sait que je l'aime. Elle est bouleversée, et on peut la comprendre, non? Mais elle s'en remettra.

Et si elle ne s'en remet pas? s'interrogea Rosemary. *Si elle continue à croire que personne ne l'aime, qu'arrivera-t-il*?

Néanmoins, elle n'exprima rien de ses pensées. La mâchoire

de son mari s'était crispée dans un réflexe très reconnaissable. Pour ce soir, la discussion était close.

Allongée sur son lit, Cassie tentait de mettre de l'ordre dans ses idées. Elle n'avait pas voulu s'énerver face à sa belle-mère, du moins pas réellement. Mais comment expliquer à cette femme la véritable raison qui l'avait poussée à déchirer la photographie? Comment lui faire comprendre la soudaine colère qui l'avait submergée, ce matin, en voyant le cliché, et qui l'avait fait agir sans plus de réflexion?

Ce n'était pas à cause de son décès, mais pour tout ce que Diana lui avait infligé de son vivant.

Sa voix qui la corrigeait sans arrêt.

Son regard accusateur.

Toutes les autres brimades dont elle ne parlerait jamais à Rosemary ni même à son père. Voilà pourquoi elle avait détruit le portrait de la défunte.

Inutile de mettre sa belle-mère dans le secret, elle n'aurait pas compris.

Cassie se souvint alors de Miranda et du regard qu'elles avaient échangé ce matin.

La vieille femme aurait compris, elle. Elle l'aurait écouté avec attention et aurait excusé son geste. D'ailleurs, ne lui avait-elle pas souri? En y repensant, l'adolescente en était presque certaine.

Miranda. Cassandra.

Les deux noms rimaient presque, comme une étrange musique.

Plus elle y songeait et plus elle était convaincue que Miranda était la femme de son rêve, celle qui se tenait au milieu des flammes et lui faisait signe.

Mais qui était-elle, au juste?

Une sensation puissante envahit Cassie, une tension où perçait le besoin de tendresse, d'une telle intensité qu'elle se mit à trembler. Elle se glissa dans son lit et s'enveloppa dans les couvertures jusqu'au cou. Elle devait absolument revoir Miranda et percer le secret de la vieille femme en noir. Les yeux clos, elle revit leur rencontre dans la rue. Tandis que le sommeil la gagnait, elle entendit une fois encore Miranda prononcer son nom.

Elle était presque endormie quand des grattements légers parvinrent à ses oreilles. Elle se pelotonna un peu plus au cœur du lit.

Les bruits reprirent. Un son curieux, comme si l'on frottait un objet dur contre la vitre de la fenêtre.

Elle voulut ignorer le crissement et alluma la radio en sourdine. Mais elle eut beau se concentrer sur la musique, elle entendait toujours le grattement.

Elle s'assit alors dans le lit et regarda vers la fenêtre.

D'abord elle ne vit rien. Puis elle distingua une ombre mouvante dans les ténèbres extérieures.

Le cœur de l'adolescente eut une brusque accélération et elle éprouva une vague appréhension. En tâtonnant, elle chercha le commutateur de sa lampe de chevet et alluma.

Derrière la vitre, une paire d'yeux jaunâtres brilla.

Cassie haletait. La main glacée de la peur parcourut son épine dorsale. Les yeux la fixaient sans cligner.

Lentement, elle tendit la main et éteignit la radio. Le déclic parut extraordinairement sonore à ses oreilles aux aguets. Puis elle n'entendit plus que les battements affolés de son cœur.

Enfin, derrière la fenêtre, il y eut un autre son.

Le même grattement, accompagné cette fois d'un clignement des yeux dorés et d'un miaulement sourd.

Un chat. Ce n'était rien de plus qu'un chat!

Se sentant un peu ridicule, Cassie sortit du lit et s'approcha de la vitre. L'animal se tenait à l'extrémité d'une branche. Lorsqu'il vit arriver l'adolescente, il miaula encore et gratta la fenêtre de sa patte avant.

– Salut, le chat, fit doucement Cassie. Tu veux entrer?

Elle s'attendait à moitié à une fuite précipitée, mais l'animal tendit le cou en réponse à la voix, comme s'il avait compris.

Elle releva la vitre. Le chat sauta lestement de la branche, atterrit sur le rebord étroit de la fenêtre et bondit sans hésitation dans la chambre. Une fois sur le sol il se frotta avec délice contre les chevilles de la jeune fille. Alors qu'elle refermait la fenêtre, l'animal traversa la pièce et grimpa sur le lit.

Cassie s'installa sous les couvertures et put enfin examiner son visiteur dans la lumière de la lampe.

Il ressemblait à un honnête coureur de gouttières. Sa fourrure grise était striée de deux bandes presque noires allant des oreilles à la queue. Il s'assit sur le lit et considéra l'adolescente de ses prunelles dorées.

– Qui es-tu? plaisanta Cassie. Tu habites par ici?

Le chat répondit par un miaulement rauque et s'approcha de la main tendue qu'il lécha. Il se mit à ronronner d'aise.

Avec un soupir, l'adolescente s'emmitoufla dans les couvertures. Avec le plus grand naturel l'animal se glissa dans le lit pour aller se rouler en boule à ses pieds.

Quelques minutes plus tard Cassie s'endormait.

Cette nuit-là Miranda vint à nouveau la visiter dans son sommeil. Elle lui sourit, plongea la main dans un de ses sacs à provisions et en ressortit une créature qui se contorsionnait.

– Pour toi, dit-elle en plaçant l'animal dans les bras de la jeune fille.

Cassie croisa le regard jaune du chat.

– Comment s'appelle-t-il?

Miranda mit longtemps à répondre. En souriant, elle caressait la fourrure soyeuse.

– Il n'a pas de nom. C'est un cadeau. À toi de décider comment tu l'appelleras. Et ce que tu en feras...

L'image de la vieille femme se fondit peu à peu dans la nuit et disparut. Un court instant, Cassie fut pleinement éveillée.

À ses pieds le chat était parcouru de soubresauts nerveux. Et tout au fond de sa mémoire, l'adolescente sentait des souvenirs encore indistincts s'agiter, eux aussi.

5

Ce lundi matin annonçait une journée claire et agréable, mais l'air vif rappela immédiatement à Cassie qu'elle ne se trouvait plus dans le sud de la Californie. Là-bas, par un jour semblable, le thermomètre aurait atteint une vingtaine de degrés avant midi, et à l'heure du déjeuner elle aurait décidé de sécher les cours de l'après-midi pour aller à la plage. Ici la matinée resterait bien trop fraîche pour envisager ce genre d'occupation. La jeune fille sortit du lit et enfila la paire de jeans rouge qu'elle avait portée tout le week-end. Elle passa une chemise propre et son pull noir. Le chat émergea des couvertures. Il s'assit au pied du lit et l'observa tandis qu'elle s'habillait, puis il bondit sur le rebord de la fenêtre close et jeta un regard impatient à l'adolescente.

– Tu veux sortir, c'est ça?

Elle traversa la chambre et releva la fenêtre à guillotine. L'animal passa souplement sur l'arbre proche. Sautant de branche en branche, il rejoignit le sol d'une dernière détente, se coula sous la grille et disparut dans le cimetière. Cassie le regarda s'éloigner entre les vieilles tombes, puis elle prit dans la penderie un cintre en fil de fer qu'elle tordit. Elle s'en servit pour coincer la fenêtre. Ainsi la vitre resterait bloquée à une dizaine de centimètres. Satisfaite, elle descendit au rez-de-chaussée.

Attablés dans la cuisine, son père et Jennifer dévoraient des crêpes et des œufs brouillés. Près de la cuisinière, Rosemary lui adressa un sourire incertain.

– Ça va, Cassie? Peut-être... peut-être devrais-tu attendre un peu avant de commencer l'école, tu ne crois pas?

L'adolescente mit un temps avant de comprendre. Elle regarda Rosemary bien en face.

– Tu veux dire à cause d'hier?

Elle avait parlé d'une voix calme. Sa belle-mère hocha la tête.

– Ça va, répondit Cassie. Je suis désolée d'avoir crié, mais j'ai... eh bien, je suppose que les événements m'ont un peu déboussolée.

Rosemary se permit un sourire où perçait le soulagement. La nuit dernière elle était restée éveillée pendant des heures à se remémorer leur affrontement, redoutant le lendemain matin. Elle était certaine qu'au petit déjeuner Cassie se cantonnerait dans un mutisme total, si toutefois elle apparaissait. Mais la jeune fille semblait avoir fait une croix sur l'incident de la veille. Pourtant Rosemary ne se sentait pas encore très à l'aise.

– Es-tu sûre de vouloir aller en cours aujourd'hui? Ce n'est peut-être pas très indiqué pour toi. Je veux dire, tu n'as pas grand-chose à te mettre...

– Ce que je porte ne va pas? En Californie tout le monde met des jeans pour l'école.

– C'est ce que les jeunes font ici aussi, remarqua Keith. Rosemary a simplement des doutes sur leur propreté...

Cassie se renfrogna.

– Ils sont assez propres! Sinon je n'ai emporté qu'une robe, et personne ne porte de robe pour aller à l'école!

Jennifer émit un petit soupir revanchard assorti d'un regard triomphant à sa mère.

– Ah, tu vois? Je te l'avais dit! Pourquoi on ne me croit jamais quand je dis quelque chose?

– Parce que tu as huit ans, répliqua Keith. Et tout le monde sait que les petites filles de huit ans prénommées Jennifer n'arrêtent pas de parler à tort et à travers.

Il esquiva les poings rageurs de la gamine.

– Bon, même si elle voulait se changer elle n'en aurait pas le temps. Tu veux des œufs, Cassie?

– Le matin, je ne prends jamais autre chose que du jus d'orange et du café.

Devant l'air étonné des adultes, elle ajouta :
– C'est tout ce que Ma... – elle se reprit abruptement – c'est tout ce que Diana et moi prenions pour le petit déjeuner.
– Comme tu voudras, dit Rosemary. Mais si tu as faim avant de déjeuner, ne nous accuse pas.
Tandis qu'elle remplissait une tasse de café pour la jeune fille, on frappa légèrement à la porte de la cuisine. Rosemary posa la cafetière et alla ouvrir. Un instant plus tard elle revenait en compagnie d'Eric Cavanaugh. Keith dévisagea le garçon sans cacher sa surprise.
– Eric! Qu'est-ce qui t'amène si tôt?
Le nouveau venu rougit quelque peu.
– J'ai... j'ai pensé que Cassie aimerait peut-être que je l'accompagne à Memorial High. Enfin, puisque c'est le premier jour et tout ça...
– J'allais l'amener en voiture... commença Rosemary, mais l'adolescente s'était levée.
– D'accord, fit-elle. De toute façon, je préfère marcher.
Sa voix était mal assurée et elle paraissait encore plus gênée qu'Eric.
Les sourcils de Rosemary s'arquèrent d'un air entendu.
– Tu veux dire que tu n'es pas sûre qu'il soit bon pour toi d'être conduite à l'école par ta belle-mère?
L'embarras de la jeune fille s'accentua.
– Ce n'est pas ce que je voulais dire. Je...
– Mais non, ce n'est pas grave, la rassura Rosemary. En fait je me sens un peu idiote de ne pas y avoir pensé! Je crois que je ne suis pas encore très au point en tant que mère d'une adolescente.
– Mais tu n'es pas...
Cassie ne termina pas sa phrase. Pendant un moment un lourd silence pesa sur la cuisine, que brisa Jennifer dont les yeux agrandis ne quittaient plus Eric.
– La maman de Cassie est morte. Donc Maman devient sa belle-mère et moi sa demi-sœur. C'est super, hein?
Keith se raidit imperceptiblement.
– Jen! Je suis sûr qu'Eric est déjà au courant de tout ça, et je ne pense pas qu'on ait besoin d'en parler maintenant. D'ailleurs, à partir d'aujourd'hui, je ne veux plus entendre ces histoires ridicules de belle-mère et de demi-sœur. Compris?
La colère qui tendait la voix paternelle fit naître des larmes aux yeux de la gamine. Sans un mot, elle regarda Cassie d'un air suppliant.
– Ça va, dit la jeune fille. Jennifer disait ça pour expliquer la situation à Eric.

Keith hésita, puis acquiesça. Mais il gardait une expression sérieuse.

– D'accord. Mais je ne veux pas quc l'une de vous ait dans l'idée que Rosemary tient moins à toi qu'à Jenny.

Le visage impénétrable, Cassie considéra son père un instant, et Rosemary craignit un nouvel incident. Mais au lieu de répondre, l'adolescente fit un petit signe de la tête et sortit derrière Eric. Rosemary attendit que Jennifer soit montée à l'étage chercher son cartable pour s'adresser à son mari.

– J'aurais préféré que tu ne dises pas ça. Cassie ne t'a pas cru, et ça n'a rien d'étonnant.

– Je ne veux pas qu'elle se sente comme un membre de seconde classe dans la famille, insista Keith.

Sa femme eut un sourire désabusé.

– Elle ne l'est pas, rassure-toi. Je crois que je vais te retourner une de tes formules : laisse-la tranquille, Keith, laisse-lui le temps de s'adapter. Ne la force pas.

– Excuse-moi. J'aimerais tant qu'elle se sente chez elle ici...

– Ça viendra. Elle y arrivera, j'en suis certaine.

Tout en prononçant ces paroles apaisantes, Rosemary se demandait si elles se réaliseraient. Elle se rappela ce qu'avait dit la jeune fille, la nuit précédente. Cassie s'était-elle jamais sentie chez elle quelque part? Était-ce là le motif de cette douleur au fond de son regard?

– Je suis désolé pour ta mère, dit Eric.

Cassie fit quelques pas sans répondre. Enfin elle esquissa un sourire timide.

– Est-ce que tu me trouverais bizarre si je te disais que ça ne me rend pas vraiment triste qu'elle soit morte?

Le garçon prit un air concentré.

– Mais c'était ta mère, quand même. On devrait être désolé quand sa mère meurt, non?

Cassie se mordit la lèvre inférieure.

– Je ne sais pas. D'une certaine façon, je suppose que je le suis. Pourtant... eh bien elle ne me manque pas autant qu'elle le devrait. C'est curieux, mais j'ai le sentiment qu'elle ne m'a jamais vraiment désirée. Et j'ai toujours eu l'impression qu'elle n'était pas ma vraie mère; que j'avais été adoptée, en fait...

Eric garda le silence. Lorsqu'il parla, ce fut sur un ton très bas, comme s'il redoutait d'être entendu par quelqu'un d'autre que Cassie.

– Parfois... parfois moi aussi je rêve que je suis un enfant adopté. Au moins, quand tu es adopté, c'est parce qu'on veut de toi.

Cassie s'arrêta et fit face au garçon.

– C'est drôle que tu dises ça. Tes vieux ne t'aiment pas?

Eric eut une moue gênée.

– Je n'en sais rien, lâcha-t-il. Je crois que ma mère m'aime. Mon père le prétend, mais c'est faux. Il me critique tout le temps, comme si je n'étais bon à rien.

– Et il te bat aussi, n'est-ce pas?

Eric dévisagea Cassie avec étonnement.

– Comment as-tu deviné?

La jeune fille hésita. Elle s'était toujours juré de garder le secret, mais Eric était différent, elle le savait depuis leur première rencontre. La compréhension qu'elle lut dans le regard clair de l'adolescent balaya ses dernières réticences.

– Je le sais parce qu'il m'est arrivé la même chose, murmura-t-elle. Mais ce n'était pas mon père qui me frappait. C'était ma mère. Dès que quelque chose n'allait pas, elle... (Sa voix trembla légèrement mais elle était décidée à finir.) Des fois elle me battait sans raison, comme ça! Et je l'ai détestée à cause de ça.

Eric et Cassie n'échangèrent plus un mot durant le reste du trajet jusqu'à l'école.

Memorial High parut très petit à Cassie.

Chez elle, en Californie, les lycées s'étalaient sur l'équivalent de plusieurs pâtés de maisons. Ils possédaient des gymnases séparés pour filles et garçons, et les étudiants y étaient si nombreux qu'on pouvait sécher les cours sans grand risque d'être remarqué. Ici le lycée n'était constitué que de deux bâtiments : un bloc massif de deux étages au toit pentu surmonté d'un petit clocher, et une construction longue et basse qui devait être le gymnase puisqu'il jouxtait le terrain de sport.

Elle estima la capacité de Memorial High à deux cents élèves au plus. Nerveusement, elle se tourna vers Eric.

– Combien sommes-nous à notre niveau d'étude?

– Cinquante-trois. Enfin, cinquante-quatre avec toi.

Cassie se rembrunit.

– Et tout le monde se connaît, naturellement?

– Bien sûr. On a tous grandi ensemble.

– Et... s'ils ne m'acceptent pas?

Eric lui décocha un regard perplexe.

– Et pourquoi donc? Tu n'as rien de repoussant, non?

Cassie secoua la tête sans enthousiasme.

– Mais je suis nouvelle. Chez moi, quand un nouveau arrivait, on le snobait un peu au début. Tu vois ce que je veux dire?

– Mouais, je comprends, fit Eric avec une grimace. Mais ici personne ne jouera à ce jeu-là. D'ailleurs je connais tout le monde et je te présenterai. Qui est ton prof principal?

– Aucune idée. Je pense que je devrai aller chez le directeur pour le savoir.

– La directrice, corrigea le garçon avec un sourire. Son bureau est au rez-de-chaussée, à droite. Il n'y a que deux classes à notre niveau. Si tu n'es pas dans la mienne, on se voit à l'heure du déjeuner, d'accord?

Cassie le remercia et commença à gravir le grand escalier menant aux portes de l'école. Des groupes d'élèves qui bavardaient en attendant le premier cours se turent soudain à son approche. Elle s'arrêta. Un picotement désagréable assaillit sa nuque, comme la veille sur la place de l'église. Elle pivota et ne fut qu'à demi surprise de repérer immédiatement la même fille blonde qui l'observait avec une animosité évidente. Elle était un peu plus petite que Cassie. Lorsque leurs regards se croisèrent, elle détourna les yeux. Elle se rapprocha d'Eric Cavanaugh et passa un bras possessif sous celui de l'adolescent.

Cassie comprit qu'elle devait être la petite amie en titre de son voisin. Rien de plus normal donc qu'elle craignît cette nouvelle rivale en puissance. Mais avant que Cassie puisse clarifier la situation par quelques phrases, la première sonnerie retentit et les élèves commencèrent à pénétrer dans le bâtiment. Eric disparut dans le hall, la fille blonde toujours accrochée à son bras.

Quelques minutes plus tard Cassie entrait dans le bureau de la directrice. Une femme d'une quarantaine d'années l'accueillit d'un regard amical doublé d'un sourire bienveillant.

– Bonjour. Je m'appelle Patsy Malone et je parie que vous être Cassandra Winslow.

– Comment le savez-vous?

L'étonnement de l'adolescente amusa la secrétaire qui expliqua avec bonhomie :

– Vous êtes la première nouvelle tête depuis sept mois, et votre belle-mère a téléphoné la semaine dernière. Vous pouvez entrer, Mrs. Ambler vous attend.

Cassie remarqua alors une porte dont la partie supérieure était faite d'une vitre opaque. On pouvait y lire CHARLOTTE AMBLER en lettres bien nettes. Elle tourna la poignée sans frapper et sentit peser sur elle le regard réprobateur de Patsy Malone tandis qu'elle entrait dans l'autre pièce.

Charlotte Ambler abandonna l'examen des papiers qui encombraient son bureau et releva la tête. Elle ôta ses lunettes de lecture et les laissa pendre sur sa poitrine au bout de leur chaîne en or, seul luxe qu'elle se permettait. Cette habitude lui avait déjà joué des tours. Il lui arrivait de chercher partout ses lunettes alors qu'elles se balançaient sur sa poitrine. Une fois même, Patsy Malone l'avait surprise à les ajuster sur son nez par pur réflexe... pour mieux les chercher! L'histoire avait fait le tour de l'établissement, alimentant ainsi une réputation de femme distraite bien peu méritée.

Hormis cette innocente manie, Charlotte Ambler dirigeait en effet son établissement avec sérieux et un sens aigu de ses responsabilités. Les quelques secondes qu'elle prit pour se lever et accueillir Cassie lui permirent de jauger l'adolescente.

« Trouble » fut le mot qui lui vint aussitôt à l'esprit. Mais les circonstances expliquaient fort bien une telle apparence.

– C'est Cass, ou Cassie?

– Cassie.

– Très bien, fit Charlotte avec un sourire chaleureux. Cassandra est joli mais un peu guindé, et Cass est trop court. Assieds-toi donc.

La jeune fille traversa la petite pièce et s'assit sur une chaise en face du bureau de la directrice.

– Alors, dit aimablement celle-ci, comment trouves-tu False Harbor? Rien à voir avec la Californie, n'est-ce pas? Et je peux t'assurer que cette école est très différente de celle que tu fréquentais.

– Vous connaissez Harrison?

– Pas vraiment. Mais j'ai là ton dossier. Tu étais cinquante-cinquième sur quatre cents. A ton niveau il y avait deux fois plus d'élèves que dans l'ensemble de cet établissement. La différence coule de source!

Tout en parlant elle avait remis ses lunettes et ouvert un dossier.

– Qu'est-ce que c'est? ne put s'empêcher de demander Cassie.

La directrice lui jeta un regard scrutateur.

– Tes notes. L'ordinateur d'Harrison nous les a transmises jeudi après-midi. Incroyable, n'est-ce pas? Auparavant, on attendait des mois avant d'obtenir les dossiers. A présent, on en reçoit presque plus qu'il n'en faut! Parfois je me demande si l'informatique est véritablement une bénédiction.

Charlotte Ambler se plongea dans l'étude des feuillets. Cassie gardait une immobilité de statue. En une occasion, la directrice eut un mouvement de sourcils étonné, mais elle ne fit aucun commentaire et continua à compulser les notes, avant de se renverser dans son fauteuil en souriant.

– Eh bien, il ne semble pas que nous devions nous voir très souvent. D'après ce dossier, tu as réussi l'exploit de rester trois ans à Harrison sans aucune anicroche. Tu peux me confier ton secret?

La question prit Cassie au dépourvu, et elle rougit un peu.

– Je... je suppose que je n'ai jamais eu le temps d'avoir des problèmes. J'allais en cours et je rentrais étudier, voilà tout.

– Alors tu étais une exception, remarqua la directrice d'un ton neutre. De nos jours, les grands établissements ont des tas d'ennuis. Certains élèves ne viennent en cours qu'une fois sur deux...

Cassie ne dit rien mais les battements de son cœur s'accélérèrent. Avait-on noté tous ses après-midi d'absence?

Pour lancer ce coup de sonde, Charlotte Ambler avait parlé avec un détachement étudié, et le visage de l'adolescente venait de lui apprendre qu'elle avait fait mouche.

– Mrs. Leeds sera ton professeur principal. Les matières que tu étudiais à Harrison sont également enseignées ici, à l'exception du cours d'Art contemporain. En remplacement je ne peux te proposer qu'un cours d'Art dramatique ou... la salle d'études.

– La salle d'études, fit aussitôt Cassie.

– Le cours d'Art dramatique te permettrait de lier connaissance plus facilement, suggéra la directrice.

L'adolescente secoua la tête. Charlotte Ambler décida de ne pas insister. Elle inscrivit quelques mots sur une fiche, qu'elle tendit à Cassie.

– Remets ça à Patsy Malone. Ensuite va jusqu'à la salle 207, à l'étage, à l'autre bout du couloir. Mrs. Leeds est déjà prévenue de ton arrivée.

Elle se leva pour contourner le bureau et raccompagner Cassie mais la jeune fille était déjà près de la porte. Serrant la fiche d'inscription dans sa main, elle sortit de la pièce d'un pas nerveux.

Charlotte Ambler resta immobile quelques secondes puis se rassit à son bureau et ouvrit à nouveau le dossier de Cassandra Winslow. Posément, elle se mit à le relire pour la troisième fois.

Elle n'y vit que des annotations positives sur une élève brillante dont le seul défaut était de ne pas s'impliquer pleinement dans son travail. « Très capable », « intelligence remarquable », « potentiel supérieur aux résultats » étaient les phrases les plus utilisées par ses professeurs. Charlotte Ambler était persuadée que Cassie aurait pu se trouver en tête de classement si elle n'avait pas adopté cette attitude nonchalante.

Alors pourquoi la directrice avait-elle eu cette impression à l'entrée de Cassie dans son bureau? « Trouble », elle s'en souvenait, était le mot qui s'était imposé. Et parce qu'elle ne doutait pas de ce sixième sens développé au cours des années, Charlotte Ambler était maintenant envahie d'une certitude désagréable, aussi irraisonnée que le sentiment de flou éprouvé face à l'adolescente.

D'une façon ou d'une autre, Cassie Winslow allait semer le trouble dans son petit établissement.

Cassie ouvrit la porte de la classe 207 et entra.

La salle lui parut immédiatement petite et vieillotte. A la place des grands tableaux verts en usage à Harrison, aux murs de Memorial High étaient suspendus d'antiques tableaux en ardoise noire. Un lambrissage au vernis sombre couvrait le bas des murs jusqu'à un mètre vingt, relayé ensuite par une peinture d'un blanc terne. A l'est, de hautes fenêtres aux montants de chêne étaient habillées de stores vénitiens sans âge ni couleur. Les tables des élèves, en bois massif, montraient des surfaces noircies et profondément marquées par des générations de canifs et de stylos.

Mrs. Leeds trônait derrière un énorme bureau. Son ensemble bleu marine et ses hauts talons lui conféraient un air strict. En Californie, les professeurs s'habillaient de façon aussi décontractée que les élèves, mais il était évident qu'il n'y avait rien de décontracté chez Mrs. Leeds.

Le bruissement des feuilles s'arrêta tandis que l'adolescente refermait la porte. Un à un, tous les élèves fixèrent leur attention sur la nouvelle venue. Cassie fit de son mieux pour sourire à l'assemblée des visages curieux, mais elle y reconnut la jeune fille qui l'avait dévisagée le matin même. Elle soupçonna la blonde amie d'Eric d'avoir déjà parlé d'elle à toute la classe.

Après ce qui parut une éternité à Cassie, Mrs. Leeds prit la parole.

– Il y a une place près d'Eric Cavanaugh. Pourquoi ne pas vous y installer?

Cassie repéra l'adolescent qui lui adressa un petit signe amical, et, derrière lui, la fille blonde aux yeux mauvais. Cassie chercha une autre place vacante mais c'était la seule. A regret, elle alla s'y asseoir. Avant son arrivée, la petite amie d'Eric se pencha pour murmurer quelques mots au garçon.

– J'ai bien peur que vous arriviez en plein milieu d'un contrôle, expliqua Mrs. Leeds. Mais, bien sûr, je ne vous imposerai pas d'y participer.

– Quel est le sujet? demanda Cassie sans réfléchir.

Le professeur marqua sa surprise par un court silence.

– Histoire : la guerre du Vietnam.

– Je veux bien le faire.

– Très bien, apprécia sobrement Mrs. Leeds. Mais si le résultat est mauvais, je ne vous le compterai pas.

Ses yeux quittèrent la jeune fille et balayèrent l'ensemble de la classe.

– Cela n'étant pas valable pour les autres, je leur conseillerai de se remettre au travail.

Elle apporta à Cassie quatre feuillets agrafés ensemble.

– Et ne vous inquiétez pas si vous ne finissez pas. Il ne reste que vingt minutes. A propos, vous avez votre fiche d'enregistrement?

L'adolescente la lui tendit puis elle se concentra sur l'épreuve d'histoire. C'était une série de questions auxquelles répondre par oui ou non, ou par un choix entre diverses propositions. Cassie avait étudié ce sujet un mois plus tôt, en Californie. Elle prit un stylo dans son sac et commença à cocher les cases.

Il restait encore cinq minutes avant la fin de l'heure lorsque Cassie répondit à la dernière question. Etonnée, elle constata que la plupart des élèves planchaient toujours sur leur exemplaire. Elle regarda Mrs. Leeds. Se méprenant, le professeur lui adressa un sourire de sympathie et lui fit signe de venir à son bureau.

– Je crois que je n'aurais pas dû vous laisser essayer, dit-elle à mi-voix quand l'adolescente l'eut rejointe.

– Ça allait. J'ai fini.

Avec un froncement de sourcils, Mrs. Leeds prit le questionnaire de Cassie et compara rapidement les réponses avec le corrigé type. Elle eut un hochement de tête appréciateur et inscrivit A au coin du premier feuillet.

– Encore trois minutes, annonça-t-elle à la classe. (Puis, avec un clin d'œil à Cassie, elle ajouta :) Et autant vous prévenir tout de suite, vous avez une nouvelle concurrente de choix. Cassie Winslow a terminé son questionnaire en vingt minutes. Et avec une seule faute.

Le silence qui suivit était plus rancunier que curieux, et Cassie comprit aussitôt son erreur. Elle n'aurait pas dû réussir le test. Mieux, elle n'aurait pas dû l'accepter. A présent il était trop tard. Elle n'osait pas les regarder mais elle sentait que les élèves la considéraient avec la même hostilité que la petite amie d'Eric à son arrivée.

Elle pouvait presque lire leurs pensées. *Elle débarque à peine et elle essaye déjà de montrer qu'elle est meilleure que nous!*

Heureusement, la sonnerie annonça la fin du cours. En désordre, les élèves défilèrent devant Cassie pour poser leur copie sur le bureau avant de sortir. Elle attendit que le dernier soit parti pour les imiter.

– Savez-vous où vous allez? lança une voix dans son dos.

Cassie réalisa qu'elle n'en avait pas la moindre idée. Elle se retourna vers Mrs. Leeds qui lui tendait une feuille.

– Voilà votre emploi du temps, avec le numéro des salles et le nom de vos professeurs. Et ne vous en faites pas trop pour ce questionnaire. J'aurais mieux fait de ne rien dire, mais j'ai parlé sans réfléchir. J'en suis désolée.

– Ce n'est pas grave, assura Cassie. J'ai... eh bien, ce genre de test m'a toujours semblé facile. C'est simplement parce que j'ai une bonne mémoire.

– Tout comme Eric Cavanaugh, nota Mrs. Leeds. Je suis certaine que lui aussi avait fini en vingt minutes, et qu'il n'a pas commis d'erreur. Mais je crois bien être la seule à l'avoir percé à jour. Il passe toujours l'heure entière à revoir ses réponses pour donner l'impression qu'il n'en est pas sûr. (A nouveau, elle fit un clin d'œil à Cassie.) Vous pourriez adopter ce subterfuge...

Cassie balbutia un vague remerciement et sortit rapidement de la salle. La deuxième sonnerie retentit et elle consulta son emploi du temps, avant de s'enfoncer dans le flot tumultueux du couloir pour rejoindre l'escalier. Soudain une bourrade brutale dans son dos lui fit perdre l'équilibre. Elle n'eut que le temps de se retenir à la rampe.

– Alors, on ne peut pas regarder où on va? railla une voix acide.

– Désolée, bredouilla Cassie en jetant un coup d'œil derrière elle.

Elle reconnut la blonde amie d'Eric Cavanaugh qui la toisait avec froideur.

– Tu peux être désolée! Et pas la peine de frimer devant nous parce que tu viens de Californie!

– Mais je ne voulais pas...

L'autre la coupa sèchement.

– Et si tu crois qu'Eric s'intéresse à toi sous prétexte que tu es sa voisine, tu te fourres le doigt dans l'œil! D'ailleurs il ne peut pas t'encadrer! Maintenant, ça ne te ferait rien de dégager?

La blonde bouscula Cassie sans attendre et dévala l'escalier. Sur le palier inférieur elle rejoignit deux filles qui avaient suivi l'altercation. Tandis que Cassie descendait, le trio disparut mais elle perçut des éclats de rire moqueurs.

Elles parlaient d'elle. Ce n'était que son premier jour ici et on parlait déjà d'elle.

Elle décida que c'était sans importance. D'ailleurs, elle ne reverrait peut-être pas la blonde acariâtre de la journée.

Mais lorsqu'elle arriva au cours suivant il ne restait qu'une place libre. A côté de la petite amie d'Eric. Celle-ci chuchotait à quelqu'un de l'autre côté de l'allée.

– Je ne voulais pas frimer, dit calmement Cassie en s'asseyant. Je m'appelle Cassie. Cassie Winslow.

L'autre lui lança un regard d'infini mépris.

– Je sais. Tout le monde le sait. Et ça ne nous intéresse pas!

Et elle lui tourna le dos pour reprendre sa conversation.

Pendant tout le cours, Cassie garda une immobilité parfaite, les yeux fixés droit devant elle.

Elle attendrait jusqu'à l'heure du déjeuner. Alors, si les choses ne s'étaient pas améliorées – si rien de positif ne s'était produit –, elle ne retournerait pas en classe cet après-midi.

Un coup d'œil à la pendule au-dessus de l'évier apprit à Rosemary qu'il ne lui restait plus qu'un quart d'heure avant l'ouverture du magasin. Juste le temps de changer la literie et de mettre en route une machine. Elle monta à l'étage et s'arrêta devant la chambre de Cassie.

Après l'incident de la nuit précédente, elle se demanda s'il ne serait pas plus sage de glisser un mot sous la porte pour rappeler à Cassie de changer les draps quand elle reviendrait de ses cours.

Mais c'était ridicule. Elle ne voulait que faire le lit. La jeune fille ne pourrait pas lui en tenir rigueur.

Elle entra dans la chambre et remarqua immédiatement la température plus basse de la pièce. Voyant la fenêtre entrouverte, elle s'en approcha pour la refermer. C'est alors qu'elle découvrit le cintre tordu qui maintenait la vitre levée. Comme elle ne voyait pas l'utilité d'un tel système, elle ôta le cintre et ferma la fenêtre. Puis elle revint auprès du lit et commença à relever les couvertures d'un grand geste.

Un crachement hargneux fusa et une forme grise bondit sur elle. Rosemary eut le réflexe de lever son bras droit pour se protéger le visage. Une fraction de seconde plus tard elle sentit la brûlure de griffes lacérant son poignet.

Avec un cri de douleur et de surprise mêlées, elle tituba en arrière. Le chat retomba souplement et fila jusqu'à la fenêtre. Il sauta sur le rebord mais sa retraite était coupée. Il se retourna alors vers l'ennemi, le dos arqué, ses petits crocs découverts dans un rictus menaçant.

Le souffle court, Rosemary comprit soudain la raison du cintre coinçant la vitre. Mais d'où venait cet animal? Elle ne l'avait encore jamais vu.

Elle s'en approcha avec circonspection et se figea dès que le dos du chat se hérissa. Un miaulement suraigu emplit la pièce, effrayante caricature d'un cri de bébé. Rosemary regarda autour d'elle à la recherche d'un objet susceptible de repousser l'animal sans risque. Elle saisit un oreiller et le jeta vers la fenêtre. Le chat fit un bond de côté, atterrit sur le sol et se rua sous le lit. Immédiatement Rosemary alla relever la vitre. Elle sentit le chat la frôler dès que l'espace fut suffisant. Sous ses yeux étonnés, l'animal sauta sur l'arbre tout proche et dévala le tronc jusqu'au sol. Une seconde plus tard il disparaissait dans le vieux cimetière.

Le cœur battant la chamade, Rosemary resta près de la fenêtre un long moment, essayant de localiser le chat. Une douleur lancinante commença à brûler son poignet. Elle l'examina et vit quatre griffures profondes qui le zébraient de rouge. En hâte elle abandonna la chambre et alla nettoyer les plaies dans la salle de bains.

Tout en bandant son poignet, elle réfléchissait. Un chat. D'où venait-il? Et que faisait-il dans la chambre de Cassie? Certainement, l'animal était venu mendier, et l'adolescente l'avait laissé entrer. *Eh bien*, décida-t-elle avec un peu d'humeur, *cela ne se reproduira pas!* S'il existait au monde un animal qu'elle ne supportait pas, c'était bien le chat!

6

– La voilà! fit Lisa Chambers à voix haute en se penchant sur la table de la cafétéria pour être bien sûre que Teri Bennett et Allayne Garvey l'entendent. Est-ce qu'elle n'est pas bizarre? Non mais regardez-la!

Elle se redressa, remit en place une mèche blonde et attendit que ses deux meilleures amies fixent leur attention sur la porte d'entrée que venait de passer Cassie Winslow. La nouvelle venue jeta un regard circulaire avant de se diriger vers le self. Elle prit un plateau et suivit la queue.

– Je ne la trouve pas si bizarre que ça, remarqua Allayne avec légèreté.

Elle regretta aussitôt ses paroles devant le regard assassin que lui lança Lisa.

– T'es idiote ou quoi? Regarde comment elle est fagotée! On dirait une survivante du temps des hippies!

– Et alors? protesta Teri. Elle est habillée comme tout le monde, à part ses jeans rouges. Si j'en trouvais de cette couleur, j'en achèterais, moi aussi!

Cette réflexion redonna confiance à Allayne, qui approuva avec une pointe de malice :

– Et elle a de très beaux cheveux. Presque la même teinte que ceux d'Eric. Mais Cassie les a raides alors que ceux de Cavanaugh sont bouclés.

Au simple nom du garçon, Lisa pâlit notablement, et Allayne comprit la véritable raison de son antipathie pour l'arrivante. Elle eut une grimace moqueuse et ajouta d'un ton irritant :

– Finalement, je trouve qu'elle et Eric iraient plutôt bien ensemble. Tu ne crois pas, Teri?

– Sûrement pas! trancha Lisa. D'ailleurs Eric ne peut pas la sentir!

– Alors pourquoi l'a-t-il accompagnée à l'école ce matin? s'enquit Teri d'une voix innocente.

Elle savourait l'irritation de Lisa. Habituellement, c'était elle qui mettait les autres mal à l'aise par ses remarques au vitriol. Du même ton détaché, Teri porta l'estocade :

– Tiens, voilà Eric, avec Jeff Maynard. On n'a qu'à lui demander...

– Ne t'amuse pas à ça! grinça Lisa, le visage pâlissant un peu plus encore. Si tu lui poses la question, Teri, je jure de ne plus jamais t'adresser la parole!

Elle se tut comme Eric s'asseyait à côté d'elle.

– Qu'est-ce qui se passe? interrogea le jeune homme en voyant les deux amies de Lisa pouffer de rire.

– Oh, rien du tout, réussit à dire Allayne. Nous parlions de Cassie. Lisa ne l'aime pas beaucoup.

Les yeux de l'intéressée la foudroyèrent, mais Allayne était lancée.

– Elle est comment?

Eric haussa les épaules.

– Je ne sais pas trop. J'ai juste bavardé un peu avec elle en venant ce matin.

– Eh bien, de quoi avez-vous parlé? demanda Teri.

Le garçon allait répondre lorsque Cassie apparut près du siège vide, à côté de Teri Bennett.

– Personne n'est assis ici? dit-elle d'une voix un peu nerveuse.

Avant qu'Eric ait pu acquiescer, il sentit le coude pointu de Lisa heurter ses côtes.

– C'est réservé! fit-elle. Le copain de Teri s'assoit toujours à cette place et il va arriver d'une minute à l'autre. Vraiment désolée!

Cassie hésita puis alla s'installer à une petite table, au fond de la salle.

– Mon copain? répéta Teri. Ça te dérangerait de me dire qui est cet illustre inconnu?

– Et pourquoi s'assiérait-elle avec nous? contra Lisa. Elle ne peut pas se trouver ses propres amis? Il ne suffit pas d'être la voisine d'Eric pour faire partie de notre groupe, non? Elle n'est rien du tout et j'estime qu'aucun d'entre nous ne devrait la fréquenter!

Un silence embarrassé suivit, et les quatre adolescents s'entre-regardèrent en attendant que quelqu'un prenne la parole. Eric Cavanaugh finit par rompre le mutisme.

– Et comment pourra-t-elle se faire des amis si personne ne lui adresse la parole?

Sans rien ajouter, il remballa son sandwich dans le sac en papier. Puis, son déjeuner dans une main et un carton de lait entamé dans l'autre, il se leva et alla jusqu'à la table de Cassie. Sous le regard vigilant de ses amis, il dit quelques mots à la jeune fille. Elle eut un bref hochement de tête et il s'assit en face d'elle.

Allayne Garvey se pencha par-dessus la table.

– Tu n'as pas dit qu'il ne pouvait pas la sentir?

Les yeux de Lisa s'étrécirent et la colère blanchit ses lèvres serrées, mais elle ne répondit rien.

La sonnerie retentit quelque vingt minutes plus tard. Eric ramassa les reliefs de son déjeuner et les fourra dans le sac en papier. En face de lui, Cassie semblait inconsciente du brouhaha soudain.

– Quel est ton prochain cours? demanda l'adolescent.

Elle tressaillit légèrement et eut une mimique d'ignorance.

– Euh... maths, je crois.

– Mr. Simms, grogna Eric. Une vraie peau de vache, celui-là! Tu veux que je t'accompagne?

Au lieu de répondre, Cassie posa une autre question :

– Quel est le prochain cours de Lisa Chambers?

– Maths. Pourquoi?

Cassie prit une profonde inspiration et se leva.

– Alors je pense que je n'irai pas au cours, dit-elle en prenant son plateau.

– *Tu n'iras pas?*

Eric ne comprenait pas. Que racontait-elle? On ne pouvait pas décider comme ça de sécher! Pas à Memorial High!

– Qu'est-ce que tu veux dire?

– Exactement ça, répliqua calmement Cassie. J'ai décidé ce matin que si les choses ne s'amélioraient pas d'ici le déjeuner, je laisserais tomber.

– Mais tu ne peux pas!

Cassie se dirigeait déjà vers les poubelles à l'autre extrémité du self. Eric se leva d'un bond et la rejoignit.

– Et qu'est-ce qui ne va pas?

Cassie posa son plateau sur une pile et distribua rapidement sa vaisselle sale dans les différents bacs prévus à cet effet. Quand elle eut terminé, Eric balança son sac dans une poubelle et la suivit jusqu'à la sortie.

– J'ai l'impression que tout le monde me déteste ici, dit l'adolescente. On parle dans mon dos, et Lisa est la pire. Alors si je dois encore la supporter en maths, je préfère sécher.

– Mais que feras-tu?

– Je ne sais pas. J'irai faire un tour, tiens. Peut-être sur la plage. (Elle regarda Eric). Tu veux venir avec moi? Tu pourrais me montrer le coin.

Le garçon la dévisagea un instant. Il avait déjà pensé à sécher des cours. Il en avait même discuté avec Jeff Maynard à plusieurs reprises. Mais il n'était encore jamais passé à l'acte. Il ne savait que trop ce qu'il risquait si son père l'apprenait. Pourtant, devant le défi à peine déguisé de Cassie, il sentait ses réticences faiblir. La jeune fille ajouta :

– Si ton père t'attrape, je lui dirai que c'était entièrement ma faute. Disons que j'étais vraiment malade et que tu me ramenais chez moi. En chemin je me suis sentie mieux et j'ai voulu aller sur la plage. Et tu ne pouvais pas me laisser seule, n'est-ce pas? Au cas où je me serais sentie mal à nouveau...

Eric était persuadé que son père n'avalerait jamais une excuse pareille, même si c'était la vérité. Mais il se surprit lui-même de sa réponse.

– D'accord. Mais si on se fait choper, ça va être ma fête!

– On ne se fera pas choper, affirma Cassie. Allons-y.

Ils descendirent Maple Street jusqu'à Cape Drive qu'ils traversèrent en direction de la plage. Ensuite ils obliquèrent vers l'ouest et l'entrée du port. Son sac dans une main, Cassie marchait sans parler. Elle examinait les maisons aux bardeaux délavés qui bordaient la plage. Elles étaient largement espacées et quelques piquets de clôture se dressaient entre elles. Les tempêtes de l'hiver en avaient depuis longtemps effacé la peinture. Leurs volets clos donnaient un air lugubre à l'ensemble.

Les deux adolescents dépassaient la cinquième quand Cassie parla.

– Personne ne vit dans ces maisons?

– Pas en cette saison. Elles ne sont pas habitées avant la fin de l'année scolaire.

– Tu veux dire qu'on ne s'en sert qu'en été?

Eric eut l'air surpris.

– Bien sûr. Ce ne sont que des villas de vacances. Qui irait à la plage en hiver?

– Moi, rétorqua Cassie. En Californie, c'était une des périodes que je préférais. Souvent, il n'y avait que moi sur toute la plage et je marchais des kilomètres sans rencontrer personne. C'est bien aussi l'été, remarque, mais il y a trop de monde. Les plages sont tellement envahies qu'on a du mal à bouger. C'est vraiment chiant!

Eric grimaça.

– Il n'y a jamais vraiment foule ici, même avec les vacanciers. A moins d'aller à Provincetown. Là, c'est la cohue.

Ils arrivèrent au bout de la rue et tournèrent à droite avant de commencer l'ascension des quelques dunes couvertes d'une herbe rase qui séparaient la route de la plage. Comme ils gravissaient la dernière dune, le grondement de l'océan se fit plus sonore. Et l'Atlantique s'étala brusquement sous leurs yeux. Cassie s'arrêta pour contempler l'étendue verte.

– C'est différent, dit-elle pensivement. A cause du soleil, c'est ça. Il vient d'une autre direction.

Elle se laissa tomber sur le sable, s'allongea sur le dos et se mit à observer le ciel. Des mouettes tournoyaient et elle percevait leurs cris aigus annonçant des plongeons vertigineux vers l'immensité de la mer. Après quelques minutes, Cassie se releva et descendit vers l'océan en courant. Un groupe de bécasseaux fuit devant elle en rasant l'eau avant de reprendre de l'altitude. Au-dessus de la mer, ils virèrent avec un ensemble parfait sur la droite et redescendirent vers les dunes, une vingtaine de mètres plus loin. Ravie, Cassie les suivit du regard jusqu'à leur disparition. Puis elle ôta ses chaussures, remonta ses jeans jusqu'aux genoux et se précipita dans l'eau. Un cri de surprise lui échappa.

– C'est froid!

Eric s'était approché d'un pas nonchalant.

– A quoi t'attendais-tu? lança-t-il. Nous ne sommes qu'en avril!

Cassie regagna le sable sec dans de grands éclaboussements.

– Mais en Californie tout le monde se baigne déjà!

Elle revint à l'endroit où elle avait laissé son sac et remit ses chaussures. Quelque chose attira son attention sur la plage, au loin.

– Qu'est-ce que c'est? demanda-t-elle.

Eric plissa les yeux contre le soleil.

– Ah, ça! C'est le jalon de Cranberry Point. Pour marquer le début du chenal. Sinon, les bateaux s'échoueraient dans le marais.

Pensivement, Cassie considéra un long moment le jalon rouge. Enfin elle se tourna vers le garçon.

– C'est par là qu'habite Miranda Sikes, non?

– Pourquoi cette question? s'étonna Eric.

Cassie jaugea l'adolescent. Devait-elle lui raconter ses cauchemars, et la quasi-certitude qu'elle avait maintenant que Miranda était la femme du rêve? Il trouverait ça idiot, certainement.

– Comme ça, éluda-t-elle. Je l'ai vue hier, et elle a l'air intéressante...

– Ce n'est qu'une vieille toquée, fit Eric un peu vite. Elle est marteau!

Cassie sentit la colère monter en elle.

– Qu'en sais-tu? Tu lui as déjà parlé?

Pris au dépourvu, Eric ne sut que dire.

– Alors tu ne devrais pas en parler de cette façon, continua la jeune fille. Tu ne la connais pas plus que les autres ne me connaissent! (Le souvenir des mots blessants de Lisa, en salle de cours, lui revint.) Est-ce que personne ici n'a envie de me connaître? Ou faut-il être née dans ce trou pour compter?

– Hé, tu pousses un peu, là... commença Eric.

Mais il se souvint de l'attitude de Lisa dans la cafétéria et réalisa que la colère de Cassie pouvait fort bien se justifier.

– Moi, j'aimerais bien te connaître, affirma-t-il avec calme.

Mais Cassie ne parut pas l'entendre. Maussade, elle frappait le sable de la pointe du pied.

– Peut-être que je n'aurais jamais dû venir ici...

Elle avait parlé plus pour elle-même que pour le garçon. L'adolescent fronça les sourcils.

– Mais tu étais forcée par la situation, non? Tu ne pouvais quand même pas rester seule en Californie!

– Beaucoup de jeunes de mon âge vivent seuls. Je pourrais le faire aussi.

– Ouais, sûr! approuva Eric, goguenard. Tu pourrais faire le trottoir dans les quartiers pouilleux de Boston et même te mettre à la dope. Tu pourrais même finir comme Miranda!

Les yeux de la jeune fille s'emplirent de larmes.

– Eh bien ça vaudrait sûrement mieux que ce qui m'arrive en ce moment! hoqueta-t-elle. Et que lui trouves-tu de si horrible, à Miranda?

Eric allait répondre mais il se ravisa au dernier moment et tourna son attention vers l'océan. Cassie attendit en silence qu'il se décide à parler. Après un long moment, toujours sans la regarder, il haussa les épaules.

– Je ne sais pas au juste. (Il se força à lui faire face et eut une grimace embarrassée.) Tu as peut-être raison; personne ne sait rien d'elle, au fond. Elle ne parle jamais, et plus personne ne la remarque quand elle passe dans la rue.

– Où habite-t-elle? Elle travaille?

– Elle doit toucher une pension de l'État, enfin c'est probable. (L'adolescent parut devenir nerveux.) Elle habite là-bas, dans le marais. Si tu y tiens, je crois que je peux te montrer où exactement.

– Alors allons-y, enchaîna immédiatement Cassie en passant son sac en bandoulière.

Sans attendre de réponse elle prit la direction du grand jalon rouge. Quand Eric la rattrapa quelques secondes plus tard, elle semblait de bien meilleure humeur et lui sourit presque joyeusement.

– Alors, ça n'est pas mieux que le cours de maths? railla-t-elle. Ici j'oublie tout, et je pourrais presque croire que tout est aussi beau que la mer!

– Mouais, c'est cool, reconnut Eric sans excès. Mais si on se fait prendre?

– Si tu te demandes toujours ce qui va arriver, tu ne feras jamais rien! Qu'est-ce que tu trouves de si formidable à Memorial High?

– Si tu veux aller en fac, faut bien en passer par là, maugréa le garçon.

– Eh bien, j'y vais, non? En tout cas, j'y vais assez comme ça pour ne pas prendre de retard sur le programme... Et puis, on est censé apprendre tout ce qu'ils nous débitent, n'est-ce pas? Moi, j'apprends vite, alors pourquoi resterais-je cloîtrée toute la journée en classe? Surtout avec des gens comme Lisa Chambers!

– Lisa est sympa...

Du coin de l'œil, Cassie observait le garçon.

– C'est ta petite amie?

Eric se sentit rougir.

– Euh... je ne sais pas. Enfin, je suppose que oui. Elle le croit, et mon père l'aime bien.

Cassie s'arrêta brusquement.

– Ton père l'aime bien? Quel rapport?

Cette fois, Eric était piégé. Il fit un geste embarrassé.

– Eh bien, ça arrange pas mal de choses si je fréquente des gens que mon père apprécie.

Il tenta d'éviter le regard de l'adolescente mais finit par croiser les yeux inquisiteurs.

– Ça paraît idiot, hein? dit-il d'une voix mal assurée.

Cassie se contenta d'un rictus critique.

Ils reprirent leur marche sans parler, à quelques pas l'un de l'autre. Pourtant leur silence n'était pas tendu. Lorsque Cassie reprit la parole, le garçon sut instantanément sur qui elle s'interrogeait.

– Elle est riche, n'est-ce pas?

– Mouais... Mr. Chambers a épousé la tante de Kevin Smythe. Avant, les Smythe possédaient une bonne partie de False Harbor.

– Je parierais que ton père regrette de ne pas avoir épousé lui-même la tante de Kevin...

Eric ne put retenir un petit rire sarcastique.

– Elle n'aurait pas voulu! Elle ne peut pas le saquer!

Les yeux de la jeune fille s'agrandirent.

– Alors ton père aime bien Lisa à cause de ses parents, et ses parents n'aiment pas ton père mais ils te laissent sortir avec leur fille? Quelle salade! Et tout ça ne te donne pas envie de vomir?

– Je ne suis pas certain de comprendre, fit Eric avec une moue fataliste.

– Je veux parler des parents. (Avec délectation, Cassie tendit son visage au vent marin.) Ils font toujours des trucs débiles pour des raisons débiles! Prends ma mère, par exemple : elle haïssait mon père et me répétait à longueur de journée que c'était un salaud. (Sa voix devint plus acide, mais ses yeux s'embuèrent.) Elle ne me gardait avec elle que pour m'empêcher de le voir, oui! Et puis elle est allée se faire tuer sur une route. Comment faut-il que je réagisse? Je veux dire, elle voulait que je haïsse Papa autant qu'elle, et maintenant je dois vivre avec lui puisqu'elle est morte. (Des sentiments contraires l'agitaient et elle hésita un instant.) Bon, sa mort n'est pas une grande affaire! Être ma mère ne lui donnait pas le droit de me battre! Et tu sais quoi? Elle se gourrait complètement au sujet de mon père : il a l'air d'un type bien. Mais pourquoi aurait-il besoin de moi? Il a déjà une famille!

Elle renifla et essuya ses larmes d'un geste décidé. Elle réussit même à sourire faiblement à Eric.

– Après ça, on se demande pourquoi ils tiennent tant à avoir des gosses!

Embarrassé par la tirade de la jeune fille, Eric examinait le sable à ses pieds. Il devait bien admettre qu'il partageait pratiquement tout ce qu'elle venait de dire.

– Mais qu'est-ce qu'on peut y faire? lâcha-t-il avec dépit. On ne peut pas choisir ses parents!

Cassie ralentit le pas et le regarda de biais.

– Peut-être que moi je le peux. Tu vois, Papa et Rosemary ne me désirent pas vraiment. Je me trouve sur leur chemin, c'est tout. Alors...

Elle voulait parler à Eric de cette impression qui la hantait mais craignait qu'il se moque d'elle. S'il riait de cette idée... Elle décida de prendre le risque.

– Peut-être pourrais-je trouver une mère qui me désire réellement.

Eric ne semblait pas moqueur mais plutôt intéressé.

Elle prit le parti d'en dire un peu plus. Pas trop. Juste assez pour être à même de juger sa réaction.

– J'ai fait un rêve, fit-elle en riant nerveusement. J'ai... j'ai rêvé que Miranda Sikes était ma véritable mère. C'est bizarre, hein?

Le garçon regarda au loin et répondit d'une voix basse.

– Bah... je crois qu'il se passe de drôles de trucs dans les rêves. Parfois ça veut dire quelque chose...

Revigorée par ces paroles, Cassie releva la tête avec entrain.

– Dans ce rêve, elle m'appelait par mon prénom et me tendait les bras. Je pense qu'elle voulait que je vienne avec elle.

Le visage d'Eric prit une expression étrange.

– Qu'est-ce qui te fait dire ça?

Un frisson de peur la parcourut. Et s'il la croyait folle?

– Je n'ai pas dit qu'elle le faisait. C'était juste dans le rêve.

– Alors, si elle t'appelait, ça pourrait signifier que tu devrais aller la voir.

– Et pourquoi pas? lança la jeune fille.

– Ouais, il n'y a pas de raison, fit Eric lentement. Je te montrerai où elle habite. Peut-être même que je te ferai voir ce qui arrive si on s'approche trop près...

Lorsque le carillon de la porte résonna dans le magasin, Rosemary Winslow leva les yeux de la chaise qu'elle nettoyait.

Charlotte Ambler se tenait près de l'entrée et contemplait une copie de lampe Tiffany. Il ne pouvait pourtant être plus de trois heures. Interloquée, Rosemary consulta sa montre : deux heures à peine. Alors que faisait la directrice de Memorial High hors de son école avant la fin des cours? Soudain inquiète, Rosemary se leva et se fraya un chemin entre les meubles encombrant la boutique.

– Charlotte? Il est arrivé quelque chose à Cassie?

Mrs. Ambler hocha la tête avec gravité.

– J'en doute, mais je dois reconnaître que je n'en sais rien. En fait, j'espérais que vous pourriez me renseigner. Est-elle passée ici, par hasard?

– Ici? répéta stupidement Rosemary. Mais... les cours ne sont pas terminés, n'est-ce pas?

– Non, soupira la directrice, et c'est bien là le problème. Il semblerait que Cassie se soit dispensée de classe cet après-midi. Je pensais avoir une chance de la trouver ici...

– Je ne suis pas sûre de comprendre. Était-elle malade?

– Pas d'après Lisa Chambers. Elle a vu Cassie et Eric Cavanaugh partir ensemble après le déjeuner. Aucun des deux n'a réapparu depuis.

L'étonnement haussa les sourcils de Rosemary.

– Vous dites qu'Eric Cavanaugh a fait l'école buissonnière? *Eric Cavanaugh*?

– C'est moins étonnant que la suite, rétorqua la directrice avec une certaine froideur. Oui, c'est bien ce que je vous ai dit. Et aussi que Cassie l'accompagnait. J'espérais qu'elle tiendrait au moins le premier jour...

Le sous-entendu ne pouvait échapper à Rosemary, de plus en plus abasourdie.

– J'ai peur de ne pas saisir.

Charlotte Ambler approuva, non sans humour.

– C'est bien pourquoi je suis venue vous voir. Vous avez une minute? J'ai ici quelques petites choses que je juge de mon devoir de vous montrer.

Son appréhension grandissant, Rosemary emmena Charlotte dans la pièce qui servait d'arrière-boutique. La directrice s'assit sur une chaise et lui tendit un dossier pêché dans sa mallette.

– Voici les bulletins de Cassie, communiqués par son établissement précédent. Je pense que vous devriez y jeter un coup d'œil.

Rosemary prit le dossier de sa main non bandée et l'ouvrit. Le premier feuillet à lui seul justifiait la visite de l'enseignante. Effarée, Rosemary le parcourut fébrilement.

– Mon Dieu, murmura-t-elle. Apparemment ce n'est pas la première fois qu'elle ne se rend pas en classe.

– Apparemment, c'est même une habitude, corrigea Mrs. Ambler d'un ton incisif. J'ai pensé que nous devrions en discuter en tête à tête. Étant donné les circonstances.

Vexée par l'attitude mordante de la directrice, Rosemary se rebiffa d'un coup.

– Vous ne pouviez pas simplement me téléphoner? Après tout, c'est son premier jour de cours dans une ville qu'elle ne connaît pas encore et où elle n'a aucun ami. Je me demande d'ailleurs si elle a bien fait de commencer l'école aujourd'hui...

– J'aimerais abonder dans votre sens, malheureusement je crains qu'il n'y ait d'autres raisons que le simple fait d'être nouvelle à False Harbor.

Bien droite sur sa chaise, la directrice se tut et posa sur son interlocutrice un regard calme. Elle commençait à se demander si sa décision de venir ici était judicieuse. Mais il était trop tard pour reculer.

– Je ne sais pas trop comment aborder le sujet.

Cette fois, Rosemary se sentit réellement inquiète.

– Alors allez-y franchement.

Mrs. Ambler prit une profonde inspiration, comme quelqu'un qui se prépare à plonger dans une eau glacée.

– J'ai enseigné un bon nombre d'années, et je suis directrice depuis déjà un certain temps. J'aime à penser que j'ai développé une sorte de sixième sens face aux élèves.

Un frisson secoua Rosemary. Elle pressentait ce qu'allait dire sa visiteuse.

– Il y a quelque chose chez Cassie que je n'arrive pas à définir. Quelque chose...

Elle ne termina pas sa phrase, cherchant ses mots.

– Quelque chose dans son regard? proposa doucement Rosemary.

Surprise, Charlotte Ambler la considéra avec intensité.

– C'est exactement ça. Lorsqu'elle est entrée dans mon bureau ce matin, c'est la première chose que j'ai remarquée : son regard. Il est si profond et si indéchiffrable. J'ai l'impression qu'il cache quelque chose de trouble, c'est le mot que j'ai à l'esprit depuis ce matin. Habituellement, quand des adolescents dissimulent un sentiment, c'est la colère. Mais dans le cas de Cassie... Je sais que tout ça peut paraître un peu étrange, mais...

– Pas du tout, Charlotte, interrompit Rosemary avec chaleur. J'ai eu la même impression. Je tente de me persuader que cela ne signifie rien et qu'elle essaye simplement de cacher sa peine, et pourtant je ne peux m'empêcher de penser qu'il y a autre chose.

Charlotte Ambler réfléchit un instant.

– En avez-vous parlé à Keith?

– Oui, mais sans résultat. Vous connaissez mon mari! Il ne voit que ce qu'il veut bien voir, et il accepte difficilement d'admettre que quelque chose aille vraiment mal. D'ailleurs il a souvent raison, et j'espère qu'il ne se trompe pas à propos de Cassie.

– Je me demande quelle était la nature des relations entre Cassie et sa mère. Le savez-vous?

– Pas très bonne. Cassie semble nourrir une certaine rancune envers elle, mais je suppose que c'est commun aux orphelins. Ils se sentent abandonnés et leur douleur se transforme en ressentiment.

Charlotte Ambler acquiesça.

– C'est presque un stéréotype, et c'est peut-être ce qui arrive à Cassie.

Mais lorsque la directrice sortit du magasin quelques minutes plus tard, ni elle ni Rosemary n'étaient vraiment satisfaites de leur entretien. Toutes deux sentaient qu'un point important était resté inabordé, bien qu'elles auraient eu du mal à l'admettre.

Aucune des deux n'avait voulu parler de cette peur diffuse qu'elles éprouvaient en présence de la jeune fille.

Ce jour-là, Rosemary ferma boutique plus tôt qu'à l'ordinaire. Pourtant elle ne rentra pas directement chez elle. D'un pas pressé, elle rejoignit le port. Comme elle l'espérait, elle vit Keith à bord du *Morning Star III*. Il nettoyait le cuivre des équipements. En reconnaissant sa femme, il fit une grimace et brandit un chiffon.

– Tu viens donner un coup de main? lança-t-il joyeusement.

Rosemary lui montra son poignet bandé.

– Je suis inapte au service! Me croiras-tu si je te dis que j'ai trouvé un chat dans la chambre de Cassie, ce matin?

– Un chat? Comment a-t-il pu entrer?

– Cassie avait laissé la fenêtre entrebâillée. Il dormait dans son lit et il n'a pas apprécié que je vienne le déranger. Mais ce n'est pas la raison de ma visite. Je voulais te parler avant ton retour à la maison, au cas où Cassie arriverait là-bas avant nous.

La jovialité disparut du visage de Keith.

– Cassie? Il y a un problème?

– Elle a séché les cours cet après-midi. Avec Eric.

– Ce n'est que ça? fit son mari avec soulagement. Eh bien, pas la peine d'en faire un drame! Tous les gosses font l'école buissonnière de temps à autre, et...

Une voix hargneuse l'empêcha de finir sa phrase. Elle provenait du bateau voisin. Ed Cavanaugh émergea d'une écoutille, le regard chassieux empli de colère.

– Je vais vous dire où est le drame, moi! cracha-t-il en essuyant ses mains graisseuses sur un chiffon noirâtre. *Mon* gosse ne sèche pas les cours. Peut-être bien que vous vous foutez de ce que fait la vôtre, mais pas moi! Je vais trouver Eric, et vous pouvez prier pour que votre petite pute ne soit pas avec lui! Tu m'entends, Winslow?

Keith allait répondre vertement mais Rosemary pressa son bras. Ils restèrent silencieux jusqu'à ce qu'Ed Cavanaugh ait quitté le quai d'une démarche lourde. Alors Keith éclata :

– Laura accepte peut-être qu'il lui parle sur ce ton, mais pas moi! Et je ne permettrai pas qu'il insulte Cassie!

– Il est ivre, dit Rosemary. Il ne sait plus ce qu'il dit. Et même s'il les trouve, il ne touchera pas à Cassie. Ed est un rustre et un fainéant, mais il n'est pas stupide à ce point.

Keith ne desserra pas les lèvres pendant quelques minutes. Quand il eut reconquis un semblant de calme, il soupira amèrement.

– Attends encore cinq minutes et nous rentrerons ensemble, proposa-t-il. En chemin, nous déciderons de la conduite à adopter envers Cassie.

Mais lorsqu'ils poussèrent la porte d'entrée de leur foyer, un quart d'heure plus tard, la jeune fille n'était pas là.

7

Cassie se tenait à l'extrémité de Cranberry Point. Ici le bruit du ressac était moins fort car un banc de sable s'étendait le long de l'entrée du port de False Harbor, et l'eau peu profonde évitait la formation de rouleaux importants. Visible à ses eaux plus sombres, un étroit chenal assurait le passage des bateaux. Planté au milieu de l'embouchure, un fanal rouge se dressait nettement au-dessus de la marée. A son extrémité supérieure clignotait une lumière puissante, au rythme d'un éclair à chaque seconde. Une série de pieux peints en rouge décrivait une courbe entre le fanal et le port.

– Pourquoi sont-ils de cette couleur? interrogea Cassie. S'ils montrent le chenal, ils devraient être verts, non?

– Pour un bateau rentrant au port, le rouge signifie qu'il faut toujours garder la signalisation à bâbord, enfin, à gauche. Si les pieux étaient verts, tout le monde passerait du mauvais côté et s'échouerait dans le marais.

Le regard de la jeune fille survola l'étendue d'herbes folles que le promontoire séparait de la mer. Il était impossible de dire où commençait le marais et où il finissait.

Au beau milieu de ces terres à moitié émergées, sur une élévation, elle discerna un bouquet de pins balayés par le vent. Et entre les arbres, presque invisible, la forme d'une petite maison.

– Qu'est-ce que c'est? demanda-t-elle, mais l'accélération subite de son pouls l'avait déjà renseignée.

– La cabane de Miranda. C'est le seul coin de terre ferme dans tout le marais.

– On peut y aller?

– Ce n'est pas vraiment indiqué, avertit Eric. C'est même assez dangereux si on ne connaît pas bien le terrain. Je viens ici depuis des années et j'ai repéré presque tous les passages. Mais il faut quand même être prudent : les sentes changent souvent de tracé d'une année à l'autre. Quand il y a de grosses tempêtes le marais est complètement submergé. Après, il arrive que les chemins de la veille ne soient plus valables et il faut en trouver d'autres.

Cassie fronça les sourcils.

– Mais que fait-elle quand le marais est recouvert?

– Elle doit rester cloîtrée chez elle, proposa Eric.

Fascinée, la jeune fille contempla les terres gorgées d'eau. Elle essayait d'imaginer la vie de Miranda Sikes, isolée dans cet endroit sauvage, protégée des vents hivernaux par quelques arbres rabougris. En se concentrant sur la cabane, le souvenir de la nuit précédente surgit dans son esprit. Quelque chose l'attirait irrésistiblement vers cette construction misérable, comme un aimant. Elle voulut se soustraire à cet appel muet mais elle dut bientôt s'avouer vaincue.

– Conduis-moi là-bas, dit-elle d'une voix douce. Je voudrais voir de plus près.

Le regard d'Eric suivit celui de l'adolescent et fouilla les environs de la cabane.

– Elle n'est peut-être pas là. En ce cas...

Il laissa sa phrase inachevée. Sans autre commentaire, il retourna au promontoire, Cassie sur ses pas. Là, il s'enfonça dans le marais par un passage indiscernable pour la jeune fille.

Sous leurs pieds le sol était spongieux. Leurs chaussures marquaient la terre d'empreintes légères qui s'emplissaient d'eau avant de disparaître.

– Qu'est-ce que c'est? demanda Cassie au garçon qui progressait un mètre devant elle.

Il se retourna.

– Quoi donc?

– Ce sur quoi nous marchons. Ça ne ressemble pas à du sable.

– Le sable est en dessous, sauf à certains endroits où il affleure, mais alors c'est du sable mouvant. Nous marchons sur de la tourbe. Elle peut atteindre dix mètres d'épaisseur. Bon, tu viens?

Ils avançaient avec lenteur dans les herbes grasses couvrant le marais. De temps à autre des oiseaux, dérangés par les intrus, prenaient leur essor dans un bref concert de piaillements et de claquements d'ailes. Par deux fois, Cassie perçut de vagues bruissements qui lui suggérèrent des serpents glissant vers elle. Avec un frisson elle allongea alors le pas pour rattraper Eric.

Soudain celui-ci stoppa net et l'adolescente faillit le bousculer. Totalement immobile, il regardait attentivement l'herbe sur leur gauche.

– Il y a quelque chose? murmura Cassie sans rien apercevoir.

– Une oie sauvage. La première que je vois cette année. Là. (Il pointa un doigt.) Elle ne bouge pas. Elle nous surveille.

Mais la jeune fille ne discernait toujours rien. Puis un mouvement lui permit de localiser l'oiseau, qui se dandina pesamment et plongea la tête dans une flaque, sans doute à la recherche de quelque nourriture. Les deux adolescents l'observèrent encore une minute, puis Eric repartit. Aussitôt l'oie lança un cri sonore et s'envola sans grâce.

Arrivé à une quarantaine de mètres de la petite élévation, Eric fit halte. Un réseau de sentes partait dans toutes les directions, mais le garçon savait par expérience qu'une seule conduisait sans risque au bouquet de pins abritant la cabane. Un pieu était planté dans la tourbe, avertissement énigmatique aux promeneurs.

– On ne peut pas aller plus loin?

Instinctivement, Cassie avait parlé bas. Eric secoua la tête et désigna la petite maison.

– Regarde sur le toit.

Le toit de la cabane était en forme de pyramide. En

concentrant son attention, la jeune fille discerna une forme blanche perchée au sommet.

– Un faucon albinos, expliqua Eric. Il est à elle, et dressé. Il se tient toujours là, pour surveiller les alentours. Allons.

Il bifurqua sur leur droite et prit une sente qui contournait la petite colline. La cabane restait toujours visible à travers les arbres squelettiques. Alors qu'elle suivait son compagnon, Cassie se sentit épiée.

La petite maison apparut, parfaitement symétrique, construite en rondins équarris que les intempéries avaient colorés d'un gris terne. De chaque côté de la porte, une fenêtre. Un porche bas courait le long de la maison à une trentaine de centimètres du sol sableux. La porte était close, mais les lourds volets en chêne des fenêtres étaient maintenus ouverts par de vieux crochets en fer rouillé.

Cassie considéra la pauvre demeure durant de longues secondes, se demandant comment quelqu'un pouvait vivre dans un lieu aussi exigu, désolé et misérable. Même les arbres alentour penchaient vers l'extérieur, comme s'ils voulaient s'en éloigner.

Comme les deux adolescents commençaient à contourner la cabane, le faucon albinos s'ébroua. Il agita ses ailes dans un froissement de plumes et poussa un cri perçant.

L'étrange animal commença à se balancer d'une patte sur l'autre avec nervosité. Sa tête au bec redoutable bougeait sans cesse pendant qu'il inspectait sans relâche le marais. Du fond de sa gorge monta un nouveau cri, menaçant celui-là.

Dès que les deux adolescents s'arrêtèrent, le rapace reprit son immobilité trompeuse.

Chaque côté de la cabane était percé de deux fenêtres protégées par des volets. Le mur arrière, comme celui de façade, avait une porte en son centre mais une seule fenêtre, à gauche, tandis qu'à droite on devinait la forme d'une cheminée. Pas de porche ici, mais une simple marche au seuil de la porte. A quelque distance de la maison, Cassie vit un puits délimité par un cercle de pierres rondes et couvert d'un petit toit, que deux pieux supportaient, percés d'une tige métallique se terminant en manivelle. Une vieille corde était enroulée autour de la barre de fer, une extrémité attachée à l'anse d'un seau rouillé qu'on avait posé sur les pierres.

– Elle utilise toujours ce puits? demanda Cassie dont la voix s'était réduite à un murmure prudent.

Eric acquiesça.

– Ici, il n'y a pas l'électricité. Elle n'a qu'un poêle à bois, et ses toilettes sont à l'extérieur. Là-bas, tu vois?

Il pointa l'index vers leur gauche. Au bas de la petite colline, Cassie distingua une petite cabane aux murs de guingois recouverts d'un enchevêtrement de plantes grimpantes.

– Comment peut-on vivre dans ces conditions? s'étonna-t-elle. Pourquoi la laisse-t-on ici?

Eric inclina la tête dans une attitude circonspecte.

– Elle a toujours vécu ici, sauf quand elle était à l'hôpital. (Il fixa sur Cassie un regard grave).

C'est pour cette raison que tout le monde la croit folle. Tu comprends, on pense qu'il faut être un peu dérangé pour vivre comme ça.

La jeune fille se mordit les lèvres pour refouler des larmes naissantes.

– Mais pourquoi ne fait-on rien pour elle?

– Maman m'a dit que des gens ont essayé de l'aider, mais Miranda ne voulait même pas les laisser entrer chez elle. Finalement, peut-être que ça lui plaît de vivre ici...

Sous la surveillance constante du faucon, ils firent le tour de la cabane et Cassie s'arrêta pour la contempler une dernière fois. C'est alors que la porte s'ouvrit. Miranda fit deux pas dehors. Elle était vêtue des mêmes oripeaux noirs que la veille.

Elle observa le marais un moment et son regard se posa sur les deux adolescents. Lentement, elle leva une main.

Instantanément le faucon blanc s'envola du toit et prit de l'altitude en quelques coups d'ailes saccadés.

L'animal s'élevait rapidement dans l'azur et Cassie eut un pressentiment désagréable. Un cri flotta au-dessus du marais.

– Eric? *Eric!*

– Oh merde! murmura le garçon. C'est mon père! Qu'est-ce qu'on fait?

Cassie s'arracha à la contemplation de l'étrange oiseau et se tourna vers Eric.

– Rien de plus que ce que nous avions décidé au cas où nous serions pris. Allons-y!

Après un dernier coup d'œil à la silhouette énigmatique de Miranda, la jeune fille prit la direction de la plage.

Le faucon piqua avec un cri de fureur. Arrivé près du sol, il infléchit son vol et fonça sur eux en rase-mottes. Mais il abandonna la poursuite dès que les intrus atteignirent la plage et retourna se percher au faîte du toit. Essoufflés, Eric et Cassie le surveillèrent encore quelques secondes, puis ils se dirigèrent vers le parking qui bordait le marais à l'est.

Appuyé contre le pare-chocs de sa camionnette, Ed Cavanaugh les regarda approcher sans dissimuler sa colère.

– Qu'est-ce que tu foutais là-dedans, mon gars? attaqua-t-il. Tu sais l'heure qu'il est?

– Euh... non, bafouilla Eric. Deux heures et demie? Trois heures?

– Te fous pas de moi! Tu sais ce qui arrive quand on se paie ma gueule.

Ed serra les poings. Son visage était convulsé de fureur.

– Je ne me fous pas de toi, Papa, se défendit Eric avec désespoir. Je ne sais pas quelle heure il est, c'est tout.

– Quatre heures! grinça son père. Il est quatre heures, bordel! Mais s'il était deux heures et demie ou trois heures, ça ne ferait pas une putain de différence, tu m'entends? Que foutais-tu dans le marais?

– C'est ma faute, Mr. Cavanaugh, dit Cassie pour détourner son attention.

Elle fut aussitôt gratifiée d'un regard méprisant.

– Toi, la pisseuse, je ne t'ai pas sonnée! Monte dans le pick-up, Eric! Dès qu'on sera arrivés à la maison, on aura une petite explication.

Le visage de l'adolescent pâlit mais il ne dit rien. Avant de grimper dans la vieille camionnette blanche, il jeta un coup d'œil désemparé à Cassie.

La seconde suivante ce fut le regard d'Ed Cavanaugh qu'elle croisa. Elle en ressentit une véritable terreur. *Il me hait,* songea-t-elle. *Il ne m'avait encore jamais vue et il me hait!*

L'adulte monta dans le véhicule et claqua la porte. Le moteur rugit et la camionnette fit un bond en avant. Cassie n'eut que le temps de lever un bras pour protéger son visage des gravillons projetés par les pneus. Le pick-up s'éloigna à toute allure.

La jeune fille passa une main tremblante sur son visage et considéra avec effarement le sang qui tachait ses doigts.

Elle dut se retenir pour ne pas éclater en sanglots, autant de douleur que d'humiliation. La tête basse, elle prit la direction d'Alder Street. Mais elle ne fit que quelques pas avant de se retourner vers le marais et la cabane entre les pins. Elle distinguait à peine la silhouette sombre de Miranda toujours immobile devant sa maison. Un chapelet de secondes s'égrena ainsi, ponctué des battements de cœur de Cassie. Presque timidement, la jeune fille leva une main et l'agita.

D'abord elle pensa que Miranda n'avait pas remarqué son geste. Mais au moment où elle allait repartir, elle crut voir la vieille femme sourire.

Quelle que fût la colère de Keith envers Cassie, ce sentiment disparut dès que l'adolescente poussa la porte de la cuisine. Sa main droite était pressée sur son front et une traînée noirâtre de sang séché barrait sa joue.

– Cassie! Ma chérie, qu'est-il arrivé?

– Ce n'est rien, murmura-t-elle. Un petit accident, rien de plus.

Elle posa son sac fourre-tout sur la table et alla se pencher sur l'évier pour nettoyer la coupure avec un peu d'eau tiède. Puis elle tamponna soigneusement son front à l'aide d'une serviette en papier.

– Vous avez des sparadraps ici? demanda-t-elle avec un faible sourire en se retournant vers son père.

– A l'étage, dans la salle de bains. Viens.

D'une main protectrice, Keith guida Cassie dans les escaliers jusqu'à la salle de bains.

Il fouilla fébrilement dans l'armoire à pharmacie.

– Peut-être qu'un médecin devrait y jeter un coup d'œil, suggéra-t-il. Je t'emmènerai dès que Rosemary sera revenue du cours de danse de Jenny.

– Ce n'est qu'une petite coupure...

– Ah, voilà.

Il déchira la pochette de protection d'un sparadrap. Cassie éloigna la serviette en papier et rejeta la tête en arrière. Elle avait raison : nettoyée, la blessure se révélait insignifiante. Keith posa le sparadrap avec précaution.

– Très bien, fit-il lorsqu'ils furent redescendus. Maintenant, raconte-moi toute l'histoire. En commençant au moment où tu as quitté l'école, après déjeuner.

Cassie eut un serrement de cœur. Comment avait-il su aussi vite? Elle dut se rendre à l'évidence : False Harbor n'était pas San Fernando Valley, où personne ne remarquait ce que faisait autrui. Ici, tout le monde connaissait tout le monde. Quelqu'un l'avait vue en compagnie d'Eric et s'était empressé de répandre l'information.

– L'école est... commença-t-elle.

Elle s'apprêtait à relater la vérité mais elle se souvint de la version qu'elle avait mise au point avec Eric. Qu'arriverait-il si elle racontait à son père leur escapade et si Mr. Cavanaugh l'apprenait?

– J'étais malade, se reprit-elle. Je déjeunais avec Eric et j'ai eu d'un coup très mal au ventre. Alors j'ai décidé de rentrer à la maison pour m'allonger. Eric a voulu me raccompagner. Tu comprends, au cas où j'aurais vomi en route ou quelque chose comme ça...

Keith ne semblait pas vraiment convaincu.

– C'était il y a trois heures. Où étais-tu tout ce temps?

– J'allais mieux. Avant d'arriver à la maison, c'était passé...

Keith lui lança un regard soupçonneux.

– Alors pourquoi n'es-tu pas retournée en classe?

– Je ne voulais pas! rétorqua vivement Cassie. L'école est horrible et je la déteste! Ça n'a rien à voir avec celle où j'allais en Californie. Ici tout le monde parle de moi dans mon dos!

– Pourquoi ferait-on ça?

Cassie prit une expression boudeuse.

– Une des filles me déteste.

– Ça, c'est un peu dur à croire, chérie. Comment quelqu'un pourrait te détester dès le premier jour?

– C'est Lisa Chambers, expliqua la jeune fille. La copine d'Eric. Elle est persuadée que je veux le lui piquer!

Keith se détendit et masqua son envie de sourire par un froncement de sourcils.

– Et c'est pour cette raison que tu as séché une demi-journée de cours?

– Ça n'a rien de drôle! bougonna Cassie.

La porte de la cuisine s'ouvrit et Rosemary entra.

– Elle n'a pas tort, affirma-t-elle après avoir écouté le résumé de Keith. Ça n'a effectivement rien de drôle! Lisa Chambers est une vraie petite peste quand elle s'y met!

Cassie commençait à se détendre mais Rosemary fixa sur elle un regard sévère.

– Ce n'est pourtant pas une excuse suffisante pour manquer l'école. Et si tu étais malade, il fallait aller à l'infirmerie.

– Je ne savais pas qu'il y en avait une.

Le scepticisme transparut sur le visage des deux adultes.

– T'es-tu seulement renseignée?

La jeune fille hocha la tête et se tourna vers son père.

– Mr. Cavanaugh aussi a appris que nous avions séché. Eric a dit qu'il allait avoir des problèmes.

Keith consulta sa femme du regard, mais Rosemary attendait qu'il prenne l'initiative.

– Et tu ne penses pas qu'il serait juste que tu aies aussi quelques petits problèmes? fit-il avec une sévérité peu crédible.

– Ça m'est égal, rétorqua l'adolescente. Mais le père d'Eric... je crois qu'il va le frapper.

– Allons donc! dit Rosemary. Simplement pour avoir manqué l'école? Qu'est-ce qui te fait penser une telle chose?

– Eric me l'a dit. Quand il est en colère, son père le bat. Il l'a fait samedi soir.

Les deux adultes se rappelèrent les échos de l'altercation chez les Cavanaugh, deux nuits auparavant. Une simple dispute, bien sûr? En fait, ils soupçonnaient la vérité depuis longtemps. Les marques entrevues sur le visage ou les bras de Laura et d'Eric en étaient la preuve. Le garçon avait toujours prétexté un entraînement de base-ball mouvementé, mais sa mère ne pouvait se réfugier derrière une telle excuse et ses arguments n'avaient jamais convaincu les Winslow.

Keith eut soudain l'impression d'y voir plus clair.

– Tu n'es pas tombée malade, n'est-ce pas? dit-il sans agressivité. Tu as inventé toute cette histoire pour éviter à Eric de se faire corriger par son père.

Son ton compréhensif dérida Cassie.

– Oui, c'est vrai. Tu ne lui diras pas, n'est-ce pas? C'était mon idée. Au début, Eric ne voulait pas m'accompagner mais j'ai insisté. S'il te plaît?

Keith ne savait plus trop quelle contenance adopter. Et il lut sur le visage de sa femme qu'elle lui laissait la décision.

– Eh bien, ce n'est pas un gros mensonge, et si Eric évite une correction, je pense qu'on peut s'en tenir à ton histoire. Mais je veux que tu promettes de ne plus manquer les cours. Et si par malheur ça devait encore arriver, au moins n'embarque personne avec toi! C'est compris?

Rosemary sentit le coup d'œil que lui lança Cassie mais elle eut le bon sens de ne rien ajouter.

– Oui, Papa, dit l'adolescente d'une voix posée.

– Très bien. Alors disons que l'incident est clos.

Cette fois Rosemary ne put se retenir.

– Pas complètement. Ne crois-tu pas que tu devrais faire quelque chose à ce propos?

Cassie défia sa belle-mère d'un regard brûlant.

– Et pourquoi? Ma mère ne faisait jamais rien quand je séchais des cours!

– Le savait-elle? contra Rosemary.

– Évidemment! Je le faisais tout le temps. Où est le problème? J'ai de bonnes notes et les cours sont tellement débiles que je ne vois pas l'intérêt d'y assister!

Rosemary décida d'ignorer la provocation.

– Et que faisais-tu quand tu séchais l'école?

– Rien de très palpitant, répondit évasivement la jeune fille. Des fois j'allais à la plage, comme aujourd'hui avec Eric. Mais la plupart du temps je restais à la maison et je lisais.

– Et ta mère ne disait rien?

Le corps de Cassie se raidit un peu mais elle conserva un ton neutre :

– Je crois que la plupart du temps elle ne s'en rendait pas compte. Elle était toujours à son travail, et quand Tommy est parti elle s'est mise à sortir tout le temps. Il y avait des semaines où je ne la voyais que le week-end.

Cet aveu désarma Rosemary. Keith disait donc vrai : Diana ne s'était jamais beaucoup occupée de sa fille.

– Je vois... Eh bien, je suppose que nous pouvons passer pour cette fois. Mais je veux que tu comprennes que nous, nous tenons à ce que tu suives tous les cours. Bien que je m'occupe d'une boutique, elle ne me prend pas tout mon temps et je ne sortirai certainement pas tous les soirs. Si tu as des problèmes à l'école, nous voulons en discuter avec toi. D'accord?

Cassie hocha la tête avec réticence.

– Je peux monter dans ma chambre, maintenant?

Rosemary aurait voulu ajouter quelque chose, sans trop savoir quoi.

– Vas-y, soupira-t-elle. Je t'appellerai pour mettre la table avec Jenny.

Puis elle se souvint des griffures sur son poignet.

– Attends! Il y avait un chat dans ta chambre ce matin. Dans ton lit. Quand j'ai voulu changer les draps il m'a sauté dessus. (Elle leva sa main bandée.) Sais-tu d'où il vient?

Cassie se remémora le rêve de la nuit précédente mais décida de n'en pas parler.

– Aucune idée. Hier soir il miaulait dans l'arbre près de la fenêtre, alors je l'ai laissé entrer. Et je l'ai fait partir ce matin, mais il a dû revenir. (Elle marqua une pause avant de demander timidement.) Je pourrais le garder?

– Pas question! Tu n'aurais même pas dû le laisser entrer! Je suis certaine qu'il appartient à quelqu'un, et d'ailleurs je l'ai mis dehors.

A son tour Cassie marqua sa désapprobation.

– Il reviendra, je le sais. Est-ce que je pourrais le garder s'il revient? Oh, s'il te plaît?

Rosemary interrogea son mari du regard, dans l'espoir qu'il l'appuierait. Il connaissait l'aversion de sa femme pour les chats. Malgré les jérémiades de Jennifer, elle n'avait pas cédé à la gamine quand celle-ci s'était mis en tête d'adopter un chaton. Visiblement, Keith préférait rester en dehors de ce problème.

– Nous reconsidérerons la question s'il revient, ce dont je doute, trancha-t-elle.

Cassie n'ajouta rien et monta s'enfermer dans sa chambre.

Rosemary alla prendre dans le réfrigérateur la bouteille de vin blanc entamée la veille et en offrit un verre à Keith.

– Je sais bien qu'il est encore un peu tôt, fit-elle avec une moue d'excuse, mais je crois que je me sens un peu perdue. J'ai besoin d'un remontant.

Keith leva son verre et le fit tinter contre celui de sa femme.

– Eh bien, si tu me posais la question, je dirais que tu t'es tirée de la situation comme un chef!

– Vraiment? dit-elle, songeuse. Je me le demande. Je continue à penser que nous aurions dû la punir d'une façon ou d'une autre.

– Mais tu l'as entendue : je suis sûr qu'elle ne réalisait pas la gravité de sa faute. Et il est évident qu'elle ne s'attendait pas à ce que nous nous préoccupions de ça.

– Je n'en jurerais pas. Elle devait savoir qu'elle risquait de s'attirer des ennuis. Elle a quand même inventé toute une histoire pour protéger Eric. Et le fait que Diana ne se soit pas souciée de ses études m'ennuie aussi, je te l'avoue.

– Moi, ça ne me surprend pas outre mesure, répondit Keith avec une pointe d'amertume. Je me demande si Diana s'est jamais occupée d'autre chose que d'elle-même, y compris lorsque nous étions mariés. Elle jurait qu'elle m'aimait tant qu'elle ne supportait pas mon absence, mais elle mentait. La vérité, c'est qu'elle avait besoin que je sois là pour lui répéter que je l'aimais. Et je ne suis pas sûr qu'elle n'ait pas pris Cassie surtout pour l'empêcher de me voir.

– Mon Dieu! souffla Rosemary en levant les yeux vers la chambre de l'adolescente. Qu'a-t-elle dû endurer...

Soudain ils se turent. De la maison voisine leur parvenait la voix tonitruante d'Ed Cavanaugh.

– Sale petit menteur! Saloperie de morveux! Je vais t'apprendre à la ramener devant ton père, moi!

Puis la voix de Laura :

– Ed...

– TOI, TA GUEULE!

Keith bondit sur ses pieds, mais sa femme le retint.

– Non! Nous pouvons appeler la police ou nous boucher les oreilles, mais je ne veux pas que tu t'en mêles.

– Mais nous y sommes mêlés, bon Dieu! Nous sommes bien obligés d'entendre ça, non? Et Laura? Et Eric? On ne peut pas rester les bras croisés pendant que cette brute les assomme!

– Alors téléphone à la police, insista Rosemary. Si tu veux agir, vas-y. Et laisse-les s'occuper de cet ivrogne.

Keith décrocha le combiné d'un geste sec, hésita puis le reposa sans avoir composé de numéro. Il en était toujours ainsi lorsqu'il était tenté de dénoncer les scènes violentes chez les

Cavanaugh. S'il prévenait Gene Templeton et si ce dernier intervenait, son irascible voisin devinerait automatiquement d'où venait le coup de fil accusateur. Et Rosemary et ses filles ne seraient pas en sécurité. Il ne pouvait risquer de donner à Ed Cavanaugh un nouvel exutoire à ses colères d'alcoolique alors que lui-même naviguait souvent à des dizaines de kilomètres de la côte.

– Et merde! jura-t-il doucement.

Il se resservit un verre de vin blanc et sourit tristement à sa femme.

– J'ai l'impression que l'histoire de Cassie n'a pas marché non plus pour Eric. Enfin! Elle aura au moins essayé...

Mais Rosemary s'interrogeait encore. Était-ce là le seul but de ce mensonge? Aider Eric? Ou bien leur était-il également destiné? Elle aurait aimé ne pas avoir de doute.

Elle repoussa ces pensées peu charitables et se força à sourire.

– Oui, elle a fait ce qu'elle pouvait.

Elle étreignit la main de son mari.

– Tout finira par s'arranger. Elle a quelques problèmes, mais rien que nous ne puissions l'aider à résoudre.

– Oui, certainement. Difficile d'en vouloir à quelqu'un qui cherche à sauver la mise des autres, n'est-ce pas? Elle l'a fait pour Jenny l'autre soir et elle a recommencé pour Eric aujourd'hui. Quelles qu'aient été les erreurs de Diana, je crois que Cassie est une bonne fille.

Rosemary ne répondit pas. Son esprit était obsédé par le sentiment mystérieux que Cassie déclenchait chez elle. Aussi sympathiques fussent-ils, les mobiles apparents de l'adolescente lui semblaient ne représenter que la partie émergée de l'iceberg. Elle commençait sérieusement à croire la jeune fille beaucoup plus complexe que l'image qu'elle tentait de donner d'elle-même. Rosemary ne comprenait pas ce qui s'agitait derrière les grands yeux bruns de Cassie, et cela lui faisait peur.

C'est idiot, se dit-elle une fois encore. *Ce n'est qu'une enfant. Pourquoi cacherait-elle une quelconque menace?*

L'après-midi fit place au soir, le soir à la nuit, et plus d'une fois Rosemary se rendit compte qu'elle épiait inconsciemment l'adolescente, à l'affût d'un indice.

Un indice de quel ordre, elle n'aurait pu le dire.

Tard cette nuit-là, Miranda Sikes couvrit avec précaution le feu dans l'ancien poêle à bois. Un chat de gouttière gris, au dos marqué de stries noires, vint se frotter en ronronnant contre ses jambes. La vieille femme ouvrit le volet d'aération afin de laisser juste assez d'air pour entretenir les braises. Puis elle réduisit l'intensité de la lumière jaune dispensée par une antique lampe à pétrole posée sur la table.

Elle ôta ses vêtements et les pendit soigneusement dans son armoire avant d'enfiler une chemise de nuit en flanelle usée.

Elle rabattit les couvertures de son lit et le chat bondit aussitôt sur le matelas. Miranda secoua lentement la tête.

– Non, non, non, Sumi, chantonna-t-elle.

Elle prit l'animal dans ses bras maigres et lui caressa le ventre. Captivant les yeux dorés de son propre regard, elle se mit à chuchoter :

– Nous en avons pourtant assez discuté hier, et je t'ai expliqué que tu ne pouvais plus revenir ici désormais.

Le chat miaula doucement, et une de ses griffes égratigna le poignet ridé de Miranda.

– Oui, je sais ce que tu veux. Mais on ne fait pas toujours ce qu'on désire. Tu ne peux plus vivre ici, quel que soit ton avis. Tu dois rester avec Cassandra et obéir à ses ordres. Elle a besoin de toi maintenant, tu comprends?

Elle ouvrit la porte d'entrée et déposa le chat sur le seuil. L'animal leva vers la vieille femme un regard interrogateur.

– Non. Tu ne peux pas revenir. Tu sais où aller et quoi faire.

Elle referma la porte d'un geste ferme.

Le chat observa le panneau de bois un moment, puis il bondit dans l'obscurité couvrant le marais. Comme une ombre dans la nuit, il fila entre les racines et les herbes, ses yeux brillant au clair de lune.

La cloche de l'église sonnait minuit quand il se glissa dans la chambre de Cassie. Quelques minutes plus tard il dormait, roulé en boule aux pieds de sa nouvelle maîtresse.

8

Vers la fin de la semaine, Rosemary Winslow se rendit compte qu'elle ne se levait plus chaque matin avec autant d'entrain que de coutume. Aussi, quand arriva le samedi, elle s'autorisa à traînailler au lit, à moitié somnolente et peu disposée à s'habiller, rompant ainsi avec ses habitudes.

Keith monta peu après sept heures pour prendre de ses nouvelles.

– Tu es sûre d'aller bien?

Son expression inquiète et l'intonation de sa voix ravirent Rosemary. Mais une fois qu'elle l'eut rassuré, il redescendit au rez-de-chaussée. Allongée en travers de son lit, les yeux grands ouverts, Rosemary sentait un ennui indéfinissable l'envahir. Elle finit par penser que, peut-être, elle n'allait pas aussi bien qu'elle l'avait prétendu devant son mari, sans pour autant comprendre la raison précise de son trouble.

Bien sûr, la présence de Cassie dans cette maison avait à voir avec cet état d'esprit. Elle le savait et, d'une certaine façon, l'acceptait. Mais le temps arrangerait les choses. Il fallait se montrer patient et attendre l'installation d'une nouvelle routine. Après tout, elle ne pouvait accueillir sous son toit une adolescente sans raisonnablement envisager des changements dans leur vie à tous. Néanmoins, elle aurait aimé que Cassie se fonde dans la famille sans accroc. Mais elle devait s'estimer heureuse : finalement, les choses se passaient plutôt bien, mieux même qu'on aurait pu le prévoir.

Et pourtant...

En pensée elle repassa tous les petits faits qui avaient émaillé la semaine écoulée, tous ces détails qui auraient dû être insignifiants.

Le chat, par exemple.

Mardi matin, lorsque Cassie était descendue pour le petit déjeuner, l'animal l'accompagnait. Rosemary avait failli lui ordonner de le faire sortir immédiatement, mais Jennifer trépignait d'excitation et demanda la permission de le prendre sur ses genoux. Cassie avait aussitôt donné le chat à une Jenny au comble du bonheur. L'animal avait clos ses yeux d'ambre et s'était mis à ronronner.

– Il s'appelle Sumi, avait annoncé l'adolescente.

Keith s'était étonné.

– Sumi? Comment as-tu trouvé ce nom?

– Je l'ai rêvé. (Cassie s'était alors tournée vers Rosemary, un curieux sourire aux lèvres.) Il faut tenir compte des rêves, n'est-ce pas?

Sans réfléchir, Rosemary avait acquiescé. Du coup, la présence du chat avait paru être une chose entendue. Trop tard pour protester. Habilement, la jeune fille avait pris de court Rosemary en déviant la conversation. Celle-ci tenta de revenir sur le sujet, mais la manœuvre était vouée à l'échec.

– Mais j'ai toujours voulu un chat! pleurnicha aussitôt Jennifer. Et Sumi n'est pas un chaton, comme l'autre. Il est déjà grand et je suis sûre qu'il ne fera pas ses griffes sur les meubles. Il est super, hein?

Keith lui-même avait paru conquis.

– Il faut reconnaître qu'il est plutôt mignon. On dirait un siamois gris, quoique je n'aie jamais entendu parler d'une telle race.

– Ce n'est qu'un chat de gouttière, avait répliqué Rosemary. Et il me semble en trop bonne forme pour être abandonné. Il doit appartenir à quelqu'un.

Plus tard, quand les filles étaient parties pour l'école et Keith pour le *Morning Star*, Rosemary réalisa que Cassie n'avait pas pris part à la discussion. Elle s'était contentée de descendre avec l'animal. Jenny et Keith avaient fait le reste pour que le chat soit adopté.

Tandis qu'elle déposait les assiettes dans le lave-vaisselle, Sumi s'était assis sur une chaise pour l'observer. Pour la surveiller, avait-elle corrigé malgré la stupidité de cette pensée.

Pourtant, durant toute la semaine, chaque fois qu'elle s'était trouvée seule avec le chat, elle avait eu cette sensation qu'il l'épiait, ou plutôt qu'il attendait quelque chose d'elle. Au fil des jours elle en vint à se méfier de plus en plus de cette présence énigmatique.

D'où venait cet animal?

Que voulait-il?

Et il n'y avait pas que le chat.

Le mercredi, elle s'en souvenait fort bien, à l'heure du repas, elle avait demandé à Cassie comment se passaient ses cours. L'adolescente avait haussé les épaules et lâché un laconique « ça va ».

– Et les autres élèves? Tu t'entends bien avec eux?

Le visage de Cassie s'était fermé.

– Ça va, avait-elle répété.

Ses yeux n'avaient pas quitté l'assiette.

Depuis le dernier incident la jeune fille n'avait manqué aucun cours, pas plus qu'elle ne s'était plainte des autres élèves.

En fait, elle n'avait plus du tout abordé ce sujet. Chaque jour elle rentrait de l'école et disparaissait dans sa chambre, à priori pour étudier. Mais une fois, en passant devant la porte close, Rosemary s'était arrêtée et avait tendu l'oreille.

A l'intérieur, la radio égrenait en sourdine un air de rock. Cassie murmurait des paroles incompréhensibles.

L'image de Miranda Sikes s'était aussitôt imposée à l'esprit de Rosemary. La vieille femme qui marmonnait des mots sans suite en poussant sa carriole...

Mais sans doute l'adolescente parlait-elle tout simplement à Sumi. On parle souvent aux animaux familiers, et il n'y a rien d'anormal à un tel comportement.

Alors pourquoi Rosemary avait-elle éprouvé ce sentiment de malaise toute la semaine? Chaque jour la renforçait dans l'idée que la jeune fille se mettait volontairement à l'écart. Certes, elle répondait toujours lorsqu'on l'appelait et faisait sans rechigner ce qu'on lui demandait, mais elle semblait se refermer de plus en plus sur elle-même.

Et jeudi, en fin d'après-midi, Rosemary avait assisté à une scène pour le moins singulière.

Elle se trouvait dans la chambre de Jennifer, bien décidée à ordonner le fouillis général où se complaisait sa fille. Elle rangeait les jouets dans le coffre placé sous la fenêtre quand elle jeta un coup d'œil distrait à l'extérieur.

Dans le cimetière, elle vit Cassie agenouillée devant une tombe. Pendant plusieurs minutes Rosemary observa l'adolescente.

Elle paraissait occupée à déchiffrer une inscription funéraire. Puis elle avança une main et toucha le granit. Elle resta ainsi quelques secondes avant de se lever pour répéter le même rituel devant la stèle voisine.

Après une dizaine de minutes, Rosemary descendit au rez-de-chaussée. Elle sortit et enjamba la barrière basse qui séparait le jardin du vieux cimetière.

– Cassie?

Elle avait appelé d'une voix douce.

L'adolescente se figea, la main gauche suspendue à quelques centimètres d'une pierre tombale. Lentement, elle se tourna vers Rosemary.

– Que fais-tu ici?

Les yeux de Cassie évitèrent la nouvelle venue.

– Je lisais les inscriptions, c'est tout. C'est... intéressant.

L'intonation qu'elle avait employée était marquée d'une trace de défi.

– Mais on peut à peine les voir!

Cassie se releva.

– C'est bon; j'avais pratiquement fini de toute façon.

Elle rejoignit la barrière qu'elle passa avant de se retourner. Elle s'arrêta et regarda Rosemary, l'air incertain.

– J'ai commis une faute? Le cimetière m'est interdit?

Troublée par la question, Rosemary eut un geste évasif.

– Non, bien sûr... mais ce que tu étais en train de faire m'a semblé... bizarre.

Les yeux de l'adolescente s'assombrirent.

– Eh bien, peut-être suis-je quelqu'un de bizarre, rétorqua-t-elle d'une voix heurtée. Et je ne vois pas ce que j'ai fait de mal!

Se couvrant le visage de ses mains, elle se mit à courir vers la maison.

Rosemary fit un pas puis s'immobilisa. Trop tard. Une fois de plus elle avait dit ce qu'il ne fallait pas et Cassie s'était vexée. Elle respira à fond, un peu désorientée. Elle semblait posséder l'art de blesser l'adolescente en toute circonstance! Elle s'apprêtait à rentrer dans la maison quand une idée lui traversa l'esprit. Elle se dirigea vers l'endroit où se trouvait Cassie quand elle l'avait vue par la fenêtre

Le soir tombait rapidement. Les arbres centenaires, disséminés dans le petit cimetière, tendaient leurs branches comme pour faire obstacle à la lumière vacillante. Ici, l'air paraissait plus frais. Avec un soupçon d'appréhension tout à fait irrationnel, Rosemary s'approcha de la tombe qu'avait effleurée la jeune fille. Elle y lut un nom : Rebecca Sikes. La mère de Miranda. Sur la pierre voisine était gravé : Charity Sikes. La mère de Rebecca.

Rosemary longea lentement la rangée de tombes. Les générations successives de femmes Sikes s'y côtoyaient.

Ce n'était pas la première fois qu'elle voyait ces pierres funéraires. Au cours des années elle avait lu à peu près toutes les inscriptions du vieux cimetière. Et depuis longtemps déjà elle avait remarqué l'étrange particularité de cette rangée.

Aucune femme Sikes ne s'était jamais mariée, et pourtant chacune avait eu un enfant. Un seul. Une fille.

Sauf Miranda, la dernière de la lignée. A sa mort, pour la première fois depuis le XVIIe siècle, False Harbor ne compterait plus de Sikes dans sa population.

Ce qui n'expliquait pas ce que Cassie cherchait ici, ni pourquoi elle avait touché – caressé? – ces pierres tombales.

Rosemary se souvint du jour où elle avait surpris le murmure de l'adolescente, seule dans sa chambre, et l'image de Miranda supplanta cette vision.

Avec un frisson dû autant au froid qu'à l'obscurité croissante, Rosemary se hâta de quitter le cimetière.

Ce soir-là elle tenta d'expliquer à son mari les interrogations qui la tenaillaient au sujet de Cassie. Keith l'écouta patiemment. Pourtant une colère froide le submergea lorsqu'elle prononça le nom de Miranda Sikes.

– Qu'essaies-tu de dire? Que ma fille est en train de devenir comme cette vieille folle? Qu'elle finira par se balader en haillons, en parlant toute seule? Bon Dieu, Rosemary, mets-toi un peu à sa place! Elle est étrangère ici et elle éprouve des difficultés à se faire des amis. Alors elle est souvent seule. Bon! Et ça ne t'est jamais arrivé de te parler à toi-même? Et pourquoi ne s'intéresserait-elle pas aux tombes des Sikes? Miranda est l'originale du coin, non? Cassie a dû poser des questions à son sujet et on lui aura parlé du vieux cimetière.

– Mais elle ne parle à personne. C'est là le problème! Elle reste tout le temps enfermée dans sa chambre, en compagnie de ce chat...

Keith lâcha un soupir d'irritation.

– Le fait que tu détestes les chats ne signifie pas que tout le monde doive faire de même.

S'il remarqua l'air vexé de sa femme, il ne le montra pas.

– D'ailleurs Sumi est un animal plutôt sympa, non? Allons, Rosemary! Cassie a beaucoup de problèmes personnels à résoudre, et elle nous connaît à peine. Tu ne peux pas lui demander de s'ouvrir à nous du jour au lendemain. Je te le répète, laisse-lui le temps, chérie. Donne-lui simplement un peu de temps.

Il avait déployé son journal d'un geste un peu sec et tourné une page. Pour lui la discussion était close. Rosemary, se sentant rejetée, s'était enfermée dans un silence boudeur toute la soirée.

Et hier, Miranda Sikes était venue au magasin.

Rosemary l'avait déjà aperçue à plusieurs reprises. Elle s'arrêtait devant la vitrine pour scruter l'intérieur. L'antiquaire s'était souvent demandé si la vieille femme voyait vraiment les objets exposés ou si elle ne faisait que les survoler des yeux tandis que son esprit errait ailleurs. Plusieurs fois, Rosemary avait eu la tentation d'ouvrir la porte et de lui parler. Elle avait même essayé de le faire, mais Miranda s'était aussitôt éloignée. Comprenant que la solitaire ne désirait pas être interpellée, Rosemary n'avait pas réitéré la tentative. La dernière année, elle avait d'ailleurs à peine remarqué la sombre silhouette qui arpentait les rues.

Ce vendredi matin, Miranda s'était immobilisée devant la boutique pour en détailler l'intérieur. Rosemary nota que les lèvres de la vieille femme ne s'agitaient pas dans son soliloque coutumier. Miranda poussa sa carriole contre la vitrine. Ôtant son grand châle noir, elle en couvrit soigneusement le dessus des sacs puis ouvrit la porte du magasin.

Elle se figea au son de la clochette d'entrée, au-dessus d'elle, avant de lever la tête pour regarder le petit cône d'argent. Avec un hochement de tête elle referma la porte derrière elle.

On dirait une biche, songea Rosemary. *Une biche effrayée.* Elle ne bougea pas d'un pouce, consciente que le moindre mouvement déclencherait la fuite de la vieille Sikes.

Pendant quelques secondes Miranda parut désorientée. Elle

regarda autour d'elle et fit un pas hésitant vers un buffet d'époque victorienne. Elle effleura des doigts la plaque de marbre. Comme si le contact froid du meuble l'avait rassurée, elle s'avança un peu plus dans la boutique et se pencha sur une petite vitrine. Elle n'était plus maintenant qu'à quelques pas de Rosemary et celle-ci n'osait toujours rien dire.

Enfin Miranda se tourna vers la propriétaire des lieux et fixa sur elle ses yeux bleus. Rosemary eut l'impression que la pièce entière se mettait à tanguer. Pendant une fraction de seconde elle crut même s'évanouir.

Et soudain elle sut pourquoi le regard de Cassie l'inquiétait. A cet instant précis elle plongeait dans le même mystère.

Pourtant Miranda ne ressemblait pas du tout à l'adolescente. Aucun point commun entre ce visage ravagé par les ans et les traits frais de Cassie. Quelle qu'ait été sa beauté enfuie, le réseau des rides l'avait depuis longtemps effacée. Sa chevelure noire marquée de gris était maintenue en arrière en une épaisse natte habituellement dissimulée par le châle.

Alors que les yeux de Cassie étaient d'un marron profond, ceux de Miranda possédaient un bleu peu commun. Rosemary avait toujours pensé que la vieille femme avait le regard vide des aliénés. A présent elle en découvrait la profondeur insondable, ainsi qu'une souffrance muette, et quelque chose d'indéfinissable.

– Si vous ne voulez pas de moi ici, dites-le, murmura Miranda.

Rosemary fit un effort pour dissiper le brouillard qui engourdissait son esprit. Une impulsion incompréhensible lui commandait de s'éloigner de la vieille femme, de la bannir de son magasin et de ses pensées. Mais la douleur qui émanait d'elle, de son visage comme de sa voix, était trop évidente pour ne pas l'émouvoir. Elle sentit une larme couler sur sa joue, voulut parler sans y parvenir. Miranda attendit un instant, hocha la tête et se dirigea vers la porte. Rosemary réussit enfin à secouer son étrange torpeur.

– Non, ne partez pas! S'il vous plaît...

Miranda se retourna.

– Je suis désolée, bredouilla Rosemary. Je... je ne savais pas quoi répondre. Je pensais... Mon Dieu, je ne sais plus ce que je pensais.

Un sourire se dessina sur le visage de la vieille femme. Elle inspecta le magasin d'un regard curieux.

– J'ai toujours voulu entrer ici, vous savez. C'est la boutique que je préfère dans tout False Harbor. J'attends toujours avec impatience le jour où vous changez la vitrine.

Désemparée, Rosemary déglutit. *Il faut que je dise quelque chose*, songea-t-elle. *N'importe quoi, mais il faut que je lui parle.*

– Vous auriez dû entrer, voyons...

Mais Miranda secoua la tête.

– Je n'entre jamais dans les boutiques. Ils ne veulent pas de moi et je ne veux pas m'imposer.

– Mais aujourd'hui vous êtes bien entrée ici...

Et hier Cassie regardait la tombe de vos ancêtres, ajouta-t-elle mentalement. *Et le jour précédent j'ai pensé à vous en l'entendant murmurer dans sa chambre.*

Elle sentit les battements de son cœur s'accélérer.

Une ombre passa sur le visage de Miranda. Rosemary remarqua les mains nouées de la vieille femme. Leur peau, aussi translucide que du parchemin, était sillonnée de rides très fines. Des taches sombres les parsemaient et les doigts paraissaient tordus par l'âge. *Elle est vieille*, se dit Rosemary. *Si vieille...* Et pourtant c'était impossible : Miranda Sikes ne pouvait guère avoir plus de quarante ans.

Les mains disparurent dans les amples replis de la robe noire.

– Je voulais vous parler de Cassandra, fit Miranda d'une voix douce. Vous avertir qu'elle va venir me voir.

L'ébahissement envahit les traits de Rosemary.

– Elle vous a parlé? Je ne savais pas...

– Elle ne m'a pas parlé, mais elle veut le faire. Elle veut me connaître.

Complètement perdue, Rosemary eut un sourire crispé.

– Je... je ne comprends pas.

– Elle viendra demain. (Ses yeux se voilèrent comme si elle regardait au loin.) Oui, demain. J'espère que vous la laisserez venir.

La confusion de la jeune femme croissait à chaque seconde. Demain? Comment la vieille femme pouvait-elle en être si sûre sans en avoir discuté avec Cassie? Que lui voulait-elle? Une main glacée se referma sur la nuque de Rosemary.

– Qu'y a-t-il à propos de Cassie? Pourquoi voulez-vous la voir?

Miranda la dévisagea sans répondre, puis elle tourna les talons et sortit lentement de la boutique.

Rosemary resta pétrifiée. Vainement, elle essayait de décanter les propos sybillins de la vieille femme. Enfin elle eut un sursaut.

– Miranda!

Celle-ci se retourna.

– Miranda, y a-t-il un problème avec Cassie?

La vieille femme mit un temps avant de répondre.

– Non. (Sa voix paraissait curieusement vide.) Aucun problème. Elle m'appartient.

Un court silence appuya cette surprenante déclaration.

– Oui, elle m'appartient, répéta-t-elle en repartant.

Elle prit le châle étalé sur sa carriole et le noua autour de sa tête. Sans un regard en arrière, elle descendit le trottoir en poussant devant elle son misérable bagage.

Pour Rosemary, cette étrange visite avait assombri le reste de la journée, et la veille elle n'avait cessé d'observer Cassie à la dérobée.

Mais cet incident n'avait peut-être aucune signification. Après tout, Miranda Sikes était considérée par la plupart des gens comme une vieille folle inoffensive, ce qui était probablement le cas. Prétendre que Cassie lui appartenait! N'était-ce pas la preuve évidente de son aberration?

Le soir précédent, Rosemary n'en avait rien dit à son mari, ni à Cassie. Pourtant elle demanda à l'adolescente quels étaient ses projets pour le week-end.

– Je ne sais pas. Je n'ai rien de prévu, en fait. Je crois que je vais étudier.

Rosemary en déduisit qu'elle n'avait pas parlé avec Miranda. Ses appréhensions étaient sans doute injustifiées. Néanmoins elle eut du mal à trouver le sommeil cette nuit-là.

Le lendemain, il était presque neuf heures du matin lorsqu'elle descendit dans la cuisine. Assis à la table, Keith bataillait ferme avec une grille de mots croisés. Aucun signe de Cassie ou de Jennifer. Elle se servit une tasse de café et s'assit en face de son mari.

– Où sont les filles?

Keith leva les yeux de son journal.

– A la plage, je crois. Cassie voulait y aller seule, mais Jenny a fait son cinéma habituel.

– La plage? A-t-elle dit pourquoi?

Son mari lui adressa un petit sourire ironique.

– Pourquoi les gosses vont-ils à la plage, d'après toi?

Mais Rosemary savait que sa belle-fille n'était pas là-bas. Elle s'était rendue dans le marais.

Là où vivait Miranda.

L'angoisse diffuse qui la tenaillait depuis l'arrivée de Cassie à False Harbor se concentra soudain en un nœud douloureux au creux de son estomac. Pour se donner une contenance elle prit la cafetière et remplit sa tasse.

Le liquide brûlant déborda et lui brûla les mains.

9

L'air matinal gardait une fraîcheur mordante mais aucun nuage ne salissait le ciel. La mer brillait de mille éclats sous les premiers rayons du soleil. Un fort vent nourrissait des rouleaux de belle taille qui venaient s'écraser sur la grève dans un bruit de tonnerre. La plage était envahie par les oiseaux, mouettes et bécasseaux. En formation serrée, un groupe de canards s'éleva au-dessus du marais, effectua un arc de cercle pour redescendre avec un ensemblc parfait un peu plus loin.

Les deux sœurs marchaient à la limite de l'eau, ct les bécasseaux s'écartaient au dernier moment devant elles pour se resserrer après leur passage. Jennifer s'arrêta soudain et pressa la main de Cassie.

– Regarde!

Au sud, à peine visible au-dessus de l'horizon, l'adolescente discerna une ligne cassée plus sombre.

– Qu'est-ce que c'est?

– Des oies sauvages. Des fois elles font halte dans le marais.

En effet, les oiseaux volaient dans cette direction. Cassie ontempla leur formation en V qui s'approchait. Bientôt elle put les observer, le cou tendu, les pattes repliées sous le corps et les ailes battant l'air d'un mouvement régulier, presque hypnotique. Quand le groupe d'oiseaux atteignit la côte, plus rien d'autre n'existait dans l'esprit de la jeune fille fascinée. Elle s'imaginait là-haut, chevauchant le vent et regardant en contrebas l'immensité moirée de l'océan et la fine bande claire de la plage.

Les grosses oies sauvages du Canada volaient bas. Lorsqu'elles passèrent au-dessus des deux sœurs, Cassie perçut le bruit de l'air brassé par leurs ailes puissantes. Elle eut l'impression qu'il fouettait son visage. Son corps entier vibrait d'une excitation inconnue.

A la pointe du V, l'oie cancana et vira sur la gauche, aussitôt imitée par le reste de la formation. Arrivée à la verticale du marais le groupe d'oiseaux s'abattit dans les herbes avec une cacophonie de cris et de battements d'ailes. Longtemps après leur disparition, Cassie continua à considérer le marais d'un regard rêveur, l'image des magnifiques animaux toujours présente à son esprit.

C'est alors qu'elle vit autre chose, au loin, là-bas.

Sur la petite élévation au cœur du marais, Miranda se tenait sur le seuil de sa cabane. Malgré la distance, Cassie savait que la vieille femme avait elle aussi assisté à l'arrivée des oies sauvages.

A présent elle regardait l'adolescente.

Et elle l'appelait silencieusement.

Déjà la jeune fille sentait la force d'attraction de la maigre silhouette s'exercer sur elle.

– C'est super, hein? fit Jenny, joyeuse et inconsciente de l'étrange sentiment qui s'était emparé de sa demi-sœur. La semaine prochaine elles seront tellement nombreuses que tu n'en croiras pas tes yeux! Elles vont arriver sans arrêt, maintenant. Et puis un jour : pfft! elles s'envoleront toutes d'un seul coup. Elles s'en iront au Canada et on ne les reverra pas avant l'automne. A ton avis, comment font-elles pour voler aussi loin?

Cassie entendait vaguement Jenny mais gardait les yeux rivés sur la silhouette immobile devant la cabane. Elle ne répondit pas.

Après quelques secondes, la fillette regarda anxieusement Cassie.

– Quelque chose ne va pas?

– Regarde, dit calmement l'adolescente. Là.

Étonnée, la gamine suivit la direction indiquée et poussa instantanément un cri d'alarme.

– C'est Miranda! Ne la regarde pas, Cassie!

Mais la jeune fille ne l'écoutait plus. Elle fit un pas en avant.

Sumi, qui les avait suivies depuis la maison et s'était assis à l'écart, se remit sur ses pattes et passa devant Cassie.

Le cœur de Jennifer s'affola en comprenant l'intention de sa sœur.

– Que... que fais-tu? Non!

La voix de la gamine semblait très lointaine. Dans son esprit Cassie percevait un autre appel. Celui de Miranda.

Et elle devait y répondre. Il le fallait.

Elle sentit qu'on la tirait en arrière. Baissant les yeux, elle vit Jennifer qui s'accrochait à son bras pour la retenir.

– Je dois aller là-bas, fit la jeune fille dans une demi-transe. Elle veut que je vienne.

– Non! Il ne faut pas! C'est dangereux! Miranda est folle et...

La gamine se tut en découvrant l'expression étrangement lointaine de Cassie.

– Elle n'est pas folle. Et tu ne peux m'empêcher d'aller la retrouver. Personne ne le peut.

Avec un cri désespéré, Jennifer relâcha son emprise et recula. Malgré sa peur, elle osa une dernière tentative :

– Mais tu vas te perdre.

– Sumi connaît le chemin. Il me guidera. Regarde.

A quelques pas devant elles, le chat s'était arrêté, ses yeux dorés fixés sur l'adolescente. Sa queue fouettait l'air avec impatience et il poussa un miaulement sonore.

Jennifer recula encore. A présent son petit cœur battait la chamade. Cassie fit un pas indécis vers elle, mais la fillette répondit par un mouvement effrayé. Alors la jeune fille se tourna vers le chat et le suivit le long de la plage. Immobile, Jennifer regarda sa demi-sœur s'éloigner. Quand celle-ci fut à une cinquantaine de mètres, la curiosité eut raison de sa peur et elle se mit à suivre l'adolescente d'une démarche exagérément prudente.

Sumi quitta la plage et gravit en quelques bonds les premières dunes. Il disparut un instant mais Cassie le repéra bientôt à la limite du marais, la queue dressée tel un signal. Elle allongea le pas. Lorsqu'elle fut à quelques mètres de lui, l'animal s'engagea sur un des chemins qui s'enfonçaient dans le fouillis d'herbes hautes et de roseaux. Cassie marqua un temps d'arrêt imperceptible avant de le suivre.

Jennifer stoppa net en bordure du marais. Paralysée par une terreur superstitieuse, elle examinait l'eau noire qui affleurait entre les touffes d'herbe. Des visions de serpents ondulants et d'araignées monstrueuses lui donnèrent la chair de poule.

– Cassie? appela-t-elle.

Sa voix semblait faible comparée aux cris perçants des oiseaux et au rugissement des vagues.

– Cassie, ne...

Mais l'adolescente avait disparu. Jennifer attendit encore un moment, incertaine de la conduite à tenir. Devait-elle revenir à la maison et prévenir ses parents? Mais ce serait rapporter, non?

Elle eut alors une idée. Elle n'entrerait pas dans le marais, mais elle connaissait un endroit d'où elle pourrait observer la suite des événements. Réconfortée par cette pensée, elle fit demi-tour et redescendit vers la plage en courant.

Lisa Chambers et Allayne Garvey déambulaient dans Oak Street. De Bay Street jusqu'à Cape Drive, la rue contournait le marais, et c'était sans conteste l'une des plus jolies promenades de False Harbor. Avant la construction du village, Oak Street n'était qu'un chemin pour les vaches qui longeait les étendues humides. Lorsque les fondateurs de False Harbor tracèrent les rues, ils conservèrent celle-ci, dont les courbes épousaient le terrain, alors qu'ils appliquaient aux autres un ordonnancement rigide plus conforme à leur mentalité puritaine. De chaque côté d'Oak Street, d'immenses chênes déployaient leurs branches. A une extrémité de la rue, une partie du marais avait été transformée au début du siècle en un petit parc herbu. Depuis, on l'avait aménagé avec des tables de pique-nique, des balançoires et autres équipements pour les enfants.

Pourtant Lisa ne goûtait plus du tout le charme de cette rue. En fait, la rage qui la consumait effaçait toute autre considération. Elle était d'une humeur exécrable.

– Je ne vois vraiment pas pourquoi Eric tient à l'accompagner à l'école chaque jour! maugréa-t-elle.

Elle frappa du pied une boîte de conserve tombée d'une poubelle.

– Que devrait-il faire? remarqua Allayne. Changer de trottoir dès qu'il l'aperçoit?

– Et pourquoi pas? Elle ne fait pas partie de notre bande, non? Et ça ne se fera jamais!

Elle s'arrêta et regarda son amie.

– Maman trouve qu'elle n'a aucune classe! En plus, personne ne sait qui était sa mère ni ce qu'elle faisait.

Allayne leva les yeux au ciel et s'apprêta à entendre la litanie habituelle sur la famille de Lisa, combien importante, ancienne et honorable elle était. Mais Allayne savait bien qu'en dehors de False Harbor nul n'avait jamais entendu parler des Chambers, des Smythe ou des Maynard. Pas plus que des Garvey, d'ailleurs, quoique ses ancêtres se soient installés ici à la même époque que les autres. Chez les Garvey, on considérait la fierté proverbiale des Chambers comme de l'arrogance. « La plupart de ceux qui ont fondé False Harbor n'étaient qu'un ramassis de fripouilles, avait dit son père. Ils ont volé la terre aux Indiens; après quoi ils ont passé leur vie à s'espionner mutuellement. Et nous devrions penser que nous sommes différents simplement parce que nous n'avons pas eu assez de jugeote pour partir d'ici? Allons donc! La seule personne différente de la ville, c'est Miranda Sikes, et il n'y en a pas un pour oser lui parler! »

– Toi compris, avait perfidement glissé Allayne.

Son père avait balayé sa réplique d'un geste vague.

Lorsqu'elle était revenue à la charge et lui avait demandé ce qui différenciait Miranda Sikes des autres habitants de False Harbor, il s'était contenté d'une réponse ambiguë :

– Si tu veux le savoir, va donc faire un tour là-bas...

Depuis ce jour, Allayne retournait ces mots dans son esprit. Elle s'interrogeait également sur le sérieux de son père... et sur sa propre capacité à relever un tel défi.

Tandis que Lisa Chambers continuait à débiter d'une voix hautaine – et monotone – son pedigree, Allayne soupira et fouilla le parc du regard. Elle espérait y trouver un sujet de diversion. Ces derniers temps, la conversation de son amie se limitait à deux sujets diamétralement opposés : l'horrible Cassie Winslow et l'admirable famille Chambers. C'est donc avec soulagement qu'elle vit Jennifer, debout sur une table de pique-nique, en train de scruter le marais. Elle observa la gamine quelques secondes avant d'avertir Lisa d'un léger coup de coude.

– Regarde ça.

Interrompue dans son panégyrique, sa blonde amie jeta un coup d'œil irrité à la fillette.

– Eh bien quoi?

– Que fait-elle? il doit se passer quelque chose dans le marais.

– Des oiseaux, évidemment, lâcha Lisa avec un soupçon de dédain. Il n'y a que ça dans ce coin. Pourquoi ne pas aller au drugstore pour boire un Coca?

Mais Allayne ignora la proposition.

– Je crois qu'elle a vu quelque chose. Viens, on va lui demander.

Sans attendre de réponse, elle quitta le trottoir et traversa la pelouse. Après un moment, Lisa la suivit à contrecœur.

– Jennifer?

Surprise, la gamine sauta de la table. Elle semblait presque apeurée, mais en reconnaissant Allayne, sa baby-sitter préférée, elle se détendit un peu.

– Jen, il y a un problème?

La fillette tendit un doigt accusateur vers le marais et les deux adolescentes virent ce qu'elle surveillait de son perchoir.

A quelque deux cents mètres de distance, elles distinguèrent une silhouette qui progressait d'un pas vif dans les herbes.

– Que fait-elle là-bas? Elle ne sait donc pas que c'est dangereux?

L'air très sérieux, Jennifer dévisagea Allayne.

– Je l'ai avertie mais elle n'a pas voulu m'écouter.

– Elle est dingue! assura Lisa avec une joie mauvaise. Elle ne connaît même pas le marais!

– Elle n'est pas dingue! s'insurgea Jennifer.

L'adolescente blonde la toisa de toute sa hauteur.

– Tiens donc! Alors peux-tu m'expliquer ce qu'elle fabrique là-dedans?

– Elle va voir Miranda!

La gamine plaqua ses deux mains sur sa bouche comme si elle voulait rattraper ses paroles.

Les deux adolescentes la contemplèrent un moment avant de comprendre. Elles scrutèrent de nouveau le marais. Cette fois elles ne cherchaient plus Cassie mais la petite élévation où était construite la cabane de Miranda.

Sur le seuil, aussi immobile que les arbres avoisinants, se tenait la vieille femme.

Un sourire cruel se dessina lentement sur les lèvres de Lisa Chambers et ses yeux brillèrent.

– Je le savais! Je te l'avais dit, tu te souviens? Elle est aussi timbrée que cette vieille cloche de Miranda!

Fascinée, Allayne ne prit pas la peine de répondre. Là-bas, au cœur du marais, les oiseaux s'étaient tus. Cassie approchait de la cabane.

Cassie avait à peine atteint le bouquet de pins rachitiques lorsque le faucon s'éveilla au sommet du toit. Il sortit la tête de sous son aile et examina les alentours. Dès qu'il vit la jeune fille il se dressa sur ses pattes avec des battements d'ailes furieux.

Poussant un cri aigu, l'oiseau de proie s'éleva dans le ciel limpide.

Cassie le regarda décrire des cercles de plus en plus larges tandis qu'il gagnait de l'altitude, à la fois effrayée et captivée par ce spectacle. Alors que le faucon survolait le parc, elle remarqua trois silhouettes près des tables de pique-nique. D'abord elle crut qu'elles observaient aussi le rapace. Puis elle comprit avec colère qu'elle était l'objet de leur attention.

Elles l'espionnaient! Et elles parlaient sûrement d'elle! Cassie pouvait presque imaginer les phrases moqueuses de Lisa Chambers, car elle venait d'identifier les trois guetteuses. Prise d'une rage soudaine, elle souhaita pendant une seconde que le faucon les voie et mette fin à leur conciliabule médisant.

De très haut lui parvint un cri perçant. Instantanément un groupe de canards jaillit des roseaux. Cassie s'était figée. Elle se rappelait la terreur qui l'avait étreinte quand le faucon s'était envolé du toit, lors de sa visite avec Eric. Mais elle sentit le regard de Miranda posé sur elle et se calma un peu.

Mentalement, la jeune fille se prépara à subir l'attaque du rapace.

Mais le faucon blanc vola au-dessus d'elle vers l'est. Interdite, Cassie le vit tourner à la verticale du parc en cercles rapides. Puis il piqua vers le sol.

Allayne leva les yeux à l'instant où le rapace traversait comme une pierre le feuillage bourgeonnant des chênes. Les yeux agrandis de peur, l'adolescente eut le réflexe d'arracher Jennifer de la table.

– Cours! cria-t-elle en posant l'enfant au sol. Mets tes bras sur la tête et cours!

La gamine s'exécuta aussitôt avec un gémissement de terreur. Lisa Chambers, elle, restait paralysée de surprise.

A la dernière seconde elle leva un bras pour protéger ses yeux. Les serres s'enfoncèrent dans l'avant-bras et déchirèrent la peau et la chair. La douleur inonda le corps de Lisa comme un électrochoc. Avec un hurlement torturé elle trébucha derrière Allayne.

L'attaque prit fin aussi vite qu'elle avait commencé. L'oiseau de proie regagna de l'altitude, prit le vent d'un coup d'aile et s'éloigna en glissant dans le ciel.

Cassie avait assisté à toute la scène. Elle avait vu le faucon plonger, Allayne écarter Jennifer, l'attaque-éclair du rapace sur Lisa Chambers et son repli instantané. Alors que les deux adolescentes fuyaient hors du parc derrière Jenny, l'oiseau de proie poussa un cri. Cassie leva les yeux.

Cette fois, il venait vers elle.

Elle se mit à trembler et sa peau se couvrit d'une sueur glacée. Le faucon survola le marais et remonta dans les airs juste au-dessus du bouquet d'arbres où elle se trouvait.

Il replia les ailes et plongea.

Tétanisée, impuissante, Cassie ferma les yeux et attendit l'attaque.

Au dernier moment elle perçut un froissement de plumes, puis elle sentit un poids sur son épaule. Quelque chose frôla sa joue. Elle se força à ouvrir les paupières.

Le faucon s'était perché sur son épaule.

La queue enroulée autour de ses pattes, Sumi s'était assis au pied de la jeune fille.

Devant la cabane Miranda lui fit un signe.

– Ce sont tes amis, dit-elle. Pour toujours.

Puis elle tendit la main vers Cassie et l'invita à la rejoindre.

10

– Mais pourquoi diable Cassie irait-elle voir Miranda?

Keith avait parlé d'un ton qu'il voulait léger, presque moqueur. Pourtant Rosemary lisait l'incompréhension sur son visage. Il se demandait pourquoi elle avait passé une nuit blanche après quelques paroles en l'air d'une vieille femme que tout False Harbor savait à moitié folle.

– Aucune idée, répéta Rosemary pour la troisième fois.

Le manque de sommeil commençait à faire son effet. Elle se sentait plus vindicative à l'égard de son mari. Pourquoi rabâchait-il ainsi qu'elle aurait dû rire des propos de Miranda? N'était-il pas concerné?

– Tout ce que je sais, c'est ce que j'ai entendu hier. Et je pense que tu devrais aller voir si ta fille n'est pas dans le marais. Tu as probablement raison, elle doit être avec Jenny sur la plage et il n'y a pas de souci à se faire. Mais j'aimerais que tu t'en assures. Est-ce anormal que je m'inquiète pour ta fille?

Les yeux de Keith se réduisirent à deux fentes.

– *Ma fille.* Le problème est donc là? C'est *ma fille,* et tu n'as rien à voir avec elle, c'est ça?

Rosemary se retint d'éclater en pleurs.

– Tu sais bien que c'est faux! J'irais moi-même, mais à chaque fois que j'essaie de lui parler je dis les mots qu'il ne faut pas. Si j'y vais, elle pensera... que je l'espionne.

– Donc tu préférerais que je m'en charge?

Keith ne paraissait pas disposé à céder du terrain.

– J'ai beaucoup de boulot aujourd'hui, reprit-il. Et je trouve idiot d'aller arpenter le marais parce que hier Miranda est venue te débiter ses sornettes! Et si j'étais toi...

La porte s'ouvrit d'un coup et Jennifer se précipita dans la cuisine, terrorisée et le visage baigné de larmes. Derrière elle, Lisa Chambers entra en geignant. Son bras droit était enveloppé d'une écharpe rougie de sang. Allayne Garvey la suivait de près.

Jennifer se jeta dans les bras de son père. Dominant les gémissements presque hystériques de Lisa, Allayne tenta d'expliquer ce qui s'était produit. Rosemary, sa colère contre son mari momentanément oubliée, emmena la blessée près de l'évier. Avec précaution elle défit l'écharpe et lava le bras avec de l'eau.

Plusieurs griffures profondes striaient le bras de l'adolescente. Longues d'une dizaine de centimètres, elles étaient si nettes qu'un rasoir aurait pu les tracer. La peau s'était écartée et laissait voir les muscles lacérés. Avec un frisson, Rosemary entreprit de nettoyer les plaies. Elle essayait de suivre les explications d'Allayne tout en entendant Keith téléphoner à Paul Samuels, le seul docteur de False Harbor.

– Nous ferions mieux de l'amener chez lui, dit-il en raccrochant. Paul dit que si les coupures sont profondes il faudra mettre des points de suture. Je vais appeler Fred Chambers et lui demander de nous rejoindre là-bas.

Laissant Rosemary s'occuper de Jennifer, il soutint Lisa jusqu'à la voiture. Allayne s'assit à l'arrière avec elle et Keith démarra dans un crissement de pneus. Le petit hôpital de la ville se trouvait à quelques pâtés de maisons.

– Lisa prétend que c'est la faute de Cassie. Tout le long du chemin elle n'a pas arrêté de crier que c'était Cassie qui l'avait fait.

Dans les bras de sa mère, Jennifer se calmait peu à peu. A présent, la mâchoire crispée et les yeux fixes, la gamine sentait la colère l'emporter sur sa frayeur.

– C'est idiot, non? Cassie ne ferait jamais un truc pareil! Il faudrait être vraiment méchante pour faire ça, et Cassie n'est pas méchante, hein, Maman? Je me fiche de ce que dit Lisa Chambers, ce n'est qu'une sale menteuse de toute façon!

– Allons, ne t'énerve pas, ma chérie, et dis-moi exactement ce qui s'est passé. Tout ce dont tu te souviens, depuis le moment où vous êtes parties ce matin.

Le visage de Jennifer prit une expression d'intense concentration et elle se mit à raconter sa journée en regardant sa mère.

– J'ai essayé de l'arrêter, tu sais! Je lui ai dit qu'elle ne devrait pas aller dans le marais seule, mais elle n'a pas voulu m'écouter.

Lorsque Jennifer eut enfin terminé, Rosemary posa la question qui la taraudait depuis un moment déjà :

– Mais où est-elle, maintenant?

– Elle est allée chez Miranda, souffla Jenny d'une voix emplie de crainte. Allayne l'a vue. Elle a dit que le faucon s'était perché sur l'épaule de Cassie, et puis elle est entrée dans la cabane.

Vingt minutes plus tard Keith était de retour, le visage empourpré de colère.

– Tu veux entendre quelque chose de vraiment merveilleux? grinça-t-il. Fred Chambers m'a prévenu que s'il restait la moindre cicatrice sur le bras de sa fille il nous poursuivrait en justice! Tu imagines?

– Nous poursuivre? Pour quelle raison?

La voix de Keith devint coupante.

– Il a l'air de penser qu'il existe une foule de raisons! Pour commencer, il y a l'histoire délirante de Lisa selon laquelle Cassie aurait ordonné au faucon de l'attaquer! Mais il y a pire! Tu as ôté l'écharpe du bras de Lisa pour nettoyer les plaies; eh bien, cet abruti de Fred prétend que ça peut être considéré comme un exercice illégal de la médecine!

– Mais c'est ridicule!

Keith émit un ricanement nerveux.

– Je ne te le fais pas dire! Mais autant que je sache le ridicule n'a jamais arrêté Fred Chambers! Même s'il perd son procès, il peut nous rendre la vie impossible pour un bout de temps!

Il secoua la tête avec dégoût avant de hausser les épaules dans son lourd caban de marine.

– Bon, je ferais mieux d'aller là-bas trouver Cassie. Peut-être sait-elle ce qui est réellement arrivé.

Alors qu'il sortait, Rosemary remarqua qu'il n'avait rien dit sur les craintes qu'elle avait exprimées. Pour une raison encore inconnue, Cassie s'était bien rendue chez Miranda Sikes.

Comme la vieille femme l'avait prédit.

Eric Cavanaugh arpentait sans but les dunes. Le vent frais tourbillonnait autour de lui et apaisait peu à peu la rage qui le consumait toujours. Il marchait déjà depuis plus d'une heure, sans destination précise, mais il n'en avait cure. Il releva la tête et s'aperçut qu'il approchait de Cranberry Point. Il s'arrêta, emplit ses poumons d'air salé et offrit son visage aux embruns.

Aussi loin que portait son regard, il voyait l'infini moutonnement de la mer luisant au soleil. La dernière marée avait débarrassé la grève de ses algues. Il se tourna vers le marais et l'habituel sentiment d'apaisement l'envahit.

Dans un singulier contraste avec l'océan sauvage, une tranquillité bienfaisante émanait du marais. Le vent qui roulait sur l'Atlantique ne le touchait pas de toute sa force, et les herbes se balançaient mollement dans la brise. Ici et là de grandes flaques d'eau boueuse se couvraient de rides brillantes qui reflétaient le ciel en un chatoiement d'éclats. Un merle aux ailes rousses, le bec empli de brindilles, assemblait industrieusement l'ossature de son nid. Au loin, Eric pouvait apercevoir la cabane de Miranda Sikes. Sur la pointe du toit, il discerna l'omniprésent faucon.

Soudain il vit une silhouette sortir de l'habitation. D'abord il crut qu'il s'agissait de la vieille femme. Mais lorsque l'apparition se mit à dévaler la pente au pas de course, il comprit son erreur.

Cassie. Ce ne pouvait être qu'elle.

Un cri troubla le silence du marais. La jeune fille disparut dans les hautes herbes. Un autre cri. Un mouvement, loin sur la droite, avertit Eric d'une présence près du parc. Il reconnut Keith Winslow qui courait sur l'herbe en bordure du marais. L'homme appela une nouvelle fois puis s'engagea dans les terres gorgées d'eau.

Un moment plus tard le faucon s'agita et quitta le toit de la cabane d'un simple battement d'ailes. Il passa devant le soleil et Eric détourna les yeux.

Cassie réapparut un instant puis redisparut dans les roseaux. Mais Eric avait vu la direction qu'elle prenait. Elle courait vers lui et non vers son père. Il se demanda quel événement motivait une telle agitation. La jeune fille s'était rendue chez Miranda, mais comment avait-elle pu trouver son chemin seule? La plupart des sentiers qui s'enchevêtraient menaient au piège des sables mouvants.

Et pourquoi son père venait-il la chercher?

Malgré le vacarme des vagues et les appels de Keith Winslow, Eric perçut soudain un cri aigu.

Si haut qu'il n'était plus qu'un point dans l'azur, le faucon se préparait à plonger.

Cassie n'avait aucune idée du lieu où elle se trouvait. Autour d'elle les hautes herbes et les roseaux semblaient se refermer pour la saisir et l'engloutir. Ses oreilles bourdonnaient. Les piaillements des oiseaux inquiets l'assourdissaient, et le sang battait à ses tempes comme un tambour affolé.

Son pied glissa et elle tomba la tête la première dans le marais. Avec un hurlement elle battit la boue de ses bras et tenta de saisir une touffe de roseaux. Les racines s'arrachèrent et elle s'affala lourdement. Les eaux fétides empesaient ses vêtements. D'un effort elle se mit sur les genoux et lança un regard apeuré autour d'elle. La sente qu'elle suivait semblait avoir disparu.

– Au secours! cria-t-elle. A l'aide...

Elle parvint à se relever, fit un pas chancelant et s'étala de tout son long dans la fange. Le vacarme des oiseaux s'accentua, et elle crut entendre les battements d'ailes du faucon. Elle leva les yeux. D'abord, éblouie par le soleil, elle ne vit rien. Puis elle repéra la forme fantomatique du rapace qui flottait dans le vent. Tandis qu'elle l'observait il parut la localiser. Il replia ses ailes et piqua vers elle.

Mais il ne pouvait pas l'attaquer – pas elle! C'était son ami, il était impossible qu'il se retourne contre elle!

Pourtant il chutait du ciel à la vitesse de l'éclair.

Keith fonça sur la droite, puis sur la gauche. Il n'était pas loin, il l'aurait juré. Il cria de nouveau à l'adresse de Cassie mais n'obtint pas de réponse. Elle devait se trouver tout près, maintenant, et pourtant elle ne paraissait pas l'entendre. Elle continuait à tituber dans ce bourbier. Et le faucon se rapprochait, prêt à la déchirer. Sans cesser de courir, Keith ôta son caban pour en couvrir Cassie.

Puis il comprit que ce n'était pas sa fille que le rapace attaquait. C'était lui.

Il s'immobilisa, pétrifié de terreur en voyant l'oiseau de proie grossir au-dessus de lui. Le terrible bec s'ouvrit sur un cri perçant. Soudain les ailes se déployèrent pour freiner la chute et les serres du faucon se projetèrent vers le visage de l'homme.

Instinctivement Keith leva son bras. Les griffes acérées se refermèrent sur l'épais caban. Le rapace battit des ailes pour arracher son trophée mais Keith, d'un mouvement sec, rabattit le bras vers le sol. Avec un crachement de colère, l'oiseau s'écrasa dans les roseaux. Frénétiquement il se remit sur ses pattes et se précipita dans le ciel pour un deuxième assaut.

Keith plongea dans les herbes et découvrit enfin Cassie. Poissée d'une boue grise, elle se débattait pour se libérer d'un entrelacs de roseaux. Il la saisit par un bras et l'aida à se relever. D'un bras protecteur il couvrit le visage maculé de l'adolescente, en prévision d'une autre attaque du faucon.

– Tiens bon! cria-t-il. Tiens bon, Cassie!

La tirant autant qu'il la portait, les pieds aspirés par le sol vaseux, Keith pataugea dans le marais quelques secondes avant de trouver son chemin. Serrant toujours sa fille contre lui, il se mit alors à courir vers la plage.

Le rapace, volant contre le vent, se maintenait au-dessus d'eux. Alors qu'ils atteignaient la limite des dunes, l'oiseau monta en spirale dans les airs, jusqu'à n'être plus qu'un point presque invisible. Ils se hâtèrent vers la plage et Keith se prépara à une seconde attaque.

Mais elle ne vint jamais. Il vit le faucon virer vers le marais et descendre en décrivant une courbe parfaite jusqu'au toit de la cabane. Enfin rassuré, Keith se tourna vers sa fille.

Ses vêtements étaient noircis par la boue et son visage disparaissait sous un masque gluant. Des brins d'herbe étaient mêlés à ses cheveux et ses mains étaient couvertes d'un réseau de fines coupures, là où les bordures tranchantes des roseaux avaient mordu la peau. Sous la boue elle était pâle et tremblait de la tête aux pieds.

Lâchant la main de son père elle s'écroula sur le sable et ravala un sanglot.

– Qu'y a-t-il, mon bébé? murmura gentiment Keith en s'accroupissant à son côté. Que s'est-il passé là-bas?

Cassie le dévisagea d'un regard hanté et secoua la tête sans parler. Elle était encore sous l'emprise de ses émotions et des pensées qui explosaient dans son esprit. C'était donc vrai. Miranda Sikes était bien la femme du cauchemar. La femme en noir dans les flammes. Et l'adolescente savait maintenant qu'elle appartenait à Miranda. A elle, Cassie Winslow, la vieille solitaire allait dévoiler ses incroyables pouvoirs. Mais Cassie sentait également que des événements terribles se préparaient. Pour Miranda. Et pour elle.

Keith contemplait sa fille terrifiée avec un total sentiment d'impuissance. A présent l'adolescente pleurait sans retenue.

– Elle va mourir, gémit-elle. Je le sais.

– Qui donc, mon bébé? Qui va mourir?

Keith avait parlé doucement, mais il ne reçut pas de réponse. Cassie se calmait peu à peu, et il vit qu'elle s'efforçait de reprendre le contrôle d'elle-même. Finalement, Keith l'aida à se relever en passant un bras sous ses aisselles.

– Allez, ma grande. Ça va aller. Je te ramène à la maison. On y va, maintenant.

Avec beaucoup de douceur il emmena sa fille. Cassie continuait à pleurer sur sa poitrine.

Eric attendit le départ des deux Winslow pour se relever. Il était resté allongé sur le sable d'une dune pour ne pas être vu. Il inspecta le marais. Le calme habituel y était revenu.

Il se tint immobile quelques minutes, méditant les paroles de Cassie. Enfin, d'un pas tranquille et dégagé, il descendit dans le marais. Il empruntait les détours familiers du chemin qui le mènerait jusqu'à la petite colline et la cabane de Miranda.

Il n'avait pas vraiment cru que la jeune fille irait là-bas. Personne ne s'aventurait jusque-là, jamais, sauf...

Il prit sa décision.

Il était temps pour lui d'aller voir Miranda.

Lorsqu'ils atteignirent la maison, Cassie s'était calmée, mais elle s'était enfermée dans un mutisme que ni Keith ni Rosemary ne purent briser. Elle n'offrit aucune explication sur sa visite à la cabane de Miranda et n'éclaircit pas davantage le mystère qui planait sur ses dernières paroles. Elle se réfugia dans sa chambre où elle passa seule le reste de la journée.

Vers midi, un grattement à la porte de la cuisine alerta Rosemary. Elle ouvrit et laissa entrer Sumi. Le chat ignora avec superbe un bol de nourriture et grimpa les escaliers. Cassie l'admit aussitôt dans sa chambre.

Le silence régna sur le premier étage pendant tout l'après-midi. Rosemary monta plusieurs fois et frappa doucement à la porte mais n'obtint pas de réponse. Après chaque nouvelle tentative elle redescendait au rez-de-chaussée, le visage un peu plus pâle. A l'interrogation muette de Keith elle répondait d'un simple mouvement de tête négatif.

Lorsque le dîner fut terminé, sans que Cassie y ait pris part, Rosemary ne put y tenir.

– Nous devons essayer de la faire parler de ce qui s'est passé. Quoi que ce soit, cela l'a visiblement terrifiée.

Mais son mari ne partageait pas cet avis.

– Elle se confiera quand elle en éprouvera le besoin.

Pourtant, en se remémorant le regard accablé de sa fille et ses pleurs incoercibles, il se sentait bien plus préoccupé qu'il ne voulait l'admettre.

Plutôt que d'engager un nouvel affrontement, Rosemary abandonna le sujet – jusqu'au lendemain matin.

Cassie s'éveilla dans un sursaut, la peau moite et le cœur battant. Dans son rêve elle se trouvait dans le marais, mais les herbes montaient à une hauteur irréelle et s'agitaient au-dessus de sa tête comme une forêt de bambous. Les tiges des roseaux étaient aussi massives que des troncs d'arbres.

Devant elle cheminait Miranda, et sans vraiment la voir Cassie savait que c'était elle.

Et il y avait quelqu'un d'autre. La jeune fille sentait une présence dans les ténèbres, sans parvenir à la nommer.

Les bruits nocturnes du marais arrivaient décuplés à ses oreilles. Elle percevait les coassements bas des rainettes, la stridulation des criquets et même le mouvement des oiseaux remuant dans leur sommeil. Les odeurs abondaient également, attirantes, et elle avait envie de quitter la piste pour fureter.

Mais elle ne le fit pas. Elle resta sur la sente et continua de suivre Miranda.

Elle n'avait aucune idée du temps écoulé, mais après un long moment un noir pressentiment l'étreignit.

Quelque chose s'était produit. Devant elle, Miranda ne bougeait plus.

Elle avança plus vite et dépassa un tournant du sentier. Là, tout avait changé.

Les roseaux étaient cassés, l'herbe piétinée.

Puis, un peu en dehors du chemin, elle vit.

Miranda était allongée sur le sol et une forme sombre se penchait sur elle. La vieille femme l'affrontait du regard mais aucun des deux ne parlait. Soudain les sons discrets de la nuit firent place à un flot d'imprécations coléreuses suivies d'un rire profond qui s'acheva brutalement.

Ce fut ce rire qui éveilla Cassie.

Elle s'assit dans son lit, le corps rigide couvert de sueur. Un long frisson la secoua.

Sumi était assis à côté d'elle, dans la pénombre, les yeux fixés sur elle comme s'il comprenait qu'un cauchemar venait de l'éveiller. Il sauta jusqu'à la fenêtre. Sur le rebord, il se retourna vers la jeune fille et, au lieu de filer dans la nuit par l'entrebâillement, il poussa un miaulement déchirant.

D'abord elle ne comprit pas. Mais bientôt l'attitude de l'animal devint claire. Il voulait qu'elle le suive.

Instantanément elle sut que ce cauchemar était comme celui où elle avait vu sa mère mourir et rencontré Miranda.

Ce n'était pas un simple rêve mais une vision.

Miranda avait besoin d'elle.

Mais où la trouver? *Où qu'elle soit,* songea Cassie, *Sumi saura me guider jusqu'à elle.*

Elle se glissa hors du lit et enfila ses vêtements. Puis elle passa de la fenêtre à l'arbre qu'elle descendit lestement. Un instant plus tard elle disparaissait dans la nuit, derrière le chat.

Rosemary ouvrit les yeux. Un moment elle contempla les chiffres lumineux du réveil-radio posé sur la table de nuit.

Minuit.

Elle n'aurait pu dire ce qui l'avait éveillée. Mais elle sentait dans le calme de la maison quelque chose d'inhabituel.

Elle se sermonna intérieurement et se retourna dans le lit. A côté d'elle Keith s'étira, se mit sur le dos et commença à ronfler doucement.

Elle ferma les yeux et tenta de repousser cette impression bizarre, mais ne réussit qu'à la faire croître. Avec un soupir elle se leva et passa son ample robe de chambre. Puis elle sortit sur la pointe des pieds et alla rapidement s'assurer que Jennifer dormait. Éclairée par un rayon de lune, la gamine reposait en toute quiétude, un bras serrant sa poupée favorite. Sa respiration régulière prouvait un sommeil profond. Rosemary referma la porte sans bruit.

Arrivée à la chambre de Cassie, elle s'immobilisa et tendit l'oreille mais ne perçut aucun son.

Elle tambourina sur la porte et attendit un moment. Après une hésitation, elle tourna le bouton et poussa le battant.

Retenant sa respiration, elle entra. Le lit était froid, les couvertures rejetées. A l'autre bout de la pièce, la fenêtre était entrouverte.

Rosemary revint en courant jusqu'à sa chambre et secoua Keith sans grand ménagement. Il maugréa, se retourna, et finit par ouvrir des yeux vagues.

– Elle n'est pas là! murmura Rosemary. Keith, *Cassie est partie!*

Il cligna des yeux puis s'assit dans le lit et alluma la lampe de chevet.

– Partie? Qu'est-ce que tu racontes?

Elle s'expliqua rapidement.

– Nous ferions mieux d'appeler Gene Templeton, conclut-elle.

Dix minutes plus tard le chef de la police de False Harbor se tenait à la porte d'entrée, les yeux rougis et l'uniforme froissé. Il écouta Rosemary sans faire de commentaire puis haussa les épaules.

– Beaucoup de gosses de son âge font ça. Probable qu'elle se balade dans les rues avec l'impression de vivre une grande aventure.

Mais Rosemary n'était pas du tout rassérénée.

– Elle est allée dans le marais. Je ne sais pas pour quelle raison, mais je suis certaine qu'elle est partie là-bas. Je le sens.

Templeton soupira. Depuis déjà bien longtemps il se demandait pourquoi les femmes « sentaient » toujours ce genre de chose et jamais les hommes. Eux avaient tout juste « des soupçons » ou « une petite idée ». Mais l'officier avait appris à écouter ses petites idées, et cette nuit il décida de prêter attention au pressentiment de Mrs. Winslow.

– D'accord. Je vais aller jeter un coup d'œil.

– Je vous accompagne, dit Keith.

– Oh non! Vous restez ici avec votre femme. La dernière compagnie que je désire est bien celle du père quand je recherche la fille!

Keith allait protester mais le regard déterminé du policier l'en dissuada. Et, bien sûr, Gene Templeton n'avait pas tort : il devait retrouver Cassie, pas discuter avec Keith.

L'officier quitta la maison avec un salut de la main.

Frottant ses yeux ensommeillés, Jennifer descendit l'escalier. Elle se colla contre son père.

– Quelque chose m'a réveillée. Qu'est-ce qui se passe?

Keith la souleva et embrassa une joue tiède.

– Ça va, ma chérie. Cassie est partie faire un tour et Mr. Templeton va la ramener.

Le visage de la fillette prit une expression soucieuse.

– Est-ce qu'elle est retournée à la cabane de Miranda?

Keith considéra sa fille avec étonnement.

– Et pourquoi ferait-elle ça, Grenouille?

– Parce que Miranda est une sorcière, expliqua Jennifer avec le plus grand sérieux. Et je parie qu'elle a jeté un sort à Cassie.

La voiture de patrouille entra dans le parking d'Oak Street et décrivit une large courbe. Les phares balayèrent le marais comme des projecteurs. Effrayés par la lumière, des oiseaux s'élevèrent lourdement de quelques mètres avant de se reposer un peu plus loin.

L'officier ne vit rien d'autre. Il coupa les phares et le contact et resta assis un moment. Au moins, la nuit était claire : la pleine lune baignait le paysage sauvage d'une lumière laiteuse. Il décrocha la torche électrique dans le tableau de bord, sortit du véhicule et s'avança vers le marais.

Si Cassie Winslow se trouvait dans les parages, il pourrait sans doute la localiser assez vite.

A moins qu'elle ne le veuille pas. En ce cas il courait à l'échec. L'adolescente n'aurait qu'à s'accroupir dans un coin et rester immobile. Dans cette jungle il ne la repérerait jamais, sauf par le plus grand hasard. Et il avait appris à douter de la providence.

Il choisit le chemin le plus large qu'il put trouver et s'enfonça entre les herbes. Il marchait sans hâte et avec légèreté malgré son mètre quatre-vingt-dix et son imposante carrure. Il recherchait tout ce qui pouvait ressembler à une trace de pas, mais le sol spongieux absorbait ses propres empreintes en quelques secondes. Il cessa de scruter le chemin. C'était peine perdue. Il laissa ses yeux survoler le marais, en quête d'un mouvement ou d'une silhouette. Sans réfléchir il se dirigea vers la cabane de Miranda Sikes. La piste devenait plus étroite et se scindait en bifurcations dictées par la seule topographie de l'endroit. Le concert nocturne des grenouilles et des insectes l'entourait et le policier entrevit deux fois la fuite rapide d'un serpent traversant la sente pour disparaître dans les roseaux.

Il était à mi-chemin de la petite colline où vivait Miranda lorsqu'il s'arrêta net.

Il avait perçu un mouvement furtif sur la gauche, puis plus rien. Il se tint parfaitement immobile, mais ses yeux fouillaient sans relâche la zone où le phénomène s'était produit.

Il y eut un autre mouvement, puis une silhouette se détacha du paysage grisâtre. A vingt ou trente mètres, au milieu des roseaux, quelqu'un suivait un chemin avec mille précautions.

Cassie ou quelqu'un d'autre. Miranda, peut-être?

Templeton n'aurait pu le dire. Qui que ce fût, l'individu marchait très lentement, la tête penchée vers le sol. Le policier l'observa un moment, puis se mit à progresser aussi silencieusement que possible en décrivant un arc de cercle pour intercepter le promeneur nocturne. Pas un instant il ne quitta des yeux la silhouette.

Enfin il parvint à une intersection. La sente suivie par l'inconnu croisait la sienne. Il s'accroupit à quelques pas en retrait et attendit.

Soudain une ombre passa sur le chemin, trop vite pour que Templeton puisse l'identifier. L'instant d'après la silhouette se trouvait au croisement des deux sentes. Chaque muscle de son corps tendu, le policier se redressa brusquement et alluma sa torche électrique.

– Ne bougez plus!

Ses paroles claquèrent comme un coup de fouet dans le calme du marais.

L'autre s'arrêta et pivota vers lui. Dans le pinceau de lumière éclatante, Templeton reconnut aussitôt Cassie Winslow, le visage pâle et les yeux agrandis par la surprise. Le policier se détendit et fit un pas en avant.

– Tout va bien, Cassie, dit-il gentiment. Je suis le chef Templeton.

Il abaissa la torche électrique. L'adolescente cligna des yeux pour ajuster sa vision à la lueur blafarde de la lune. Elle vacilla. L'officier la prit par le bras pour l'empêcher de perdre l'équilibre.

– Que fabriques-tu ici, à une heure pareille?

D'abord il crut qu'elle ne l'avait pas entendu, mais elle finit par parler d'une voix basse. Des larmes inondaient son visage.

– Miranda. Elle avait besoin de moi.

Dans l'obscurité, Templeton fronça les sourcils.

– Miranda Sikes? Et pourquoi donc?

Cassie ne répondit pas mais son regard quitta le policier pour suivre le chemin avant de monter vers le ciel.

– Où est-elle? demanda Templeton. Elle n'est pas chez elle?

Très lentement, la jeune fille secoua la tête. D'un geste, elle désigna la voûte céleste.

– Là. Elle est... là-haut.

Templeton étudia le ciel et vit une tache blanchâtre. Petit à petit une forme fantomatique se précisa. Bientôt il put la reconnaître.

Le faucon blanc décrivait des cercles étroits dans les airs, à une centaine de mètres d'eux, comme s'il voulait indiquer un endroit précis au sol. Le policier se décida.

– Allons jeter un coup d'œil.

Il tenait toujours Cassie d'une main, de l'autre braquant la torche électrique devant eux pour éclairer le chemin. De temps à autre il levait les yeux vers l'oiseau de proie pour se guider. Tandis qu'ils progressaient ainsi, le rapace resserra sa ronde aérienne. Devant eux, un miaulement rauque déchira la nuit.

– Sumi, marmonna Cassie. Il est déjà là.

Ils arrivèrent à un tournant de la sente. Le faisceau lumineux encercla le chat dans un rond de lumière aveuglante. L'animal était assis au milieu du passage, la queue enroulée autour des pattes, ses yeux brillant d'un feu surnaturel. Soudain il émit un râle curieux et bondit dans les ténèbres. Au-dessus d'eux le faucon répondit par un cri strident, replia ses ailes et piqua vers le sol.

Templeton suivit l'oiseau des yeux et le vit plonger vers une petite étendue découverte, sur leur droite, où miroitait un affleurement d'eau. Au dernier moment le rapace déploya ses ailes et se posa sur une protubérance indistincte. Avec un gloussement sourd il replia ses ailes et se figea.

Le policier fit courir le pinceau de lumière sur l'oiseau qui cligna de ses yeux aussi rouges que des braises mais ne s'envola pas. C'est alors que Templeton reconnut la nature de son perchoir.

Des profondeurs du sable mouvant jaillissait une main humaine aux doigts déformés, crispée dans le froid de la mort.

– Elle avait besoin de moi, répéta Cassie d'une voix brisée. Elle avait besoin de moi et je devais venir. Il le fallait...

11

A trois heures de l'après-midi, ce mardi, Cassie gravit les marches menant au parvis de l'église congrégationaliste. Elle était vêtue d'une jupe bleu marine et d'un chemisier blanc sur lequel elle avait passé un pull sombre. Rosemary lui avait acheté ces habits la veille. Keith et sa femme encadraient l'adolescente, tandis que Jennifer serrait la main de sa mère en essayant d'avancer aussi vite que les autres.

Le petit groupe passa par la nef latérale et s'assit au premier rang.

Devant l'autel, un cercueil blanc d'une grande sobriété reposait sur un petit catafalque. Le couvercle était déjà clos, masqué d'une gerbe de fleurs, commandée par les Winslow le matin même.

A part cela, l'église était vide de tout témoignage envers la défunte.

L'organiste s'assit à son instrument. Gardant les yeux fixés droit devant elle et les lèvres serrées en une moue désapprobatrice, elle commença à jouer dès que les Winslow furent assis. La musique éveilla de graves échos dans le temple silencieux. Peu après une petite porte s'ouvrit derrière les gradins vides du chœur. Le ministre du culte congrégationaliste s'avança, le visage sévère, une Bible fermement coincée dans son poing droit. Tandis qu'il se mettait au pupitre, Rosemary jeta un coup d'œil derrière elle.

A part eux, l'église était absolument vide.

D'une voix flûtée le prêtre expédia un court service à la mémoire de Miranda Sikes.

Il n'y eut pas de chants, pas d'éloge de la défunte, mais un simple rappel – rapide et imprécis – de sa vie, suivi d'une prière rondement débitée pour cette femme à qui le saint homme n'avait jamais daigné parler pendant toute sa vie. Vingt minutes plus tard la cérémonie s'achevait et l'on ouvrit les portes de l'église.

Six hommes, dont on avait loué les services auprès des pompes funèbres de Barnstable, descendirent l'allée d'un pas vif, soulevèrent le cercueil et sortirent lentement de l'église.

Les Winslow se levèrent.

Cassie, sa famille derrière elle, suivait le cercueil et le prêtre sous le soleil printanier. Les porteurs contournèrent l'église jusqu'au vieux cimetière où une nouvelle fosse avait été creusée à côté des tombes contenant les restes de l'étrange lignée des femmes Sikes. Les Winslow se rassemblèrent autour du trou et le prêtre récita la prière des morts.

C'est alors que Cassie sentit un regard posé sur elle. Le picotement désagréable brûlait sa nuque. Quand elle ne put le supporter davantage, elle se retourna.

Derrière la barrière séparant le cimetière du trottoir se tenaient Wendy Maynard et sa mère. Mais Lavinia Maynard ne semblait pas consciente de la main de sa fille tirant sur sa manche. Elle regardait fixement Cassie, avec l'attention d'une entomologiste examinant une espèce inconnue de cafard. Dès que l'adolescente lui fit face elle détourna les yeux et entraîna sa fille avec précipitation. En cinq secondes elles avaient disparu au coin de la rue. Cassie revint au prêtre mais la même sensation ne tarda pas à se manifester de nouveau. Cette fois elle surprit Lisa Chambers, accompagnée de quelques camarades, de l'autre côté de la rue. Le groupe l'observait en discutant à voix basse.

Les larmes perlèrent aux yeux de Cassie, mais elle ne les essuya qu'après avoir tourné le dos à Lisa.

Enfin le prêtre termina sa prière. Il se baissa, prit une poignée de terre qu'il égrena entre ses doigts. Une poussière sombre tomba sur le cercueil que les six hommes descendirent lentement dans la fosse.

Sumi apparut entre deux stèles et trottina jusqu'à la tombe de Miranda Sikes. Il pencha sa tête féline sur la fosse et la fourrure de son dos se dressa tandis qu'un miaulement sourd montait dans sa gorge. Puis il recula, ses yeux brillants rivés sur le trou béant, et vint effleurer les jambes de Cassie. Elle se pencha et il sauta dans ses bras. Sa langue rose vint lécher la joue humide de l'adolescente.

Le cercueil toucha le fond de la fosse. Cassie regarda le ciel.

A la verticale du cimetière, presque invisible dans les airs, le faucon blanc flottait sans effort contre le vent du large. Tandis que Cassie l'observait il vira sur l'aile et s'éloigna.

Enfin, Sumi toujours dans ses bras, la jeune fille fut conduite hors du cimetière jusqu'à la maison d'Alder Street.

Avant d'entrer elle se tourna vers le marais. C'était injuste. Elle avait à peine rencontré Miranda que la vieille femme disparaissait.

Mais au plus profond d'elle-même elle sentait que Miranda n'était pas partie.

Cet enterrement ne ressemblait pas à celui de sa mère. Tout au long de la cérémonie elle avait revécu les quelques moments passés avec la vieille solitaire, éprouvant à nouveau la force des liens qui les unissaient l'une à l'autre, et les paroles de Miranda avaient résonné à ses oreilles :

– Enfin tu es venue. A présent tu es à moi. A partir de maintenant tu m'appartiens. A jamais...

Et Cassie savait qu'elle avait déjà entendu ces phrases longtemps auparavant. Les souvenirs remontaient lentement à la surface de sa mémoire.

Malgré sa mort, Miranda n'était pas partie, pas de la même manière que la mère de l'adolescente.

L'esprit qui avait exercé une telle attraction sur la jeune fille dès qu'elle avait vu la vieille femme, cet esprit-là continuait à vivre.

Gene Templeton se renversa dans son confortable siège et posa les pieds sur le tiroir entrouvert qui lui servait à entreposer ses provisions. Un jour sans doute, il paierait pour les centaines de sandwiches engloutis durant toutes ses années de service. Alors son ventre déborderait la grosse ceinture noire de son uniforme. Cependant, l'obésité ne s'était pas encore manifestée, malgré les sombres prédictions de sa femme Ellie. Son poids n'avait pas varié d'une livre depuis qu'il avait quitté le collège, trente ans plus tôt : quatre-vingt-quinze kilos de force paisible. Ellie aimait le taquiner sur les vingt kilos de graisse qui auraient prétendument remplacé vingt kilos de muscles, mais Gene ne mordait pas à la provocation. Il se savait en excellente forme. « Le métabolisme, avait-il coutume de répondre avec bonne humeur. Un métabolisme équilibré, voilà le secret d'une bonne santé! »

Pourtant il devait se surveiller. Toute cette affaire autour de Miranda Sikes le poussait à manger deux fois plus qu'à son habitude. S'il n'y prenait garde, son métabolisme ne tarderait pas à accuser le coup. Alors attention! Il s'imagina grossissant de vingt-cinq kilos en une nuit, forcé de refuser les petits plats que lui mijotait Ellie.

Là n'était pas le véritable problème, il devait le reconnaître. Il pensait à son poids pour éviter de réfléchir à l'affaire Sikes. Quels seraient les résultats d'une enquête approfondie? Il les redoutait sans oser se l'avouer. D'un autre côté, retrouver le corps de Miranda Sikes dans les sables mouvants détonnait dans le paysage de False Harbor, petite ville tranquille où il ne se passait jamais rien – jusqu'à présent.

A Boston, où il avait travaillé une vingtaine d'années, on s'attendait presque à découvrir des cadavres dans les placards, et la plupart du temps on n'arrivait pas à trouver le fin mot du drame.

Mais Miranda Sikes avait sillonné le marais toute sa pauvre vie et elle en connaissait le moindre brin d'herbe. Était-il plausible qu'elle se soit promenée ce soir-là et qu'elle soit tombée dans les sables mouvants? Bien sûr, la thèse du suicide restait une solution. Mais une solution peu satisfaisante : si elle avait voulu en finir, on pouvait penser que la vieille femme aurait choisi une mort moins horrible.

Restait le problème posé par Cassie Winslow.

Ce n'était pas seulement sa présence dans le marais et le fait qu'elle l'avait mené à l'endroit où Miranda avait péri. On pouvait invoquer une coïncidence. D'ailleurs, c'était le faucon albinos qui les avait menés tous les deux au cadavre.

Templeton pensait plutôt aux propos singuliers qu'elle avait adressés à son père, le samedi après-midi : « Elle va mourir... »

Avait-elle eu une prémonition? Savait-elle, d'une façon ou d'une autre, ce qui allait arriver? Et avait-elle joué un quelconque rôle dans cette tragédie?

Templeton se renfonça dans son siège et entendit le dossier grincer de protestation. Si la jeune fille savait que Miranda voulait se suicider, pourquoi n'avait-elle prévenu personne? Dans la logique du policier, on n'écoutait pas quelqu'un annoncer de telles intentions sans en référer immédiatement à l'autorité compétente. Autrement dit : lui, Gene Templeton.

Il se souvenait d'avoir observé l'adolescente lorsqu'ils avaient découvert le corps de Miranda. Ses traits s'étaient crispés dans une expression de pure horreur. Rien dans son attitude n'avait suggéré qu'elle s'attendait à cette scène macabre, pas plus que ses propos : « Elle avait besoin de moi et je devais venir. » Templeton était certain qu'elle espérait trouver la vieille femme en vie.

Il soupira. La décision lui incombait. Irait-il revoir Cassie? Quel intérêt? Elle ne dirait rien de plus.

Et il lui fallait également prévoir le mal qu'une telle visite déclencherait. Depuis son arrivée à False Harbor, la jeune fille n'avait pas eu la vie facile, et les choses risquaient fort de ne pas s'arranger. S'il donnait l'impression de la soupçonner, les rumeurs s'amplifieraient. On murmurait déjà qu'elle était sans doute impliquée dans la mort de Miranda.

Et tout ça mènerait à quoi? A rien. Templeton n'avait pas d'indice déterminant. Il avait consciencieusement fouillé la zone autour des sables mouvants sans trouver d'arme. Pas de traces de lutte, et le corps de la morte ne portait d'ailleurs aucune marque de coups. Et surtout, aucun mobile apparent.

En son for intérieur, le policier ne croyait pas à la culpabilité de Cassie Winslow.

Il se décida enfin à compléter son rapport concernant la mort de Miranda Sikes. D'une écriture appliquée, il inscrivit :

Cause du décès : noyade accidentelle.

Le dossier était clos.

Cassie sentait qu'elle devait rester seule un temps afin d'assimiler les derniers événements. Elle changea de vêtements et se glissa hors de la maison en direction du marais. Mais en arrivant au parc, il lui fut impossible d'aller plus loin.

Le drame de samedi était encore trop présent à sa mémoire, trop douloureux.

Elle obliqua vers la plage et ralentit l'allure, revivant en pensée la nuit où Miranda Sikes était morte.

Elle s'enfonça entre les dunes et parvint à un endroit couvert d'herbes d'où elle pouvait voir l'océan et le marais.

Elle s'assit et observa la cabane, repensant à la vision qui l'avait éveillée pendant la nuit de samedi. Au début, elle avait cru à un rêve.

Elle n'en avait pas parlé au chef de la police, ni à quiconque. Qui l'aurait prise au sérieux?

Personne, assurément.

Mais depuis ce moment elle se repassait cette scène encore et encore, essayant d'identifier la silhouette qui se penchait sur Miranda agonisante.

Cet effort de concentration n'avait rien donné. Dans la vision même il faisait trop sombre, et elle se trouvait trop loin.

Mais le drame l'oppressait d'un énorme chagrin. Le froid linceul de la solitude, qui l'avait enveloppée pendant des années en Californie, se refermait à nouveau sur elle.

Parfois, comme en ce moment où elle s'isolait dans les dunes pour contempler l'océan, elle souhaitait que ce fût elle qui soit morte dans le marais.

Mais il lui restait les paroles de Miranda lorsqu'elles étaient ensemble, les derniers mots qu'elle avait prononcés.

« Tout ira bien. Je mourrai bientôt, je le sais, mais jamais je ne t'abandonnerai. Souviens-toi de ce que je t'ai appris et je vivrai toujours en toi. Ainsi tu ne seras plus jamais seule. »

Que signifiaient ces propos sibyllins?

Cassie n'aurait pu l'expliquer, mais elle avait la certitude que bientôt, comme la marée montante qu'elle observait, sa compréhension de la situation prendrait une ampleur nouvelle.

Du tombeau même, Miranda Sikes trouverait le moyen de la guider.

Après les cours, Eric Cavanaugh avait pris soin d'éviter les abords du cimetière. Il savait que ses amis projetaient d'assister de loin à l'enterrement de Miranda Sikes.

En vérité, Eric le devinait, ils voulaient surtout épier Cassie Winslow.

Ce jour-là et la veille, ils n'avaient cessé de parler d'elle. Ils spéculaient sans fin sur son retour possible en classe, mercredi.

Ou sur une absence définitive.

– Moi, j'espère bien qu'elle ne reviendra pas! avait affirmé Lisa Chambers avec ardeur lors du déjeuner.

Son avant-bras bandé, ôté de l'écharpe inutile qu'elle portait toujours, était posé sur la table comme une preuve irréfutable de la culpabilité de l'absente.

– Si vous voulez savoir, elle est aussi timbrée que Miranda l'était! Et même si elle ne l'a pas tuée, elle n'a rien à faire ici! D'ailleurs, au cas où elle reviendrait, je propose que personne ne lui adresse plus la parole!

Eric n'avait pas répondu à la provocation. Lorsque Lisa et la plupart de ses amis s'étaient dirigés vers la place, après les cours, il avait pris la direction de la plage. Pendant une bonne heure il avait parcouru les dunes d'un pas lent, s'absorbant dans le spectacle des mouettes. La caresse du vent sur son visage l'avait quelque peu détendu, et il s'était laissé prendre par la solitude tranquille de l'endroit.

Puis il avait aperçu une silhouette au loin et bien failli obliquer vers l'ouest pour l'éviter. Il avait alors reconnu Cassie et l'avait rejointe rapidement. Elle était assise dans l'herbe des dunes et promenait un regard vague sur le marais. Elle leva la tête comme il approchait. Ses yeux agrandis étaient rouges d'avoir pleuré.

– Salut.

Il se balançait d'un pied sur l'autre, embarrassé. Enfin il se décida à s'asseoir à côté d'elle.

– Est-ce que c'est fini?

Cassie hocha la tête et se mordit la lèvre inférieure.

– Il y avait un groupe d'élèves sur la place, pendant qu'on l'enterrait...

– Je sais. Ils voulaient que je les accompagne, mais j'ai refusé.

Cassie se tourna vers lui.

– Pourquoi? fit-elle d'un ton amer. Tu aurais pu te moquer de moi, toi aussi!

Le garçon tressaillit et elle regretta aussitôt ses paroles.

– Désolée, murmura-t-elle. J'aurais aimé que tu viennes à l'enterrement.

– Je... je ne pouvais pas, bégaya Eric. Il fallait que j'aille en cours.

Il détourna vivement la tête, redoutant que son visage ne trahisse ses pensées. Cassie se contenta d'acquiescer. Après ce qui parut une éternité au garçon, elle parla enfin.

– De toute façon, personne n'est venu.

Les yeux d'Eric s'agrandirent.

– Personne?

– Mon père, Jennifer et Rosemary, c'est tout. Mais je suppose qu'ils se sentaient un peu obligés. Et puis après, dans le cimetière, tout le monde me regardait de la place et... (Elle parvint à ne pas pleurer.) Est-ce que tu vas te mettre à me dévisager comme les autres? C'est pour ça que tu es venu?

Eric se renfrogna.

– Pourquoi agirais-je ainsi?

– Parce que c'est ce que tous les autres font. Ils pensent que je suis dingue, non?

Le garçon eut un geste de dénégation.

– Eh bien, je ne le suis pas! Et Miranda n'était pas folle non plus! Je ne lui ai rien fait, et je me moque de ce que les gens racontent! *Je ne lui ai rien fait!*

– Hé! Pourquoi t'énerver après moi? Je n'ai rien dit, et si je voulais te regarder comme une bête curieuse j'aurais accompagné les autres, non?

La justesse du raisonnement ébranla Cassie et sa colère retomba.

– Est-ce que ça signifie que tu veux bien être mon ami?

Sa voix était redevenue timide. Eric la surveillait du coin de l'œil.

– Je croyais qu'on était déjà amis. Si je ne l'étais pas, je ne serais pas ici. Pas vrai?

Cassie se tourna vers lui. Leurs regards se rencontrèrent et il eut le singulier sentiment qu'elle lisait en lui jusqu'au tréfonds de son esprit. C'était une sensation extraordinaire, presque inquiétante, et il fut tenté de briser le contact. Mais elle hocha la tête et lui sourit.

– Tu es mon ami. Veux-tu venir voir ma maison?

Elle s'était levée.

– Ta maison?

L'adolescente désigna le marais.

– Celle de Miranda. C'est la mienne à présent.

La sienne? pensa Eric. De quoi parlait-elle? Miranda ne pouvait lui avoir légué sa cabane. C'était *impossible*!

– Je crois qu'elle aurait voulu que je la prenne, poursuivit la jeune fille avec un sourire indéchiffrable. Alors j'ai décidé de le faire. Tu n'en parleras à personne, n'est-ce pas? Je suppose que ça paraîtrait un peu bizarre...

Eric n'hésita qu'une seconde.

– Je ne trouve pas. Si c'est ce que tu ressens, c'est comme ça, voilà tout. (Il fit une pause avant d'ajouter :) Je crois qu'elle n'aurait pas voulu la donner à quelqu'un d'autre.

Son regard s'enfuit vers la cabane et il vit le faucon blanc déployer ses ailes nerveusement. Un cri aigu vrilla l'air du marais.

– Ne t'inquiète pas, dit Cassie, certaine de savoir à quoi

pensait Eric. Il ne t'attaquera pas. Il n'attaquera jamais quelqu'un qui est mon ami.

Eric hocha la tête, cachant son dépit derrière une grimace maussade.

– Je ne peux pas rester. J'ai promis à mon père que je rentrerais tôt.

Cassie sourit tristement.

– Très bien. Alors je te la montrerai demain.

Tandis qu'Eric se hâtait vers sa maison, elle entra dans le marais d'un pas tranquille. Le rapace décolla du toit et vola rapidement vers elle.

12

Assis à la table du petit déjeuner, Eric évitait soigneusement de regarder son père. Dès qu'il était entré dans la cuisine, il avait su que la colère de l'adulte n'était pas éteinte et n'attendait qu'un prétexte. Les yeux d'Ed Cavanaugh n'étaient plus que deux fentes rougies par l'alcool.

– Alors, on ne dit plus bonjour à son vieux, mon gars?

La voix avait ce ton sarcastique que l'adolescent connaissait trop bien : son père cherchait la bagarre.

– 'Jour, Papa, marmonna-t-il.

– J'ai bien réfléchi, mon gars, et je ne veux plus te voir tourner autour de Cassie Winslow. T'as juste assez de temps pour t'occuper de Lisa Chambers.

– Qu'est-ce qui ne va pas avec Cassie? s'insurgea Eric. Je ne lui tourne pas autour, je ne faisais que...

– Ne me cherche pas! avertit Ed en se levant lentement de son siège. Tu la pelotais encore hier après-midi!

A présent Eric sentait sa propre colère s'éveiller.

– Nous parlions, c'est tout! répliqua-t-il. Où est le mal?

Ed se pencha vers son fils, la main droite refermée en un poing crispé.

– Te fous pas de ma gueule, mon gars!

– Non! s'exclama soudain Laura.

Malgré ses yeux emplis de peur, elle avait parlé d'une voix ferme. Son mari abandonna Eric pour tourner son ressentiment vers elle.

– Qu'est-ce que t'as dit?

L'intonation était grinçante, dangereusement aigre.

– Ne le frappe pas, plaida Laura. Tu veux qu'il aille à l'école avec un œil au beurre noir? Que diront les gens?

– Ils n'auraient pas intérêt à l'ouvrir! D'ailleurs, quoi de plus normal si un jeune freluquet prend une gifle de temps en temps? J'en ai eu ma part avec mon vieux, et ça n'a pas donné un si mauvais résultat, il me semble, non?

Il défiait sa femme et son fils, espérant une réponse qui lui permettrait d'exploser. Comme elle ne venait pas, il sortit en claquant la porte. Quelques secondes plus tard ils entendirent le moteur du vieux pick-up qui démarrait en crachotant avant de rugir. Un crissement de pneus malmenés suivit. Le véhicule descendit l'allée en marche arrière, fit un demi-tour serré et fonça dans la rue.

Un silence tendu s'établit dans la cuisine. Laura implora son fils du regard, mais elle ne vit que la colère dans les yeux de l'adolescent. Ses mâchoires s'étaient contractées dans une imitation inconsciente de son père.

– Pourquoi? Pourquoi nous déteste-t-il ainsi? murmura-t-elle.

– J'aimerais qu'il ne revienne pas. Qu'il s'en aille une bonne fois pour toutes.

– Je sais.

Épuisée par la tension, Laura se leva et débarrassa la table sans entrain.

– Parfois, je souhaite la même chose, avoua-t-elle. Mais cela n'arrivera pas. (Elle eut un pauvre sourire d'encouragement.) Mais dans un an tu auras fini Memorial High...

– Ouais! fit Eric sans cacher son amertume. Ce sera vraiment le pied, hein? Je m'en irai et toi, tu resteras clouée ici, seule avec lui! Pourquoi tu ne le largues pas, Maman?

– Je ne peux pas. Que deviendrais-je? Et de quoi pourrions-nous vivre, toi et moi?

La pitié qu'Eric éprouvait pour sa mère désarmée se transforma en une colère subite.

– Et comment vivons-nous maintenant? On a continuellement la trouille, et une fois sur deux il nous tape dessus! Et on devrait agir comme si de rien n'était? Tu appelles ça vivre? Eh bien, pas moi!

Sans attendre la réponse de sa mère, il ramassa son sac et sortit d'une démarche nerveuse.

Comme Ed, se surprit à penser Laura. *Il est parti à la manière de son père.*

Elle se mit en devoir de laver la vaisselle mais son esprit revenait sans cesse à cette image de son fils, aussi furieux qu'Ed, se précipitant dehors. Était-il déjà trop tard? La rage qui consumait son mari s'était-elle déjà transmise à Eric?

Cassie rattrapa Eric alors qu'il sortait du terrain communal et se dirigeait vers Wharf Street. Elle arriva à côté de lui et ajusta son pas au sien.

– Pourquoi n'es-tu pas venu me chercher ce matin? demanda-t-elle d'une voix timide.

Le garçon s'efforça de lui sourire.

– Ce n'est pas à cause de toi. C'est mon père. Il ne veut plus me voir avec toi.

Cassie marcha en silence jusqu'au coin de Hartford Street. Memorial High n'était plus très loin et elle ne put se contenir plus longtemps.

– Il pense que je suis folle, c'est ça?

Eric hocha brièvement la tête.

– Et tout le monde va avoir la même attitude, hein? Il n'y aura pas que ton père; tes amis feront pareil.

– Et alors? demanda le garçon avec prudence.

– Je me demande ce qui va arriver, c'est tout. Et toi, que vas-tu faire si les gens commencent à te traiter comme moi? Tu resteras quand même mon ami?

La mâchoire de l'adolescent se crispa.

– Ce que pensent mes amis n'a pas d'importance, et je me contrefous de ce que dit mon père!

Un sourire de reconnaissance joua sur les lèvres de Cassie.

– Alors retrouvons-nous cet après-midi, après les cours. Je... j'aimerais vraiment te montrer ma maison. Enfin, la maison de Miranda.

Mais Eric secoua la tête.

– Je ne crois pas que je devrais...

La tristesse envahit aussitôt le regard de la jeune fille.

– Tu comprends, il y a entraînement de base-ball aujourd'hui. Déjà, je l'ai séché hier. Si je recommence, Simms va me tuer!

– Alors je t'attendrai. Je viendrai te voir jouer. Je n'ai encore jamais assisté à un entraînement de base-ball.

Heureux d'avoir dévié la conversation, Eric prit un air goguenard.

– Comment ça? Toutes les filles viennent voir jouer leur copain! Ça ne se fait pas, en Californie?

Il ne m'a pas interdit de venir, songea Cassie. *Peut-être désire-t-il vraiment être mon ami.*

– Justement! C'étaient toujours les filles un peu bêtasses qui allaient voir jouer leur copain. Et aucune de mes amies n'avait de copain. Je veux dire par là que nous avions toutes des garçons parmi nos amis, bien sûr, mais pas de *petits amis*...

(Gênée, elle détourna le regard.) Si je venais te voir t'entraîner, est-ce que tout le monde penserait que... que je suis ta *petite amie*? Et Lisa, que va-t-elle croire?

Eric eut une grimace.

– Quelle importance?

Cassie hésitait.

– Eh bien, je ne voudrais pas qu'elle pense que je te cours après.

– Ne t'en fais pas à propos de Lisa, assura-t-il avec une désinvolture qu'il était loin d'éprouver.

Quand ils montèrent les escaliers de l'école, Cassie arborait un franc sourire pour la première fois depuis la mort de Miranda. Soudain Lisa Chambers se détacha du groupe de ses amis, les yeux brillant de rage à la vue des deux adolescents.

– Qu'y a-t-il de si drôle? fit-elle en passant son bras sous celui d'Eric.

Le sourire de Cassie disparut et elle se hâta vers la porte de l'établissement.

– On parlait, c'est tout, dit Eric sur un ton d'excuse.

La jalousie évidente de la blonde jeune fille le perturbait.

– Rien de bien terrible, je t'assure. Je veux dire...

– Je sais très bien ce que ça veut dire! répondit Lisa d'une voix glaciale en lâchant son bras.

Sur les marches, les petits groupes d'élèves firent silence pour écouter la suite.

– Et si tu préfères passer ton temps avec quelqu'un comme elle, tu peux être sûr que je m'en fiche!

Elle lui tourna le dos et rejoignit ses amis. Comme les autres l'observaient avec insistance, Eric se sentit tout à coup sans défense. Avec l'impression d'être rejeté. Comme Cassie la semaine précédente...

A la dernière sonnerie de la journée, Cassie n'avait toujours pas décidé ce qu'elle ferait. Aujourd'hui avait été encore pire que la semaine précédente. Toute la matinée elle n'avait tenu qu'en se répétant qu'elle verrait Eric à l'heure du déjeuner, et qu'elle ne serait pas obligée de manger seule à une table sous les regards indiscrets des autres. Mais quand elle entra dans la cafétéria, Eric n'y était pas. Elle attendit près de la porte, avec l'espoir qu'il arriverait d'une seconde à l'autre. Quand les cuisiniers arrêtèrent les plaques chauffantes, elle se résigna à prendre un plateau. Elle se servit sans vraiment regarder et se dirigea vers la même table qu'elle avait occupée la semaine précédente.

Tandis qu'elle traversait la salle, les élèves murmuraient sur son passage. Elle ne pouvait entendre ce qu'ils disaient, mais quelqu'un se chargea de le lui faire comprendre.

– Tout le monde sait qu'elle a fait quelque chose.

Lisa Chambers avait parlé à voix haute alors que Cassie dépassait la table qu'elle occupait avec Allayne Garvey et Teri Bennett.

– D'ailleurs, ma mère a vu la voiture de Mr. Templeton garée devant leur maison, hier!

– Mais que va-t-il se passer? demanda Teri. Si elle a vraiment tué Miranda, pourquoi ne l'ont-ils pas arrêtée?

– Peut-être n'a-t-elle rien fait, suggéra Allayne Garvey.

Mais Cassie était déjà trop loin pour entendre cette dernière réflexion.

– Tu ne serais pas simplement malade de voir Eric l'accompagner tous les matins? ironisa Allayne.

– Je me fiche d'Eric!

Lisa Chambers haussa le ton pour être entendue par Cassie, à l'autre bout de la salle.

– S'il veut perdre son temps avec une dingue, ça n'est pas mon problème. Mais à mon avis il devrait se méfier : elle pourrait lui faire le même coup qu'à Miranda!

Ravalant sa rage, Cassie se retint pour ne pas hurler. Elle resta un moment immobile. La voix de Miranda flottait à ses oreilles, comme le jour de sa mort.

« Ce qu'ils disent de moi n'a aucune importance, pas plus que ce qu'ils ne manqueront pas de raconter à ton sujet. Certaines personnes sont mises à l'écart par tout le monde, Cassie. Mais quoi qu'ils disent, ils ne peuvent pas vraiment te blesser. »

La vieille femme avait souri d'une façon mystérieuse que Cassie n'avait pu décrypter.

« J'en suis certaine. Aussi ne t'occupe pas de leurs médisances. Sois honnête avec toi-même et souviens-toi toujours que tu ne dois laisser personne te faire du mal. »

L'adolescente garda le silence et se concentra sur la nourriture fade du déjeuner, se forçant à l'ingurgiter avec méthode.

Le repas lui parut interminable. Enfin la sonnerie retentit et elle suivit la routine de l'après-midi comme une somnambule.

Puis il fut trois heures, et elle dut prendre une décision.

Se rendrait-elle au terrain de base-ball pour attendre Eric, ou serait-il préférable qu'elle passe la fin de l'après-midi seule? Elle pensa à la plage et à la petite maison au cœur du marais. Elle y serait tranquille, avec les oiseaux de mer et le ressac pour seule compagnie. Là-bas, personne ne la surveillerait et elle n'entendrait pas les chuchotements malveillants de la ville.

Puis elle se rappela l'absence d'Eric à la cafétéria. Elle rassembla ses livres et sortit du bâtiment par la porte arrière. Quelques gradins bordaient un côté du terrain de sport. Un groupe de filles occupait déjà la rangée du bas. A son arrivée, elles se détournèrent et ricanèrent entre elles en lui lançant des coups d'œil furtifs. Cassie, la tête droite, fit semblant de ne rien remarquer.

Elle alla s'asseoir à l'écart, un peu plus haut. L'aire de jeu était encore déserte. Sortant son livre de mathématiques, elle se mit à travailler sur les devoirs accumulés en deux jours. Mr. Simms avait insisté pour qu'elle les fasse comme les autres, bien qu'elle eût manqué les cours correspondants. Sarcastique, il avait pris un malin plaisir à le lui expliquer devant toute la classe :

– Après tout, ce n'est pas comme si vous aviez été malade, n'est-ce pas? A part vous, personne n'assistait à l'enterrement de Miranda Sikes. Je me trompe? Non, bien sûr! Et je commence à croire que vous n'estimez pas cette école digne de votre présence.

Cassie avait rougi. Des murmures excités s'étaient élevés dans la salle de classe, assortis de petits rires nerveux.

– Mais c'était mon amie, avait-elle bredouillé.

Les lèvres minces de Mr. Simms s'étaient tordues dans un rictus méprisant.

– Même si c'était vrai, mademoiselle Winslow, vous ne la connaissiez guère, c'est évident! Sinon vous auriez su qu'elle n'était qu'une malade mentale qui n'aurait jamais dû sortir de l'asile. Non, vous avez simplement utilisé le sort infortuné de Miranda Sikes comme prétexte pour manquer la classe. Vos parents sont peut-être dupes, mais pas moi. Veuillez donc rattraper les devoirs en retard pour demain.

Cassie avait réprimé une forte envie de sortir en claquant la porte. « Cela n'a aucune importance », s'était-elle répété pour se calmer. Aucun d'entre eux ne peut me faire du mal, pas plus lui qu'un autre. Au lieu de s'enfuir, elle ravala ses larmes, sa colère et sa douleur. A présent, en lisant l'énoncé des exercices, elle se félicitait de son contrôle. Les problèmes d'algèbre lui paraissaient si simples qu'elle aurait pu les résoudre mentalement. Écartant toute autre pensée, elle écrivit rapidement les équations et les solutions.

Vingt minutes plus tard, elle finissait le dernier problème lorsque l'équipe de base-ball entra au trot sur le terrain, pour s'échauffer. En la voyant, Eric ralentit un instant, et la jeune fille craignit qu'il l'ignore. Mais il leva la main en un salut bien net à son attention. Il se posta près de la ligne de première base et commença une série de lancers et de réceptions avec Jeff Maynard. Enfin l'entraîneur sortit des vestiaires. Cassie ne le reconnut que lorsqu'il fut au centre du terrain.

C'était Mr. Simms.

Il affichait le même sourire dédaigneux qu'elle avait subi au cours, et elle sut immédiatement qu'un incident se préparait. Mais cette fois elle ne pouvait en être la victime. En effet Mr. Simms n'avait à aucun moment regardé vers les gradins.

Il siffla et l'équipe se regroupa autour de lui. Pendant quelques secondes il ne dit rien, et les garçons gardèrent un silence gêné, mais certains jetèrent un rapide coup d'œil à Eric. De son poste d'observation, Cassie comprit alors qui serait la cible de Mr. Simms.

– On a décidé de venir jouer, aujourd'hui, Cavanaugh?

Les petits yeux du professeur s'étaient enfin fixés sur leur proie.

L'adolescent acquiesça, mal à l'aise.

– Je suis désolé pour hier. Je n'aurais pas dû manquer l'entraînement, mais ça ne se reproduira plus.

– De toute façon, Cavanaugh, cela n'a plus beaucoup d'importance.

Les petits yeux de Mr. Simms brillaient de plaisir devant l'embarras d'Eric.

– Je pense avoir trouvé une solution... imparable : si vous pouvez vous passer de nous, nous pouvons certainement nous passer de vous. A partir de maintenant vous ne faites plus partie de l'équipe! Smythe, vous prendrez sa place de lanceur.

Eric était abasourdi.

– Mais... vous ne pouvez pas faire ça!

– Tiens donc! fit Mr. Simms d'une voix exagérément étonnée. Et qu'est-ce qui vous permet de l'affirmer?

– Ce n'est pas juste! Je suis le meilleur lanceur de l'école, et je *dois* jouer au base-ball.

– Vraiment?

A l'évidence, le coach savourait l'instant.

– Et pourquoi donc, *monsieur* Cavanaugh?

– Si je veux aller à l'université, il me faut une bourse, et je ne peux l'obtenir qu'avec le base-ball, vous le savez bien.

– Vraiment dommage que vous n'y ayez pas réfléchi hier! Mais il est un peu tard, non?

Mr. Simms tourna le dos à l'adolescent et s'adressa à l'équipe.

– Allez, les gars, au boulot. Et pas de papotages, compris?

Incertains, les autres garçons s'entre-regardèrent. Kevin Smythe allait parler mais Cassie le devança. Elle avait descendu les gradins rapidement pour entrer sur le terrain d'un pas décidé.

– Mr. Simms?

L'entraîneur fit volte-face.

– Tiens, tiens! Regardez qui voilà!

Il jeta une œillade de connivence aux garçons avant de se tourner vers la jeune fille.

– Je pensais que vous étiez partie depuis longtemps.

Deux joueurs ricanèrent, mais se turent en voyant que les autres ne suivaient pas.

– Que se passe-t-il? Si c'est une question à propos de vos devoirs, gardez-la pour la classe de demain.

– Non. D'ailleurs je vous les ramène.

Elle lui tendit les feuillets. Décontenancé, Simms les prit. Son expression sarcastique fit place à un froncement de sourcils surpris.

– Vous avez terminé?

Cassie haussa les épaules.

– Je vais demander à Mrs. Ambler de changer de classe.

Le sourire narquois reparut sur les lèvres du professeur.

– Je vois. Le travail est trop difficile.

– Au contraire, il est trop facile. Je constate que lorsqu'une école a besoin d'un entraîneur, elle lui offre un autre poste en supplément, même s'il est notoirement incapable. N'est-ce pas, Mr. Simms?

Elle lui décocha un regard glacial, tourna les talons et sortit du terrain. Figée dans un silence ahuri, l'équipe de base-ball l'observa tandis qu'elle s'éloignait. Elle pouvait presque sentir physiquement la haine de Mr. Simms. Elle était allée trop loin et le savait. Il n'y aurait peut-être pas de place dans une autre classe et elle devrait supporter les représailles du professeur jusqu'à la fin de l'année. *Aucune importance,* décida-t-elle. Ce qu'il avait fait à Eric était injuste, et elle n'avait pu s'empêcher de réagir.

Hors d'haleine, Eric la rattrapa trois pâtés de maisons plus loin.

– Je croyais que tu m'attendrais!

– Je n'étais pas sûre que ça te ferait plaisir. Après ce qui s'est passé...

– Ce n'est rien comparé à ce qui se prépare! Tu aurais dû voir Simms! Après ton départ, tous les gars ont commencé à se marrer et j'ai cru qu'il allait piquer une crise! Maintenant il va tout faire pour te casser!

– Je m'en doute. Mais j'étais tellement hors de moi que je n'ai même pas réfléchi. (Elle regarda Eric bien en face.) Est-ce vrai? Tu dois obtenir une bourse avec le base-ball pour continuer tes études?

La mâchoire du garçon se crispa.

– Je ne vois pas d'autre moyen. Mon père ne gagne pas assez d'argent, et de toute façon, même s'il le pouvait, il ne m'aiderait certainement pas. Maintenant, je vais devoir parler à Mrs. Ambler, pour qu'elle arrange le coup avec Mr. Simms. Il joue au fier-à-bras devant les élèves, mais avec elle il baisse le ton. Elle le terrorise! Et au moins elle m'aime bien.

Il fit passer son sac d'une main à l'autre, l'air pensif.

– Et toi, que vas-tu faire? Simms est le seul prof de maths, et tu ne peux pas abandonner cette matière!

– Eh bien, je travaillerai correctement et je passerai tous les examens. Et l'année prochaine j'aurai un autre prof.

– Aucune chance! Il a aussi la classe supérieure! La seule manière de ne plus l'avoir serait qu'il quitte Memorial High, et ça il ne le fera jamais! A moins que nous trouvions un moyen de le faire partir...

Cassie s'arrêta net et le dévisagea.

– Tu plaisantes, évidemment?

– Ouais, sûr... Quand même, il n'avait pas à me renvoyer de l'équipe pour avoir manqué un seul entraînement! Ce n'est pas correct. Et puis, on a le droit d'imaginer des solutions, non? Tant qu'on ne fait rien...

Cassie réfléchit un moment, et les paroles de Miranda lui revinrent en mémoire.

Ne les laisse jamais te faire du mal. Jamais.

Et s'ils y parvenaient quand même?

– Pourquoi pas? pensa-t-elle tout haut. On ne peut pas faire de mal par la pensée, n'est-ce pas?

Eric la surveillait du coin de l'œil. Il ne répondit pas.

Ils se trouvaient encore à une centaine de mètres de la cabane quand la forme pâle du faucon s'éleva dans le ciel avec un cri aigu. Eric se figea et suivit l'oiseau des yeux.

– Ne t'inquiète pas, lui dit Cassie. Il s'appelle Kiska et c'est mon ami. Tant que tu resteras avec moi il ne te fera aucun mal.

Mais le garçon continuait d'observer les cercles décrits par le rapace. La jeune fille sourit de ses craintes.

– Regarde.

Elle se concentra sur le faucon. D'un geste très lent, elle leva le bras et pointa l'index vers la cabane.

Comme s'il en avait reçu l'ordre, l'oiseau arrêta sa ronde et battit des ailes contre le vent pour descendre. Un moment plus tard il se perchait sur le toit de la petite maison et lissait ses plumes d'un bec vif.

Le cœur d'Eric avait accéléré. Il se retourna vers Cassie.

– Comment as-tu fait ça? Est-ce que... Miranda t'a appris?

L'adolescente lui sourit avec bonne humeur.

– Je t'ai dit qu'il était mon ami, après avoir été celui de Miranda. Il fera tout ce que je lui commanderai.

Eric la regarda d'un œil pénétrant.

– Que veux-tu dire?

Pour toute réponse, Cassie se remit en marche.

Elle le guida jusqu'à la petite colline. Il la suivait en gardant un œil inquiet sur le rapace.

Sur le porche, Sumi les attendait. Il sauta dans les bras de la jeune fille et elle le caressa un moment. Puis ils pénétrèrent dans la cabane.

Malgré l'aspect extérieur plutôt délabré, les murs à l'intérieur étaient recouverts de pin ciré aux reflets chauds. Une grande armoire en noyer côtoyait un lit calé contre la cloison. Au centre exact de la pièce, une table. Une cheminée en pierre occupait le mur du fond, flanquée d'un poêle à bois en fonte. Une tablette courait de chaque côté d'un évier rudimentaire, surmonté de deux petits meubles de rangement.

En plus des deux chaises qui accompagnaient la table, un vieux rocking-chair était disposé près d'un petit bureau éclairé par une des fenêtres de façade. C'était là tout l'ameublement.

Quoique le tout fût très vieux, il était visible qu'on en avait pris grand soin. Pas trace de poussière dans la pièce bien rangée, en dépit des ragots qui couraient à False Harbor.

Eric réprima un sourire. Rien ici ne cadrait avec ce qu'on attendait. Et c'était certainement l'aspect le plus étrange de cette cabane. De l'extérieur, il était impossible d'avoir une idée juste de l'intérieur. D'une certaine façon, cet endroit lui ressemblait beaucoup.

Il leva les yeux.

Chacun des quatre pans triangulaires du toit était peint d'une couleur différente, et tous portaient des motifs curieux presque effacés par le temps.

– Tu sais à quoi tout ça correspond? demanda-t-il.

– C'est de l'astrologie. Elle m'a dit que ce lieu est particulier, en harmonie avec tout ce qui l'entoure...

Elle hésita un instant mais Eric ne fit pas de commentaire. Alors elle ajouta :

– Elle a prétendu que cet endroit était magique.

Les yeux d'Eric fuyaient les siens, mais Cassie ne décela aucune moquerie dans sa voix quand il parla.

– Et tu l'as crue?

– Je ne sais pas. Je ne suis même pas sûre de bien comprendre ce qu'elle sous-entendait. Mais elle y croyait, j'en suis certaine.

Le garçon se fit plus insistant.

– Elle a bien dû te révéler quelque chose à ce propos?

– Oui.

Cassie s'assit sur une chaise. Elle regarda Eric mais ne lut rien que de la curiosité dans ses yeux clairs, et décida qu'elle pouvait lui faire confiance.

– Elle m'a dit que je suis spéciale, qu'elle m'a légué un don et je pourrai... accomplir des choses. Et que je ne devais pas laisser les gens me faire du mal.

Eric lutta pour conserver son calme.

– Tu veux dire... comme Simms?

L'adolescente réfléchit un instant.

– Oui, je suppose que oui.

Eric s'assit en face d'elle, de l'autre côté de la table. Il ramassa Sumi qui arpentait le sol avec nervosité.

– Et de quoi es-tu capable?

– Je ne sais pas. Mais je vais essayer de trouver.

Elle ferma les yeux et ses lèvres se mirent à bouger sans qu'aucun son n'en sorte.

Le garçon l'observait, fasciné. Les secondes se transformèrent en minutes. Sumi échappa à ses caresses et bondit à terre.

L'animal se glissa à l'extérieur.

Appuyé contre le mur des vestiaires, Harold Simms attendait le départ du dernier élève. Enfin il entra dans le petit bureau réservé aux entraîneurs et ferma la porte.

L'affront infligé par Cassie Winslow attisait toujours sa colère. Il prit la liasse de feuillets où elle avait rédigé ses deux jours de devoirs en retard. Les exercices auraient dû lui prendre au moins deux heures.

Il ne trouva aucune erreur.

Elle avait triché, bien sûr. En admettant qu'elle y ait travaillé durant son heure de permanence, elle n'aurait pu normalement finir ces problèmes en si peu de temps. Il en déduisit qu'elle avait dû faire les devoirs du jour tandis qu'Eric Cavanaugh lui fournissait les réponses de ceux de la veille. Content de sa perspicacité, il annota les feuillets d'un F bien appuyé avant d'ajouter un rappel à l'ordre cinglant. Tricher ne pouvait être toléré dans sa classe. *Et qu'elle vienne réclamer!* se dit-il avec rage. *Elle est déjà dans une sale situation, et si elle se permet de protester je la fais renvoyer.* En fait il espérait bien qu'elle réagirait ainsi. Cela lui donnerait un motif parfait pour effacer l'humiliation publique dont elle était la cause. Il entendait encore l'éclat de rire général qui avait suivi, sur le terrain, et il se rappelait les regards moqueurs qu'il avait surpris.

Bien sûr, pour eux l'avis de Cassie Winslow n'avait aucune importance, mais ils n'admettaient pas l'exclusion de Cavanaugh. Pourtant il avait eu raison. Depuis toujours Eric était la coqueluche des joueurs, et Simms avait attendu longtemps l'occasion de le déloger de son piédestal. Son seul regret était de ne pouvoir assister à l'explication de l'adolescent avec son père. Le garçon aurait de la chance s'il en sortait avec les dents intactes...

Simms fut tiré de sa rêverie par l'impression troublante de ne plus être seul dans le bâtiment. Il jeta un coup d'œil alentour, s'attendant presque à découvrir un coach assis à l'autre bureau de la pièce, mais il n'y avait personne. Perplexe, il alla jusqu'à la porte, l'ouvrit et fouilla des yeux le vestiaire et les douches désertes.

– Il y a quelqu'un?

Sa voix résonna curieusement contre les murs en béton. Il retourna à son bureau pour prendre sa serviette avant de partir.

Il entendit la porte s'ouvrir avec un faible grincement.

Soudain tendu, il fit volte-face.

Tapi sur le seuil, un chat gris agitait spasmodiquement sa queue.

Le professeur fit la grimace. Il détestait les chats depuis toujours. Il esquissa un pas vers l'animal.

Au lieu de reculer, celui-ci se haussa sur ses pattes et arqua le dos. Sa fourrure se hérissa et il montra les dents en crachant.

– Nom de Dieu! jura doucement Simms.

Il fit un autre pas et ramena sa jambe gauche en arrière pour frapper l'intrus. Mais il n'en eut pas le temps. Le chat bondit sur lui, toutes griffes dehors.

Simms poussa un hurlement. Les griffes acérées labourèrent son T-shirt et la peau de sa poitrine. Il recula en titubant et voulut saisir l'animal qui lui glissa entre les mains. Soudain le chat lui sauta au visage. Il leva le poing trop vite, perdit l'équilibre et tomba à la renverse sur le bureau avant de s'étaler à terre.

Il se reçut lourdement sur le dos et leva aussitôt les yeux. Le chat se tenait au bord du bureau, prêt à l'attaque. En un éclair, Simms se releva et s'écarta d'un bond mal calculé. Il heurta le mur avec force. Un peu étourdi, il jura et se tourna vers son ennemi qui approchait en crachant.

La porte.

Il devait atteindre la porte et fuir. Il fonça. Le chat bondit sur son dos. Avec un cri de douleur, l'entraîneur s'écrasa contre le battant et tomba à genoux. Il sentit des dents pointues lui déchirer la nuque et le sang poisser son cou.

Terrifié à présent, il se jeta au sol et roula sur lui-même pour écraser l'animal sous son propre poids. Mais, quoi qu'il fît, le chat était toujours là, de plus en plus furieux. Les griffes balafrèrent ses joues. Les crocs s'enfoncèrent dans ses bras et son torse.

Complètement affolé, Simms parvint à se glisser sous son bureau et se cacha le visage de ses bras. Il sanglotait. Soudain l'attaque cessa, et un silence surnaturel plana sur la pièce ravagée.

Puis il y eut un rire doux et moqueur. Avant de sombrer dans l'inconscience, Simms crut reconnaître la voix ironique.

Cassie Winslow...

Une demi-heure plus tard, Jake Palmer, concierge de Memorial High depuis quarante ans, entra dans la pièce. La stupeur lui fit lâcher son seau et sa serpillière.

– Doux Jésus! murmura-t-il. Mais qu'est-ce qu'ils ont bien pu fabriquer ici, aujourd'hui?

Où qu'il portât les yeux, les murs étaient souillés de traînées rouges. Le sol semblait le lieu de l'agonie d'un animal sauvage qui se serait débattu dans tous les sens avant de mourir. Tandis que Jake tentait de comprendre ce qu'il voyait, il perçut un gémissement assourdi. Lentement, le vieux concierge traversa la pièce et se pencha pour regarder sous le bureau.

Harold Simms le fixait d'un regard vide. Sa peau était lacérée en de multiples endroits, et la chair martyrisée saignait abondamment.

– C'était elle, marmonna Simms. Cette fille... la folle... Elle a essayé de me tuer...

Les yeux du professeur se fermèrent et il sombra dans l'inconscience.

Cassie cligna des yeux. Eric l'observait avec intensité.

– Que s'est-il passé? dit-elle d'une voix blanche.

– Rien. Tu étais assise et tes lèvres bougeaient. Ensuite... ensuite tu t'es mise à rire.

La jeune fille tenta de se souvenir. Elle avait pensé à Mr. Simms, puis tout s'était effacé, comme un rêve. Mais qu'était-il arrivé dans ce rêve?

Elle ne pouvait se le rappeler.

Elle regarda autour d'elle.

Quelque chose avait changé.

Le chat était parti.

– Où est Sumi?

Eric ne répondit pas immédiatement. Enfin il haussa les épaules.

– Aucune idée. Il était sur mes genoux, et il a filé dehors.

Mais il ne put s'empêcher de sourire.

– Qui sait s'il n'est pas allé rendre visite à Mr. Simms? Tu l'y as peut-être envoyé...

13

Gene Templeton sortit de Memorial High par la porte de service. *Un jour seulement après l'enterrement*, se dit-il en fouillant sa poche à la recherche de ses clés de voiture. *Et ça a déjà commencé.* Il était sûr que cette histoire ne serait jamais élucidée. Le récit qu'il venait d'entendre n'avait ni queue ni tête. En conduisant lentement vers la maison des Winslow, il se fit une raison. Il lui incombait de vérifier les indices les plus invraisemblables.

En soupirant il sortit de sa voiture et alla appuyer sur la sonnette. La porte s'ouvrit bientôt et Rosemary Winslow le dévisagea avec inquiétude.

– Que se passe-t-il? Ce n'est pas encore à propos de Miranda? Je croyais en avoir fini avec cette histoire.

Templeton leva la main en un geste rassurant.

– Rien à voir avec la mort de la vieille Sikes. C'est... autre chose. Puis-je entrer un instant?

Visiblement soulagée, Rosemary s'effaça devant lui et le policier pénétra dans le vestibule. Jennifer descendait les escaliers au galop.

– Bonjour M'sieur Templeton! lança-t-elle avec gaieté en tendant la main, pleine d'espoir.

Gene se fendit d'un sourire et plongea une main dans son blouson. Il en extirpa un bonbon. Il en avait toujours quelques-uns en réserve et prétendait les garder pour les enfants, mais ce n'était un secret pour personne qu'il en faisait lui-même une consommation tout à fait déraisonnable.

– Bonjour toi-même, dit-il en tenant la friandise hors de portée. Tu as été sage? Pas de hold-up à la banque cette semaine?

– Non! cria Jennifer en riant. Je peux l'avoir? S'il vous plaît?

Templeton questionna Rosemary du regard et donna le bonbon à la gamine, qui l'enfourna illico dans sa bouche.

– Maintenant file, j'ai à parler avec ta mère.

– Je peux pas écouter? parvint à articuler Jenny.

– Non, pas question, répondit gentiment Rosemary.

Devant le front commun des deux adultes, la fillette se replia dans sa chambre. Sa mère emmena le policier dans la cuisine. Elle remplit deux tasses de café et sortit du réfrigérateur une part de tarte aux pommes.

– J'ai bien peur que ce soit tout ce que je peux vous offrir. (Elle s'assit en face de lui.) Maintenant, si vous me disiez ce qui vous amène?

Templeton prit un air sérieux.

– Je n'en suis pas bien sûr. Mais j'espère pouvoir étouffer cette rumeur dans l'œuf, et le plus tôt sera le mieux. Savez-vous où était Cassie cet après-midi?

La tension quitta aussitôt les traits de Rosemary.

– Oui, elle est avec Eric, là-haut dans sa chambre.

Les sourcils de Gene Templeton s'arquèrent en une surprise comique.

– Dans la chambre de Cassie?

Rosemary eut un petit rire.

– Les temps ont changé, Gene. De nos jours, tous les jeunes reçoivent leurs amis dans leur chambre, filles ou garçons. Rien à voir avec votre jeunesse... ou la mienne, d'ailleurs.

– Merci de vous ranger dans mon camp, grogna le policier. Et depuis combien de temps sont-ils là-haut?

– Tout l'après-midi, pour autant que je sache.

Le soulagement de Templeton régressa brusquement.

– Vous n'en êtes pas sûre?

– Eh bien, je ne suis rentrée à la maison que depuis une demi-heure. J'ai fait quelques courses après la fermeture du magasin, mais ils étaient là quand je suis arrivée. Me direz-vous enfin de quoi il retourne, Gene?

Lui épargnant autant de détails que possible, Templeton décrivit la scène qu'il avait découverte au bureau des entraîneurs, une heure plus tôt.

– Et juste avant de s'évanouir, Simms a dit à Jake Palmer que « la fille folle avait essayé de le tuer ».

Rosemary poussa un cri de surprise et pâlit.

– Il... quoi?

– Ce n'est pas aussi dramatique qu'il y paraît, rassura Templeton. Et d'après Jake, Simms n'a pas prononcé le nom de Cassie. Mais, eh bien...

Il bredouilla un peu avant de se réfugier dans un silence gêné.

– Mais dans cette ville il n'y a qu'une fille qu'on dit folle, c'est bien ça, Gene? termina Rosemary d'une voix tendue.

– Je suis désolé. Tout cela semble idiot, j'en suis conscient, mais je dois faire mon boulot. Et puis ce n'est certainement pas si grave. Il ne l'a pas nommée et personne ne l'a vue dans les parages de l'école. En fait, deux gosses l'ont aperçue alors qu'elle quittait Memorial High avec Eric. Ensuite, personne ne les a rencontrés dans le coin. Si je peux être sûr que Cassie n'était pas dans les parages cet après-midi, la question sera réglée.

– Alors allons-y. La dernière chose dont nous ayons besoin, c'est bien de ce genre de rumeurs.

D'un pas décidé elle alla jusqu'au bas de l'escalier et appela. Une minute plus tard Eric et Cassie apparaissaient à l'entrée de la cuisine. A la vue de Templeton, ils prirent une expression inquiète.

– Que se passe-t-il? demanda la jeune fille.

Rosemary allait parler mais le policier leva la main pour l'arrêter.

– Vous pourriez me dire où vous étiez, cet après-midi?

Les deux adolescents s'entre-regardèrent, puis Eric haussa les épaules avec résignation.

– Nous sommes là-haut depuis une heure environ.

– Depuis une heure, répéta pensivement Templeton.

L'étrange agression dont avait été victime Simms remontait à plus d'une heure.

– Et avant?

Le garçon se retrancha dans un mutisme prudent et interrogea Cassie du regard. Un nœud se forma dans l'estomac de Templeton. Il commençait à penser que, peut-être, les paroles incohérentes de Simms recelaient une part de vérité, et cette idée ne lui plaisait pas du tout. Enfin la jeune fille parla, mais avec une nervosité qui ne fit qu'accroître le malaise de Gene.

– Nous... nous étions dans le marais. Je montrais la maison de Miranda à Eric.

Le policier constata que Rosemary semblait aussi surprise que lui.

– Très bien. Pouvez-vous me dire pourquoi vous y êtes allés?

Les yeux de Cassie se voilèrent.

– Je viens de l'expliquer. Je montrais à Eric la maison de Miranda. Est-ce interdit? Miranda était mon amie, et j'ai le droit d'aller là-bas si je veux!

– Holà! s'exclama Templeton. Doucement! Je n'ai pas prétendu qu'il t'était interdit de te rendre dans le marais. Je me demandais simplement s'il y avait une raison spéciale à cette visite.

L'adolescente mit un temps avant de répondre.

– Nous étions fous de rage. Mr. Simms a viré Eric de l'équipe de base-ball cet après-midi.

Rosemary retint un cri, mais Templeton réussit à garder une expression neutre. D'un coup les choses prenaient une tournure encore plus étonnante, car Cassie venait de dévoiler sans se faire prier un sérieux motif de vengeance.

– Tu peux me raconter ce qui s'est passé? demanda-t-il au garçon.

Il étudia l'adolescent avec soin pendant que celui-ci narrait les faits, mais rien dans ses manières ne lui parut manquer de spontanéité.

– Des fois, Simms y va un peu fort, conclut Eric. Mais j'irai parler à Mrs. Ambler et elle arrangera l'affaire. Mais pourquoi toutes ces questions, au fait?

Tout en observant les réactions des deux adolescents, le policier leur rapporta les derniers événements.

– Simms est à l'hôpital. Il a dit quelque chose qui pourrait signifier qu'il accuse Cassie de l'agression. C'est pourquoi je suis ici. D'après ce que j'ai vu, on a dû se servir d'un couteau.

Il surprit le regard qu'échangèrent les jeunes gens, et cela le dérangea. Il y avait plus que de l'étonnement dans leurs yeux, mais il n'arrivait pas à définir quoi.

– Et vous dites que vous êtes restés dans le marais tout l'après-midi, c'est bien ça?

Cassie eut un signe affirmatif.

– C'est exactement ça.

– Sans témoin?

La jeune fille marqua un temps d'arrêt.

– Jennifer nous a vus, depuis le parc. Demandez-lui.

Rosemary appela la fillette qui descendit aussitôt. Elle confirma les dires de l'adolescente.

– Et comment sais-tu qu'ils sont restés tout le temps dans la cabane de Miranda?

Jennifer rougit et baissa les yeux.

– Je les surveillais, finit-elle par admettre d'une petite voix. Tout le temps qu'ils étaient à l'intérieur, j'ai fait de la balançoire dans le parc et j'ai regardé au cas où il se passerait quelque chose. Mais il ne s'est rien passé. Ils sont juste entrés, et après un moment ils sont ressortis.

Elle leva les yeux vers Cassie.

– Je suis désolée, murmura-t-elle. Je ne t'espionnais pas vraiment, tu sais. Je voulais simplement voir ce que vous faisiez.

– Je ne t'en veux pas, Jen, répondit la jeune fille en réprimant un sourire. Et c'est bien que tu leur aies dit ce que tu as vu. Dis-leur aussi ce que nous faisions ici.

La fillette se tourna vers sa mère, le regard implorant.

– Ils ne faisaient rien de mal, Maman. Ils sont montés dans la chambre de Cassie et ils ont écouté la radio.

Rosemary se sentit soulagée. Elle s'adressa au chef de la police :

– Eh bien, au moins nous savons maintenant que ce qui est arrivé à Harold Simms, quelle qu'en soit la cause, n'a aucun rapport avec Eric et Cassie, n'est-ce pas?

Gene Templeton eut un hochement de tête absent. Il observait toujours les adolescents, persuadé qu'ils cachaient quelque chose.

– Que faisiez-vous dans la maison de Miranda?

De nouveau il y eut cet échange de regards entre eux. Le policier crut qu'Eric allait parler, mais Cassie le prit de vitesse.

– Nous discutions de Mr. Simms.

Templeton vit dans ses yeux l'ombre d'un défi.

– Nous disions qu'il était un vrai salaud, et nous souhaitions qu'il lui arrive malheur. C'est bizarre, non? Je veux dire, pendant ce temps il lui arrivait vraiment quelque chose.

– Cassie! s'exclama Rosemary, horrifiée.

– Pourquoi mentirais-je? Ce n'est pas comme si nous lui avions fait quoi que ce soit! Et je ne suis pas désolée de ce qui lui est arrivé! Il a été horrible avec moi, et l'exclusion d'Eric n'était pas justifiée. Si quelqu'un l'a battu, je ne vais pas prétendre que je suis navrée, quand même!

Sans attendre de réponse, elle tourna les talons et sortit de la cuisine. Rosemary s'apprêtait à la suivre mais Templeton l'en dissuada.

– Laissez donc. Elle doit en avoir assez de toutes ces

questions, et je pense que son innocence dans l'affaire Simms est évidente.

Il se leva de sa chaise et ferma son carnet.

– Rien à ajouter, Eric?

Le garçon secoua la tête.

– Parfait. Alors je m'en vais.

Il sortit par la porte de derrière et s'engagea dans l'allée quand un mouvement capta son attention. Il aperçut un chat gris qui se glissait sous la barrière séparant le jardin des Winslow du vieux cimetière. L'animal traversa la pelouse en un éclair et grimpa lestement dans un grand chêne. Arrivé à la branche la plus basse, il s'arrêta et toisa Templeton d'un regard sinistre. Un râle menaçant monta de sa gorge. Puis il se faufila entre les branches et disparut par une fenêtre ouverte au premier étage.

– Sumi?

Le policier reconnut la voix anxieuse de Cassie.

– Tu l'as vraiment fait? Tu as fait ce que je te demandais?

Dans un état de grande perplexité, Templeton rejoignit sa voiture de patrouille.

– Va dans ta chambre! aboya Ed Cavanaugh.

Il avait vu Eric sortir de chez les Winslow quelques minutes après le départ du policier. Le temps que son fils traverse l'allée commune aux deux maisons et qu'il entre par la porte de la cuisine, la colère de son père avait décuplé. Il ne lui fallut pas longtemps pour soutirer toute l'histoire à l'adolescent. Sa rage avait grandi à chaque phrase. A présent il fixait sur le garçon un regard brûlant.

– Magne-toi, gronda-t-il comme son fils ne réagissait pas à son ordre.

– Ed, je t'en prie! protesta Laura.

Il ne répondit pas mais sa main jaillit et frappa sa femme au visage avec une telle violence qu'elle retomba sur sa chaise.

– Maintenant! hurla-t-il en saisissant Eric par le col de chemise.

D'un geste brusque il le tira hors de la cuisine. Sur sa chaise, Laura tremblait comme une feuille. Elle entendit son mari maltraiter leur fils à l'étage.

Pourquoi? songea-t-elle avec désespoir. *Pourquoi a-t-il voulu avoir un fils?*

Eric poussa la porte de sa chambre mais Ed le prit par le poignet et lui tordit le bras dans le dos. Puis il le propulsa dans la petite pièce qui aurait servi de chambre d'hôte s'ils avaient jamais reçu de visiteurs.

Le cœur du garçon chavira. Lorsque son père l'amenait ici, il savait à quoi s'attendre.

– Déshabille-toi! cracha son père en ôtant sa large ceinture des passants de son pantalon.

Les yeux de l'adolescent s'agrandirent de peur.

– Non, Papa!... Allons, je n'ai rien fait.

– Tu m'as désobéi et tu t'es fait virer de l'équipe! Je n'appelle pas ça « rien »!

Il agrippa la chemise d'Eric et la déchira d'un geste sec. Le jeune garçon se raidit. Mais il n'y avait aucune issue. Il fit glisser ses jeans et son slip au bas de ses jambes et s'allongea sur le ventre en travers du lit.

La ceinture de cuir siffla dans l'air avant de frapper les fesses nues. Eric retint un cri de douleur. Dans l'état où il était, son père redoublerait de vigueur au moindre signe de faiblesse. Il serra les dents et se cramponna aux montants du vieux lit.

De nouveau la ceinture s'abattit.

A chaque coup, la colère du garçon augmentait.

– Disons que cela correspondrait à mes constatations, commenta le docteur Paul Samuels.

Gene Templeton venait de lui raconter tout ce qu'il savait.

– Mais pour autant que je puisse en juger, il n'a été attaqué avec aucune arme connue.

Charlotte Ambler ne cacha pas sa surprise. Elle avait suivi l'ambulance depuis l'école et attendait avec impatience les conclusions du praticien, anxieuse de savoir ce qui s'était passé dans le gymnase.

– Aucune arme?

Sa voix laissa transparaître le ton acerbe qu'elle utilisait habituellement avec les élèves récalcitrants, quoique Samuels ait quitté son établissement depuis déjà douze ans.

– Pour l'amour du Ciel, Paul, j'ai vu Harold moi-même!

– Et il lui est arrivé quelque chose. Indubitable, approuva Samuels. Mais il ne me semble pas qu'il ait été attaqué par quelqu'un, du moins pas avec un couteau.

– Pourriez-vous être plus précis? demanda Gene Templeton avec un brin d'humeur.

D'après la pendule murale, l'heure du repas était déjà dépassée d'une bonne demi-heure, et il se lamentait intérieurement.

– Un couteau produit une entaille nette. Si vous en frappez quelqu'un, vous laisserez une coupure, profonde ou superficielle selon le coup porté, mais la plaie sera toujours bien dessinée. Il n'y aura pas de zigzags, ce qui est le cas ici. Je dirais qu'Harold Simms a plutôt été attaqué par un animal. Du moins en première analyse.

L'image du chat dans l'arbre, près de la chambre de Cassie Winslow, s'imposa au policier.

– Ç'aurait pu être un chat?

– C'est possible. Du moins je n'écarterais pas cette hypothèse.

– Mais Harold était certain d'avoir entendu quelqu'un rire, rappela la directrice.

– Et il est certain qu'il n'y avait personne. Désolé, Charlotte, mais ce qui est arrivé ne peut inclure Cassie Winslow. Je l'ai interrogée. Et Simms a pu se tromper.

Nerveusement, la directrice se tourna vers le docteur.

– C'est vrai?

Samuels eut une moue dubitative.

– Possible. Comme il est possible que Simms se soit infligé lui-même le plus gros des blessures.

L'indignation enflamma Charlotte Ambler.

– Vous plaisantez! Il se serait mis lui-même dans un état pareil?

– Exactement. Je crois que les choses sont assez claires, particulièrement après ce que nous a appris le chef Templeton. Simms venait d'exclure Eric Cavanaugh de son équipe de base-ball, et Cassie Winslow s'est débrouillée pour l'humilier devant tous les élèves. Vous-même, Charlotte, m'avez déjà avoué que Simms était... comment disiez-vous? « Très tendu », c'est bien le terme que vous avez employé?

– Il avait quelques problèmes, oui. Mais...

– Eh bien, si vous voulez mon avis, je dirai qu'il a simplement craqué, reprit Samuels. On ne peut évidemment dire avec exactitude comment c'est arrivé, et certaines blessures pourraient être le fait d'un animal. Mais je ne crois pas qu'il y ait eu quelqu'un dans ce bureau avec lui. Je pense que quelque chose l'a bouleversé et qu'il a perdu la tête. Il s'est littéralement jeté contre les murs. Je ne doute pas qu'il ait été persuadé que Cassie l'attaquait. En fait je ne serais pas surpris s'il prétendait l'avoir vue dans son bureau, mais j'attribuerais cela à une hallucination.

– Mais les blessures, insista Charlotte Ambler.

– A part les marques les plus profondes de morsures et de griffures les plaies sont consécutives à des chocs violents contre les murs en béton. Il a très bien pu s'infliger lui-même ces blessures. De même que les écorchures, du moins la plupart.

Caressant sa barbe naissante d'un geste pensif, Templeton regardait le docteur.

– Vous voulez dire qu'il a perdu la boule?

Samuels haussa les sourcils.

– Ce n'est pas la terminologie que j'emploierais. Je serais plus enclin à diagnostiquer une crise psychotique.

– Où est la différence? fit le policier.

Malgré les circonstances, Samuels ne put contenir un petit rire.

– Parfois, il n'y en a pas. Mais en ce qui concerne Simms, il est encore trop tôt pour se prononcer. « Perdre la boule », comme vous dites, me semble impliquer un changement définitif. Une crise psychotique peut n'être que passagère.

– C'est-à-dire?

– Quelques minutes. Une heure. Une journée ou une semaine, qui sait? (Il se tourna vers la directrice.) Que savez-vous de l'état de santé de Simms, ces derniers temps?

Charlotte Ambler soupira.

– Eh bien, je dois reconnaître que je me faisais du souci pour Harold. Ces derniers temps il était devenu très susceptible, et je sais qu'il s'est libéré de cette tension sur certains élèves. Rien de bien sérieux toutefois, et personne ne s'en est plaint jusqu'à présent. Mais il était sous pression, c'est un fait. J'espérais qu'il tiendrait jusqu'à la fin de l'année scolaire et qu'il pourrait se reposer ensuite. Mais j'avoue avoir eu des réserves quant au renouvellement de son contrat. Franchement, je ne suis pas sûre qu'il soit fait pour enseigner. J'ai toujours eu l'impression qu'au fond de lui-même il n'aimait pas les jeunes.

– Et s'il craquait, il pourrait en blâmer l'un deux? suggéra Samuels.

Charlotte Ambler serra les lèvres.

– J'ai peur de trouver votre raisonnement un peu simpliste. Pourrais-je lui parler? Il est conscient?

Le docteur eut un mouvement de tête affirmatif. Tous trois sortirent du bureau et suivirent le couloir jusqu'à la dernière des six chambres que comptait le petit hôpital de False Harbor.

Attaché au lit par des sangles, Harold Simms semblait dormir.

La directrice s'approcha et scruta le visage du professeur. Le sang avait été essuyé et elle constata que les griffures étaient moins graves qu'elles n'avaient d'abord paru. Ses joues étaient pourtant en piteux état et un hématome virait au violet sur son front, à l'endroit où il s'était cogné.

Les yeux de Simms s'ouvrirent soudain et il fixa le plafond

d'un regard vide. Puis il examina la pièce et s'arrêta sur le visage proche de Charlotte Ambler. Il tenta alors de se libérer des sangles qui plaquaient son corps sur le lit et balbutia une suite de sons incompréhensibles. Soudain sa voix s'éleva dans un cri inhumain. Il se mit à tressauter sur le lit. Les articulations de ses mains crispées blanchirent. Ses ongles pénétrèrent dans les paumes et du sang tacha les draps.

– Bon Dieu, Doc! murmura Gene Templeton. Faites quelque chose!

Mais Samuels avait déjà pris une seringue posée sur une table, près de la porte. En quelques gestes précis, il l'emplit et plongea l'aiguille à la saignée du bras gauche de Simms. Le tranquillisant fit son effet en quelques secondes. Simms se décontracta peu à peu avant de sombrer dans le sommeil.

– Qu'allez-vous faire? s'enquit Charlotte Ambler d'une voix altérée.

– Nous le transférons demain à l'hôpital d'État, près d'Eastbury.

Templeton hocha la tête avec tristesse et se dirigea vers la porte.

– J'espère qu'ils amèneront une camisole, murmura-t-il en sortant. Le pauvre type en a besoin.

Tandis qu'il s'éloignait de l'hôpital, il ne pouvait s'empêcher de repenser à ce qu'il avait entendu dans l'allée des Winslow.

– *Sumi? Tu l'as vraiment fait? Tu as fait ce que je te demandais?*

14

– Je n'arrive pas à le croire! s'exclama Teri Bennett au comble de l'excitation. Tu l'as vraiment vu?

D'un coup d'œil, Kevin Smythe consulta sa montre pour s'assurer qu'il avait encore le temps de raconter son histoire pour la troisième fois consécutive. Chaque minute amenait son contingent d'élèves sur les marches de l'entrée principale, prêts à l'entendre détailler ce dont il avait été témoin.

Feignant l'ennui, il reprit depuis le début :

– Comme je te le dis. Je tournais le coin de Pine Street et j'ai vu une ambulance garée juste devant la porte d'Hartford Street. D'abord il ne s'est rien passé, et j'ai failli continuer sans m'arrêter. Et puis la porte s'est ouverte et ils l'ont sorti. Et là, tu peux me croire, c'était drôlement bizarre! Ils l'avaient ligoté avec des courroies sur la civière, et il y avait même une de ces bouteilles suspendues avec un tuyau en plastique. Tout le bataclan, quoi! Ils l'ont balancé dans l'ambulance, le gyro s'est allumé et ils ont démarré en quatrième vitesse, comme à la télé!

– Mais où l'ont-ils emmené? interrogea Allayne Garvey. Ils vont l'enfermer?

Kevin Smythe adopta une attitude de supériorité désinvolte.

– Ça, ma vieille, difficile à dire!

Puis il baissa la voix et prit l'air de quelqu'un qui va divulguer un secret capital :

– Mais mon père a dit que Simms était devenu complètement marteau après ce qui lui est arrivé.

– Qu'est-ce qui se passe? demanda Jeff Maynard en gravissant les marches pour rejoindre le petit groupe.

Kevin et les deux filles examinèrent Jeff avec incrédulité.

– Quoi, tu n'es pas au courant? Cassie Winslow rôdait dans le coin après les cours, hier, et elle a essayé de tuer Mr. Simms.

La bouche de Jeff s'ouvrit toute grande mais il se ressaisit rapidement.

– Vous êtes malades? Elle est partie juste après que Simms a viré Eric de l'équipe et...

Il se tut et observa la rue. Interloqués, les autres suivirent son regard.

Marchant ensemble sur le trottoir, Eric Cavanaugh et Cassie Winslow arrivaient. Leurs têtes rapprochées suggéraient une conversation à voix basse. Quand ils gravirent les premières marches de l'escalier, un silence total s'abattit sur les quelque trente élèves rassemblés devant l'école. Tous avaient les yeux fixés sur le couple.

Cassie leva la tête et comprit en une fraction de seconde. Mais Eric fut plus lent.

– Eh! dit-il à Jeff Maynard. Que se passe-t-il ici?

Son ami le dévisagea avec gêne puis se tourna vers Kevin Smythe. Ce dernier prit la parole, d'une voix aussi agressive qu'incertaine :

– Que fais-tu avec *elle?*

Pour lui, la jeune fille représentait soudain un danger.

Surpris par le ton de la question, Eric fronça les sourcils.

– Qu'est-ce que tu racontes? Pourquoi ne serais-je pas avec Cassie?

Il chercha un appui auprès de Teri et d'Allayne, mais elles

semblaient soudain très préoccupées par l'état de leurs chaussures. Alors il comprit lui aussi.

– Eh! Elle n'a rien fait à Simms! J'étais avec elle. Nous sommes allés dans le marais et...

Il s'arrêta en voyant les regards soupçonneux qu'échangeaient ses amis.

Lisa Chambers avait gardé le silence jusqu'alors, en partie parce qu'elle tentait de se faire une idée sur tout ce qu'elle entendait depuis la veille. Se décidant brusquement à intervenir, elle toisa Eric avec une animosité marquée.

– Vous étiez dans la maison de Miranda, hein? Que faisais-tu là-bas? Tu l'aidais à manigancer son coup? À moins que tu n'y aies pris part toi-même?

La mâchoire du garçon se contracta.

– Son coup? Vous ne croyez quand même pas qu'elle a quelque chose à voir avec la crise de Simms, non? Et si c'était le cas, quelle importance? Personne ne pouvait le sentir, pas vrai?

Il n'y eut aucune réaction. Eric scruta les visages fermés de ceux qui, hier encore, étaient ses amis. Seul Jeff Maynard paraissait indécis.

– Jeff, tu ne crois pas ces salades, quand même?

Partagé entre son amitié et l'unanimité des autres, son vieux complice n'en menait pas large.

– Je... je ne sais pas, bafouilla-t-il. Je viens juste d'arriver. Teri dit que...

– Et que sait-elle? s'écria Cassie, les yeux étincelant de colère. Où était-elle? A-t-elle vu ce qui est arrivé à Mr. Simms? Peut-être bien que c'est *elle* qui l'a fait!

L'indignation empourpra le visage de Teri.

– Ne t'amuse pas à m'accuser, Cassie Winslow! Tout ce que je sais, c'est ma mère qui me l'a raconté, et elle dit que tu es coupable et qu'on devrait t'enfermer! Alors n'essaie pas de me faire porter le chapeau!

Elle éclata en sanglots et se précipita à l'intérieur du bâtiment, aussitôt suivie de Lisa et d'Allayne.

Eric, maintenant aussi furieux que Cassie, commença à monter les marches, les poings serrés. Mais à mi-chemin il changea d'avis et redescendit vers Cassie.

– Partons, lui murmura-t-il en prenant sa main. Ce qu'ils pensent de Mr. Simms ne compte pas. Ils veulent juste t'accuser.

Ils avaient déjà parcouru une centaine de mètres quand les haut-parleurs de l'école annoncèrent le remplacement du premier cours par une assemblée générale.

Aucun des deux adolescents n'entendit le message.

Charlotte Ambler attendait derrière le podium érigé à la hâte sur la scène de la salle de spectacle. Elle observait les élèves de Memorial High. D'habitude ils entraient en chahutant dans l'auditorium, heureux d'une assemblée qui leur éviterait une heure de cours. Aujourd'hui, l'ambiance était différente. Ils discutaient à voix basse par petits groupes et lançaient des regards furtifs autour d'eux, conscients de renchérir sur un sujet qu'ils ne connaissaient que par ouï-dire. Charlotte Ambler s'apprêtait justement à leur fournir les éclaircissements qu'ils désiraient; mais elle avait peur qu'il ne fût déjà trop tard. En effet, elle n'apercevait nulle part Eric Cavanaugh ou Cassie Winslow.

Elle apparut enfin sur le podium et frappa sèchement le pupitre avec le marteau d'orateur. Il lui fallut attendre quelques secondes avant que le brouhaha s'apaise. S'éclaircissant la gorge, elle commença d'une voix ferme :

– Je suis sûre que la plupart d'entre vous ont entendu parler du regrettable incident qui s'est produit hier après-midi.

Elle avait décidé de court-circuiter les ragots qui se propageaient déjà par un petit discours net, aux termes soigneusement choisis.

– Un de vos professeurs, Mr. Simms, a été victime d'une forme d'affection qui n'est pas rare de nos jours. Mr. Simms a subi une grande tension nerveuse et...

– Et peut-être quelques coups de couteau? cria une voix du fond de la salle.

Quelques ricanements fusèrent, puis un lourd silence s'installa. D'un geste lent, Charlotte Ambler ôta ses lunettes et les laisser tomber sur sa poitrine. Elle contourna le pupitre pour s'avancer au bord de la scène. Elle avait résolu d'abandonner son texte pourtant longuement préparé. Lorsqu'elle parla, sa voix ne nécessitait aucun amplificateur.

– Je ne demanderai pas qui a parlé, fit-elle avec une extrême froideur, car si je le découvrais, cette personne serait immédiatement renvoyée de l'établissement.

Elle ménagea une courte pause pour accentuer son effet. Elle avait repris son auditoire en mains. Un peu rassurée, elle continua d'une voix moins dure.

– Voilà ce qui s'est passé : Mr. Simms a été victime d'une crise de nerfs dans le gymnase, après les cours, hier après-midi, et il s'est infligé lui-même de nombreuses blessures. Il a été emmené dans un hôpital près d'Eastbury où il sera soigné pendant une période encore indéterminée. Jusqu'à la fin de l'année, ses activités d'entraîneur seront assurées par Mr. Johnson, et je prendrai personnellement en charge les cours de mathématiques.

Elle fit une nouvelle pause, défiant tout commentaire sur sa décision. Il n'y en eut aucun.

– Il pourra s'avérer nécessaire de changer certains horaires. Si le cas se présente, vous en serez avertis en temps utile. En ce qui concerne les rumeurs qui circulaient ce matin, il n'existe absolument aucune preuve que Mr. Simms ait été attaqué par quelqu'un, ni qu'une arme quelconque ait été utilisée. Vous pouvez vous disperser.

Elle descendit de la scène et sortit par une porte latérale, peu désireuse d'affronter des questions embarrassantes.

Son départ fut suivi d'un silence interdit avant que les élèves comprennent que la réunion était finie. Alors ils se levèrent lentement et se dirigèrent vers la sortie principale, dans un murmure continu. Ils cherchaient encore à deviner ce qui s'était réellement passé dans le gymnase.

Lorsque le dernier adolescent quitta la salle, l'opinion générale était établie. Si Charlotte Ambler avait pu l'entendre, elle n'aurait été qu'à moitié surprise. Elle ne se faisait guère d'illusion sur l'impact de son intervention.

Lisa Chambers, au centre d'un groupe qui la veille encore gravitait autour d'Eric Cavanaugh, résuma à sa façon l'avis de tous :

– Je me fiche de ce qu'on dit! J'ai su que Cassie Winslow était folle dès que je l'ai vue. Si Mr. Simms dit qu'elle a tenté de le tuer, moi je le crois. Et si vous voulez mon avis, je pense qu'Eric aurait intérêt à l'éviter s'il ne veut pas subir le même traitement!

– Keith, nous ne pouvons l'ignorer! insista Rosemary. Si tu continues à te cacher la vérité, la situation ne fera qu'empirer!

Son mari jeta un coup d'œil excédé à la pendule accrochée au-dessus de l'évier. Il était presque neuf heures et il aurait déjà dû se trouver au port depuis une bonne heure. Mais Rosemary semblait déterminée à le harceler jusqu'à ce qu'il reconnaisse qu'il y avait un problème avec Cassie.

– Je ne me cache pas la vérité, et je commence à être fatigué de te l'entendre dire! Si Gene avait eu des soupçons à propos de l'histoire d'Harold Simms, tu ne penses pas qu'il serait déjà revenu ici?

Sa mâchoire se crispa avec détermination.

– Bon Dieu, que cherches-tu? Eric et Cassie ont dit qu'ils étaient à la maison de Miranda, et Jennifer l'a confirmé. Même si Eric et Cassie mentaient, ce que je ne crois pas, pourquoi Jenny les soutiendrait-elle?

Rosemary se prépara à l'affrontement. Cette fois, elle était résolue : elle ne céderait pas de terrain.

– Tu n'étais pas ici! Si tu l'avais entendue, toi aussi tu te ferais du souci, j'en suis persuadée!

Keith avala une dernière gorgée de café puis jeta le reste dans l'évier.

– Très bien. Elle a reconnu qu'elle voulait du mal à Mr. Simms. Et pourquoi pas, nom de Dieu? Il s'est toujours conduit comme un petit salopard répugnant et je n'en veux pas à Cassie de sa réaction!

Il rinça sa tasse et la plaça sur l'égouttoir avec la précision maniaque qui trahissait toujours son énervement grandissant.

– S'il m'avait traité comme il a traité les enfants, je peux t'assurer que j'aurais été le premier à prier pour qu'il ait des ennuis!

Il se tourna vers sa femme et continua, d'un ton condescendant qui l'horripila :

– Mais désirer et agir sont deux choses différentes. Et si Templeton a accepté ses explications, je ne vois pas pourquoi nous ne pourrions pas en faire autant. Et ne crois pas que je n'ai pas remarqué ton manège : tu n'arrêtes pas de surveiller Cassie comme si tu espérais la prendre en faute ou en plein mensonge! Bon Dieu, Rosemary, même quand elle a un bon geste tu réagis comme si elle essayait de tirer la couverture à elle!

– C'est faux! s'écria sa femme.

Pourtant, intérieurement elle devait reconnaître qu'il y avait du vrai dans les propos de Keith. À l'évidence, les idées étranges qui lui venaient à propos de Cassie n'étaient pas passées inaperçues.

Elle se laissa tomber sur une chaise et baissa la tête.

– D'accord, je suis soupçonneuse, reconnut-elle. Mais il y a quelque chose en elle, Keith... Je continue à penser qu'elle nous cache je ne sais pas quoi.

– Ri-di-cu-le! C'est une adolescente de quinze ans parfaitement normale. Lorsqu'elle est arrivée nous étions des étrangers pour elle. Moi y compris, si on y réfléchit bien. Qu'attendais-tu? Qu'elle s'ouvre à nous dès la première minute?

Rosemary leva les yeux vers son mari d'un air suplliant, à la recherche de cette tendresse qui habitait toujours son regard. Pour l'instant, elle avait totalement disparu. Sa femme ne vit qu'une froideur qui la fit frissonner.

– Mais après tout ce qui s'est produit...

– *Rien* ne s'est produit, coupa Keith.

Il avait repris sa tasse et l'essuyait avec un torchon. Il l'abattit avec brusquerie sur l'évier et la brisa.

– Ton attitude ne fait que souscrire à tous les commérages idiots qui courent déjà!

Cette fois c'en était trop pour Rosemary. Elle sentit sa colère déborder et se leva d'un bond.

– Je ne crois pas, moi! La mort de Miranda n'est qu'un commérage? Et ce qui est arrivé à Harold Simms, rien de plus qu'un commérage, sans doute? il n'est peut-être pas à l'hôpital en ce moment?

Elle ponctua ce déferlement de paroles en ramassant les morceaux de la tasse et en les jetant dans la poubelle.

– Ce n'est pas ce que je veux dire et tu le sais très bien, rétorqua Keith d'une voix glaciale. Bien sûr, ces événements ont eu lieu. Mais il me semble évident que Cassie n'a rien à y voir!

– Alors pourquoi était-elle là-bas? Quand Miranda est morte et quand Mr. Simms a été attaqué, Cassie se trouvait dans le marais et elle y faisait... Dieu sait quoi!

Pendant un moment, ils se mesurèrent du regard, puis Keith secoua la tête. Sa colère se transforma en une tristesse visible.

– Écoute, s'il te plaît. Qu'essaies-tu d'insinuer? Que Cassie est une sorte de sorcière?

– Oh, pour l'amour du Ciel! Bien sûr que non!

Mais il était trop tard. Décrochant son caban du portemanteau, Keith sortit sans rien ajouter. Rosemary entendit le moteur de la voiture vrombir comme il démarrait. Restée seule, ce ne furent pas les paroles de Keith qui lui revinrent à l'esprit mais les siennes.

Pourquoi Cassie se rendait-elle dans le marais? Ou plutôt dans cette cabane misérable, foyer des Sikes depuis des générations, de ces femmes plus étranges les unes que les autres?

Rosemary ne mit pas longtemps à se décider. Abandonnant la vaisselle du petit déjeuner, elle enfila son manteau, ferma la porte derrière elle et partit d'un pas pressé. Elle traversa la pelouse vers Cambridge Street, au bout de laquelle s'étendait le parc, et au-delà le marais et la cabane de Miranda. Il était temps qu'elle examine de ses propres yeux l'endroit qui exerçait une telle fascination sur sa belle-fille.

Alors qu'elle s'engageait dans Cambridge Street, une ombre grise se glissa hors de la chambre de Cassie par la fenêtre ouverte et dégringola l'arbre voisin.

Sumi se mit à suivre Rosemary.

Laura consulta sa montre. Elle se demandait si elle devait monter réveiller Ed. Elle n'en avait aucune envie, mais si elle ne le faisait pas il risquait de lui en vouloir parce qu'il aurait dormi trop longtemps. Inversement, si elle le réveillait il se plaindrait de ne pouvoir se reposer. D'une façon comme de l'autre, elle aurait tort. Elle décida d'attendre encore un peu. Dix minutes de plus ne changeraient pas grand-chose. Et il n'était pas désagréable de profiter d'un peu de tranquillité, même éphémère. Hélas elle savait que ce n'était qu'un répit, le calme avant la tempête.

Elle emplit de café brûlant le thermos d'Ed et le cala dans son panier-repas. Elle y avait déjà mis trois sandwiches et une belle pomme. Après une hésitation, elle ajouta une boîte de bière. Son mari en emmenait toujours sur le bateau, et si elle n'en mettait pas avec son repas il prendrait cet oubli comme un affront impliquant qu'il buvait trop. Elle refermait le panier lorsqu'elle l'entendit qui descendait l'escalier d'un pas lourd. Il entra dans la cuisine et lui sourit.

Ce n'est pas possible! pensa-t-elle. *La nuit dernière il a fouetté Eric et m'a giflée, et ce matin il se comporte comme si rien ne s'était passé.*

– Qu'y a-t-il pour le petit déjeuner, bébé? fit-il en se glissant dans le coin-repas.

Il prit le journal laissé par Eric et l'ouvrit à la page des sports.

Laura l'étudiait, indécise.

– Je pensais que tu prendrais juste ton repas à manger sur le bateau, dit-elle enfin. Il est déjà neuf heures et demie, la marée sera trop basse, non?

Le sourire disparut du visage d'Ed et il la foudroya du regard.

– Qu'est-ce que la marée vient foutre la-dedans?

Laura fouilla désespérement sa mémoire, pour se souvenir s'il avait prévu de travailler aujourd'hui.

– Je pensais...

– « Je pensais »! parodia son mari avec humeur. Nom de Dieu, Laura! Tu ne peux pas me laisser penser ici, non? Je t'ai dit hier soir que je ne sortais pas aujourd'hui. Merde alors! Tu n'es même pas capable de te rappeler la moindre chose?

Il repoussa le journal, se leva et alla jusqu'au réfrigérateur qu'il ouvrit d'un geste brutal. Il prit une boîte de bière, arracha la languette métallique qu'il jeta dans l'évier puis avala la moitié du liquide d'une traite. Essuyant ses lèvres du revers de la main, il hocha la tête comme un taureau prêt au combat.

– Je vais faire un tour à l'école d'Eric, histoire de dire deux mots à cette vieille peau de directrice pour qu'elle le réintègre dans l'équipe de base-ball.

Laura frémit. La dernière fois que son mari était allé parler à Mrs. Ambler, il s'était arrêté en chemin à la Taverne des Baleiniers. Lorsqu'il était arrivé à Memorial High, il était tellement saoul qu'il tenait à peine debout. La directrice ne l'avait écouté que deux minutes avant de téléphoner à Gene Templeton. Le policier l'avait sorti de l'établissement et l'avait laissé cuver sa bière toute la matinée dans l'unique cellule du poste de police. Ensuite il l'avait renvoyé chez lui.

– Peut-être vaudrait-il mieux...

– Mieux quoi? aboya Ed.

A la crispation mauvaise de ses traits, Rosemary comprit que son mari allait devenir violent une fois de plus. Pourtant elle ne désarma pas. Aujourd'hui elle était décidée à empêcher le scandale qui se profilait à l'horizon.

– Peut-être vaudrait-il mieux que tu ne te mêles de rien pour cette fois. Tu ne crois pas que tu en as déjà assez fait comme ça? Je sais ce que tu as infligé à Eric hier soir. Tu es malade, Ed. Inutile d'aller parler à Mrs. Ambler de ton fils. Il serait plus profitable pour tout le monde que tu voies un docteur – pour toi!

Les yeux de son mari s'illuminèrent d'une rage démente. Laura savait déjà qu'elle était allée trop loin. Elle recula d'un pas. Ed s'avança, les mains parcourues de crispations nerveuses. Il saisit ses cheveux de la main gauche, tira sa tête en arrière et la frappa sur la joue de la main droite.

– Ah! Je suis malade? siffla-t-il, hors de lui. Moi? Bordel! qui te crois-tu pour me parler sur ce ton? Qui s'emmerde toute sa putain de journée pour faire bouffer sa famille? Tu t'imagines peut-être que ça m'enchante de me casser le cul pour des saloperies comme vous? J'aurais dû te balancer depuis longtemps, oui!

Il la frappa encore puis la traîna à travers la pièce. Elle heurta le bord de l'évier avec la hanche et poussa un cri de douleur avant de s'écrouler sur le sol avec un hoquet.

– Tout est de ta faute! cracha Ed.

Il ramena un pied en arrière et lui assena un coup vicieux dans les côtes.

– Non! hurla-t-elle. Ed, je n'ai rien fait! Excuse-moi! *Excuse-moi*!

– T'excuser? Tu te fous de ma gueule?

– Mais ce n'est pas de ma faute! Je ne t'ai rien fait, je...

– Ta gueule! beugla son mari. Tu vas la fermer, bordel de merde!

Il voulut lui porter un nouveau coup mais elle parvint à s'écarter de lui à temps. Elle se releva et réussit à s'enfuir par la porte de derrière. Ed se jeta à sa poursuite, mais elle avait déjà atteint la rue quand il sortit. Il s'arrêta et la regarda traverser Alder Street en courant. Avec une moue dégoûtée il rentra dans la cuisine.

Il décida de boire une autre bière. Ensuite il se rendrait à Memorial High. Que Laura aille se réfugier chez les voisins, il s'occuperait d'elle ce soir...

15

Charlotte Ambler se demandait si elle ferait appeler Gene Templeton par Patsy Malone ou si elle assumerait seule la situation. Mais, bien sûr, il était un peu tard pour se décider. Si elle avait voulu prévenir le policier, elle l'aurait fait une demi-heure plus tôt, quand elle avait repéré Ed Cavanaugh assis dans sa camionnette, occupé à vider une bouteille de whisky en fixant la fenêtre d'un regard noir. Lorsqu'elle l'avait remarqué, elle s'était campée devant la vitre pour lui montrer qu'elle l'avait vu. Habituellement cela suffisait et il décampait au bout de quelques minutes. Il conduisait alors jusqu'à la Taverne des Baleiniers où il se vantait d'avoir dit « ses quatre vérités à cette bêcheuse de vieille peau d'Ambler ». Ce dont elle ne se souciait pas le moins du monde. S'il voulait se faire valoir de cette façon auprès de ses compagnons de beuverie, elle n'y voyait aucun inconvénient. Lorsqu'elle avait appelé la police, Ed avait passé toute la journée à ruminer avant de passer sa hargne sur sa femme et son fils. Le lendemain, en constatant les traces des coups sur le visage d'Eric, elle avait voulu qu'il raconte ce qui s'était passé à Gene Templeton. Mais le garçon avait refusé, invoquant une chute imaginaire dans l'escalier.

Elle vit Ed Cavanaugh sortir de son pick-up et monter les marches de l'entrée principale en titubant. Elle s'était toujours étonnée de la chance des ivrognes : malgré leur équilibre précaire ils tombent rarement. Elle l'entendit qui entrait avec fracas dans le secrétariat et revint s'asseoir derrière son bureau. Quand il poussa la porte un instant plus tard, elle l'accueillit d'un regard froid et calme.

– Je ne crois pas que vous ayez un rendez-vous, commença-t-elle d'une voix sèche.

Il ricana avec aigreur.

– Je n'ai pas besoin de rendez-vous quand il est question de mon fils!

Il traversa la pièce et se pencha sur le bureau. Son haleine chargée fit reculer Mrs. Ambler au fond de son fauteuil, mais elle ne le quitta pas une seconde des yeux.

– Les problèmes d'Eric seront examinés en...

– Pas de baratin, ma p'tite dame, pas à moi! grinça-t-il entre ses dents. Rien de ce qui s'est passé n'est de sa faute. C'est à cause de cette petite ordure, la fille Winslow! Sans elle, rien ne serait arrivé!

Charlotte jugea inutile de discuter. Ed était trop saoul.

– Je suis certaine que vous avez raison, et je...

Il s'interrompit en frappant le bureau de son poing.

– Essayez pas de m'embobiner! J'ai corrigé Eric pour ses cours manqués et son renvoi de l'équipe! Tout ce que je veux, c'est votre parole que vous le remettrez dans l'équipe! Et je veux aussi que vous lui interdisiez de voir cette pisseuse!

Soudain Charlotte Ambler en eut assez. La tension accumulée pendant les quinze dernières heures eut raison de son calme légendaire. Elle se leva brusquement. Si elle ne pouvait rivaliser avec Ed Cavanaugh par la taille, la fureur qui embrasait son regard parut traverser le brouillard alcoolique où baignait son vis-à-vis.

– Vraiment? dit-elle d'un ton cinglant. C'est là ce que vous voulez? Eh bien laissez-moi vous dire ce que moi j'exige! J'exige que vous arrêtiez de boire et de battre votre femme et votre fils. J'exige que vous vous conduisiez en mari respectable et en père responsable! Et si vous vous pliez à mes exigences, j'envisagerai peut-être d'écouter vos requêtes. Jusque-là, n'oubliez pas où vous êtes, qui vous êtes et à qui vous parlez! Maintenant, sortez d'ici! Si vous avez autre chose à me communiquer, faites-le par écrit et envoyez-le par la poste au secrétariat de l'école! Si toutefois vous savez écrire!

Le visage d'Ed pâlit et son poing s'éleva, menaçant.

– Allez-y! le défia Charlotte Ambler d'une voix méprisante. Allez-y donc! Mais n'espérez pas que j'en reste là! Vous pouvez peut-être brutaliser votre famille, mais pas moi! Je vous traînerai devant un tribunal avant que vous ayez dessaoulé! A présent frappez-moi ou sortez d'ici!

Ed Cavanaugh resta immobile un instant. Son corps était parcouru d'un tremblement de rage, et Charlotte Ambler crut qu'il allait exploser. Mais elle se rendit compte qu'elle n'en avait cure. En fait, elle se surprit à espérer qu'il la frappe. Il pourrait ensuite réfléchir un bon bout de temps en prison. Tandis qu'elle le surveillait, il parut reprendre contrôle de lui-même.

– Vous ne pouvez pas me parler sur ce ton! siffla-t-il, mais la menace avait disparu de sa voix. Je sais ce que vous pensez de moi! Je sais ce que tout le monde pense dans cette saloperie de ville! Mais je suis capable de m'occuper de ma famille tout seul, et personne ne m'en empêchera! Vous m'entendez? Personne? Enfoncez-vous bien ça dans le crâne! Si cette pisseuse crée des ennuis à mon gars, je vous promets qu'il y aura du grabuge!

Il tourna les talons et sortit de la pièce en vacillant. Il n'avait pas fermé la porte et lorsqu'il eut disparu Patsy Malone s'encadra dans l'embrasure, le visage pâle et visiblement effrayée.

– Tout va bien? demanda la secrétaire. J'allais appeler Gene Templeton.

– Je crois, répliqua froidement Charlotte Ambler, que s'il m'avait frappée vous auriez agi dans ce sens.

– Eh bien... euh, oui, bien sûr, bégaya Patsy Malone.

Pour la première fois depuis la découverte d'Harold Simms dans le gymnase, le directrice dut étouffer un rire.

– Voilà qui fait plaisir à entendre. Et je peux bien sûr vous faire confiance pour que cet incident ne soit pas ébruité? railla-t-elle.

– Mais bien entendu!

– Très bien, soupira Mrs. Ambler.

Elle savait aussi bien que Patsy Malone qu'avant la fin de la matinée personne n'ignorerait le moindre détail de l'« incident ». Au moins, l'histoire aurait pour effet de limiter spectaculairement les problèmes d'indiscipline jusqu'à la fin de l'année. A la façon dont la secrétaire raconterait la scène, on penserait que Charlotte Ambler avait administré une véritable raclée à Ed Cavanaugh.

– Peut-être pourrions-nous reprendre notre travail, à présent?

Patsy Malone eut un signe de tête obéissant et ferma doucement la porte. Seule dans son bureau, la directrice s'approcha de la fenêtre. La camionnette n'avait pas bougé. Assis au volant, Ed Cavanaugh la fixait haineusement. Elle soutint son regard un moment. Il mit le moteur en marche et embraya. Les roues crissèrent sur l'asphalte et le véhicule bondit sur la route. Charlotte Ambler alla se rasseoir à son bureau. Elle se renversa dans son fauteuil, ôta ses lunettes et frotta ses paupières closes. Elle repensait aux derniers mots de l'ivrogne.

Du grabuge.

Ne comprenait-il pas que depuis l'arrivée de Cassie Winslow il y avait déjà eu pas mal de grabuge?

Et elle ne pensait pas se tromper en prédisant que ce n'était qu'un début. Malgré son discours aux élèves ce matin, malgré la conclusion raisonnable du docteur Samuels, elle n'était toujours pas convaincue de l'innocence totale de Cassie dans la crise de nerfs d'Harold Simms.

Elle ne se souvenait que trop bien de sa première entrevue avec la jeune fille et de l'intuition qu'elle avait eue alors : Cassie Winslow était un facteur de troubles.

– Tu ne peux pas laisser tomber l'école.

– Et pourquoi donc?

Eric et Cassie étaient assis sur la plage depuis un bon moment, à regarder le mouvement infini des vagues. Après avoir quitté Memorial High une heure plus tôt, ils avaient coupé par Maple Street et Cape Drive puis traversé les jardins, sur l'insistance de la jeune fille. Eric avait compris : de la sorte ils arriveraient plus vite et plus discrètement aux dunes, et il y aurait moins de risques que quelqu'un les remarque et rapporte son escapade à Ed Cavanaugh. Ils s'étaient glissés derrière les villas d'été jusqu'aux dunes. Ensuite ils avaient suivi la grève déserte sur une bonne distance avant de s'asseoir pour contempler l'océan.

– Parce que tu ne peux pas, c'est tout, fit Eric après un long silence. (Du coin de l'œil, il épiait Cassie.) Et puis, si tu ne retournes pas en classe, tout le monde pensera que tu as peur.

– Eh bien, et si j'avais vraiment peur de revenir? rétorqua l'adolescente d'une voix maussade.

– Pourquoi? Tu n'as rien fait de mal, n'est-ce pas?

– Peut-être que si. Peut-être... que nous l'avons fait tous les deux.

– C'est idiot, lâcha le garçon avec une moue.

– Et hier? Ce à quoi je pensais est réellement arrivé!

Eric ramassa une poignée de sable et la laissa filtrer entre ses doigts.

– Personne ne sait ce qui est arrivé au vieux Simms. Pas précisément. Et ce qu'il a dit ne signifie rien. Tu ne l'as pas frappé.

Cassie regarda le garçon en face.

– Mais nous voulions qu'il ait des ennuis, et il en a eu!

– Et alors? Toi tu n'as rien fait, et ce n'est quand même pas ta faute si les plombs de ce saligaud ont sauté!

– Et si c'était ma faute? Miranda m'a dit que j'avais un don. S'il me suffisait de penser à certaines choses pour qu'elles se produisent?

Eric ne répondit pas, mais il serra très fort le peu de sable restant dans sa paume. Puis il le jeta, se leva et se mit à marcher.

– Eric? l'appela Cassie en se mettant debout à son tour. Tu m'en veux, toi aussi?

L'adolescent s'arrêta et se retourna. Il la dévisagea, l'air insondable.

– Je ne sais pas, et je ne comprends pas de quoi tu parles. Mais je suis sûr d'une chose, Cassie : tout ça devient vraiment délirant!

Désemparée, la jeune fille le vit s'éloigner d'un pas rapide, la tête basse. Elle aurait voulu le rejoindre, tenter de lui expliquer dans quel brouillard elle se débattait. Pourtant elle ne bougea pas. Le regard qu'il lui avait lancé avant de partir semblait plein de haine. Mais il ne la détestait pas, ce n'était pas possible! Eric était son ami, son seul ami. S'il se mettait à la traiter comme tous les autres...

Elle frissonna. S'il la laissait tomber, elle se retrouverait seule. Mais elle ne pouvait rien y faire. Elle se dirigea vers Cranberry Point et le marais, à l'opposé d'Eric.

Pour la première fois depuis des années, Rosemary observait le marais. *Depuis combien de temps n'y ai-je pas fait un tour?* se demanda-t-elle.

Elle se souvint du jour où elle l'avait découvert avec Keith, peu après leur arrivée à False Harbor. C'était au printemps, et le temps, comme aujourd'hui, était clair, avec un soupçon de fraîcheur dans l'air, dernier vestige de l'hiver. Les oies sauvages pullulaient et leurs appels se mêlaient à ceux des canards. Ç'avait été une vision magnifique, où la vie palpitait joyeusement. Keith et elle s'étaient promenés pendant des heures.

Mais le souvenir datait de dix ans déjà. Le temps avait transformé cet endroit en un des paysages habituels de False Harbor, et Rosemary n'y prêtait plus guère attention.

Jusqu'à ces derniers jours.

Aujourd'hui le marais lui parut différent, comme écrasé par une fatalité sinistre. Ce lieu naguère débordant d'une vie exubérante lui semblait à présent exhaler une odeur de décomposition végétale. Elle imagina quelque horreur tapie sous la surface spongieuse du sol, prête à crever la surface.

Elle soupira. Elle se faisait des idées, bien sûr. Le marais n'avait pas changé. Mais ses sentiments envers l'endroit s'étaient modifiés. Elle associait ce lieu à la tension constante qui la minait sournoisement.

D'où elle était postée, au bord du parc, elle pouvait voir l'élévation et la cabane de Miranda. Le bosquet d'arbres chétifs qui l'entourait ressemblait à des mains décharnées griffant le ciel dans un sursaut figé.

Arrête! se dit-elle. *Ce n'est qu'un marais et une cabane abandonnée. Il n'y a aucune raison de s'effrayer.*

Avec détermination elle franchit la barrière d'herbes hautes qui délimitait le parc et s'engagea sur un chemin détrempé qui serpentait entre les roseaux.

Elle avançait lentement, car la piste choisie était étroite et souvent masquée par la végétation. Tous les deux ou trois mètres, un embranchement presque invisible l'obligeait à choisir une direction.

Elle se trompait fréquemment. Parfois le chemin disparaissait après quelques mètres, recouvert par les herbes. Et à deux reprises elle sentit à temps le sol traître se dérober sous elle au bout de quelques pas, aspirant son pied comme une chose vivante. Mais elle se dégagea d'une saccade, le cœur battant la chamade tandis que la peur l'envahissait. Pourtant elle parvint à enrayer la panique qui menaçait et à regagner le sol ferme.

Plusieurs fois, comme elle s'apercevait d'une erreur et revenait sur ses pas, elle crut surprendre un mouvement furtif au ras du sol, comme si quelque chose la suivait et se réfugiait dans les herbes dès qu'elle faisait volte-face.

Elle s'immobilisa. Ses yeux parcoururent la végétation sauvage à la recherche de ce qui l'épiait. Les secondes passèrent et elle eut la chair de poule. Elle ne pouvait les situer, mais elle sentait que des yeux la surveillaient, cachés tout près.

Elle se força à reprendre sa progression et maîtrisa l'impulsion qui lui commandait de retourner en courant vers le parc et l'ombre tranquille des arbres.

A présent la cabane était toute proche et elle la distinguait mieux.

Elle vit le faucon, perché à l'extrême pointe du toit pyramidal. Le rapace déploya nerveusement ses ailes et sa tête se pencha de côté tandis qu'il la transperçait de son regard rouge sang.

Alors qu'elle n'était plus qu'à une cinquantaine de pas de la butte, l'oiseau s'éleva dans les airs. Ses grandes ailes blanches fouettèrent le vent et il gagna de l'altitude. Puis il trouva le courant et glissa sans effort au-dessus d'elle.

Fascinée, Rosemary ne le quittait pas des yeux, revoyant en pensée les blessures profondes sur le bras de Lisa Chambers.

Pendant une fraction de seconde, le faucon masqua le soleil aux yeux de Cassie. Tirée de sa rêverie, elle leva la tête et constata qu'elle avait parcouru presque toute la plage. A quelques mètres d'elle s'élevait la forme cylindrique du phare de Cranberry Point. Pendant un instant l'adolescente crut que la construction lui avait caché le soleil. Mais elle repéra la silhouette blanche du faucon tournant au-dessus du marais.

Elle pensa d'abord qu'il cherchait quelque chose, puis elle comprit que, quoi que ce fût, il l'avait déjà trouvé. Cassie étudia l'endroit survolé par le rapace, et découvrit bientôt la cible de l'oiseau, à peine visible dans la végétation.

Il y avait quelqu'un là-bas, qui observait le ciel sans bouger. Un manteau de couleur verte rendait la silhouette difficilement discernable.

Qui était-ce? La jeune fille plissa les yeux, mais la distance était trop grande.

Cassie savait ce qui suivrait. La personne s'était approchée de la cabane – sa cabane –, et le faucon allait l'attaquer. Dans une sorte d'engourdissement, l'adolescente regardait le drame se préparer. Que devait-elle faire? Avertir l'imprudent en criant?

Et pourquoi agirait-elle ainsi? Qui que ce fût, cette personne n'avait aucun droit de pénétrer dans la cabane.

S'il lui arrivait malheur, elle l'aurait cherché, après tout.

Mais si la jeune fille se trompait? Si ce n'était qu'un innocent promeneur que ses pas avaient mené trop près de la petite colline?

Elle fut tentée de crier pour prévenir l'inconscient ou d'essayer de distraire le faucon.

Mais elle voulait également assister à la suite des événements. Les yeux rivés sur le grand oiseau, elle se dirigea vers le marais sans réfléchir.

Le rapace décrivait des cercles ascendants de plus en plus étroits. Dans un instant, Cassie le savait, il replierait ses ailes et plongerait en une attaque fulgurante.

Rosemary comprit brusquement le danger qu'elle courait. Bien qu'elle sentît l'urgence d'une action, la panique qui la tétanisait lui avait ôté toutes ses forces. Elle tenta de détourner son regard de l'oiseau, certaine que si elle parvenait à briser l'attraction quasi hypnotique exercée par le rapace, elle pourrait se ressaisir.

Mais elle eut l'impression d'avoir perdu toute volonté. Le faucon replia soudain ses ailes et se précipita vers elle en un plongeon vertigineux. Malgré l'horreur qu'elle éprouvait, elle ne put que le regarder foncer sur elle avec une fascination morbide.

La silhouette grossit rapidement, mais le temps semblait suspendu et chaque seconde une éternité de terreur.

Elle discernait maintenant son bec cruel pointé vers elle, tel un cimeterre miniature prêt à déchirer ses chairs. Elle ouvrit la bouche pour crier, mais aucun son ne sortit de sa gorge.

Puis il fut sur elle, pattes tendues, serres ouvertes pour lacérer l'ennemie. Rosemary ne bougea pas. Une peur totale la maintenait dans un étau glacé. Elle entendait le sang battre dans ses temps au rythme effréné de son cœur. Elle sentit l'odeur âcre de l'oiseau. A la dernière fraction de seconde elle leva un bras. Les serres déchirèrent l'étoffe légère de son manteau et s'enfoncèrent dans sa chair.

Elle rejeta la tête de côté, mais trop tard. Un coup de bec balafra sa joue droite.

Immédiatement un flot de sang jaillit et un goût salé emplit sa bouche.

La douleur la réveilla enfin. Une décharge d'adrénaline la parcourut. De son bras valide elle frappa sauvagement le faucon. Projeté au sol, il s'ébroua en criant et d'un battement d'ailes furieux s'envola de nouveau.

Elle sentit les plumes de sa queue effleurer son visage et perçut le froissement des ailes. Une seconde plus tard il avait disparu, rasant les herbes et les roseaux.

Rosemary tenait son bras blessé de l'autre main. Le sang poissait sa joue. Elle fit volte-face et se mit à courir, insouciante de la végétation qui griffait ses jambes. Enfin, l'air lui brûlant les poumons, elle atteignit le sol ferme du parc et s'écroula sur la pelouse. Elle resta ainsi un long moment, combattant les vagues de douleur qui tordaient son corps. Lentement elle retrouva son souffle et un calme relatif. Après un laps de temps indéfini, elle s'assit et essuya le sang et les larmes qui maculaient son visage. Peu à peu sa vision s'éclaircit. Elle regarda autour d'elle.

A quelques mètres de là, assis dans l'herbe grasse, Sumi l'observait.

Les yeux jaunâtres de l'animal plongèrent dans ceux de Rosemary. Puis le chat baissa la tête, agita la queue et bondit dans le marais tout proche. Sans y réfléchir, Rosemary sut où il allait.

Était-ce Sumi dont elle avait senti la surveillance tout à l'heure, alors qu'elle s'approchait de la cabane? Mais pourquoi l'épiait-il?

Et pourquoi le faucon, après l'avoir attaquée, avait-il abandonné une proie aussi facile?

Avec difficulté, elle se releva. Chaque fibre de son corps

brûlait de fatigue. Elle devait rentrer à la maison pour s'allonger. Elle sortit du parc d'un pas traînant, mais ne fit que quelques mètres. Une étrange sensation l'arrêta. Elle se retourna vers le marais.

Elle vit Cassie, debout devant la porte de la cabane. Le chat gris surgit des herbes et grimpa prestement la butte.

Au moment où le faucon se posait sur la pointe du toit, le chat sauta dans les bras de la jeune fille.

16

Rosemary retint un cri comme l'aiguille perçait sa peau. Les articulations de ses doigts blanchirent sur les accoudoirs du fauteuil qu'elle agrippait.

– Presque fini, annonça d'une voix rassurante le docteur Paul Samuels. Plus qu'une.

Elle sentit une dernière piqûre et la démangeaison du fil de suture tiré à la suite. Des yeux elle suivit les mouvements précis du praticien tandis qu'il faisait un nœud et recouvrait les points d'un pansement.

– Et voilà le travail! fit Samuels avec un clin d'œil. Vous avez été sage. Vous voulez un bonbon?

Rosemary réussit à esquisser un sourire.

– Restera-t-il une cicatrice?

Le docteur éleva ses mains dans un geste d'incrédulité totale.

– Une cicatrice? Croyez-vous que ces mains-là laisseraient une cicatrice?

– Je ne sais pas, répondit Rosemary. (Elle tenta un nouveau sourire d'excuse mais ne parvint qu'à grimacer de douleur.) C'est pourquoi je vous pose la question.

– Alors ne vous inquiétez pas. La blessure n'était pas aussi profonde qu'il semblait, et dans deux semaines, un mois au plus, il n'y paraîtra plus. En fait, votre bras a plus souffert que votre joue, mais au moins vous avez pu protéger vos yeux de ce satané volatile.

Son visage redevint sérieux.

– Avez-vous averti Gene Templeton?

– Dès que je serai sortie d'ici, je le ferai, assura Rosemary en se levant.

Elle ôta la blouse qui protégeait ses vêtements et fouilla son sac à la recherche de son peigne.

– Je pense qu'il était plus urgent de me faire soigner. Mais je peux vous dire que je comprends pourquoi Lisa Chambers était tellement bouleversée la semaine passée. Je crois n'avoir jamais eu aussi peur de ma vie. Et le pire, c'est que j'étais incapable de réagir. Je suis restée plantée là, Paul, en attendant qu'il m'attaque!

– La panique, expliqua le docteur. Ça arrive parfois. Mais il y a autre chose : lorsque vous avez senti le danger, votre instinct vous a immobilisée. Au dernier moment, quand vous saviez que vous ne pourriez éviter le faucon, vous avez réagi. Et c'est ce qui a sauvé vos yeux.

Il s'assit à son bureau et inscrivit quelques notes dans le dossier médical de Rosemary.

– Je veux que vous alliez voir Gene Templeton. Si on ne prend pas des mesures contre cet oiseau de malheur, un jour ou l'autre il finira par blesser gravement quelqu'un.

– Ne vous en faites pas! répondit aigrement Rosemary. Si Gene ne veut rien entendre, j'enverrai Keith abattre cet animal.

Elle remit son peigne dans son sac et ramassa son manteau en lambeaux.

– Rien d'autre? Ai-je besoin d'antibiotiques ou d'un quelconque médicament?

– J'ai déjà rédigé votre ordonnance.

Samuels lui tendit un feuillet et la raccompagna jusqu'à la porte du petit hôpital. Il la retint par le bras au dernier moment.

– Et Cassie? Vous avez dit que vous l'aviez vue là-bas. Il y avait également un chat, n'est-ce pas?

Ébahie, Rosemary considéra le docteur une seconde, puis elle comprit le sens de sa question.

– Paul, voulez-vous dire ce que je crois que vous voulez dire?

– Je ne veux rien dire de particulier; je pose une simple question.

– Et j'y répondrai, alors. Oui, Cassie était là-bas, et oui, il y avait aussi un chat. Mais il ne m'a pas attaquée, et je suis absolument catégorique sur la présence de Cassie à la cabane de Miranda. Je n'ai rien imaginé, Paul. Au cas où vous vous demanderiez s'il ne m'est pas arrivé le même genre de crise hystérique qu'à Harold Simms, la réponse est *non*! Le faucon m'a bien attaquée, et j'en porte les traces. Et c'est là tout ce qui m'est arrivé.

Tandis qu'elle parcourait la distance séparant l'hôpital du poste de police, elle revit la scène dans son esprit. Et elle se souvint de Lisa Chambers répétant que Cassie avait envoyé le faucon pour l'attaquer. Mais c'était impossible.

Il fallait que ce le soit.

Templeton écouta patiemment Rosemary, prenant quelques notes entre des bouchées de barre chocolatée. Lorsqu'elle eut fini, il poussa un soupir retentissant.

– Il semblerait que je doive endosser ma panoplie de chasseur, hein?

– Alors vous le ferez?

– J'essaierai. Mais je ne vous promets rien. J'ai déjà tenté d'abattre ce faucon, et jusqu'alors ça ne m'a pas réussi. On dirait qu'il sait que je vais venir, et il disparaît. En attendant, je placarderai un avertissement pour interdire le marais. On pourra peut-être tenir les gens à l'écart quelque temps.

Après le départ de Rosemary, il sortit du poste de police et retourna chez lui. Trente minutes plus tard il se dirigeait vers le marais. Sur le siège arrière de sa voiture était posée sa carabine de chasse favorite, équipée d'une lunette d'approche.

Il était presque midi et le soleil embrasait le ciel. La fraîcheur du matin avait complètement disparu, mais Templeton garda son veston d'uniforme. Si le faucon l'attaquait, il serait bien protégé par l'épaisse toile. Il ferma la voiture de patrouille et prit la direction de Cranberry Point, son arme au creux du bras. Avant de tirer un seul coup de feu, il était préférable de s'assurer que le marais était désert.

Il n'y avait personne sur la plage, et le marais n'était animé que du ballet incessant des oiseaux. Prenant sa carabine d'une main ferme, Templeton entreprit de se rapprocher de la cabane.

Cassie était assise dans le rocking-chair, près de la fenêtre. Lové sur ses genoux, Sumi ronronnait de contentement.

La jeune fille était inquiète.

De la plage, elle avait vu Kiska attaquer l'intrus. Après que la silhouette habillée de vert eut fui vers le parc, elle s'était précipitée dans le marais.

A présent elle n'en redoutait plus les pièges. Elle ne se perdrait plus dans le dédale des sentes à peine tracées, ni ne s'engagerait dans les sables mouvants, là où la tourbe ne s'était jamais formée. Devant ses yeux se déroulait une carte inconsciente des lieux. Aujourd'hui elle avait presque eu l'impression d'être un oiseau planant au-dessus des herbes, capable de choisir l'itinéraire le plus rapide et le moins risqué de la plage à la petite colline. Lorsqu'elle arriva devant la porte de la cabane, elle vit Sumi qui émergeait des roseaux et bondissait sur l'élévation de terrain. Le chat sauta dans ses bras et frotta sa tête contre la joue de Cassie.

La jeune fille observa la silhouette qui avait atteint le parc. Et elle sut qui portait ce manteau vert.

Rosemary.

Quand sa belle-mère disparut d'une démarche raide, soutenant d'une main son bras blessé, Cassie entra dans la cabane.

Immédiatement un sentiment de paix l'envahit. Elle s'installa dans le rocking-chair, près de la fenêtre, et se balança doucement en caressant Sumi.

Tandis qu'elle parcourait la fourrure des doigts, le chat la regarda et elle sentit un picotement courir sur sa peau. Dans son esprit de vagues images se formèrent.

Elle se vit environnée d'algues, au milieu d'un nuage verdâtre tourbillonnant. Elle se concentra et la scène devint plus nette.

Ce n'étaient pas des algues, mais de l'herbe.

Celle du marais, mais beaucoup plus haute. Se balançant au-dessus de sa tête comme la nuit où elle avait rêvé de la mort de Miranda. Elle eut la sensation d'être dans le marais elle-même, mais au ras du sol. Elle se frayait un chemin à travers la végétation avec souplesse et rapidité, comme si ses pieds ne touchaient pas le sol détrempé.

Le fourmillement s'intensifia dans ses doigts et la vision changea brusquement.

Elle filait à présent sur un épais tapis d'herbe drue. Autour d'elle s'élevaient des arbres titanesques, plus hauts qu'elle n'en avait jamais vu. Un peu plus loin, devant elle, une forme gisait sur le sol. Elle entendit les halètements d'une personne qui cherche à reprendre son souffle, mais le bruit lui-même possédait une qualité inhabituelle.

A l'instar de tous les autres sons, la respiration lui parvenait très amplifiée.

Elle percevait le bruissement infime des brins d'herbe sous l'effet du vent. Elle entendit un bruit ténu qu'elle identifia aussitôt : le grattement d'un mulot cherchant sa nourriture dans un buisson proche.

La forme allongée dans l'herbe bougea et leva les yeux.

C'était Rosemary, le visage ensanglanté par une plaie à la joue droite. Sa main gauche pressait toujours son avant-bras lacéré. Ses yeux luisaient de larmes.

Cassie comprit alors ce qui lui arrivait.

Je vois tout ça à travers les yeux de Sumi, exactement comme il l'a vu il y a quelques minutes.

Peu à peu les images disparurent et son esprit redevint clair. Les pupilles dorées du chat la fixaient toujours. Une dernière fois elle ressentit un picotement dans ses doigts avant de remarquer qu'elle continuait à caresser l'animal.

– Tu me l'as dit, n'est-ce pas? murmura-t-elle. Dès que tu as sauté dans mes bras tu as voulu m'avertir.

Sumi commença à ronronner de plaisir et se pelotonna un peu plus sur ses genoux. Il ferma les yeux, battit une ou deux fois des oreilles et s'endormit.

Depuis, Cassie n'avait pas bougé. Elle devait analyser toutes les implications du phénomène.

Peut-être n'était-ce pas Rosemary. Elle avait pu imaginer tout ceci. Pourtant elle savait qu'il n'en était rien. Elle avait bien revécu en esprit ce que le chat avait vu de ses yeux et entendu de ses oreilles.

Ainsi c'était le don prédit par Miranda.

Instantanément elle comprit autre chose. Le rêve qui l'avait assaillie la nuit où Miranda était morte n'était donc pas le fruit de son imagination. Le chat avait assisté à l'agonie de la vieille femme et il était revenu dans sa chambre pour avertir Cassie... et il y avait bien quelqu'un d'autre sur les lieux du drame, cette nuit-là.

Le meurtrier de Miranda.

Qui était-ce? Et pourquoi?

Une image s'imposa à l'esprit de la jeune fille.

Eric la dévisageant sur la plage.

Elle superposa cette vision à celle issue de la mémoire du chat, puis la rejeta.

C'était impossible!

Elle ferma les yeux et tenta encore de visualiser la silhouette qui se penchait sur Miranda, mais ses efforts restèrent vains, malgré toute sa concentration. Le visage de l'assassin restait obstinément invisible. A croire qu'un blocage l'empêchait de le découvrir.

Les yeux emplis de larmes, elle regarda Sumi. Pouvait-il faire la même chose, voir ce qu'elle voyait et ressentir ce qu'elle ressentait? Pouvait-il vraiment la comprendre?

Au plus profond d'elle-même elle sut que l'animal en était capable. Un lien particulier les unissait. Et hier, lorsqu'elle avait imaginé Sumi attaquant Mr. Simms, le chat avait accompli son désir.

Pourtant elle n'avait pas voulu une vengeance aussi terrible.

Elle fouilla les recoins les plus obscurs de son esprit et finit par découvrir une zone noire et glacée où palpitait sa colère. Là se débattaient ses plus sombres pensées, une part d'elle-même qui aurait tué sans remords Mr. Simms si l'occasion s'était présentée.

Mais chacun de nous possède un tel puits où il cache ses pulsions les plus inavouables, à lui-même comme aux autres. Et elles n'en sortent jamais. Vous les exilez dans cet endroit secret, vous les y cloîtrez, et vous finissez par les oublier.

C'était cette part obscure de sa personnalité qui avait explosé quand Sumi avait attaqué le professeur. D'une certaine façon, le chat avait senti sa fureur et l'avait matérialisée.

Était-ce là le rôle de Sumi? Une arme vivante qu'elle pourrait utiliser pour se venger?

Sur ses genoux, l'animal s'étira langoureusement et sa langue rose lécha les doigts de la jeune fille.

Alors qu'était Kiska, le faucon albinos perché en sentinelle sur le toit de la cabane?

Son gardien. Il la protégerait, écarterait quiconque la menacerait.

L'esprit de Cassie était pris dans un tourbillon de questions.

Pourquoi l'oiseau avait-il attaqué Rosemary? Et que voulait sa belle-mère en s'aventurant dans le marais? Peut-être rien de précis, certainement rien qui présentât un réel danger pour l'adolescente. Et l'oiseau ne l'aurait pas assaillie si Cassie le lui avait interdit.

Elle l'aurait pu.

Elle l'avait senti sur la plage. En pointant le doigt vers le rapace et en lui ordonnant de retourner à la cabane, elle l'aurait instantanément arrêté.

Mais elle ne l'avait pas fait. Elle l'avait laissé attaquer.

Certes, elle ne connaissait pas l'identité du visiteur alors, ni ce qu'il venait faire dans le marais. Et Kiska n'était pas vraiment son oiseau. Il vivait là depuis longtemps, et on ne pouvait accuser la jeune fille si le faucon agressait quelqu'un. Si elle ne s'était pas trouvée là, personne n'aurait pu stopper le rapace.

Mais elle était présente, justement, et elle n'avait pas empêché le drame.

Elle frissonna. A partir de maintenant, elle le savait, il faudrait se montrer très prudente. Elle ne pouvait plus se laisser aller à une colère semblable à celle éprouvée envers Mr. Simms.

A présent elle comprenait les propos de Miranda. *Ne laisse personne te faire du mal.* Bien sûr, sinon les démons qui sommeillaient dans le recoin le plus noir de son esprit s'éveilleraient. Et les animaux agiraient en conséquence.

Quelque chose brilla au soleil, dans le marais. L'éclair lumineux se répéta et tira Cassie de sa réflexion. Elle scruta l'étendue sauvage. Gene Templeton traversait l'étendue détrempée en direction de la cabane, et à chaque pas le soleil se reflétait dans ses lunettes aux verres argentés. Tenant Sumi dans ses bras, la jeune fille se leva et s'approcha de la fenêtre. Le chef de la police portait un objet long qu'elle mit une seconde à identifier.

Une carabine de chasse.

Elle étouffa un cri en comprenant ce que cela signifiait et courut vers la porte. Au moment où elle l'ouvrait elle perçut un battement d'ailes. Kiska avait décollé du toit.

Elle sortit sur le porche et leva les yeux, les protégeant d'une main contre l'éclat du soleil.

L'oiseau s'élevait rapidement en décrivant de larges cercles. Il se préparait à attaquer.

Quand le rapace s'envola, Gene Templeton s'arrêta et leva sa carabine pour viser. L'œil collé à la puissante lunette d'approche, il repéra vite sa cible. Mais le faucon tournait en cercles trop rapides. Le policier savait qu'il ne pourrait assurer son tir que lorsque l'oiseau, ayant gagné assez d'altitude, plongerait. Alors il pourrait anticiper une trajectoire rectiligne et faire mouche. Si la première balle ratait son but, il n'aurait pas de seconde chance.

Son attention centrée sur sa cible, Gene Templeton ne vit pas la porte de la cabane s'ouvrir et Cassie sortir sur le porche.

L'adolescente hésitait à rappeler Kiska. Mais s'il attaquait le policier? Indécise, elle vit avec anxiété le faucon atteindre son altitude maximum et se stabiliser sur une trajectoire horizontale. Alors elle comprit que l'oiseau ne plongerait pas.

Kiska avait vu le danger. Il s'enfuyait.

La jeune fille poussa un soupir de soulagement.

Templeton observait l'oiseau. Grâce au grossissement de la lunette, le rapace était parfaitement visible, ses ailes battant l'air avec régularité, l'impulsion donnée par l'échine puissante. Et il volait pour s'éloigner, comme l'attestait son déplacement en ligne droite.

Il suffisait au tireur de garder le faucon dans son viseur et d'appuyer sur la détente.

Doucement, Templeton posa son index sur la détente et commença à presser.

La détonation sèche de la carabine lui emplit les oreilles, et le recul bouscula son épaule. Là-haut, l'oiseau fit une embardée. Le policier crut voir quelques plumes s'éparpiller. Il regarda prestement dans la lunette d'approche et retrouva sa cible.

Le rapace chutait dans les airs en tournoyant. Une large traînée rouge maculait son plumage.

Un cri déchira le silence qui avait suivi le coup de feu.

Un cri humain.

Du porche, Cassie entendit la détonation et vit Kiska chuter dans le ciel. Mais le cri qu'elle poussa n'était pas l'expression de sa colère.

C'était un hurlement de douleur.

Au moment où le projectile touchait le faucon, elle sentit une brûlure fulgurante la transpercer du dos à la poitrine. Sumi miaula de surprise et bondit à terre. Les genoux de la jeune fille se dérobèrent sous elle. Elle s'écroula sur le porche. La souffrance déchirait son corps et ses mains se crispèrent sur sa poitrine.

Ébahi, Templeton baissa la carabine et regarda vers la cabane. Il vit Cassie s'affaisser d'une pièce.

– Nom de Dieu! Qu'est-ce que...

Il se lança dans une course zigzagante vers la butte. Que s'était-il passé? Il n'avait pas pu la toucher! Il n'avait tiré qu'une seule balle et il avait vu le projectile toucher le faucon. Et même s'il avait pressé deux fois la détente sans s'en rendre compte, il n'aurait pu le faire aussi vite.

Il jaillit des herbes, gravit au pas de course la petite pente et s'agenouilla près de la jeune fille. Elle se tordait de douleur et son visage n'était qu'un masque crispé où se lisait une intense souffrance. Ses lèvres exsangues laissèrent échapper un gémissement sourd.

– Ça va aller, Cassie, fit le policier. C'est moi, Templeton.

Il posa la carabine et saisit les poignets de l'adolescente. D'un geste doux il écarta les bras de Cassie pour exposer la blessure qu'elle pressait. Elle résista mais il était beaucoup plus fort qu'elle.

Rien.

Pas de sang, pas d'impact de balle dans la chemise d'homme blanche qu'elle portait. Aucune trace.

Elle roula sur le côté en geignant dès qu'il la lâcha. Templeton examina le dos de l'adolescente. Aucune blessure apparente.

Pourtant la souffrance de Cassie était évidente. Ses yeux vitreux prouvaient un choc réel, ainsi que ses plaintes étouffées.

Il tâta ses membres mais ne décela pas de fracture. Laissant son arme sur le sol, il prit la jeune fille dans ses bras et repartit à travers le marais vers la voiture de patrouille.

Allongée dans son lit d'hôpital, Cassie observait par la fenêtre le soleil couchant. La douleur vrillait toujours sa poitrine. Malgré les propos rassurants du docteur, elle savait qu'elle ne l'imaginait pas.

– Mais quelque chose a bien dû arriver, entendit-elle son père insister dans le couloir. Vous avez entendu ce qu'a dit Gene. Elle était en état de choc, bon sang!

– Je suis au courant, répondit le praticien avec patience. Mais je l'ai soigneusement examinée et je n'ai rien trouvé. Rien du tout. Pas de marques, pas de coupures, aucune fracture, rien. J'ai vérifié les radios une demi-douzaine de fois; elles ne laissent apparaître aucune lésion interne non plus. Si vous le désirez, nous pouvons aller les regarder de nouveau. La seule chose que je puisse affirmer, c'est qu'elle n'est pas blessée, indubitablement.

– Alors que s'est-il passé? martela Keith. Gene prétend avoir descendu le rapace mais il n'a pu mettre la main sur son cadavre. Et je me demande ce qu'il foutait là-bas avec une arme alors que ma fille s'y trouvait aussi! Ça me dépasse! Enfin, il dit qu'il a vu l'oiseau tomber et qu'il sait où, mais il ne l'a pas trouvé. Alors comment être sûr qu'il l'a bien tué?

Samuels haussa les épaules mais sa voix trahit un début d'énervement.

– Bon, admettons qu'il ne l'ait pas descendu. Franchement Keith, je crois que le sort de cet oiseau est secondaire, non? Et le fait de ne pas retrouver son corps ne prouve rien. Quand Gene est revenu au point de chute, un prédateur quelconque, un raton-laveur par exemple, avait peut-être déjà emporté le faucon. De toute façon il n'a pas tiré sur Cassie : on ne touche pas quelqu'un par balle sans laisser de blessure. C'est une impossibilité physique, voyons!

Les yeux de Keith se plissèrent sous l'effet de la colère.

– Bientôt, vous allez me dire que Cassie ment, c'est ça?

Le docteur passa une langue rapide sur ses lèvres.

– Pas du tout. En fait je suis persuadé que sa douleur est réelle. Ce qui n'implique pas qu'une balle l'ait causée.

– Alors quoi?

– Réaction hystérique. Elle a vu l'oiseau se faire abattre et elle a ressenti la souffrance elle-même. C'est assez classique.

– Ouais, bien sûr! C'est votre réponse de la semaine, hein? Ça ressemble beaucoup à votre diagnostic à propos d'Harold Simms, non?

Samuels dut fournir un effort considérable pour ne pas céder à la colère qui l'envahissait.

– C'est là tout ce que je peux vous dire. Si vous désirez un autre diagnostic, je serai très heureux d'appeler un confrère, mais je doute fort qu'il me contredise. Il n'y a tout simplement pas de blessure.

Remarquant la porte entrebâillée de la chambre dévolue à Cassie, Samuels la ferma avant de reprendre, un ton plus bas :

– Si vous voulez mon avis, Keith, je pense qu'il serait souhaitable que vous l'ameniez chez un psychiatre. Après tout ce qu'elle a subi ces dernières semaines, elle se trouve dans un état émotionnel critique. Et ce que nous voyons aujourd'hui pourrait bien en être un premier symptôme.

Keith eut un ricanement amer.

– Ouais! Et on pourrait l'envoyer à Eastbury, pour tenir compagnie à ce bon vieux Simms, non? Comme ça on se débarrasse du boulot en gardant les mains propres. Désolé, Paul, ce n'est pas dans mes conceptions d'agir ainsi, surtout envers ma fille.

Sans attendre de réponse, Keith entra dans la chambre de Cassie et referma la porte derrière lui.

– Salut, Grenouille, fit-il avec douceur en se forçant néanmoins un peu pour sourire. Comment te sens-tu?

La jeune fille lui lança un regard soupçonneux. Pourquoi avaient-ils fermé la porte une minute auparavant? Que disaient-ils, sinon quelque chose qu'elle n'était pas censée entendre? Mais elle pouvait le deviner.

Ils se demandaient si elle était folle. Et elle savait qu'il n'en était rien. Mais s'ils en décidaient autrement...

– Je vais bien, dit-elle en luttant pour ne pas trahir par son expression la douleur qui lui cisaillait la poitrine. Je ne sais pas ce qui s'est passé, Papa, mais maintenant ça va mieux. Vraiment. Je peux rentrer à la maison?

Keith paraissait soucieux.

– Tu es sûre de te sentir assez en forme?

– Je n'ai plus mal, assura-t-elle.

Mais elle se sentait aussi valide que si on lui avait enfoncé un tisonnier chauffé à blanc dans le torse.

Elle croisa le regard inquiet de son père.

– Et Rosemary? Comment va-t-elle?

La question parut faire très plaisir à Keith.

– Le génial docteur Samuels dit que ce n'est rien de grave.

– Je suis désolée, fit Cassie. Si j'avais su que c'était elle, je n'aurais pas laissé Kiska attaquer.

– Tu ne l'aurais pas laissé? Qu'est-ce que tu racontes?

– Je ne savais pas qui approchait. Si je l'avais reconnue, j'aurai ordonné au faucon de ne pas la toucher, je te le jure!

Keith eut un sourire de travers.

– Ma chérie, tu ne peux pas commander à un faucon, à moins de l'avoir dressé pendant des années. Et même dans ce cas tu ne peux pas toujours l'empêcher d'attaquer. Tu n'y es pour rien. Enfin, tout ça n'a plus d'importance maintenant, puisqu'il est mort.

– Non. Mr. Templeton lui a tiré dessus mais il ne l'a pas tué.

Le visage de son père se rembrunit.

– Ah bon? Et comment le sais-tu?

Gênée, Cassie haussa les épaules.

– Je le sais.

Elle n'avait pas l'intention d'expliquer à son père la fantastique conclusion à laquelle elle était parvenue. Depuis son arrivée à l'hôpital, elle avait beaucoup réfléchi. Il ne pouvait exister qu'une explication à son état, aussi incroyable fût-elle.

La douleur dans sa poitrine ne lui appartenait pas.

C'était celle de Kiska, et il la lui transmettait.

Et de par sa signification, la souffrance devenait supportable.

Quelque part, Kiska était encore en vie. Blessé, mais toujours vivant.

S'il était mort, Cassie n'aurait plus ressenti la douleur, qui aurait disparu avec l'oiseau.

A présent elle devait cacher sa souffrance jusqu'à ce que le rapace se rétablisse. Et revienne vers elle.

17

Pendant cinq jours, Cassie resta allongée dans sa chambre, supportant en silence la brûlure qui consumait sa poitrine. Chaque fois que Rosemary proposait d'appeler le docteur, elle refusait.

– Ça va mieux, affirmait-elle. Et il ne pourrait rien faire. Il faut du temps pour que je me rétablisse.

Le lundi, Rosemary se rendit chez Paul Samuels. Tandis qu'il changeait ses pansements, elle lui parla de sa belle-fille. A sa surprise, le praticien partageait l'avis de Cassie.

– Elle fait une réaction à un choc émotionnel. La meilleure attitude à adopter est de lui laisser le temps de se remettre. Si son état ne s'améliorait pas, j'abonderais dans votre sens, et j'insisterais même pour qu'elle voie un psychiatre. Mais si elle dit qu'elle se sent mieux, il est préférable de la laisser tranquille. Gardez quand même un œil sur elle, bien sûr, mais ne la brusquez pas.

Les quatre jours suivants parurent confirmer la théorie de Paul Samuels. La jeune fille descendait chaque matin et mangeait un peu au petit déjeuner. Elle insista même pour laver la vaisselle et ranger la cuisine avant de remonter s'étendre.

Le jeudi matin, Cassie descendit de sa chambre de bonne heure. Elle s'était habillée pour aller à l'école. Son visage encore pâle affichait une détermination très nette.

– Je retourne en classe.

Keith la considéra un instant, interloqué.

– Es-tu certaine que ce soit une bonne idée? Tu pourrais attendre lundi, un jour supplémentaire ne fera pas grande différence.

– Mais je veux y aller! Je me sens bien maintenant, et si j'y vais aujourd'hui je pourrai prendre tous les cours manqués et travailler pendant le week-end.

Elle quitta la maison juste après le petit déjeuner et traversa la ville d'un pas lent, s'émerveillant des progrès du printemps. L'air matinal était tiède et caressant. Les arbres aux feuilles encore rares dix jours plus tôt étendaient maintenant leur verdure nouvelle dans l'air. Un peu partout les tulipes s'ouvraient, parsemant les jardins de taches colorées. L'atmosphère portait la promesse d'un renouveau qui semblait toucher toute chose. Cassie en ressentit un bien-être qu'elle n'avait encore jamais connu.

Les derniers élancements douloureux avaient disparu dans sa poitrine. Quand elle approcha de Memorial High, l'établissement lui-même lui parut changé. Les noisetiers encadrant le vieux bâtiment déployaient un feuillage exubérant qui en adoucissait les lignes, et la pelouse du terrain de sport s'était parée d'un vert plus vif.

Mais la joie de Cassie s'évanouit dès qu'elle monta les marches vers l'entrée principale, passant à côté de groupes animés qui faisaient aussitôt silence.

Le picotement familier sur sa nuque l'avertit qu'on l'épiait.

Cela n'a aucune importance, se dit-elle. *Cete fois je ne me sauverai pas.* Eric avait raison, elle ne pouvait se permettre d'abandonner ses études. *Donc je les ignorerai, et ils finiront bien par m'oublier.*

Elle prit une profonde inspiration et monta l'escalier menant au première étage. Bien avant la sonnerie elle était installée à sa place. Aujourd'hui au moins, personne ne la dévisagerait tandis qu'elle arrivait en retard.

La matinée parut interminable. Chaque fois qu'il fallait changer de salle, Cassie marchait dans les couloirs avec l'air absent d'un zombie. Où qu'elle allât, les élèves s'écartaient sur son passage, comme si elle était entourée d'un champ de force maléfique. Elle prétendait ne rien remarquer et continuait d'un pas égal, les yeux braqués devant elle, le visage inexpressif.

A la fin du troisième cours l'envie de fuir la saisit, mais elle refusa de déclarer forfait aussi vite.

Ne les laisse pas te faire du mal, se répétait-elle sans arrêt. Peu à peu le rythme des mots se transforma en un chant silencieux. Elle finit par s'imaginer que Miranda l'accompagnait et murmurait à son oreille pour la soutenir.

Et peut-être la vieille femme était-elle vraiment là. C'est du moins ce que pensait Cassie quand la sonnerie annonça l'heure du déjeuner. Elle se dirigea vers la cafétéria, forçant ses pas dans cette direction alors que chaque fibre de son être désirait fuir l'école. Après tout, c'est ainsi qu'avait vécu Miranda.

Chaque jour la vieille femme avait été confrontée à cette situation. Personne ne lui parlait, personne ne lui souriait.

Mais tout le monde la surveillait.

Continuellement.

Le brouhaha de la cafétéria cessa dès qu'elle entra. Elle fit de son mieux pour garder une attitude détachée et suivit la queue du self. Elle prit quelques plats au hasard et les posa sur son plateau.

Et tout ce temps elle pouvait sentir les regards qui ne la quittaient pas.

Sans un mot elle sortit son porte-monnaie de son sac et paya la caissière. L'employée leva les yeux et se figea, étonnée.

– Vous vous sentez bien? demanda-t-elle avec sollicitude.

Cassie fit un signe de tête affirmatif, mais la sueur perlait à son front, et ses jambes flageolaient un peu. La caissière semblait dubitative.

– Vous feriez bien d'aller vous allonger quelques minutes dans le bureau de l'intendante. Mon Dieu, vous êtes aussi pâle que si vous aviez croisé un fantôme!

Le réfectoire retentit immédiatement de rires moqueurs. Des

larmes brouillèrent la vision de la jeune fille. Elle voulut prendre son plateau mais ses mains tremblaient tellement que le verre se renversa et aspergea son repas.

Alors elle entendit une voix derrière elle.

Eric.

– Je vais le porter. Il y a une table libre près de la fenêtre. Allons-y.

Le soulagement submergea Cassie et elle laissa le garçon prendre son plateau. Ils louvoyèrent entre les spectateurs goguenards déjà attablés. L'un d'eux tendit un pied devant Eric qui l'évita sans ralentir en jetant au plaisantin un regard dur. Quand ils s'assirent au fond de la salle, les ricanements cessèrent. Mais d'un coup d'œil rapide Cassie constata que les conversations allaient bon train, sur le mode chuchoté.

– Si tu rentres dans leur jeu ils ne te lâcheront plus, fit le garçon d'une voix calme.

Il poussa le plateau vers elle et prit son repas dans son sac. Ouvrant sans hâte un sac en papier brun, il en tira un sandwich à l'aspect assez piteux.

– Echange sandwich humide contre bol de macaronis et part de fromage, proposa-t-il.

– Ils sont trempés aussi, répondit la jeune fille en maîtrisant à grand-peine le tremblement de sa voix.

– Ça ira très bien. J'en ai tellement marre des sandwiches à la tomate que j'en vomirais!

Il lui tendit une masse peu appétissante de pain ramolli, de rondelles de tomate et de feuilles de salade, mais Cassie refusa.

– Prends quand même les macaronis au fromage. Je déteste ça et je n'ai pas très faim.

– Alors pourquoi les avoir achetés?

– Il fallait bien que je choisisse quelque chose, je suppose. De toute façon je ne faisais pas très attention à la nourriture.

Elle se tut et jeta un regard éteint sur la cafétéria.

– Mouais. Tu veux savoir ce que ces petits malins racontent? fit Eric sur un ton jovial.

La jeune fille déglutit péniblement pour faire passer la boule coincée dans sa gorge.

– Vas-y.

– Les versions diffèrent selon les experts, bien sûr, mais l'idée principale est que tu es folle.

Cassie accusa le coup mais ne dit rien. Le garçon eut une mimique d'encouragement.

– Mais ce n'est pas si grave.

– Pas si grave? souffla l'adolescente. Tu ne sais pas ce que c'est qu'être traitée comme une pestiférée toute la matinée! Personne ne m'a adressé la parole. C'est... c'est la même chose qu'avec Miranda!

Eric la regarda calmement.

– Si, je sais : j'ai eu droit au même traitement.

– Toi? Mais...

– C'est à cause de Simms. Tout le monde est persuadé que tu es coupable. Et comme j'étais avec toi, ils croient que je t'ai aidée.

– Mais nous ne lui avons rien fait! protesta sourdement Cassie.

– Bah! De toute façon ils n'écouteraient pas ce qu'on pourrait leur dire!

Eric eut une moue de dégoût. Puis son expression changea et il se pencha sur la table, les yeux brillants.

– Il y a autre chose, Cassie. J'ai passé pas mal de temps dans le marais, ces derniers jours.

– Dans le marais?

– Tout le monde a entendu parler de ce qui est arrivé là-bas. Alors j'y suis allé et j'ai cherché Kiska... et je l'ai trouvé!

La jeune fille plaqua vivement une main sur sa bouche pour étouffer un cri.

– Où est-il? Il va bien?

– Oui. Il était presque mort quand je l'ai découvert. A peu près à quatre cents mètres de la cabane, il y a quelques buissons entourés de plantes grimpantes. Il s'était réfugié au beau milieu. Quand je l'ai repéré il ne pouvait même plus marcher, et au début j'ai cru qu'il était mort. Il était couvert de sang. Bref, j'ai amené discrètement une cage et je lui ai confectionné une espèce de pansement. Et je lui ai porté à manger tous les jours.

– Et il va vraiment mieux? souffla l'adolescente avec anxiété.

– Il est presque rétabli, tu veux dire! Il se tient debout et il prend la viande dans ma main.

– Lundi, murmura la jeune fille en contemplant Eric avec une expression lointaine. Il a recommencé à se tenir debout lundi, n'est-ce pas?

Le garçon fronça les sourcils.

– Comment le sais-tu?

– C'est le jour où je me suis levée! (Cassie avait du mal à contenir sa joie.) Je savais que je ressentais la douleur de Kiska, et en voilà la preuve! J'allais mieux mais je n'ai pas pu me lever avant lundi. Et maintenant je suis d'aplomb. Je parie que Kiska peut voler! Allons là-bas dès la fin des cours, pour le sortir de sa cage!

Eric soupira.

– Impossible. Pas juste après les cours. J'ai été réintégré dans l'équipe de base-ball et je ne peux pas rater l'entraînement. Et si quelqu'un te voit dans le marais...

La phrase resta en suspens mais Cassie saisit l'allusion. Elle regarda autour d'eux et vit Lisa Chambers qui les épiait ouvertement.

– C'est pour ça qu'ils te traitent comme moi, n'est-ce pas? Parce que quelqu'un t'a surpris dans le marais?

Le visage du garçon trahit son embarras pendant une seconde.

– Oui. J'ai toujours fait comme si je me rendais à la cabane de Miranda. Ensuite je redescendais de l'autre côté... Mais tout ça n'a pas d'importance. S'ils veulent penser que je suis fou, à leur aise! Ils sont comme mon père, tiens! Quoi qu'on fasse ce n'est jamais bien!

– Mais pourquoi ne leur as-tu pas dit la vérité? Tu ne faisais que soigner Kiska...

– Tu plaisantes? Ils en auraient parlé autour d'eux et Templeton serait retourné l'achever. Pourquoi crois-tu que je l'ai laissé dans les buissons?

– Mais ce n'est pas juste! ragea Cassie.

Eric eut un rictus amer.

– Qui a jamais prétendu que la vie était juste? Personne n'a jamais été juste envers Miranda non plus, et regarde comment elle a fini! Mais ça ne nous arrivera pas! (Sa mâchoire se crispa.) Je m'arrangerai pour que ça ne nous arrive pas, je t'en donne ma parole!

La jeune fille le dévisagea, aussi effrayée par le ton adopté que par les mots.

– Que pouvons-nous faire?

Le garçon se détendit un peu et prit une expression confiante.

– Il y a quelques trucs. D'abord, on leur montre qu'ils ne nous intéressent pas. S'ils veulent nous espionner, qu'ils nous espionnent. Et s'ils veulent parler, qu'ils parlent. Et demain nous irons libérer Kiska de sa cage. Qu'en dis-tu?

Cassie sourit de gratitude.

– D'accord.

– Allons-y, fit Eric d'un ton ferme.

Il fourra les reliefs de son sandwich dans le sac en papier et le posa sur le plateau de la jeune fille. Les livres dans une main et le plateau dans l'autre, il se faufila entre les tables, Cassie à sa suite. Ils arrivaient près de la sortie quand la voix fielleuse de Lisa Chambers s'éleva dans la cafétéria.

– Que fais-tu, Eric? Tu joues à la nounou avec la pauvre petite folle?

Cassie sentit l'humiliation empourprer son visage et se hâta vers la sortie. Mais Eric posa ses livres et la retint par un coude. Il se tourna vers Lisa.

– Crois ce qu'il te plaira, mais si tu veux savoir la vérité, ce n'est pas ça du tout.

Désarçonnée, Lisa Chambers cligna stupidement des yeux plusieurs fois. Elle s'attendait à voir le garçon rougir autant que Cassie et sortir sans un mot. Mais il la défiait d'un air moqueur.

– En fait, j'étais en train d'inviter Cassie au bal de demain soir. On se verra là-bas, sûrement?

Il relâcha le coude de la jeune fille, rangea le plateau et ramassa ses livres. Puis il sortit d'un pas tranquille en compagnie de Cassie.

Pétrifiée de fureur, Lisa Chambers les regarda s'éloigner.

Quelle mouche avait piqué Eric?

Jusqu'à aujourd'hui, sans la présence de Cassie Winslow, tout s'était déroulé comme d'habitude. Chaque jour le garçon s'asseyait à sa table pour déjeuner. Elle l'attendait à la fin de l'entraînement de base-ball et il la raccompagnait jusque chez elle. Et pas une seule fois il n'avait mentionné le nom de Cassie.

L'avant-veille, il lui avait proposé d'être son cavalier pour le bal de l'école.

A présent elle devait subir les œillades amusées de ses amies et les ricanements d'Allayne Garvey. Elle fixa Allayne d'un regard dur. Mais l'autre ne fit qu'éclater d'un rire tonitruant.

– Tu n'avais pas dit qu'il ne pouvait plus la sentir? (Elle lança un coup d'œil complice à Teri Bennett.) Et je croyais qu'il t'avait invitée pour le bal.

– C'est moi qui ai changé d'avis! siffla Lisa. J'ai refusé hier.

Allayne roula comiquement les yeux.

– Ah oui? Tu as dû te décider pendant que je cueillais des fraises sur la lune, non? Allez, Lisa, arrête ton char! Il t'a encore laissée tomber comme une vieille chaussette! Elle n'a eu qu'à se pointer, et hop! Il a couru vers elle. Et tu ne peux pas lui en vouloir. C'est vrai qu'elle est jolie!

Les lèvres de Lisa Chambers blanchirent et ses yeux lancèrent des éclairs. Une rage froide tordait son estomac.

D'une façon ou d'une autre, elle se vengerait de cette Cassie Winslow. Elle ne savait pas encore comment, mais elle trouverait bien un moyen.

– De quoi parlais-tu? demanda Cassie.

Il restait encore quelques minutes avant la sonnerie, et ils s'étaient assis dehors, visages tournés vers le soleil.

Eric lui jeta un coup d'œil puis referma les paupières.

– Le bal de demain soir. Tu ne veux pas y aller?

La jeune fille n'en avait aucune envie. Il lui suffisait amplement d'être le point de mire général pendant les cours. Y ajouter une soirée entière...

Elle ne pourrait le supporter. La simple pensée du bal la terrifiait. Pourtant elle se rappela ce qu'avait dit Eric dans la cafétéria, et les paroles de Miranda.

– D'accord, fit-elle d'un ton posé. Je viendrai.

Eric sourit sans ouvrir les yeux.

– J'en étais sûr.

18

Lorsque Rosemary descendit, elle trouva Keith déjà assis dans la cuisine, ses cartes marines et ses tables des marées étalées devant lui sur la table. Après le coup de téléphone qu'il avait reçu la veille, cela ne pouvait signifier qu'une chose.

– Tu as un contrat?

– Ouais, des types de Boston, répondit son mari sans lever les yeux. Ils arriveront vers midi.

– C'est court comme délai, non?

Au ton hésitant de la voix, Keith releva la tête.

– Tu sais, ça a toujours marché de cette façon. Je dois prendre le boulot quand il se présente. Si je refuse ils ne m'appelleront plus.

– Mais...

Elle n'acheva pas. En fait, ce n'était pas la première fois qu'un contrat inattendu était proposé à Keith, et il fallait espérer que ce ne serait pas la dernière.

En temps normal, elle aurait accueilli la nouvelle avec calme. Mais leur situation n'était plus normale depuis l'arrivée de Cassie. Pour la première fois son mari allait la laisser seule face à cette adolescente qu'elle connaissait à peine... et dont elle avait à présent obscurément peur.

Son petit déjeuner intact devant elle, Cassie regardait fixement par la fenêtre, les yeux vagues, en caressant d'une main distraite la fourrure de Sumi.

Jennifer, silencieuse comme lorsqu'elle sentait que quelque

chose ne tournait pas rond, chipotait nerveusement en mangeant ses œufs.

– Dépêche-toi de finir, fit Rosemary par automatisme. Dès que tu les auras avalés tu pourras aller jouer dehors.

La fillette se renfrogna.

– Je veux pas aller dehors. Il n'y a personne pour jouer avec moi.

Rosemary vit son mari repousser ses cartes et observer leur fille.

– Pourquoi ne vas-tu pas au parc? Il y a toujours quelqu'un là-bas, d'habitude.

– Wendy Maynard y est tout le temps mais.. on n'est plus copines.

Keith jeta un coup d'œil à sa femme et revint à Jennifer.

– Ah oui? Et pourquoi donc?

La gamine ouvrit la bouche pour répondre, regarda Cassie de biais et sembla changer d'avis.

– Je sais pas.

Elle glissa hors de sa chaise.

– Est-ce que je peux quitter la table, s'il te plaît?

Son père l'y autorisa d'un geste.

Cassie parut enfin émerger de ses pensées et sourit à la fillette.

– Et si je venais avec toi? Ça te dirait?

La gamine prit un air hésitant.

– Je... je sais pas.

– Allez! On pourra jouer à la balançoire et à tout ce que tu voudras.

Jennifer semblait peu enthousiaste, et l'adolescente se tourna vers son père.

– C'est possible, n'est-ce pas?

– Si tu t'en sens capable, éluda Keith.

– Je vais bien, je t'assure.

Ce matin la douleur était encore plus faible qu'hier, à peine une petite pointe dans son dos et sa poitrine.

– Parfait, dit son père.

Alors qu'elle passait à côté de lui, il souleva Jennifer et déposa un baiser sur sa joue.

– Tu ne dis pas au revoir au Loup des Mers?

– 'voir, Papa, marmonna la gamine en l'embrassant.

Il la reposa au sol et elle fila dehors, sous le soleil matinal. Il se tourna vers Cassie en souriant.

– Prends bien soin de ta sœur pendant mon absence, promis?

– Oui.

L'adolescente sortit elle aussi.

Dès qu'elle eut refermé la porte, le sourire disparut du visage de Keith.

– A quoi rime toute cette comédie? demanda-t-il à sa femme. Il est visible que tu ne veux pas que je fasse ce boulot. Et je suppose qu'il existe un rapport avec Cassie, je me trompe?

Rosemary tordit nerveusement ses mains.

– Eh bien... je ne me sens pas à l'aise avec elle, Keith.

Son mari eut du mal à contenir son agacement.

– Pour l'amour du ciel, ça ne va pas recommencer? Il me semble qu'on en a déjà assez discuté, non? Et elle va bien, maintenant.

– Non! Elle ne va pas bien! Elle n'a pas quitté la maison pendant une semaine entière, et lorsqu'elle est rentrée de l'école hier elle n'en a pas dit un mot! Tout ce qu'elle a fait c'est aller dans le vieux cimetière s'asseoir à côté de la tombe de Miranda Sikes pendant près d'une heure, Keith! Je l'ai observée et c'était... c'était étrange! Elle avait cet affreux chat sur les genoux, elle était assise dans l'herbe à côté de la tombe et elle parlait toute seule en caressant Sumi. Tu trouves peut-être ce genre de comportement normal, mais moi ça me fait peur!

– Oh! Mais, nom de Dieu, elle passe par une période difficile! s'exclama Keith. A part Eric, Miranda était la seule personne qui lui ait montré un peu de gentillesse. Et ce serait un crime d'aller sur sa tombe?

– Il n'y a pas que ça.

– Quoi d'autre, alors?

Rosemary chercha dans sa mémoire un argument indiscutable.

– Tiens, ce matin, avant que nous descendions, je lui ai demandé de nettoyer sa chambre. Au lieu de quoi elle est partie jouer dans le parc avec Jenny.

– Eh bien? Elle a dû oublier, voilà tout.

– A moins qu'elle essaye de nous monter l'un contre l'autre!

Keith eut un sourire aigre.

– Décide-toi! C'est une folle ou une manipulatrice? Les deux, peut-être? (La colère fit place au sarcasme.) Ou alors tu t'imagines des choses?

Il lui tourna le dos avec mauvaise humeur et se replongea dans l'étude de ses cartes marines.

Quelque vingt minutes plus tard, lorsqu'il s'apprêta au départ, la tension entre eux ne s'était pas apaisée. Rosemary savait qu'il ne reviendrait pas avant sa sortie en mer.

– Keith? dit-elle d'une voix faible.

Il pivota vers elle, la main sur la poignée de la porte. Elle vit qu'il souffrait autant qu'elle de la situation.

– Je suis désolée.

Elle le rejoignit, passa ses bras autour de sa taille et posa sa tête contre sa poitrine.

– On ne peut pas se séparer de cette façon. Je t'en prie...

Elle le sentit se raidir une seconde, puis il mit un bras protecteur autour de ses épaules.

– Tout va s'arranger, chérie, dit-il doucement. Je suis désolé aussi. Mais je ne veux pas croire qu'il y ait de quoi s'inquiéter à propos de Cassie.

Rosemary pressa son visage contre la chemise de son mari.

– Quand reviendras-tu?

– Mardi, peut-être mercredi. Les types de Boston n'étaient pas encore décidés.

Il la repoussa gentiment.

– Mais tu peux toujours me joindre par la radio, tu le sais. D'accord?

Elle aurait voulu le supplier de rester, de refuser ce contrat. Mais elle se força à sourire.

– Je t'aime.

– Moi aussi, je t'aime.

Et il partit, la laissant seule.

Cassie poussait la balançoire de Jennifer lorsqu'elle vit Lisa Chambers et Teri Bennett descendre Oak Street. D'abord elle crut qu'elles passeraient à côté du parc sans les remarquer. Mais Lisa la vit et s'arrêta net, posant une main autoritaire sur le bras de son amie pour la stopper.

Aux pieds de Cassie, Sumi ouvrit les yeux et se leva. Avec un miaulement sourd il se frotta contre ses jambes.

– Vise-moi un peu ça! fit Lisa d'une voix forte. Tu crois que Mrs. Winslow la laisse s'occuper de Jennifer? Elle doit être aussi cinglée que sa belle-fille, alors!

Cassie ravala la colère qui montait en elle mais oublia de pousser la balançoire.

– Eh! s'écria la fillette. Pourquoi tu t'arrêtes?

L'oscillation se réduisit progressivement et la gamine aperçut les deux adolescentes au bord du parc.

– Fais comme si elles n'étaient pas là, souffla-t-elle. Peut-être qu'elles partiront.

Mais Lisa s'était déjà engagée sur la pelouse et venait dans leur direction. Arrivée à quelques mètres elle s'immobilisa, un sourire vindicatif sur les lèvres.

– Personne ne t'a rien dit, à propos de Cassie? dit-elle en regardant Jennifer.

La gamine descendit de la balançoire et se rapprocha de sa sœur.

– Dit quoi? lâcha-t-elle d'une voix méfiante.

Les yeux de l'adolescente blonde pétillèrent d'une joie malveillante.

– Que c'est une sorcière, voyons! Comme l'était Miranda Sikes.

Jennifer en eut le souffle coupé.

– C-c'est même pas vrai!

Mais dans sa tête elle entendait la ritournelle chantonnée par Wendy Maynard : « Cassie est une sor-ciè-re! Cassie est une sor-ciè-re! »

– Et tu sais à quoi ça se voit? railla Lisa. A son chat : toutes les sorcières en ont un, c'est bien connu!

La rage martelait les tempes de Cassie. Elle fit un pas en avant.

– Ça suffit! Pourquoi veux-tu lui faire peur? Ce n'est qu'une petite fille.

– Et pourquoi arrêterais-je? C'est peut-être vrai, après tout! Et d'ailleurs, comment m'empêcherais-tu de parler? Tu n'as plus le faucon de Miranda, Mr. Templeton l'a abattu! Alors, que vas-tu faire?

Cassie serra les lèvres et ramassa Sumi. Le corps de l'animal était tendu et son pelage hérissé. Son miaulement se transforma en un sifflement de colère. L'adolescente sentit ses griffes lui égratigner les mains.

– Tu veux que je lâche Sumi?

Le rictus moqueur disparut du visage de la blonde.

– Tu crois que j'ai peur de ta bestiole minable? Pfff! Ou bien vas-tu me jeter un sort?

Inspirée par ses propres paroles elle se tourna vers Jennifer :

– C'est ce qu'elle a fait à Mr. Simms, tu sais. Elle lui a jeté un sort pour le rendre fou! Tu veux qu'elle te fasse la même chose? Qu'elle te rende folle aussi?

La gamine tremblait. Toutes les histoires qu'elle avait entendues à propos de Miranda resurgissaient à son esprit. Instinctivement elle s'écarta de Cassie, et Lisa nota son mouvement.

– C'est bien. Mais tu devrais l'éviter le plus possible. A ta place, je refuserais de dormir dans la même maison qu'elle. Tu ne sais pas ce qu'elle peut manigancer contre toi en pleine nuit, n'est-ce pas?

– Arrête! cria Cassie. Arrête tout de suite!

– Et pourquoi donc? minauda Lisa. Que feras-tu, sinon?

Cassie se figea. Les mots de Miranda lui revinrent en mémoire, mais il était trop tard. Elle ne pouvait plus contenir sa colère.

– Je te tuerai! hurla-t-elle, les larmes aux yeux. Si tu ne me laisses pas tranquille, je te tuerai!

Pendant une poignée de secondes Lisa ne répondit pas. Puis sa bouche s'ouvrit sur un rire bas et méprisant.

– Va donc au diable, Cassie Winslow! D'ailleurs, c'est ta place et personne ne veut de toi ici! (Elle se tourna vers Teri Bennett.) Partons d'ici avant qu'elle ne craque complètement!

Cassie suivit la blonde adolescente d'un regard brûlant de haine. La fureur bouillonnait en elle. Par vagues son corps en était secoué. Ses bras tremblaient.

Au bout d'un moment elle se rendit compte que Sumi était dans le même état. Soudain l'animal bondit sur le sol et fonça vers Lisa.

Non! pensa Cassie. *Reviens!*

Instantanément le chat mit fin à sa course et fit volte-face. Ses yeux dorés contenaient une interrogation muette. L'animal et l'adolescente se figèrent pendant une seconde.

Sumi rejoignit en trottinant la jeune fille et se frotta contre ses jambes en ronronnant.

La rage qui habitait Eric n'avait rien perdu de sa violence, malgré les trois heures de labeur qu'il s'était imposées après son affrontement matinal avec son père.

Il n'était pas sûr de ce qui avait déclenché l'explosion d'Ed, mais il supposait que tout avait commencé quand son père avait entrevu Cassie Winslow qui sortait de la maison voisine.

– Qu'est-ce que tu lorgnes, mon gars? avait-il grogné.

Eric avait quitté des yeux son assiette de gâteaux de maïs – une exigence d'Ed pour le petit déjeuner du samedi. Eric et Laura faisaient semblant de les aimer alors que leur simple vue leur donnait presque la nausée. Le garçon avait pris un air étonné tout à fait sincère.

– Je ne lorgne rien.

– Pas de craques avec moi, Bouche-En-Cœur! Tu crois que je ne sais pas ce qui se passe dans ton petit crâne?

Une lueur menaçante s'était allumée dans ses yeux. Sans comprendre, Eric avait jeté un coup d'œil par la fenêtre, à temps pour voir Jennifer et Cassie disparaître au coin de Cambridge Avenue.

– Je ne lorgnais rien du tout, Papa, insista-t-il calmement.

Mais ses dénégations ne serviraient à rien. Une fois qu'Ed Cavanaugh avait une idée en tête il n'en démordait plus.

– Tu reluquais cette pisseuse!

L'adulte se leva d'un coup, repoussant sa chaise avec une telle brusquerie qu'elle se renversa. Eric sursauta involontairement et la bouche de son père se tordit en un sourire malsain de victoire.

– Tu croyais me berner, mon gars?

– Laisse-le tranquille, plaida Laura, debout devant l'évier. Tu ne peux pas le laisser finir son petit déjeuner en paix? Il ne regardait personne.

La colère de son mari, due à une gueule de bois aussi méritée que tenace, trouva une cible idéale.

– Comment pourrait-on bouffer cette saloperie?

– Je croyais que tu aimais ça... commença imprudemment Laura.

Elle comprit son erreur et s'arrêta, mais le mal était fait.

La main d'Ed surgit et la frappa violemment en travers du visage. Elle trébucha et tomba sur le sol. Sa tête heurta la porte du placard, sous l'évier.

– Et ne la ramène pas avec moi, espèce de sale poufiasse! rugit-il.

– Ça suffit, Papa! hurla alors Eric. Elle ne t'a rien fait et moi non plus! Va plutôt te saouler et fous-nous la paix!

Tremblant de rage, Ed se tourna vers son fils. Mais Eric, qui s'était levé lui aussi, ne paraissait pas impressionné.

– Vas-y, Papa, fit-il d'une voix terriblement calme. Allez, vas-y. J'en ai soupé que tu me frappes pour des fautes que je n'ai pas commises.

Déboussolé par cette attitude incroyable, Ed hésitait.

– T'es pas encore assez costaud pour chercher des noises à ton vieux, mon gars! grinça-t-il.

Il était certain que ces mots suffiraient à effrayer son fils. Mais le seul résultat fut une crispation de la mâchoire du garçon.

– C'est ça, Papa. Essaie donc, le nargua-t-il sans se départir de cette froideur inquiétante.

Si Ed le frappait, Eric devrait se décider immédiatement. Se battrait-il contre son père? Non, pas maintenant. Le moment n'était pas venu. Pas encore.

Mais Ed avait senti le danger. Il traîna les pieds jusqu'à la porte en jurant à voix basse.

– Petit salopard de fils qui se permet de menacer son vieux! Mais tu ne perds rien pour attendre, va.

Il sortit. Eric et Laura savaient où il allait. Il commencerait à s'enivrer sur son bateau, puis il continuerait à la Taverne des Baleiniers. Et il ne reviendrait que lorsqu'il serait fin saoul.

Dès qu'ils furent seuls le garçon voulut aider sa mère, mais elle secoua la tête et le repoussa.

– Non, laisse-moi seule, souffla-t-elle. Ça ira.

Il sortit donc et s'attela au jardinage hebdomadaire. Mais après trois heures le travail ne l'avait pas calmé. Il n'arrivait pas à se concentrer sur sa tâche.

Il pensait sans cesse à cette rage qui grandissait en lui.

Ce n'était plus uniquement son père, il en était conscient. Sa colère débordait et touchait également sa mère.

Auparavant, quand sa fureur menaçait d'exploser, il se rendait toujours dans le marais. A la cabane.

Depuis qu'il avait dix ans et que Miranda était sortie de l'hôpital, la vieille femme s'était toujours montrée disponible pour lui. Il pouvait venir chez elle, s'asseoir, Sumi sur ses genoux, et laisser s'épancher son ressentiment. Aussi rempli de haine fût-il, Miranda l'écoutait, le comprenait, le réconfortait toujours. Elle avait été une amie d'une sollicitude inépuisable.

Elle lui avait enseigné comment contrôler sa colère, s'en servir, l'enfouir si profondément en lui-même que personne ne pouvait la soupçonner.

Elle lui avait appris à survivre.

Puis Cassie était arrivée, et la vieille femme l'avait également accueillie, elle qui jusqu'alors n'appartenait qu'à lui.

« Elle est comme toi, lui avait répété Miranda en cette fin d'après-midi où il était venu la voir pour la dernière fois. Je la connais depuis aussi longtemps que toi. Vous étiez si jeunes! Et je ne la rejetterai pas. Toi non plus, tu ne le dois pas. Elle a besoin de nous, Eric, de nous deux. »

Ce jour-là, pour la première fois, sa colère avait pris la vieille solitaire pour cible. Mais il l'avait cachée si parfaitement que même Miranda, qui pourtant décelait tout, n'avait rien remarqué. Plus tard, dans la nuit, il était retourné dans le marais.

Pourtant, après la mort de Miranda, et alors qu'il s'était enfin laissé aller à sa rage, celle-ci ne s'était pas éteinte.

Au contraire. Elle avait semblé se régénérer d'elle-même, se nourrir de sa propre violence, gagnant encore en puissance.

Et le jour où Simms l'avait exclu de l'équipe de base-ball, il s'était souvenu des paroles de Miranda. Mais elle s'était trompée. Il avait soudain compris que ce n'était pas Cassie qui avait besoin de lui.

Mais lui qui avait besoin de la jeune fille.

Afin de donner libre cours, sans risque, au ressentiment accumulé pendant toutes ces années. En la faisant accuser.

Et sa vengeance commencerait aujourd'hui, dès qu'ils relâcheraient Kiska.

Il ramena la tondeuse à gazon dans le garage et accrocha les cisailles de jardinier à leur clou. Après avoir refermé la porte, il traversa l'allée et contourna la maison des voisins pour frapper à la porte arrière. Un moment plus tard Mme Winslow lui ouvrait.

Il affichait le sourire amical qui masquait depuis longtemps déjà ses rancœurs.

– Bonjour. Cassie est-elle là?

Rosemary parut ennuyée.

– Eh bien oui, mais je ne suis pas sûre qu'elle se sente très en forme. Quand elle est revenue du parc elle est montée directement dans sa chambre. Depuis elle n'a pas reparu.

– Oh, tant pis! fit Eric, un peu désappointé. Lorsqu'elle redescendra, pouvez-vous lui dire que je suis passé?

– Bien sûr, dit Rosemary en souriant.

Elle allait refermer la porte quand la voix de Cassie retentit dans la cuisine.

– Pas besoin. Je suis là.

Surprise, Rosemary se retourna vers l'adolescente. Une heure plus tôt, quand elle était rentrée, il était évident que quelque chose l'avait choquée, mais elle avait refusé d'en parler. Une fois de plus elle s'était réfugiée à l'étage, dans la solitude de sa chambre. Mais Jennifer avait renseigné sa mère, et Rosemary avait été tentée de téléphoner à Harriet Chambers.

Mais agissait-on ainsi quand deux adolescentes se chamaillaient?

Si Jennifer s'était disputée avec une de ses amies, les deux mères auraient pu se consulter pour calmer la brouille. Mais quand les enfants avaient l'âge de Cassie et de Lisa, il était préférable de ne pas se mêler de leurs problèmes.

A présent elle se sentait presque ridicule d'avoir songé à téléphoner à Harriet, car la colère de l'adolescente s'était visiblement dissipée. Elle souriait à Eric d'un air détendu.

– Salut, dit-elle au garçon. Tu es prêt?

– Bien sûr. Je serais venu plus tôt si... enfin tu me comprends.

Le sourire de Cassie s'évanouit.

– Ton père?

Eric eut un haussement d'épaules.

– Tu sais comment il est. Allons-y.

La jeune fille avait atteint la porte quand Rosemary lui barra la route.

– Et ta chambre? demanda-t-elle avec autorité. Tu l'as nettoyée?

– Je le ferai plus tard.

L'adolescente voulut contourner Rosemary mais celle-ci fit un pas de côté pour lui bloquer le passage.

– Tu t'en es débarrassée tout à l'heure en emmenant Jenny au parc. Maintenant, avant que tu fasses autre chose, je veux que tu nettoies ta chambre.

Les yeux de Cassie s'assombrirent.

– Plus tard, répéta-t-elle d'une voix égale. Tu n'es pas ma mère et tu n'as pas d'ordre à me donner.

Médusée, Rosemary la regarda sortir en compagnie d'Eric. Pendant une seconde elle voulut la rattraper, puis elle abandonna cette idée.

Elle devait passer au moins quatre jours seule avec la jeune fille. Mieux valait éviter un affrontement dès le départ.

De la cabine de son bateau, Ed Cavanaugh observait le *Morning Star III* qui sortait à petite allure du port. Keith Winslow manœuvrait avec prudence pour dépasser les balises du chenal.

D'après les provisions qu'il avait embarquées, il prévoyait une balade en mer de plusieurs jours. Ce qui signifiait que sa femme resterait seule chez elle.

Avec Jennifer. Et Cassie.

La simple évocation de l'adolescente suffit à mettre Ed Cavanaugh en rage.

Il l'avait vue qui l'épiait. Depuis la mort de Miranda elle n'avait pas cessé ce manège; ces derniers jours c'était devenu encore plus ostensible, depuis qu'elle s'était enfermée dans sa chambre.

Chaque fois qu'il levait les yeux dans cette direction, il la repérait devant sa fenêtre. Elle le surveillait, il en était certain. Peut-être croyait-elle qu'il avait tué Miranda.

Mais il n'avait rien fait, n'en déplaise à cette sale espionne. Non que la mort de la vieille femme l'eût ému. En fait il s'en était plutôt réjoui. Au moins, Eric ne passerait plus son temps dans sa cabane à écouter les fadaises que cette vieille cinglée lui racontait depuis des années. Et son fils qui se croyait très malin! Le gosse était persuadé que personne ne savait où il allait quand il filait de la maison pendant le week-end, en laissant tout le boulot à son père.

Il aurait dû l'en empêcher dès le début. Il l'aurait fait,

d'ailleurs, s'il y avait eu moyen de garder continuellement un œil sur le gosse. Mais c'était impossible.

Une fois il avait même essayé de se rendre lui-même à la cabane, histoire de dire ses quatre vérités à cette vieille peau de Miranda. L'avertir de laisser Eric tranquille. Ensuite, il aurait...

Mais il n'avait même pas pu s'approcher du taudis dans le marais. Cette saloperie de faucon albinos l'en avait dissuadé.

Aussi, quand la vieille sorcière avait eu son compte, il n'avait pas versé de larmes.

A présent Cassie prenait la relève. C'était vers elle que se tournait son fils, et il savait bien ce que ce petit merdeux lui racontait.

Il lui servait les mêmes mensonges déjà débités à la clocharde : quel pauvre type que son père! Voilà ce qu'il disait.

Et Cassie l'écoutait, tout comme Miranda avant elle. Et pourquoi pas? Il avait compris les manigances de cette petite traînée dès les premiers jours. Suffisait de voir la façon dont elle reluquait son gosse, comment elle l'embarquait dans toutes sortes de foutaises, comme de manquer les cours ou de répondre à son père! Cassie Winslow et Miranda Sikes faisaient bien partie de la même engeance, pas de doute! Eh bien, il n'avait peut-être pas eu le temps de s'occuper de la vieille, mais il réservait une surprise à la gamine!

Il savait déjà que Rosemary Winslow n'aimait pas sa belle-fille. Son petit malin de mari parti, elle l'écouterait, lui, Ed Cavanaugh. Il lui expliquerait qui était en réalité Cassie, et ce qui arriverait si elle n'empêchait pas la fille de voir son fils. Si elle voulait vivre avec une cinglée chez elle, c'était son affaire. Mais elle aurait sacrément intérêt à la tenir éloignée d'Eric.

Et après leur petite conversation...

Les yeux d'Ed Cavanaugh brillèrent en imaginant cet instant. *Nom de Dieu!* songea-t-il. *Je parie qu'elle ne crierait même pas! Elle aimerait sûrement ça.*

Elle l'avait assez allumé depuis des années.

Il ouvrit la petite glacière calée à côté de l'évier débordant de vaisselle sale et chercha une bière. Il n'en restait plus. Il claqua le couvercle avec mauvaise humeur.

Il sortit et ferma la cabine à clef.

La Taverne des Baleiniers ne manquait jamais de bière bien fraîche, ni de gens avec qui discuter autour d'un verre. Des types bien, qui l'appréciaient.

Pas des ploucs comme sa femme, et Rosemary Winslow, et Cassie!

Mais il allait leur montrer, à toutes!
Et pas plus tard que ce soir.

19

Le faucon dressa la tête. Ses yeux rouges observèrent Cassie et les plumes de son cou se hérissèrent doucement.

Tandis qu'ils approchaient, la cage était restée tout à fait invisible. La jeune fille n'était même pas sûre du buisson vers lequel se dirigeait Eric. A ses yeux, tout le marais à l'ouest de la cabane semblait recouvert de la même végétation. La plupart du temps la sente suivie par le garçon était dissimulée par des plantes rampantes et des herbes folles.

Mais elle avait bientôt senti un picotement l'envahir. Des yeux l'épiaient. Elle s'était arrêtée pour examiner les alentours. Eric lui avait lancé un regard aigu.

– Tu sens sa présence, n'est-ce pas?

– C'est... juste une impression, avait avoué l'adolescente, encore incertaine. Sommes-nous proches?

– Là, le gros buisson entouré de plantes grimpantes.

Cassie avait détaillé l'endroit avant de trouver le buisson qu'Eric désignait. Elle s'en était approchée et le picotement s'était amplifié. Le garçon derrière elle, elle s'était accroupie sur le sol spongieux et s'était frayé un chemin dans l'enchevêtrement de branches. La cage était posée au centre du buisson, près du tronc de l'arbuste.

Les serres crispées sur un perchoir de fortune, Kiska l'avait regardée avec méfiance. De petits bruits semblables à un cliquetis montaient de sa gorge.

Eric s'était faufilé à côté d'elle en fouillant dans une poche de son blouson.

– Tiens, donne-lui ça.

Il mit quelque chose dans sa main.

Cassie baissa les yeux et poussa un petit cri. Elle venait de reconnaître le cadavre d'une souris. Elle eut un mouvement de dégoût involontaire et le petit corps tomba sur le sol.

De son perchoir, le faucon tendit le cou vers le rongeur.

– Que dois-je faire? demanda Cassie.

– Prends-la. Mets-la sur ta paume, bien à plat, et introduis ta main dans la cage. Il l'attrapera tout de suite.

La jeune fille déglutit, mal à l'aise. Non sans réticence, elle suivit les conseils du garçon. Kiska piaillait d'impatience et sa tête était agitée de mouvements brusques. Il ne quittait pas des yeux son futur repas.

Cassie ouvrit la cage d'un geste lent, juste assez pour passer la main. Le corps de Kiska se détendit en un éclair et la souris se retrouva dans son bec.

L'adolescente retira vivement sa main et referma la cage.

Le faucon laissa tomber le petit cadavre sur le sol et le déchiqueta des serres et du bec. Dès qu'un morceau sanguinolent se détachait du minuscule squelette, l'oiseau l'engloutissait en rejetant la tête en arrière. Avant même d'avoir avalé le premier lambeau de chair le bec replongea vers le rongeur écartelé. En quelques secondes la souris disparut, os compris.

– As-tu déjà vu quelque chose de semblable? haleta Eric sans cesser d'observer le rapace.

Remonté sur son perchoir, Kiska avait entrepris de lisser ses plumes d'un bec infatigable.

Discrètement, Cassie luttait contre un début de nausée.

– Non, murmura-t-elle entre ses dents. Tu as vraiment fait ça tous les jours? Où as-tu trouvé les souris?

– Dans la cave de notre maison. Mon père y entasse tout et n'importe quoi, et les souris y pullulent. J'ai mis quelques pièges. L'autre jour j'en ai attrapé trois!

– Que va-t-on faire de Kiska, maintenant? On ne peut pas le garder caché éternellement.

Le garçon lui jeta un coup d'œil oblique.

– On ne peut pas le libérer non plus.

– Mais il est guéri! dit-elle avec force. Je le sais. Je le sens.

– Et Templeton? contra Eric. S'il le voit, il lui tirera encore dessus!

Cassie garda le silence un très long moment. Elle regardait intensément l'oiseau. Dans sa petite prison, Kiska cessa de lisser ses plumes et se figea dans une immobilité totale, ses pupilles rouges rivées à la jeune fille.

Enfin l'adolescente ouvrit la porte de la cage. Immédiatement le rapace sauta de son perchoir et approcha la tête de l'ouverture.

Avec une lenteur prudente, Cassie avança sa main et la posa devant l'oiseau.

Kiska bondit sur son poignet, et les serres aussi aiguisées que des rasoirs encerclèrent la chair sans exercer de pression.

Cassie laissa échapper un soupir de soulagement et adressa un sourire radieux à Eric.

– Je peux le sentir. Tout va bien.

Comme s'il voulait lui donner raison, le faucon battit des ailes avec vigueur et s'envola. Il traversa le buisson dans un fracas de rameaux brisés pour se ruer dans le ciel. Les deux adolescents s'extirpèrent de l'enchevêtrement végétal et se relevèrent. Loin au-dessus d'eux, de plus en plus haut, le rapace cherchait le vent en décrivant des cercles. Dès qu'il le trouva il se tint immobile, la queue en éventail, se contentant de glisser sur le courant invisible, son cri d'excitation déchirant l'azur. Brusquement il plongea et ne redressa sa trajectoire qu'à quelques centimètres des pins autour de la cabane. Une bande de corbeaux surgit des arbres. Dans un concert de croassements rageurs, ils se lancèrent à sa poursuite. Kiska reprit rapidement de l'altitude avant de piquer sur le groupe de ses poursuivants, qui s'éparpillèrent. Furieux, les corbeaux foncèrent un à un sur lui, mais le rapace, plus rapide, les évitait au dernier instant. Petit à petit il les attirait au-dessus de l'océan.

– Que fait-il? s'enquit la jeune fille.

– Il s'amuse avec eux. D'abord il les a dérangés pour les mettre en colère, et maintenant il les asticote. Regarde!

Les corbeaux tournoyaient autour du faucon, lançant de vaines attaques. Après quelques minutes, sans doute lassé du jeu, Kiska s'éloigna sur la mer en un large arc de cercle. Une fois qu'il eut retrouvé un courant porteur, il plana avec sérénité jusqu'à la cabane. D'un simple battement d'ailes il se posa sur la pointe du toit, superbement indifférent aux croassements vengeurs.

Les corbeaux voletèrent encore quelque temps autour de la cabane, dans l'espoir de l'attirer à nouveau dans les airs, mais Kiska resta à son poste d'observation et se mit à lisser ses plumes de son bec. Déclarant forfait, les oiseaux noirs regagnèrent leurs nids dans les pins voisins. Le calme retomba sur le marais. On n'entendait plus que les cris sporadiques de quelques canards et le bruit régulier du ressac, au-delà des dunes.

D'un pas tranquille, Eric et Cassie prirent la direction de la cabane. Le soleil chauffait agréablement leur dos. Une paix profonde envahit la jeune fille. Elle comprenait pourquoi Miranda avait vécu ici seule, pourquoi la vieille femme aimait tant ce lieu sauvage. C'était un univers qui se suffisait à lui-même, grouillant de vie et de mouvement et pourtant retranché du reste du monde.

Soudain la quiétude du marais fut rompue par le cri suraigu du faucon. Kiska s'élançait dans les airs.

– Que se passe-t-il? s'écria Cassie. Qu'a-t-il vu?

Eric ne répondit pas tout de suite. Abritant ses yeux d'une

main, il suivit les évolutions du rapace. Kiska monta rapidement en cercles serrés avant de traverser le ciel du marais en direction du parc. Un instant plus tard les deux adolescents le perdaient de vue.

– Où va-t-il? s'inquiéta la jeune fille. Si quelqu'un le voit...

Eric saisit son bras.

– Vite! cria-t-il. Je crois savoir où il va. J'en suis même sûr!

Il l'entraîna sur quelques mètres puis la lâcha pour courir. Cassie le suivit aussi vite que le permettait le terrain. Ses pieds dérapèrent plusieurs fois dans la boue mais elle parvint à conserver son équilibre. Elle ne rattrapa le garçon qu'à la lisière du marais. Il s'était arrêté pour reprendre son souffle.

– Mais où allons-nous? haleta-t-elle.

– Nous suivons Kiska. Ne pose pas de questions et viens!

Et il reprit sa course.

– Regarde! cria le garçon.

Il fit brusquement halte et Cassie dut se jeter sur le côté pour ne pas le renverser. Elle réussit à ne pas tomber et suivit le regard d'Eric.

Ils avaient remonté Commonwealth Avenue et la place s'étalait devant eux. Mais là n'était pas ce qu'observait l'adolescent. Il scrutait le ciel au-dessus de l'église congrégationaliste.

Haut dans le ciel, Kiska tournoyait en descendant lentement. Ils perçurent ses cris de colère, signe d'une attaque imminente.

– Que fait-il au-dessus de l'église?

– Pas l'église! s'écria Eric. Le cimetière! Il est juste au-dessus!

Cassie traversa la place au pas de course et contourna l'église. Le vieux cimetière lui apparut. Elle vit aussitôt ce que Kiska avait senti et Eric deviné.

Accroupie devant la tombe de Miranda Sikes, Lisa Chambers semblait très affairée. Elle était entourée d'une demi-douzaine d'adolescents parmi lesquels Cassie reconnut Jeff Maynard et Kevin Smythe, ainsi que Teri Bennett et Allayne Garvey. Elle ne connaissait les autres que de vue.

Mais elle savait ce qu'ils faisaient ici, aussi sûrement que Kiska et Eric.

– Non! hurla-t-elle. Arrêtez!

Lisa releva la tête. En apercevant les deux adolescents, elle eut un rictus revanchard.

– Je fais ce que je veux, et tu ne peux rien faire pour m'en empêcher!

– Si, elle le peut! cria Eric derrière Cassie. Regarde!

Il désigna le ciel. Lisa et ses amis levèrent les yeux et la peur les étreignit.

Les serres tendues, Kiska fonça vers eux. Son cri emplit l'air.

Le souffle court, Cassie observait la scène. Elle connaissait le dénouement sanglant qui surviendrait dans un instant.

Et elle le désirait. Elle voulait que le faucon déchiquette Lisa comme il l'avait fait de la souris quelque temps auparavant.

Mais une fois de plus, la voix de Miranda murmura à ses oreilles.

Elle voulut l'ignorer mais ne le put.

Miranda parlait et elle devait écouter.

– Non! hurla-t-elle. Kiska!

Le faucon freina en quelques battements d'ailes frénétiques, redressa son vol et reprit de l'altitude. Puis il vira et se dirigea vers le marais.

Eric et Cassie l'observèrent jusqu'à ce qu'il disparaisse. Les yeux du garçon s'étaient étrécis.

– Tu aurais dû le laisser attaquer! fit-il avec amertume.

Mais la jeune fille secoua la tête.

– Je ne pouvais pas. Miranda...

Elle ne termina pas sa phrase. Eric la dévisageait d'un air sombre.

– Quoi, Miranda?

– Elle n'a jamais voulu faire du mal à quiconque, expliqua Cassie.

Ils s'approchèrent du cimetière. Lisa et ses amis reculèrent. Quand Cassie poussa la grille, ils tournèrent les talons et s'enfuirent.

Cassie regarda la pierre tombale couverte de graffiti et les fleurs, arrachées à présent, qu'elle avait plantées quelques jours plus tôt.

– Elle ne voulait de mal à personne, et elle ne veut pas que je la trahisse.

– Elle est morte! s'emporta Eric. Elle se fout bien de ce que tu peux faire!

– Non. Je n'ai pas le sentiment qu'elle soit morte. Elle vit en moi, et parfois je peux presque l'entendre me parler. Et elle ne veut pas que je blesse quelqu'un.

– Même si eux te blessent?

La jeune fille hésita.

– Ils ne le peuvent pas. Pas tant que je ne le permets pas.

– Mais ils te font du mal! Quand Lisa commet un acte comme celui-là, elle te blesse autant que ta mère quand elle te frappait!

L'aigreur du garçon tournait à la colère.

– Ce n'est pas parce qu'ils ne te touchent pas qu'ils ne te font pas de mal, et ils ne s'arrêteront pas tant qu'ils verront que tu souffres!

Elle dut reconnaître qu'il disait vrai. Lisa et ses amis lui avaient fait aussi mal que la plus forte raclée jamais administrée par Diana, sa défunte mère.

Mais comment les en empêcher?

Lentement, une idée germa dans son esprit.

Peut-être y avait-il une solution, après tout. Si Eric avait raison et qu'elle pouvait les persuader qu'ils la persécutaient en vain...

Contenant son excitation naissante, elle se décida. Elle expliqua son plan au garçon qui approuva sans retenue.

– Génial! s'exclama-t-il quand elle eut fini. Vraiment génial!

Alors ils réparèrent les dégâts causés à la tombe de Miranda par Lisa Chambers et ses amis.

Il était presque vingt heures trente quand Eric et Cassie dépassèrent le coin de l'église et traversèrent le terrain de sport en direction du gymnase. La double porte d'entrée en était grande ouverte, déversant une lumière vive sur le perron et une partie de la pelouse. A la limite de la zone éclairée, quelques adolescents se partageaient une cigarette.

Cassie s'arrêta à l'abri des ténèbres.

– On ne devrait peut-être pas...

– Mais nous étions décidés! Et j'ai hâte de voir les têtes qu'ils vont tirer!

La jeune fille sentit l'appréhension nouer son estomac. Elle se rappelait le visage de sa belle-mère quand elle était descendue de sa chambre, une demi-heure plus tôt. Elle était assise dans le salon. Lorsque Cassie passa dans le vestibule, Rosemary avait levé les yeux de son tricot et retenu un cri d'effroi, les yeux écarquillés par ce qu'elle découvrait. Mais avant qu'elle ne puisse dire un mot, la jeune fille était sortie et avait rejoint Eric au coin de l'église.

– Elle a dit quelque chose? avait demandé le garçon.

– Elle n'en a pas eu le temps! J'ai cru qu'elle allait s'évanouir!

A présent elle faisait face au bâtiment dont les murs vibraient sous les accords tonitruants d'un rock endiablé. Elle pensa à la foule d'adolescents qui se démenaient à l'intérieur et sentit sa détermination faiblir.

Conscient de son hésitation, Eric la prit par le bras.

– Allons-y. Tu ne peux plus reculer maintenant.

La tenant fermement, il l'emmena hors de la nuit. Ils montèrent le petit escalier du gymnase d'un pas rapide.

Charlotte Ambler s'était postée près de la porte et surveillait d'un œil vigilant la foule des élèves qui se trémoussait sur la piste de danse improvisée. Jusqu'ici tout s'était déroulé sans incident. La directrice savourait ce répit dans la tension constante qui régnait dans son établissement depuis l'arrivée de Cassie Winslow. Par la rumeur elle savait qu'Eric Cavanaugh avait annulé son rendez-vous avec Lisa Chambers et qu'il projetait de venir au bal en compagnie de Cassie. En apprenant cette nouvelle elle avait eu le pressentiment d'un désastre. Aussi était-elle arrivée au gymnase avant l'ouverture des portes. Elle espérait que sa présence préviendrait tout incident.

Depuis une heure elle s'était un peu détendue. Aucun signe d'Eric ou de Cassie. Apparemment, ils ne viendraient pas.

Tandis que l'orchestre terminait un morceau sur un solo de synthétiseur, elle entendit des pas à l'extérieur et se tourna pour accueillir les retardataires.

Son sourire de bienvenue se figea.

Très droite, le visage couleur de cendre, les yeux immenses et fixes, Cassie Winslow se tenait devant elle.

Mais ce n'était plus Cassie Winslow.

C'était Miranda Sikes.

La jupe noire que la vieille femme avait portée toute sa vie couvrait la jeune fille de la taille jusqu'au sol. Elle s'était également vêtue de l'épais chandail de la défunte, et son grand châle noir entourait son visage.

Au creux de son bras gauche elle tenait Sumi qu'elle caressait de la main droite.

Les yeux du chat brillaient dangereusement dans la lumière de l'entrée.

– C-Cassie? bredouilla la directrice.

Un étourdissement la força à prendre appui contre le mur d'une main.

– Cassie? fit l'apparition d'une voix terriblement creuse. Je ne suis pas Cassie. Cassie est... partie. Je suis Miranda. Miranda Sikes.

D'une démarche délibérément lente, elle dépassa Charlotte Ambler et s'arrêta sur le seuil de la salle de bal.

C'est alors seulement que la directrice remarqua Eric Cavanaugh. Il s'était tenu en retrait derrière Cassie et attendait en haut des marches, le visage pâle et les yeux fixes.

Malgré le choc qu'elle venait d'éprouver, Charlotte Ambler l'apostropha avec autorité.

– Que signifie cette mascarade, Eric? C'est une plaisanterie?

Le garçon semblait hébété.

– Je... je ne sais pas, balbutia-t-il. Quand je suis allé la chercher elle était habillée comme ça, et elle n'a rien voulu me dire pendant le trajet. J'ai... j'ai essayé de lui parler, mais elle n'a pas répondu. Je ne suis même pas sûr qu'elle m'ait entendu.

La directrice ferma les yeux un moment pour chasser l'image spectrale de son esprit, mais elle ne pouvait effacer la réalité de l'incident qui se préparait.

Dans le gymnase bondé, un silence atterré s'abattit soudain, comme les élèves découvraient la silhouette qui s'encadrait à l'entrée de la salle.

Cassie resta immobile. Sans cesser de caresser Sumi, elle parcourut simplement des yeux l'assemblée pétrifiée. Et elle trouva sa victime.

Lui tournant le dos, Lisa Chambers conversait avec Allayne Garvey et Teri Bennett, près de la table portant le punch.

Les yeux fixés sur la jeune fille blonde, Cassie traversa la salle d'un pas étrangement glissant.

Tous s'écartaient devant elle. Lorsqu'elle fut à trois mètres de Lisa Chambers, elle s'arrêta. Un silence de mort planait à présent sur le gymnase entier.

Lisa ne remarqua le calme impressionnant qui pesait sur la salle qu'au dernier moment. Soudain mal à l'aise, elle se retourna.

La coupe de punch qu'elle venait de se servir lui échappa des doigts et tomba sur le sol où elle éclata en mille morceaux. Subjuguée par l'incroyable apparition, Lisa prit une expression stupide.

C'était Cassie.

Il fallait que ce soit elle.

Et pourtant ce n'était pas *complètement* Cassie Winslow.

Miranda Sikes la transperçait de son regard horriblement vide.

Elle sentit qu'Allayne et Teri reculaient, l'abandonnant au regard accusateur. Une peur glacée la submergea et ses jambes se mirent à trembler.

Alors Cassie leva une main et pointa l'index sur elle.

– Toi. C'était toi...

La silhouette noire avança encore. Le chat découvrit ses crocs et cracha en direction de la blonde terrorisée. L'animal semblait sur le point de bondir.

Lisa poussa un hurlement hystérique et voulut reculer pour fuir. Elle bouscula la table et ses jambes la trahirent. Elle s'écroula lamentablement, entraînant avec elle la table, le saladier de punch et les coupes. Elle se débattit dans la nappe et poussa un gémissement sourd.

Alors elle entendit un éclat de rire moqueur. Elle parvint à s'asseoir et leva les yeux. Le châle noir rejeté sur ses épaules, Cassie lui souriait ironiquement.

– Tu prétendais que j'étais folle, non? C'est bien ce que tu as dit à tout le monde? Eh bien, j'ai décidé de t'obéir! Alors, ça te plaît?

Il y eut un moment de silence avant que la foule des élèves comprenne le tour que Cassie venait de jouer à Lisa.

Un rire fusa. Puis un autre. Et une hilarité générale secoua le gymnase.

Sa robe trempée de punch, Lisa se releva avec fureur.

– Ça n'a rien de drôle! éclata-t-elle.

Sa voix tremblait de rage et son visage était crispé en une grimace hargneuse, mais les rires redoublèrent. Elle se tourna vers Allayne et Teri, mais ses deux amies s'esclaffaient aussi fort que les autres.

– Elle t'a eue! Elle nous a tous bien eus! réussit à articuler Allayne Garvey avant d'être secouée par une nouvelle crise de rire.

Eric apparut à côté de Cassie. Ses yeux brillaient.

– Eh, Lisa! Tu n'as pas répondu à la question : ça t'a plu?

L'adolescente blonde fusilla la foule d'un regard brûlant. Elle tremblait toujours, mais à présent c'était de rage. Elle se campa devant le garçon.

– C'est toi qui as tout manigancé! cracha-t-elle. Elle n'aurait jamais eu une idée pareille! C'est toi!

Elle le gifla violemment.

L'humour disparut des yeux d'Eric, remplacé par une colère froide.

– Tu n'aurais pas dû faire ça. Vraiment pas.

Pour toute réponse, Lisa le gifla de nouveau.

– Je ferai ce que je veux! hurla-t-elle. Et vous allez le regretter tous les deux, je vous le jure!

Pleurant de rage et d'humiliation, elle se fraya un chemin à travers la foule hilare et s'enfuit dans la nuit.

Cassie se retrouva entourée d'une bande d'élèves soudain cordiaux. Elle nota alors que Sumi restait invisible.

– Il faut le rattraper, dit-elle à Eric dès qu'elle put lui parler. S'il la rejoint...

Ils se dirigèrent vers la sortie. Sur sa joue, le garçon sentait toujours la brûlure des gifles. A la vérité, il se moquait bien du danger que Lisa courait. Et s'il n'avait tenu qu'à lui, Sumi aurait déjà tué l'adolescente.

20

Pour la cinquième fois en un quart d'heure, Rosemary consulta la pendule. Elle s'était promis de ne pas s'inquiéter avant minuit, mais chaque minute rendait sa décision plus difficile à respecter.

Qu'avait donc en tête Cassie? Rosemary repensait avec effroi à la seconde où elle avait cru apercevoir le fantôme de Miranda. Si l'intention de sa belle-fille était de la terroriser, elle avait magnifiquement réussi. Mais que se passerait-il à son arrivée au bal?

Lorsqu'elle s'était remise de son émotion, la jeune fille était déjà loin. Pendant un moment Rosemary avait songé à la rattraper en voiture, mais elle avait vite abandonné cette idée. Si elle trouvait l'adolescente avant que celle-ci atteigne le gymnase, elles auraient une scène pénible, à n'en pas douter. Rosemary exigerait que sa belle-fille rentre se changer; Cassie refuserait, bien entendu.

Elle avait donc passé la soirée avec Jennifer, s'attendant à moitié à un retour précipité d'une Cassie en larmes parce qu'on se serait moqué d'elle.

Mais la jeune fille n'était pas rentrée.

A neuf heures, Rosemary mit Jennifer au lit et retourna tricoter dans le salon. Tout s'était peut-être très bien déroulé, en fin de compte. Mais quand la pendule avait marqué onze heures, son inquiétude était revenue. Depuis une quinzaine de minutes, elle ne cessait d'arpenter nerveusement le rez-de-chaussée, indécise sur la conduite à adopter.

La radio, qui lui permettrait d'entrer instantanément en contact avec Keith, semblait lui faire signe, mais jusqu'alors elle avait résisté à la tentation. Perdue dans des considérations moroses, elle s'était appuyée contre la porte du salon quand elle perçut un bruit. On frappait légèrement à la porte de la cuisine.

Elle se précipita pour ouvrir.

A sa grande surprise, Laura Cavanaugh se tenait sur le seuil, le visage rendu blafard par la lumière extérieure. Comme sa voisine entrait, Rosemary retint une exclamation.

Les yeux de Laura étaient gonflés et cernés de marques bleuâtres. Une vilaine coupure courait sur sa joue gauche jusqu'à l'oreille, et la chair de la joue droite se violaçait lentement.

Les deux femmes s'entre-regardèrent en silence pendant quelques secondes, puis Laura se mit à pleurer doucement.

– Je sais que je ne suis pas très jolie à voir, s'excusa-t-elle. Je n'aurais pas dû venir.

– Ne dites pas ça, Laura. Que s'est-il passé? Est-ce que votre mari...

Elle se tut en voyant Jennifer pénétrer dans la cuisine. La gamine se frottait les yeux.

– Maman, je ne pouvais pas dormir. Je croyais que c'était Cassie qui rentrait.

Elle regarda Laura avec curiosité mais sans étonnement excessif.

– Retourne au lit, ma chérie. Mrs. Cavanaugh et moi avons à parler. Allez!

Jennifer fronça les sourcils, bâilla et décida que le moment était mal choisi pour affronter sa mère. Elle remonta se coucher.

Rosemary se retourna vers sa voisine.

– C'est Ed?

Presque contre son gré, Laura acquiesça.

– Ce n'est pas grave. Et je ne suis pas venue vous voir pour ça. C'est à cause d'Eric. Il n'est pas rentré, et je me demandais s'il n'était pas ici avec Cassie.

Elle leva les yeux vers le plafond, comme pour sonder l'étage.

– Je ne voudrais pas vous importuner, mais Ed risque d'arriver d'un instant à l'autre, et si Eric est ici...

Sa voix s'éteignit et elle s'affaissa sur une chaise.

– Avez-vous téléphoné à Gene Templeton? demanda Rosemary en préparant un thé.

– Gene? Pourquoi voulez-vous que je l'appelle? Ce n'est pas comme s'il était arrivé quelque chose à Eric.

– Je ne parle pas de votre fils! coupa Rosemary. Je parle de vous, Laura! Pour l'amour du Ciel, combien de temps allez-vous encore supporter qu'Ed vous frappe chaque fois qu'il a bu?

Laura secoua la tête avec désespoir.

– Il ne me...

– Allons, Laura! Ce n'est un secret pour personne! Tout False Harbor sait ce qu'il vous inflige! Mais comment voulez-vous qu'on vous aide si vous ne protestez jamais?

Laura enfouit son visage tuméfié dans ses mains et Rosemary la contempla un moment. Elle luttait contre l'envie de la consoler car elle savait que la pitié n'arrangerait rien. Laura devait prendre conscience de sa propre force pour trouver le courage de quitter Ed. Avec un soupir, Rosemary emplit une tasse de thé brûlant et la posa devant sa voisine. Celle-ci semblait reprendre peu à peu contrôle d'elle-même.

– Je suis désolée, dit-elle en reniflant. Je sais que vous avez raison. Mais je me fais du souci pour Eric. Il a dit qu'il allait au bal de l'école avec Cassie et...

– Et votre mari déteste Cassie, compléta Rosemary. Mais elle n'est pas ici, pas plus que votre fils, d'ailleurs.

– Alors où sont-ils? Si Ed rentre avant Eric...

Au-dehors un moteur rugit. Par la fenêtre de la cuisine, les deux femmes virent le vieux pick-up blanc descendre l'allée et freiner dans un crissement de pneus.

Ed s'extirpa de la camionnette et tituba jusqu'à la porte arrière de sa maison.

– Saoul, évidemment! commenta Rosemary avec dégoût.

Elles l'entendirent vociférer le nom de sa femme et de son fils. Il ressortit quelques secondes plus tard et observa la maison des Winslow en se caressant le menton. La respiration de Laura devint plus bruyante comme son mari traversait l'allée dans leur direction. Elle se leva en vacillant.

– Il ne doit pas me trouver ici, murmura-t-elle. Si jamais...

La porte de la cuisine fut violemment ouverte. Ed Cavanaugh, les yeux injectés de sang, un rictus féroce aux lèvres, entra dans la pièce d'un pas lourd.

– J'aurais dû me douter que tu viendrais pleurnicher ici!

Il avait parlé d'une voix haineuse qui fit tressaillir sa femme. Puis il se tourna vers Rosemary.

– Où est mon gars? Avec votre cinglée de gosse?

Rosemary se dressa de toute sa taille, sa peur de l'ivrogne balayée par une soudaine indignation.

– Eric n'est pas ici, et Cassie non plus. Ils sont toujours au bal. Et si vous êtes toujours ici dans deux minutes j'appelle la police!

Ed la jaugea d'un regard méprisant et eut un geste à l'intention de sa femme.

– Toi, fous le camp d'ici! Faut que je discute avec cette pimbêche.

– Ed...

Avant qu'elle ait pu prononcer un autre mot, son mari tendit le bras et, dans un geste que Rosemary trouva presque nonchalant, la fit pirouetter sans effort et la projeta hors de la cuisine. Mortifiée, Laura s'enfuit vers sa propre maison, les mains sur le visage.

Lorsque sa femme eut disparu, Ed se retourna vers Rosemary. Celle-ci se tenait près du téléphone qu'elle avait décroché.

– J'appelle Gene Templeton. Je vais lui dire exactement ce qui s'est passé, et j'espère bien que Laura en profitera enfin pour vous traîner en justice!

Elle n'eut même pas le temps de composer le numéro. En deux enjambées Ed traversa la cuisine et lui arracha le combiné des mains. Puis il coinça Rosemary contre le mur en la pressant de sa large poitrine.

– Qu'est-ce qu'on voulait faire là, Madame-La-Pimbêche? Pas gentil, ça! Et il n'y a aucune raison. Je ne lui ai pas fait si mal. D'ailleurs elle aime ça! Mais maintenant qu'elle est partie, reste plus que vous et moi, hein? Votre pète-sec de mari ne rentre pas ce soir, s'pas? Et sa traînée de fille est en train de foutre mon gars dans la panade, non? Alors on va pouvoir s'en payer une tranche, tous les deux. On a tout notre temps...

Il approcha son visage du sien, et Rosemary comprit soudain ses intentions. La bouche de l'homme n'était plus qu'à quelques centimètres de la sienne, et son haleine aigre lui souleva le cœur. Elle voulut le repousser, mais son corps pesant lui parut inamovible. Alors, de l'entrée de la pièce, elle entendit la voix de Jennifer.

– Maman, il te fait mal? Maman?

Rosemary se débattit, mais les énormes mains d'Ed enserraient ses poignets comme un étau. Il la pressa un peu plus contre le mur et grogna une obscénité. Elle détourna la tête au moment où les lèvres de l'ivrogne allaient toucher sa bouche.

– Sors vite, Jenny! cria-t-elle. Traverse la rue et demande de l'aide! Dis-leur d'appeler la police!

– Sacrée garce! ricana Ed en écrasant son bassin contre les hanches de sa victime.

– *Vite Jenny!*

Elle entendit sa fille hurler de peur et la vit disparaître du coin de l'œil. Rassemblant ses forces défaillantes, elle remonta violemment un genou pour frapper l'entrejambe d'Ed Cavanaugh.

Il poussa un mugissement étranglé et relâcha son emprise sous la douleur fulgurante. Rosemary en profita pour le repousser. Perdant l'équilibre, il bouscula la table de la cuisine et tomba lourdement à la renverse, les mains pressées sur son sexe.

Rosemary fonça vers la porte.

– 'spèce de dingue! l'entendit-elle grogner alors qu'elle se ruait à l'extérieur. Aussi dingue que la fille. On aurait pu s'en payer une bonne tranche...

Quelques minutes plus tard, à l'abri chez les voisins de l'autre côté de la rue, elle le vit sortir en titubant. Il s'arrêta un moment, regardant de tous côtés, puis il se décida et monta dans son pick-up. Trente secondes à peine après son départ, la voiture de patrouille de Gene Templeton tournait le coin de la rue sur les chapeaux de roues.

Ed conduisait dans un brouillard. La douleur ne semblait pas calmée par l'alcool, et il combattait une nausée insistante. Le tout se fondait en une rage inextinguible qui brûlait son être et consumait les derniers vestiges de sa raison.

Il savait où aller pour soulager sa fureur, et que faire quand il arriverait là-bas.

Cassie Winslow était bien comme Miranda Sikes.

Elle avait ensorcelé son fils, et si Ed ne réagissait pas elle ensorcellerait tout le monde.

Rosemary Winslow était déjà tombée sous sa coupe. Sinon elle ne l'aurait pas repoussé. A la façon dont elle le regardait depuis des années, il savait bien qu'elle crevait de désir pour lui...

Mais aujourd'hui, alors que l'occasion qu'elle attendait depuis si longtemps se présentait enfin, elle l'avait frappé.

Aucune femme n'avait jamais osé agir ainsi.

Il n'y avait qu'une explication : Cassie avait fait quelque chose à Rosemary Winslow.

Peut-être devrait-il retourner la voir, pour le lui expliquer.

Voilà l'erreur qu'il avait commise! Il voulait parler à Rosemary, mais Laura était présente et il n'avait pas pu expliquer la situation à sa voisine! A cause de sa femme! Tout devenait clair, à présent. Elle lui avait gâché une occasion en or, comme elle lui avait toujours tout gâché!

Et maintenant le mal était fait. Rosemary Winslow refuserait de l'écouter. Personne ne l'écouterait tant que Cassie manigancerait sa...

Sorcellerie...

Le mot résonna sinistrement dans l'esprit embrumé d'Ed Cavanaugh. Il venait de découvrir la clef du problème.

Cassie Winslow était une sorcière, comme Miranda Sikes

avant elle. L'adolescente avait jeté un sort à son fils, comme la vieille folle auparavant.

Mais c'était compter sans lui, Ed Cavanaugh! Maintenant qu'il avait démasqué le complot, il allait le faire échouer. Dès qu'il les trouverait.

Il ne savait peut-être pas grand-chose, mais il savait très bien s'y prendre avec les femmes.

21

C'était la faute de Cassie. Entièrement. Et elle allait le lui faire payer très cher.

Lisa descendit d'un pas rapide Oak Street, scrutant furtivement les alentours avant de s'aventurer sous la lumière des réverbères. Elle se répétait qu'il n'était pas encore minuit et que personne ne s'étonnerait de la voir dans les rues.

Mais si on l'apercevait, on pourrait s'en souvenir.

Lorsqu'elle était rentrée du bal, elle ne savait pas quoi faire. Elle avait déchiré sa robe – de toute façon irrécupérable – dans un accès de fureur et s'était vêtue d'un jean et d'un vieux pull de son père. Elle avait dissimulé la robe en lambeaux dans la grande poubelle derrière le garage. Au moins ses parents étaient sortis pour la soirée, et elle n'avait eu aucune explication à leur fournir.

Dans le salon elle avait allumé la télévision, mais elle était restée assise sans rien voir. Sa colère grandissait à chaque minute. Il devait y avoir un moyen de se venger de Cassie, et elle le trouverait!

Pendant le journal de onze heures elle eut enfin la révélation. Elle n'avait pas vraiment regardé l'écran jusqu'à ce qu'il s'illumine de rouge et d'orange et attire son attention. C'était un reportage sur un incendie à Boston.

Un incendie criminel, provoqué par une simple boîte d'allumettes et une recharge de gaz pour briquet.

Son père gardait une recharge semblable dans ses affaires, avec le matériel qui lui servait à nettoyer ses pipes.

A la fin du journal, sa décision était prise, et à onze heures trente-cinq elle avait trouvé ce qu'elle désirait et sortait de chez elle.

Depuis, tout s'était déroulé sans incident.

Elle entra dans le parc et obliqua vers la gauche. S'enfonçant dans des buissons elle poussa un soupir de soulagement et s'accorda quelques minutes pour se calmer. De rares nuages ponctuaient le ciel, mais la lune éclairait suffisamment pour qu'elle n'utilise pas sa lampe de poche.

Elle se fraya un chemin entre les arbustes. La tension nerveuse éprouvée dans la rue se muait en une excitation sauvage. Elle arriva bientôt à l'extrémité d'un massif de lilas. Devant elle, vingt mètres de pelouse nue avant d'autres buissons.

Si on l'apercevait alors qu'elle traversait cette zone à découvert, on se poserait des questions. Déambuler sur le trottoir était une chose, mais arpenter le parc à cette heure de la nuit en était une autre.

Elle inspira profondément et sortit des buissons d'une démarche de promenade. A quelques mètres de son but elle perdit confiance et se mit à courir. Dès qu'elle fut à l'abri des lilas, elle reprit son souffle.

Elle progressa dans le second massif avec plus d'assurance. A partir de maintenant les choses seraient beaucoup plus faciles.

La brise du soir s'était calmée, et le seul bruit audible était le martèlement du ressac au loin. Le marais semblait plongé dans une immobilité surnaturelle, et la jeune fille faillit renoncer. Elle frissonna à l'idée de s'aventurer seule dans un endroit aussi dangereux. Pour la première fois depuis des années elle se rappela les histoires qui couraient sur ce lieu, où des fantômes hantaient les roseaux et la cabane...

Elle se secoua avec mauvaise humeur. Rien de tel n'existait, bien sûr. Les seuls dangers étaient Miranda et son faucon. Et la vieille femme était morte.

Mais le rapace? Où était-il?

Elle hésita un moment. Finalement elle quitta le couvert des lilas pour suivre le chemin qui longeait le marais jusqu'à la plage de Cranberry Point.

Elle avait tout son temps.

Son pas se fit plus ferme. Alors qu'elle atteignait la plage, sa colère avait eu raison de ses appréhensions. Tout irait bien.

Elle imaginait déjà la cabane – cette masure qu'aimait tant Cassie – dévorée par les flammes. Au matin il n'en resterait qu'un tas de cendres fumantes.

Posée sur la table, la lampe à pétrole dispensait une lumière douce qui laissait les coins de la pièce dans l'ombre. Eric avait allumé un feu dans le poêle à bois et réduit la ventilation afin de conserver des braises le plus longtemps possible. Le filet de fumée qui s'échappait de la cheminée se fondait dans la nuit.

Une chaleur agréable régnait dans la cabane, et le garçon savourait cette atmosphère paisible qu'il n'avait jamais pu trouver chez lui. La maison semblait les protéger du monde extérieur. Malgré la faible lueur de la lampe et du poêle, Eric savait que la cabane apparaîtrait déserte à tout observateur nocturne. Il sourit à Cassie.

– Combien de temps pouvons-nous rester ici avant qu'ils nous retrouvent, d'après toi?

– Une éternité me conviendrait, répondit la jeune fille en grattant les oreilles de Sumi.

L'animal s'était roulé en boule sur ses genoux et ronronnait de plaisir. Ils l'avaient découvert aux abords du gymnase, qui rôdait dans les ténèbres, et lorsque Cassie l'avait appelé il avait filé un peu plus loin au lieu de se précipiter vers sa maîtresse. La queue fouettant l'air, il s'était arrêté pour attendre les deux adolescents. Il les avait peu à peu conduits ainsi jusqu'au marais, échappant de justesse à la jeune fille dès qu'elle approchait.

– Je me demande pourquoi il nous a amenés ici, fit Eric, ses yeux allant du chat à Cassie. On dirait qu'il sait quelque chose que nous ignorons.

– C'est ce que je me dis souvent.

Elle tenta d'expliquer au garçon l'étrange rapport qu'elle entretenait avec l'animal. Il l'écouta attentivement, sans montrer le moindre signe de scepticisme.

– Et c'est pareil avec Kiska?

– Oui. Quand Mr. Templeton l'a blessé, j'ai senti la balle. C'est incroyable, non?

Eric ne répondit pas tout de suite. Son regard avait pris une expression lointaine.

– Beaucoup de choses sont incroyables, dit-il enfin.

Il se leva sans enthousiasme.

– Bon, il faut que je rentre à la maison.

– Pourquoi? Ton père ne veut pas de toi, et Rosemary ne veut pas de moi. Nous pourrions rester ici tous les deux.

– Je ne peux pas. Si je tarde trop, mon père s'en apercevra et je passerai un très mauvais quart d'heure.

Il fit une grimace d'excuse. Comme la jeune fille ne bougeait pas, il la dévisagea avec incertitude.

– Tu ne viens pas?

Cassie hésitait. Si elle ne rentrait pas, Rosemary serait furieuse... mais il y avait fort à parier que sa belle-mère était *déjà* furieuse. Et l'intimité de la cabane la rapprochait plus que jamais de Miranda.

– Non. Je reste ici. Si Rosemary te questionne, ne lui dis pas où je suis, d'accord?

– Tu penses! Tu crois que ça ira?

Cassie eut un sourire d'enfant.

– Bien sûr. J'ai vraiment l'impression d'être chez moi ici. C'est le premier endroit où je me sente aussi bien.

Eric sortit sans un mot, laissant la jeune fille seule avec Sumi.

Lisa s'immobilisa.

A vingt mètres, une silhouette sombre était sortie des herbes et se dirigeait vers les dunes de Cranberry Point. Pourtant elle avait scruté le marais avec une telle attention qu'elle l'aurait juré désert.

Mais quelqu'un était là, qui regardait à présent la mer éclairée par la lune. Puis l'inconnu bougea. Et vint vers elle.

La jeune fille recula, s'enfonçant dans le bouquet d'arbrisseaux au coin du parking. Si elle se tenait parfaitement immobile, l'autre passerait peut-être à côté d'elle sans la voir.

La silhouette approchait. Elle l'identifia.

Eric.

Son corps se tendit de rage. Que faisait-il ici? Cassie était-elle avec lui? Non, il marchait seul.

Alors elle comprit.

Il s'était rendu à la cabane de Miranda, et Cassie devait encore s'y trouver.

Elle sourit sombrement. Ce serait encore mieux.

Retenant sa respiration, elle recula un peu plus dans l'ombre.

Une brindille cassa net.

Elle vit Eric s'arrêter et se tourner vers elle. Mais si elle ne bougeait pas du tout...

– Qui est là?

La voix du garçon était étonnamment forte dans le calme de la nuit. Malgré elle, Lisa sursauta légèrement. Aussitôt Eric fit un pas en avant. Il l'avait repérée.

– C'est moi! dit-elle à voix haute en s'extirpant du bosquet d'arbrisseaux.

Eric la toisa, l'air sévère. Il nota qu'elle avait changé de vêtements et qu'un foulard cachait ses cheveux. Et il se souvint des gifles qu'elle lui avait administrées en public.

– Que fabriques-tu ici?

– Je... je me promenais.

Mais le ton manquait de fermeté.

– Tu ne raconteras pas que tu m'as vue, n'est-ce pas?

– Et pourquoi? Dis-moi plutôt ce que tu manigançais dans ces buissons.

– Je ne savais pas que c'était toi.

Presque contre son gré sa main se referma sur la recharge de gaz et les allumettes dans sa poche. Eric remarqua le mouvement.

– Qu'as-tu là? Tu préparais un sale coup, hein?

– Non! répliqua-t-elle un peu vivement. Je... je me promenais, je te l'ai déjà dit, c'est tout!

Elle changea de tactique et passa à l'attaque, ce qui lui convenait mieux.

– D'ailleurs, ça te dérange? Le coin ne t'appartient pas, que je sache? A moins qu'avec Cassie vous soyez les seuls autorisés à venir ici?

Eric la dévisageait avec prudence. Elle cachait quelque chose, il en était certain, mais quoi? Et pourquoi s'était-elle habillée comme Cassie?

– Qu'as-tu dans ta poche, Lisa? Et que préparais-tu?

– Rien! s'écria la jeune fille, perdant patience une fois de plus.

Elle voulut reculer et trébucha dans le sable. Le garçon se rapprocha et la retint par le bras.

– Tu vas me dire ce que tu manigançais!

Lisa se débattit sans parvenir à se libérer. Mais la colère d'Eric tomba soudain. Il avait perçu un bruit provenant de la route à l'extrémité du parking. Il leva les yeux.

La forme familière du vieux pick-up remontait Cape Drive en zigzaguant. Le garçon sut aussitôt que son père était saoul et qu'il le cherchait.

– Vite! C'est mon vieux!

Il tira durement Lisa par le bras et l'entraîna vers les dunes et la plage.

Le marais.

C'est là qu'ils étaient la dernière fois, et c'est encore là qu'il les trouverait cette nuit.

Ed Cavanaugh appuya sur l'accélérateur et entendit avec satisfaction le crissement des pneus qui mordaient l'asphalte. La camionnette bondit en avant et fila le long des villas bordant Cape Drive. Devant lui il aperçut l'herbe haute qui signalait le marais.

C'est alors qu'il vit les deux silhouettes, main dans la main, qui escaladaient les dunes.

Eric et Cassie.

Ses larges mains se crispèrent sur le volant et il tourna avec précipitation. Le pick-up quitta la route pour traverser le parking désert.

Cette fois, il ne gaspillerait pas sa salive à sermonner son fils depuis son siège.

Dans le brouillard de l'alcool il crut les voir distinctement. Ils souriaient. Bon Dieu! Il pouvait même les entendre!

Ils se moquaient de lui!

Mais ils ne riraient pas longtemps. Quand il se serait occupé d'eux, ils ne se moqueraient plus jamais de lui.

Confortablement assise, Cassie goûtait le calme qui régnait dans la cabane. Elle savourait cette ambiance paisible comme Miranda avant elle. La solitude ne lui pesait pas. Si elle tendait l'oreille elle pouvait surprendre le pépiement des oiseaux assoupis dans les roseaux, ou les bruits infimes des ratons laveurs et autres animaux à la recherche de nourriture dans les ténèbres du marais.

Elle ne s'était jamais sentie aussi bien.

Soudain Sumi quitta ses genoux d'un bond et fila jusqu'à la porte. Un miaulement sourd roula dans sa gorge et sa fourrure se hérissa. Étonnée, Cassie se concentra sur l'animal. Et elle sut.

Il y avait quelqu'un dehors.

Quelqu'un qui la menaçait.

Ne la laisseraient-ils jamais en paix?

Sans réfléchir elle alla jusqu'à la porte qu'elle entrouvrit.

– Va voir qui c'est, Sumi, murmura-t-elle.

Aussi silencieux qu'un fantôme, le chat se fondit dans la nuit.

Sans douceur, Eric arrêta Lisa, puis il se retourna vers la camionnette. Elle aurait dû stopper sur le parking. Avec un soubresaut, le véhicule passa la bordure en ciment et s'engagea sur le sable. Le pick-up fonça en dérapant jusqu'à la limite de l'eau. Sur le sable humide et plus stable, il vira vers les adolescents.

– Il vient vers nous! s'écria Lisa, toute colère soudain oubliée.

Eric étouffa un juron. Cette fois, son père voulait vraiment le tuer! Cette constatation le pétrifia un instant, mais il reprit aussitôt ses esprits.

– Vite!

Il poussa violemment la jeune fille et sauta en même temps.

La camionnette les frôla en klaxonnant, si près que les roues projetèrent du sable sur leur visage. Ed freina en dérapant et réussit à faire demi-tour. Le véhicule leur faisait de nouveau face.

– Qu'allons-nous faire, Eric? sanglota Lisa, terrifiée. Que veut-il?

Mais le garçon était trop choqué pour répondre. La camionnette se ruait vers eux. Il ne leur restait qu'une solution. A la dernière seconde, il se précipita dans l'eau en tirant Lisa avec lui.

– Il est saoul! cria-t-il en se débattant dans les vagues. Et il veut nous tuer!

A une trentaine de mètres des adolescents, le pick-up effectua un demi-tour serré.

– Sortons de l'eau! Il va recommencer, mais cette fois on se jettera de l'autre côté.

Il traîna la jeune fille hors de l'eau. Fascinée, Lisa fixait sur le véhicule un regard hébété. Elle voyait la masse d'acier se précipiter sur eux telle une bête de métal et se sentait incapable du moindre mouvement, comme un lapin hypnotisé par la lueur des phares.

D'une secousse violente, Eric l'écarta de la trajectoire au dernier instant. Le véhicule fou les dépassa en klaxonnant et vira aussitôt pour éviter la pente de la grève.

Lisa hurla de terreur.

Au moment où le monstre de métal les frôlait, elle avait clairement vu Ed Cavanaugh. Arc-bouté sur son siège, l'ivrogne lui avait jeté un regard haineux. Son visage était celui d'un dément.

Eric l'entraîna vers les dunes et le marais.

Ed jura à haute voix. Il aurait dû la toucher, cette fois, sentir l'impact du corps broyé par le pare-chocs et la projeter sur le sable pour l'écraser sous ses pneus!

Mais Eric s'était montré plus malin que lui. Le garçon avait tiré Cassie dans l'autre direction, si bien qu'il n'avait pu arrêter cette saloperie de pick-up à temps. Il se cramponna au volant pour contrôler les pneus qui patinaient dans les vagues mourantes. Il fallait qu'il se sorte de là. Mais l'océan semblait combattre ses efforts et l'attirer vers le large. Avec une bordée de jurons, Ed appuya sur l'accélérateur. Lentement le moteur triompha de l'inertie des flots. La camionnette atteignit enfin la grève dans des gerbes d'eau. Ed ralentit. Le pare-brise était couvert d'écume mêlée de sable.

D'une main, il tâtonna fébrilement sur le tableau de bord.

Enfin les essuie-glaces entrèrent en action. Ed effectua un nouveau demi-tour.

Les deux adolescents traversaient la plage en courant et se dirigeaient vers les dunes. S'ils y arrivaient, ils lui échapperaient.

Il écrasa l'accélérateur et le pick-up bondit en avant. Le sable sec freina un peu l'élan du véhicule, mais ça n'avait aucune importance. Il leur couperait la route et les rabattrait vers l'eau.

Quand il les dépassa en klaxonnant, la fille hurla et il lut une terreur absolue dans ses yeux.

Il éclata d'un rire féroce.

– Il essaie de nous repousser vers la mer! s'écria Eric. Vite!

La camionnette avait pris trop de vitesse et elle tangua sérieusement avant d'exécuter un demi-tour plus large. Il leur restait une chance. Eric empoigna Lisa et se mit à gravir la pente de la première dune. Le danger décuplait ses forces. Tirant la jeune fille exténuée, il parvint au sommet et redescendit de l'autre côté sans ralentir. Comme dans un rêve, il se vit, portant presque Lisa, escalader et dévaler plusieurs dunes en biais. Enfin ils atteignirent les premiers roseaux. Le garçon s'arrêta pour reprendre son souffle. Lisa glissa sur le sol, le corps secoué de sanglots.

– Qu'est-ce qu'il a? gémit-elle.

– Il est devenu dingue!

Eric s'accroupit à ses côtés et fit un gros effort pour percer la nuit qui enveloppait les dunes et la plage. Les phares de la camionnette l'avaient ébloui. Il repéra les deux pinceaux lumineux qui balayaient le sable. Le moteur rugissait comme un animal sauvage qui aurait momentanément perdu sa proie. Ed klaxonnait sans discontinuer.

– Il faut décamper d'ici. S'il nous retrouve...

– Mais comment? Nous aurions dû rester sur le sable! Ici nous sommes pris au piège! On ne peut pas traverser le marais!

Avec effroi elle regarda l'étendue ténébreuse au-delà des premiers roseaux, se souvenant du dédale de sentes qui menaient aux sables mouvants ou qui disparaissaient dans les herbes. Pourquoi donc était-elle venue ici? Et comment avait-elle pu croire qu'elle parviendrait seule jusqu'à la cabane de Miranda? Elle se mit à sangloter.

– Je ne voulais pas vraiment le faire! Je le jure! Je n'aurais jamais dû venir ici!

La respiration d'Eric était redevenue presque normale. Il contempla la jeune fille avec dureté.

– Faire quoi? Il serait temps que tu me le dises!

– La cabane, gémit Lisa. J'allais l'incendier. Je voulais me venger de Cassie en brûlant la cabane.

La colère du garçon resurgit brusquement.

– Tu es comme lui, hein? Tu crois que tu peux faire ce que tu veux, et que personne ne t'en empêchera jamais!

– Arrête! implora Lisa. Je ne voulais pas...

– Faire ce que tu viens de m'avouer? Non, bien sûr! Comme tu n'avais pas l'intention de me gifler, sans doute?

Mais la jeune fille ne l'entendait plus. Le pick-up se rapprochait. Ses phares balayèrent lentement les abords du marais.

– Si on ne bouge pas, balbutia Lisa d'une voix enfantine, il ne nous verra peut-être pas.

La lumière l'aveugla. Sans réfléchir, elle se releva et resta ainsi, hypnotisée par le double pinceau lumineux.

– Faits comme des rats! grogna Ed.

Elle venait de se dresser devant lui, un foulard enserrant ses cheveux, son pull noir presque invisible dans la nuit. Mais c'était bien elle, aucun doute. Il pouvait presque discerner ses yeux, qui devaient refléter la peur à présent. Et Eric? Il ne le voyait pas... Aucune importance! Il s'occuperait de lui plus tard...

Mais il n'aurait peut-être jamais plus une aussi belle occasion d'en finir avec la sorcière. Il fit vrombir le moteur et relâcha le frein. Les roues patinèrent une fraction de seconde avant de propulser la masse d'acier sur la jeune fille.

Le rugissement de la camionnette parut éveiller Lisa de sa transe.

– Vite! Il fonce sur nous! cria-t-elle.

Elle fit volte-face et se mit à courir. Eric avait disparu. Elle sortit de la sente et s'enfonça entre les roseaux.

L'eau imprégna rapidement ses chaussure et elle ralentit. Mais la terreur qu'elle éprouvait occultait toute prudence. Elle continua de patauger dans les flaques boueuses pour s'éloigner du danger.

Pourtant les phares ne la quittaient pas. Ils jouaient avec sa panique et la clouaient dans leur lumière implacable.

Eric courait sur la sente, sa colère augmentant à chaque enjambée. Il souhaitait presque que son père trouve Lisa. Qu'elle comprenne ce qu'elle risquait, pour une fois! Il ne se souciait plus d'elle, ni de personne d'ailleurs.

A quelques pas devant lui, il vit soudain une petite silhouette au ras du sol.

Et deux yeux dorés qui brillaient dans la nuit.

Sumi.

Eric s'arrêta et regarda l'animal. Le chat de Cassie. C'est du moins ce que tous pensaient.

Il y avait une raison à sa présence en travers de son chemin, le garçon en était persuadé.

Il plongea dans les prunelles luminescentes et sut pourquoi le chat était venu.

Alors il se décida. S'accroupissant devant l'animal, il lui parla d'une voix basse et caressante. Sumi, la queue battant l'air, avança lentement et vint se blottir entre les mains tendues de l'adolescent.

Sous les doigts d'Eric, le petit corps souple se tendit.

Ça marchait...

Telle une ombre surgie de la nuit, la petite forme grise apparut devant Lisa. La jeune fille eut le réflexe de lever ses mains pour protéger son visage.

Mais trop tard.

A la vitesse de l'éclair, Sumi avait bondi. Ses griffes déchirèrent les joues de l'adolescente et elle hurla de douleur. Elle chancela et fit un pas de côté. Les herbes parurent s'enrouler autour de sa cheville.

Mais la créature qui l'attaquait était bien pire que les pièges du marais.

Elle voulut repousser le chat mais il enfonça encore plus profondément ses griffes. Une souffrance insupportable l'inonda quand ses crocs aigus arrachèrent la chair de sa joue.

Elle fit un brusque écart et le sol se déroba sous elle. Les eaux saumâtres se refermèrent sur sa cheville et l'attirèrent vers le bas. Elle hurla et battit l'air de ses bras avant de tomber. Le chat était toujours sur elle. A quatre pattes, elle voulut s'échapper, mais sa jambe droite s'enfonça jusqu'au genou dans le sable mouvant.

– Non! Eric! Au secours! Eric!

Elle perçut soudain le vrombissement du pick-up et les phares l'éblouirent, illuminant les roseaux alentour d'un éclairage infernal.

– Je vous en prie! sanglota-t-elle. Aidez-moi...

Le marais prenait doucement possession de son corps, et le chat se déchaîna de plus belle.

Plus elle se débattait et plus le sable mouvant l'aspirait.

L'eau nauséabonde se referma sur elle et elle sentit le chat l'abandonner.

Dans un sursaut elle parvint à relever la tête.

Nager.

Elle essaya de combattre la panique qui l'avait saisie. Mais en écartant les bras elle ne réussit qu'à resserrer l'étau des racines et des herbes. Elle sentit alors qu'elle ne pourrait plus résister très longtemps. Résignée, elle comprit qu'elle allait mourir.

Eric surgit du marais et s'arrêta pour reprendre son souffle. Son cœur battait à se rompre. Dans ses veines le sang courait avec une telle force que sa vision en était brouillée. Il regarda vers la plage. Les phares du pick-up brillaient toujours. Mais ils ne bougeaient plus. Ils restaient braqués sur le marais.

Son père avait-il trouvé Lisa? Et dans quel état?

Il se retourna vers la ville et se força à courir encore. Exténué, il atteignit enfin la maison qu'il cherchait et martela de ses poings la porte d'entrée. Après une attente interminable, le battant s'ouvrit et Charlotte Ambler, maintenant son peignoir fermé d'une main, le dévisagea avec étonnement.

– C'est... c'est Lisa, haleta le garçon. Dans le marais. Il... il va la tuer, Mrs. Ambler!

Les yeux de la femme s'agrandirent.

– La tuer? Mais qui, Eric? Qui veut tuer Lisa?

– Mon père! C'est mon père!

La directrice regarda fixement l'adolescent. Que racontait-il? Après l'incident du bal...

L'esprit chaviré, elle fit entrer le garçon chez elle. Un moment plus tard elle téléphonait à la police de False Harbor. Elle dut patienter longtemps avant qu'une voix fatiguée ne lui réponde.

Assis dans sa camionnette, Ed Cavanaugh regardait la fille mourir. Cela prenait longtemps, très longtemps, et il se délectait du spectacle.

Elle se débattait de plus en plus faiblement, et il commença à ressentir l'étrange plaisir qui l'envahissait lorsqu'il avait remis Laura à sa place ou corrigé Eric.

Il descendit du pick-up et s'approcha de la mourante. Dans le visage horriblement déchiqueté, il pouvait discerner les yeux fixés sur lui qui brillaient dans la lumière des phares. Il y lut une terreur sans borne, d'une intensité qu'il n'avait jamais vue dans le regard d'Eric ou de Laura. Il eut un sourire sadique tandis qu'elle frémissait dans le piège mortel des sables

mouvants. Pourtant, malgré son ivresse, il sentit que quelque chose n'allait pas.
Son regard.
Mais sans doute était-ce dû à l'agonie...

Dans une sorte de torpeur effarée, Lisa contemplait le visage déformé par la haine qui se penchait sur elle.
Il ne l'aiderait pas.
Il lui souriait avec une expression qu'elle n'avait encore jamais vue.
Il allait assister à sa mort et il en savourerait chaque seconde.
Non. Je ne le laisserai pas faire. Non!
Elle réunit ses dernières forces.
Elle plongea.
Elle sentit la boue recouvrir sa tête et envahir ses narines.
Elle ouvrit la bouche.
Son corps se révolta mais elle le força à descendre encore. Le poids de la boue l'écrasa.
Pourtant c'était injuste. Elle n'aurait pas dû mourir, cette nuit. C'était Cassie qui devait périr, pas elle. Mais elle n'était pas vraiment venue pour tuer Cassie.
Elle voulait simplement incendier la cabane.
Rien de plus. Brûler la cabane.
Une absurde euphorie la gagna.
Dans ses derniers instants, Lisa Chambers oublia sa peur et une grande sérénité l'envahit. Puis la nuit se referma sur elle.
La dernière image qu'elle vit fut celle du chat.
Les yeux brillant dans la lumière des phares, le chat – le chat de Cassie – l'avait observée alors qu'elle s'enfonçait dans les sables mouvants.
Il savait, songea-t-elle. *Il savait ce que j'allais faire.*
Et elle mourut.

22

Gene Templeton étouffa un bâillement et s'efforça d'oublier sa lassitude. Vingt ans plus tôt, il aurait trouvé son deuxième souffle à peu près à cette heure. Mais cette époque était bien révolue. Il avait vieilli. Et une longue nuit l'attendait.
Il relut les notes qu'il avait griffonnées pendant qu'Eric

racontait ce qu'il avait vu de la plage une heure plus tôt, puis reporta son attention sur le garçon. Les yeux de l'adolescent trahissaient sa fébrilité, mais il s'était calmé depuis l'arrivée du policier. Dans le salon vieillot de Charlotte Ambler, il se tenait raide sur le sofa. Sa mère était assise à côté de lui.

Les marques violacées sur le visage de Laura n'avaient pas échappé à Templeton.

– C'est Ed qui vous a fait ça, n'est-ce pas? dit-il d'une voix fatiguée.

Laura se crispa et secoua la tête.

– Je... je suis tombée, murmura-t-elle en baissant les yeux.

Tombée! Pensait-elle vraiment qu'il allait la croire? Elle savait qu'il venait de chez Rosemary Winslow lorsqu'il était venu la chercher pour l'amener ici. Mais il était inutile de discuter avec elle maintenant. Avec un soupir il se tourna vers Eric. L'expression du garçon montrait clairement qu'il se demandait si Templeton avait cru à son récit.

– Et tu es sûr qu'il s'agissait de ton père? demanda une nouvelle fois le policier.

– Je vous l'ai déjà dit, s'obstina l'adolescent. Je l'ai vu, et Lisa aussi. C'était lui, aucun doute.

Templeton referma son carnet et le remit dans la poche intérieure de sa veste.

– Très bien. Je vais jeter un coup d'œil là-bas.

Il regarda Charlotte Ambler qui était restée silencieuse pendant qu'Eric parlait.

– Puis-je utiliser votre téléphone? Avant de passer la plage au peigne fin, j'aimerais joindre Fred Chambers. Lisa est peut-être rentrée chez elle.

– Dans la cuisine, dit la directrice quoiqu'il y eût un téléphone sur la table du salon. Vous serez plus tranquille.

Elle précéda le policier, mais au lieu de le laisser seul elle attendit qu'il ait fini. Elle réfléchissait visiblement à quelque chose.

– Elle n'est pas rentrée, n'est-ce pas? demanda-t-elle doucement.

Templeton lui fit face.

– Vous pensez à quelque chose, Charlotte. Si c'est en rapport avec cette affaire, dites-le-moi.

– Je continue à me demander ce que faisait Cassie pendant tout ce temps. J'ai entendu le klaxon d'Ed plusieurs fois. Je ne l'ai pas vraiment remarqué, car les jeunes s'amusent souvent à klaxonner dans le coin. Mais si Cassie se trouvait dans la cabane de Miranda, elle a dû l'entendre aussi. Il serait logique qu'elle soit sortie pour voir, vous ne croyez pas?

– J'y pensais aussi. Et c'est par là que je vais commencer. Si Lisa s'est bien aventurée dans le marais, elle cherchait certainement à atteindre la cabane. Avec un peu de chance, elle s'y trouve peut-être en ce moment.

Il hocha la tête en repensant à la femme d'Ed Cavanaugh.

– Bon Dieu! Laura aurait dû traîner ce fils de pute devant les tribunaux depuis belle lurette! Un problème de ce genre devait arriver un jour ou l'autre.

– Elle aurait surtout dû le quitter, renchérit Charlotte Ambler. Le rayer de son existence.

– Oui, mais elle ne l'a pas fait, et il semble que cette fois il ait perdu la tête. Je vous communiquerai le résultat de mes recherches. Si résultat il y a.

Il partit une minute plus tard, et Laura et Eric l'imitèrent peu après.

– Vous êtes bien sûrs de vouloir rentrer chez vous? s'enquit la directrice. Si Ed revenait...

– Je m'en occuperai, répliqua Eric avec un calme inquiétant. Je l'ai averti ce matin que j'en avais assez qu'il me maltraite. C'est pourquoi il m'a poursuivi avec le pick-up. Mais dans la maison nous n'avons plus rien à craindre.

Après leur départ, Charlotte Ambler s'assit dans le salon et attendit.

Une averse de printemps éclata et la pluie se mit à crépiter sur le toit, comme un présage sinistre.

Ils viennent me chercher, pensa Cassie. *Ils me croient folle et ils vont m'emmener.*

Elle avait su que Lisa était morte dès le retour de Sumi.

Elle avait senti le picotement familier, et les images s'étaient formées dans son esprit. Elle avait alors assisté à l'agonie de Lisa.

Un moment encore elle était restée dans la cabane. Lorsqu'elle avait vu l'éclat intermittent d'un gyrophare, elle s'était approchée de la fenêtre. Une voiture de police descendait Oak Street à toute vitesse pour se garer près du parc. C'est alors que la jeune fille avait redouté ce qui allait suivre.

Que se passerait-il s'ils la découvraient ici, assise avec le chat sur ses genoux? S'ils la forçaient à raconter ce que Sumi lui avait transmis? Ils la jugeraient folle et croiraient qu'elle avait tué Lisa. Et ils l'enfermeraient.

Elle sentit un début de panique s'infiltrer en elle. Rapidement elle ferma la ventilation du vieux poêle en fonte et éteignit la lampe à pétrole. Puis elle sortit de la cabane et s'enfonça dans le marais à pas pressés.

Si elle rentrait à la maison assez vite, et s'ils ne la repéraient pas en chemin, elle pourrait dire qu'elle avait quitté la cabane juste après le départ d'Eric. Et elle pourrait taire ce qu'elle avait vu par les yeux de Sumi.

Elle atteignit la limite du marais et se glissa dans les buissons bordant le parc. Sans le savoir elle suivait à l'envers le parcours de Lisa, à l'abri des bosquets de lilas. Elle approcha ainsi d'Oak Street et fit halte un moment. Aucune voiture en vue. Prenant son souffle, elle surgit des buissons et remonta la rue en courant, puis Cambridge Street. Elle ne s'arrêta que dans Alder Street, hors d'haleine. Elle traversa la rue et s'engagea dans l'allée.

Lorsqu'elle entra par la porte de la cuisine, Rosemary sursauta et laissa échapper un petit cri. Elle était assise devant la table et serrait dans ses mains une tasse de thé. Elle se leva et fit un pas vers la jeune fille qui recula aussitôt.

Dans les bras de Cassie, Sumi miaula sourdement.

Rosemary hésita, mais les événements de la soirée la décidèrent.

– Où étais-tu? Tu es partie d'ici habillée de ces... de ces hardes avec l'air d'avoir perdu la tête, et tu es restée dehors toute la nuit! Crois-tu vraiment pouvoir te comporter comme si cette maison était un hôtel?

Cassie haletait, les yeux agrandis.

– Eric et moi... il s'est passé quelque chose au bal, et nous sommes partis tôt. Alors nous sommes allés à la cabane de Miranda.

Rosemary la foudroya du regard. Pendant qu'elle endurait la pire soirée de sa vie, sa belle-fille se promenait dans le marais!

– Comment oses-tu? Si Diana acceptait de genre de prétexte, je peux t'assurer que ce n'est pas mon cas! Je sais que tu as beaucoup souffert et que ton père me juge trop dure avec toi. Mais laisse-moi te dire une bonne chose : pour l'instant Keith est absent, et tant que tu te trouveras sous mon toit tu m'obéiras!

Les yeux de Cassie brillaient de larmes.

– Je n'ai rien fait, commença-t-elle, mais Rosemary était lancée.

– Ah bon? Cet après-midi tu es sortie contre mon ordre, et tu t'es montrée incorrecte! Ce soir tu avais promis de rentrer pour onze heures, ce que tu n'as pas fait, sans même daigner me téléphoner! Et tu pensais être accueillie avec des félicitations? J'allais appeler ton père!

Cassie eut un frisson de peur. Rosemary n'aurait pas alerté

Keith pour si peu. Sa belle-mère devait donc être au courant du sort de Lisa.

– Pourquoi veux-tu appeler Papa?

Rosemary l'observa une bonne minute sans répondre. Elle avait enfin formulé ses griefs et son emportement tombait peu à peu. Après tout, la jeune fille n'était pas coupable... Elle faillit raconter à Cassie ce qui s'était passé mais changea d'avis au dernier instant. Tout était terminé, de toute façon.

– Aucune importance, lâcha-t-elle enfin. Tu es rentrée et tu n'as rien, c'est le principal.

Mais l'adolescente ne l'entendit pas. La panique qui l'avait assaillie dans la cabane resurgissait.

– Tu as parlé de moi, n'est-ce pas?

L'accusation prit Rosemary au dépourvu.

– Cassie, voyons!

– C'est ça, hein? Au docteur, celui qui me croit folle?

– Cassie...

La jeune fille regardait dans tous les coins comme si elle cherchait un ennemi invisible.

– Tu es comme Lisa, dit-elle d'une voix brisée par les sanglots qu'elle retenait. Elle me hait! Et elle a tenté de me tuer cette nuit! Ce n'était pas ma faute! Tout le monde me hait alors que je n'ai rien fait!

Elle se précipita hors de la cuisine et Rosemary l'entendit se ruer dans l'escalier.

Qu'arrivait-il? Elle n'avait jamais accusé la jeune fille. Elle était en colère, certes, mais pas à ce point...

Les paroles de Cassie résonnaient encore à ses oreilles.

Tout le monde me hait alors que je n'ai rien fait.

Mais personne ne la haïssait. Et prétendre que Lisa Chambers voulait la tuer semblait...

Paranoïaque.

Soudain son appréhension décupla et elle eut envie d'appeler Keith sur-le-champ. Il ne pourrait rentrer cette nuit, mais demain...

Non, se sermonna-t-elle. *Tu es énervée, fatiguée, et tu ne raisonnes plus clairement. Tu exagères tout. Calme-toi.*

Sa tension nerveuse baissait lentement.

Elle entreprit de fermer la maison pour la nuit. Sacrifier à cette routine lui évitait de réfléchir.

Mais au fond d'elle-même, elle savait que la nuit n'était pas terminée et qu'elle ne dormirait pas.

– Nous devons nous débarrasser de lui, Maman.

La voix d'Eric était calme, mais la haine qui illuminait son regard serra le cœur de Laura.

Pas lui, pria-t-elle silencieusement. *Mon Dieu, ne le laissez pas devenir comme son père. De grâce!*

– Ne parle pas de la sorte, Eric, murmura-t-elle. S'il te plaît.

– Et pourquoi donc? Il t'a frappée ce matin, et ce soir! Allons, Maman! Que doit-on faire? Attendre qu'il finisse par tuer l'un de nous?

Laura écarquilla les yeux.

– Eric! C'est ton père et il t'aime!

– Tu parles! Il ne m'aime pas plus qu'il ne t'aime! Bon Dieu, Maman! Il a essayé de me tuer ce soir!

– Il... il était simplement en colère, bafouilla Laura, consciente de la stupidité de ces mots face à la situation. Tu n'aurais jamais dû sortir avec Cassie. Tu sais qu'il te l'avait interdit. Tu lui as délibérément désobéi.

– Alors maintenant c'est ma faute s'il nous frappe! s'exclama Eric. Tu n'espères pas que j'avale ça, quand même? Tu peux me dire ce qui s'est passé, oui ou non?

– Il... il m'a trouvée chez les Winslow. Je pensais que toi et Cassie y seriez peut-être.

– Et il t'a tabassée simplement parce que tu étais chez les voisins? explosa le garçon. Je vais appeler Gene Templeton! Tu ne lui diras peut-être rien, mais je suis certain que Mrs. Winslow lui parlera, elle!

Il fit un pas vers le téléphone mais sa mère l'arrêta de la main.

– Il est venu, sanglota-t-elle. Rosemary l'a appelé après que...

– Après quoi? Il l'a frappée elle aussi?

La mâchoire de l'adolescent s'était crispée. Laura enfouit son visage dans ses mains et balbutia des paroles incompréhensibles. Eric dut lui écarter les bras et la faire répéter. Elle pleurait sans retenue. En reniflant elle fixa sur son fils un regard vide, et lorsque enfin elle parla ce fut d'une voix creuse, comme si les mots ne signifiaient rien.

– Elle a dit que ton père a tenté de la violer et qu'elle va le traîner en justice.

Abasourdi, Eric contempla longuement sa mère. Son père était devenu fou. Il mit un temps à calmer le tourbillon de ses pensées, puis il posa sur Laura un regard sombre.

– J'espère qu'elle le fera et qu'ils le boucleront.

– Eric... protesta faiblement sa mère.

– Il a essayé de nous tuer. Et je ne sais pas pourquoi il en voulait tellement à Lisa, mais...

Il s'interrompit soudain en comprenant.

– Ce n'était pas après Lisa qu'il en avait! Elle était habillée comme Cassie, et il a cru que c'était elle! Et il désirait tellement sa mort qu'il m'aurait tué avec!

Laura plaqua ses mains sur ses oreilles. Elle se balançait d'avant en arrière sur sa chaise.

– Non, non, ce n'est pas vrai. Non...

– Si, Maman, fit doucement le garçon. Et ça ne peut qu'empirer. (Ses yeux brillèrent d'un éclat glacé.) Mais il ne nous frappera plus. Je l'en empêcherai. S'il essaye encore de me toucher, Maman, je te jure que je le tuerai.

Gene Templeton sortit de sa voiture et se dirigea vers la plage et le marais plongés dans la nuit. Après quelques pas, il revint allumer les phares. Les deux pinceaux de lumière trouèrent les ténèbres. La pluie scintillante parait la plage d'une aura fantomatique. Pour autant qu'il pût en juger, le pick-up blanc ne se trouvait plus dans les parages. Il mit également en marche le gyrophare. Si Lisa Chambers apercevait les lumières, autant lui montrer que ce n'était pas Ed Cavanaugh qui était de retour.

Équipé de sa puissante torche électrique, il s'enfonça dans la pluie en direction de la cabane où avait vécu Miranda Sikes.

Il avait encore un faible espoir d'y trouver Lisa Chambers.

Vingt minutes plus tard il était revenu à son point de départ.

La cabane était déserte mais le poêle encore tiède, ce qui corroborait en partie les dires d'Eric Cavanaugh. Quant au reste...

Il orienta ses recherches vers la plage. Malgré la pluie, il n'eut aucune difficulté à repérer les traces de pneus là où le pick-up était sorti du parking, mais elles disparaissaient au bord de l'eau, effacées par la marée montante. Il prit alors vers l'est et Cranberry Point. Une centaine de mètres plus loin il découvrit d'autres empreintes de roues. Il les suivit et traversa la plage et les dunes. La camionnette avait longé plusieurs fois le bord du marais, puis s'était arrêtée perpendiculairement à la plage pendant un certain temps, à en croire les marques profondes laissées par les pneus.

Prudemment, Gene chercha un passage dans les roseaux. Par trois fois il cria le nom de Lisa, mais l'averse étouffait sa voix et il ne perçut pour toute réponse que les battements d'ailes d'un oiseau effrayé.

Enfin il découvrit une sente marquée de deux empreintes de

pas différentes. Dans la boue mélangée au sable que battait la pluie, les traces étaient à peine visibles. Il put les suivre sur quelques mètres jusqu'à un endroit où il semblait qu'on était tombé ou qu'on s'était accroupi. A partir de là une seule paire d'empreintes continuait sur la sente.

Mais sur la gauche les roseaux étaient brisés et l'herbe couchée.

Apparemment, c'était là que Lisa Chambers avait quitté le chemin. De sa torche électrique Templeton balaya les alentours, se demandant s'il désirait vraiment la trouver. Si elle était toujours dans les parages, sous un pareil déluge, et qu'elle n'avait ni entendu ses appels ni vu la lumière...

Il préféra ne pas terminer le raisonnement.

Les ténèbres reculèrent sous l'assaut de plusieurs paires de phares. Templeton se retourna et vit deux voitures se garder dans le parking, bientôt rejointes par deux autres.

C'est le bouquet, songea aigrement le policier. *Exactement ce qu'il me manquait! Une expédition de secours! Ils croient pouvoir fouiller cette saloperie de marais sous cette saloperie de pluie? Je finirai avec la moitié de la ville dans les sables mouvants...*

Il revint rapidement sur ses pas et remonta la plage. Le temps qu'il arrive au parking, Fred Chambers donnait déjà des ordres à trois de ses amis. Templeton nota que chaque homme présent avait un enfant du même âge que Lisa. Alors qu'il les rejoignait, Fred Chambers l'apostropha presque agressivement.

– Vous l'avez retrouvée?

– Je viens juste d'arriver, Fred. Comment se fait-il que vous ne soyez pas chez vous avec Harriet?

– Vous pensez que je vais rester tranquillement dans mon fauteuil à fumer ma pipe alors que ma fille a disparu? Ce n'est pas mon genre, vous devriez le savoir!

– Ce que je sais, c'est qu'il n'y a pas grand-chose à faire pour l'instant. Je vais appeler quelques-uns de mes gars pour me donner un coup de main, et je pourrais avoir besoin des pompiers bénévoles.

Il eut un signe de tête à l'adresse de Clyde Bennett, le second de la Brigade des volontaires du feu de False Harbor.

– Vous pourriez vous en charger?

Bennett jeta un coup d'œil à Fred Chambers avant d'acquiescer et de se diriger vers la voiture du policier. Quelques instants plus tard il parlait d'une voix rapide, mais calme, dans la radio de Templeton.

– Quant à vous autres, si vous voulez fureter dans le coin je ne peux pas vous en empêcher. Mais je vous interdis d'entrer dans le marais. Pas cette nuit. C'est trop dangereux et je ne tiens pas à m'inquiéter pour vous. Il y a assez de Lisa.

Les deux hommes à qui il parlait ne répondirent pas. Ils attendaient visiblement que Fred Chambers le contredise, mais le père de Lisa ne discuta pas.

– Et Cavanaugh? demanda-t-il simplement. Vous l'avez ramassé?

– Non. Pour l'instant c'est Lisa qui m'intéresse. Je me soucierai d'Ed plus tard.

– Et s'il l'a eue?

– Alors il est déjà trop tard. Mais je parie qu'il avait tellement bu qu'il ne savait plus ce qu'il faisait, ce qui a dû laisser à Lisa de fortes chances de s'échapper. Donc elle serait encore dans les parages. Mais je ne peux pas la trouver si je dois passer la nuit entière à discuter avec vous, Fred. Rentrez chez vous et prenez soin d'Harriet. Dès que j'aurai du nouveau je vous le ferai savoir. D'accord?

Pendant un moment Templeton crut que Chambers allait s'insurger, mais il vit ses épaules s'affaisser en signe de résignation.

– Très bien, soupira Fred, toute trace d'autorité ayant disparu de sa voix. C'est juste que... Bon Dieu, Gene, je me sens tellement impuissant.

– Je comprends, assura Templeton. Mais tout ira bien, Fred. Nous allons la retrouver.

Il accompagna le banquier jusqu'à sa voiture. Quelques minutes après son départ, les adjoints de police et les pompiers arrivaient et il put organiser les recherches.

– Je veux que vous travailliez par groupes de deux. Le coin est dangereux, alors soyez prudents. Nous allons fouiller le marais mètre par mètre. Espérons qu'elle s'est juste cachée là-dedans.

Tandis que les hommes commençaient à progresser lentement sur les sentes peu fiables, il retourna à sa propre voiture.

Il était temps de retrouver Ed Cavanaugh.

Sur la table graisseuse du minuscule coin-repas, la bouteille de bourbon était déjà vide aux trois quarts, et l'évier contenait une demi-douzaine de canettes consommées. Pour une raison incompréhensible, l'alcool n'avait pas amélioré l'humeur d'Ed. Il ouvrit le petit réfrigérateur et poussa un juron en constatant qu'il ne contenait plus de bière. Il saisit la bouteille de bourbon et avala une large rasade avant de la reposer. Le liquide embrasa sa gorge.

Vaguement il entendit quelqu'un ouvrir l'écoutille supérieure. Levant les yeux, il vit Gene Templeton en haut de l'escalier.

– Regardez qui est là! railla-t-il d'une voix pâteuse.

Il désigna le siège en face de lui.

– V'nez donc boire un coup, c'est moi qui offre!

Le policier inspecta rapidement la pièce du regard et fut presque soulagé de ne voir aucune trace de Lisa Chambers.

– J'ai pensé que nous pourrions bavarder un peu, vous et moi, Ed.

Il se fraya un chemin dans la cabine crasseuse, s'étonnant qu'on pût vivre dans un tel désordre. Ici tout était couvert de graisse. Le sol était jonché de cordes, outils, pièces d'accastillage, flotteurs en morceaux et vieux lambeaux de filets. Templeton se glissa en face d'Ed, dans le coin-repas, prit un verre d'une propreté plus que douteuse et se servit une dose d'alcool sans intention de la boire.

– J'ai vu votre camionnette sur le quai, dit-il d'un ton désinvolte. Alors je suis venu dire un petit bonjour.

Ed semblait assez saoul pour lui apprendre quelques détails par mégarde. Pour l'instant, néanmoins, Cavanaugh considérait le policier avec méfiance.

– Ah! Mais c'est drôlement aimable, ça! grogna-t-il. Et pourquoi mon pick-up devrait pas être garé là! C'est contre la loi, maintenant?

– Non, bien sûr, mais je pensais que vous l'auriez prêté à Eric pour la soirée. Nous sommes samedi, vous voyez ce que je veux dire?

Il fit un clin d'œil à Cavanaugh pour appuyer sa phrase. Ed émit un ricanement acide.

– Ce p'tit merdeux aura de la chance si je le laisse encore en vie après cette nuit. (Il eut un sourire sinistre.) Je parie qu'il a si peur qu'il ne l'ouvrira plus devant moi!

– Peur? Pourquoi aurait-il peur?

La manœuvre paraissait réussir: Cavanaugh allait avouer toute l'affaire.

– A cause de ce que je lui ai fait, ricana Ed. Je l'ai chopé sur la plage avec c'te pisseuse de Cassie Winslow et je leur ai filé les jetons!

Templeton fronça les sourcils.

– De quoi parlez-vous, Ed? Qu'avez-vous fait?

Le visage bouffi de l'alcoolique prit une expression rusée.

– Oh non. Je vois bien ce que vous essayez de faire. Vous voudriez que je porte le chapeau, hein? Mais moi je n'y suis pour rien. Je les ai juste poursuivis, et ils se sont réfugiés dans le marais. J'ai essayé de la sauver, parole! Mais...

Le corps du policier se raidit.

– Essayé de sauver qui?

Cavanaugh lui jeta un regard vague et dodelina de la tête.

– Bah, Cassie, tiens! Tu m'écoutes pas, Templeton? J'te dis que cette sale garce est sortie du chemin et paf! elle est tombée dans les sables mouvants. Moi, j'ai bien essayé de la sortir de là, mais j'ai pas pu... pas pu.

Sa voix devenait de plus en plus pâteuse. Il avança une main tremblotante vers la bouteille mais Templeton lui saisit le poignet.

– Ça suffit, Ed, dit-il d'une voix calme. Vous avez eu plus que votre dose d'alcool. Je vous arrête.

– Moi? Pourquoi? Qu'est-ce que j'ai fait?

Le policier le dévisagea avec un mélange de pitié et de mépris.

– Vous ne le savez pas, n'est-ce pas? Vous n'en avez vraiment aucune idée?

23

Tout cela n'est pas vrai. Rien n'est arrivé, ce n'est qu'un mauvais rêve. Je vais me réveiller et tout sera normal.

Tandis que ces pensées fusaient dans son esprit, Rosemary savait qu'elle ne rêvait pas. La torpeur l'avait engourdie et lorsqu'elle consulta la pendule au-dessus de l'évier, elle eut du mal à croire qu'il n'était que deux heures du matin. L'abattement qui l'accablait évoquait plutôt l'approche de l'aube.

Et au lever du soleil, elle en était certaine, elle serait encore assise quelque part dans la maison, habillée, à attendre.

A attendre quoi?

Avaient-ils découvert Lisa Chambers? Mais tous pressentaient la conclusion de leurs recherches, même si personne n'osait formuler ses pensées.

Épuisée, elle regarda Gene Templeton. Laura Cavanaugh s'était repliée sur elle-même. Eric et Cassie avaient écouté, impassibles, le policier qui rapportait son entrevue avec Ed. Une ou deux fois le garçon secoua la tête comme pour nier la version de son père. Cassie n'avait pas réagi. Elle s'était retranchée dans un silence attentif. Rosemary l'avait observée avec l'impression désagréable qu'elle savait déjà tout ce qu'Ed avait dit au policier.

– Qu'allons-nous faire? demanda Rosemary.

Templeton haussa les épaules.

– Eh bien, je peux garder Ed en cellule pour le reste de la nuit, mais demain c'est moins sûr. Si Laura ne porte pas plainte...

– Moi je le poursuivrai! Il a essayé de me violer, Gene!

A contrecœur, le policier dut assumer le rôle de l'avocat du diable.

– Nous en avons déjà discuté, Rosemary. Vous ne portez aucune marque et il n'y avait pas de témoin.

– Jennifer l'a vu!

– Nous savons ce qu'a vu votre fille, répéta pour la troisième fois Templeton. Vous téléphoniez et Ed Cavanaugh se tenait près de vous. C'est tout. Si vous aviez des traces de coups, une coupure, quelque chose, là, je pourrais agir. Mais dans la situation actuelle, si vous l'accusez il se retournera contre vous. Et lui porte des marques que vous avez déjà avoué lui avoir infligées. (Il eut un sourire triste.) Il était trop saoul pour se souvenir avec exactitude des événements. Voilà où nous en sommes. Il assure ne pas avoir vu Lisa sur la plage, et croit dur comme fer avoir assisté à la mort de Cassie. Il répète qu'elle a disparu dans les sables mouvants et qu'il n'a pas pu la sauver. Bien que j'hésite à accorder le moindre crédit à ses déclarations, étant donné son état...

– Il n'a rien tenté pour la sauver, laissa tomber Cassie. Il me hait, vous savez.

Surpris, Templeton étudia la jeune fille. Elle taisait quelque chose, mais quoi? Et pourquoi Ed Cavanaugh la détestait-il à ce point? Il vit au regard lointain de l'adolescente qu'elle ne lui apprendrait rien de plus.

Épouvantée par la portée de ses propres paroles, Cassie se tut, les mains crispées sur les genoux. Elle aurait voulu leur dire ce qui était arrivé à Lisa, que Mr. Cavanaugh aurait pu la sauver au lieu de la regarder mourir. Mais comment le leur faire croire? Si elle disait la vérité – qu'elle avait suivi toute la scène dans les yeux de Sumi –, ils la jugeraient folle.

– Il... il n'aurait rien tenté, se reprit-elle sous les regards insistants de sa belle-mère et du policier. S'il a pris Lisa pour moi, il n'a rien fait. Il me hait. Il ne veut même plus qu'Eric me parle!

Templeton se leva et enfila son imperméable.

– Très bien, soupira-t-il. Je ferais mieux de retourner au marais pour voir s'il y a du nouveau. Je laisserai Ed en prison jusqu'à demain matin. Ensuite je trouverai bien une raison pour le retenir sous les verrous quelques jours. Faux témoignage par exemple...

Il se tourna vers Laura.

– A moins que vous changiez d'avis?

Elle le regarda avec une peur évidente.

– Je ne peux pas. Vous devez me comprendre.

Prudent, Templeton s'abstint de tout commentaire. Il avait déjà rencontré cette situation bon nombre de fois à Boston. Certaines femmes croyaient que la meilleure façon d'éviter de nouveaux coups était de nier les raclées passées. Et d'une certaine façon elles n'avaient pas tort. Trop d'hommes étaient sortis du tribunal en jurant l'amendement pour massacrer leur épouse dès leur retour. Quelques-unes de ces femmes avaient payé de leur vie leur croyance en une protection de la loi. Et Laura Cavanaugh n'avait pas l'intention de rejoindre ces martyrs.

– Je ferai ce qui est en mon pouvoir pour le garder, mais je ne peux pas vous dire qu'il ne recommencera pas, Laura. Vous savez qu'il le fera...

Ce fut Eric qui répondit à la place de sa mère, d'une voix calme et froide.

– Non, il ne recommencera pas. J'ai prévenu Maman, et je vous le dis aussi : s'il essaie encore de frapper l'un de nous, je le tuerai.

Templeton considéra l'adolescent un long moment. Quelque chose avait changé en Eric. Auparavant, il avait toujours montré un calme et une gentillesse que le policier n'avait pu qu'admirer. Il aurait eu des excuses pour devenir taciturne et dissimulateur, ou se venger sur les autres de l'injustice qu'il endurait chez lui. Dans la même situation, la plupart des jeunes se rebellaient d'une façon ou d'une autre. Mais pas Eric. Il avait toujours paru insensible à la haine de son père. Mais à présent le policier discernait dans les yeux du garçon une lueur dure et glacée. Eric n'avait pas parlé à la légère.

– Ça ne résoudrait rien, fit Templeton posément. Dans quelques années tu seras sorti d'affaire. Si tu ne peux plus le supporter maintenant, dépose une plainte contre lui ou pars d'ici, mais ne pense pas à le tuer. Il aurait probablement le dessus, et si ce n'était pas le cas tu t'attirerais les pires ennuis. Tu as toujours été un bon garçon, Eric. Ne détruis pas ta vie entière à cause de lui.

L'adolescent serra les lèvres mais l'expression de son regard ne changea pas. Sans rien ajouter, Templeton boutonna son imperméable et sortit dans la nuit.

Rosemary observait Eric avec une nervosité croissante, mais il n'en semblait pas conscient. Ses yeux étaient fixés sur Cassie avec une telle intensité que Rosemary se retourna pour regarder sa belle-fille.

L'adolescente faisait face à Eric, et ses prunelles brûlaient d'un feu profond, insondable.

A l'aube, la pluie cessa enfin et le jour se leva lentement. Des nuages couleur de plomb écrasaient la mer et noyaient l'horizon.

Charlotte Ambler ouvrit les rideaux de son salon et contempla le matin blême. Une atmosphère somnolente pesait sur False Harbor. La tranquillité habituelle du dimanche matin, le moment qu'elle préférait dans la semaine, avait disparu.

Elle observait le marais, au loin. Les silhouettes fatiguées des chercheurs se détachaient nettement sur le ciel gris sombre. Quelques personnes s'étaient déjà rassemblées dans le parking, à l'extrémité d'Oak Street. Charlotte Ambler aurait parié qu'aucun habitant de False Harbor n'ignorerait plus les événements de la nuit à la fin de cette journée. Les versions seraient sans doute aussi nombreuses qu'il y avait de bouches pour rapporter les faits.

Elle s'écarta de la fenêtre et revint dans la cuisine. Bientôt on remarquerait les rideaux ouverts et on viendrait lui rendre visite, certains pour grappiller quelque détail inédit, d'autres pour se reposer de leurs recherches nocturnes. La cafetière commençait à fumer quand la sonnette d'entrée retentit. C'était Gene Templeton, l'air aussi fatigué qu'elle.

– Du nouveau?

– Pas pour l'instant, soupira le policier.

– Et Ed Cavanaugh?

– Je l'ai trouvé sur son rafiot, fin saoul, et prétendant qu'il y avait bien un corps dans les parages mais que c'était celui de Cassie Winslow. Il a dit l'avoir vue s'enfoncer dans les sables mouvants sans pouvoir la secourir.

– Cassie? Mais Eric disait...

– Je sais, coupa Templeton. Et s'il y a bien un corps là-bas, ce n'est pas celui de Cassie, que j'ai vue chez Rosemary. J'ai réfléchi à tout ça, et depuis un bout de temps une idée me trotte par la tête.

Il hésita un peu avant de continuer.

– Je repensais à Simms...

– Harold? s'étonna Charlotte Ambler. Quel rapport?

– Vous vous souvenez de ce qui est arrivé ce jour-là? Il s'était montré plutôt dur avec Cassie et avec Eric. Or Lisa n'a pas été très gentille avec Cassie, ces derniers temps, n'est-ce pas?

La directrice fronça les sourcils en comprenant l'allusion du policier quand un cri résonna dans le marais. Par la fenêtre du salon ils virent un des policiers gesticuler avec frénésie. L'homme se tenait à quelques mètres seulement du bord du marais tout près des dernières traces de pneus de la camionnette.

Jurant à voix basse, Gene Templeton sortit en courant. Charlotte Ambler décrocha son imperméable et le suivit aussi vite qu'elle le put.

– Comment l'avez-vous découverte? demanda Gene à mi-voix.

Harve Lamont garda le silence un moment, les yeux rivés sur le visage spectral de Lisa Chambers, à peine visible sous l'eau boueuse.

– Les roseaux. Je ne la voyais pas, mais la végétation était abîmée tout autour. J'ai pensé à une bagarre ou un truc dans ce goût-là. Je me suis approché pour chercher des indices, il y avait juste assez de lumière, et... et...

Sa voix se brisa et il ne put finir.

On ne discernait que le visage de la jeune fille. La bouche, grande ouverte, semblait figée en un dernier cri tandis que ses yeux regardaient le ciel sans le voir. L'eau avait lavé les multiples blessures sur sa face. La peau de son front était arrachée par endroits, et une de ses joues était déchiquetée en une plaie horrible.

Partout où la chair était encore intacte, des stries rougeâtres et parallèles la zébraient. Gene Templeton pensa immédiatement aux plaies d'Harold Simms.

Le policier fit amener un brancard et on posa des planches de chaque côté du cadavre enseveli. Il fallut un bon quart d'heure à quatre hommes pourtant forts pour arracher le corps aux sables mouvants.

En un cortège macabre, Templeton précéda les quatre hommes portant le corps sur le brancard. Ils arrivèrent lentement à la plage. C'est à ce moment que le policier vit Harriet Chambers au bord du marais. Le teint cendreux, tremblant de tous ses membres, elle les attendait.

– Non, murmura-t-elle, et le mot s'enfla jusqu'à devenir un cri déchirant. Nooonnn!

Elle courut pour se jeter sur le corps de sa fille mais Templeton la ceintura d'un bras puissant. De sa main libre il fit signe à Fred Chambers resté en retrait, tétanisé. Le banquier approcha d'un pas raide et soutint sa femme. Il posa sur Templeton un regard où la colère le disputait à une immense détresse.

– Alors, vous êtes satisfait, maintenant? Qu'attendez-vous pour boucler ce salaud alcoolique?

Le policier ne répondit pas. Inutile de discuter avec des parents en état de choc, il ne pourrait expliquer qu'il lui fallait des preuves avant d'entamer des poursuites. Heureusement les amis de Chambers entourèrent le couple avec sollicitude. Il s'écarta et donna des ordres brefs. Le cadavre devait être emmené à l'hôpital sans délai. Il désirait que Paul Samuels l'examine au plus tôt.

Il retournait vers sa voiture quant il vit Charlotte Ambler, pétrifiée devant le macabre spectacle. Il la rejoignit et elle lui agrippa le bras.

– Qu'est-ce que ça signifie? C'est... c'est comme pour Harold Simms, n'est-ce pas?

Templeton, l'air sévère hocha la tête.

– Je ne le sais pas encore, et je ne veux échafauder aucune théorie avant d'avoir eu l'avis du docteur.

Il voulut s'éloigner mais Charlotte Ambler resserra son emprise sur son bras.

– Et si c'était vraiment comme pour Harold? Allez-vous prétendre aussi qu'elle s'est infligée elle-même ces blessures?

La directrice parlait à voix haute, et le policier sentit l'attention curieuse des autres personnes présentes sur le parking.

– Je ne peux rien dire pour le moment, Charlotte.

Il avait répondu calmement, mais l'intonation pressante sous-entendait un appel à plus de discrétion. Hélas Charlotte Ambler ne parut pas saisir l'allusion.

– Et si Harold disait vrai? poursuivit-elle. S'il avait vraiment vu Cassie ce jour-là? Et si Ed Cavanaugh l'avait vraiment vue hier soir?

Templeton entendit des murmures dans son dos.

Et voilà! pensa-t-il avec amertume. *Dans moins d'une heure les rumeurs auront envahi la ville.*

Ed Cavanaugh s'éveilla d'un coup. Une douleur lancinante lui transperçait le crâne et il avait l'impression qu'on lui enfonçait une aiguille dans l'oreille. Ses yeux semblaient emplis de verre pilé, et sa langue s'était transformée en un morceau d'étoupe dans sa bouche desséchée. Un goût âcre brûlait sa gorge. Son corps était moite, et des vomissures souillaient ses vêtements. Il se souvint de la nausée qui l'avait tordu peu avant l'aube et il sut qu'il ne devait pas faire de mouvement brusque sous peine de se retrouver plié en deux par un nouveau haut-le-cœur.

Quelque part une sirène hulula et la douleur décupla dans son crâne. Il attendit que la souffrance s'apaise. Ensuite il rassemblerait ses forces pour hurler à Laura de lui monter une tasse de café.

A moins qu'il ne se rendorme pour une heure ou deux...

Ses doigts se refermèrent sur les couvertures pour les tirer sur sa tête. Vaguement, il sentit que quelque chose n'allait pas.

Il mit un temps considérable avant de réaliser. Ses mains ne touchaient pas les draps frais de son lit mais une toile rêche. Il resta immobile quelques minutes à tenter de comprendre cette incongruité. En désespoir de cause il grogna et entrouvrit les paupières.

Ce qu'il vit confirma son malaise naissant.

Au-dessus du sommier métallique où il était allongé, des graffiti obscènes s'étalaient sur un mur grisâtre. A deux mètres de hauteur s'ouvrait une fenêtre barrelée qu'il fixa d'un regard vide un long moment. Peut-être rêvait-il, tout simplement.

Mais il savait que ce n'était pas le cas.

Tournant lentement la tête, il vit des toilettes rivées dans un coin de la...

Cellule.

Il se souvint alors s'être traîné pendant la nuit jusqu'à la cuvette pour vomir. L'odeur acide qui flottait dans l'air prouvait qu'il n'avait pas tiré la chasse d'eau. Il se dressa sur un coude, étendit le bras et parvint de justesse à presser le bouton commandant l'écoulement. Le vacarme du Niagara miniature explosa dans son crâne et il retomba sur son lit en geignant. Il se tourna vers le mur et ferma les yeux pour oublier. Mais il n'en eut pas le temps. Le claquement d'une porte métallique qu'on déverrouille le secoua. Il roula sur le dos et entrouvrit une nouvelle fois ses paupières gonflées.

Dans un brouillard tourbillonnant il reconnut Gene Templeton. Le policier le contemplait d'un air sévère.

– J'ai entendu la chasse d'eau.

Ed réussit à hocher la tête avec lenteur.

– Malade, grommela-t-il. J'ai gerbé mes tripes cette nuit.

– Mais t'es un dur, répliqua Templeton sèchement. Fais un brin de toilette. Tu sors.

Avec des gestes précautionneux, Ed s'assit sur le bord du lit et posa les pieds à terre. Sa chemise trempée par ses propres vomissures collait à sa peau comme du cellophane. Il se prit la tête dans les mains. L'odeur âcre assaillit ses narines avec une force dangereuse pour son estomac trop sensible. Il se redressa et s'adossa contre le mur.

– Qu'est-ce que... je fous ici?

– Tu ne te souviens pas?

Cavanaugh fronça les sourcils en réfléchissant.

– J'étais sur mon bateau. Ouais, c'est ça : j'étais sur mon bateau et...

Sa voix mourut comme des images de la nuit passée remontaient à sa mémoire.

– Ma garce de femme n'a pas osé porter plainte, hein? fit-il enfin avec un rictus narquois.

Templeton le considéra un moment avec un mépris visible. Inconsciemment il avait serré les poings.

– Non seulement elle ne l'a pas fait, mais elle est venue payer ta caution il y a une heure pour la seule charge que j'avais contre toi. (Le visage du policier se crispa.) Je peux te dire que j'ai tout fait pour l'en dissuader, mais elle a peur de ce que tu lui infligerais si elle te laissait ici. Mais un jour ou l'autre tu iras trop loin, et j'aurais le plaisir de te balancer au trou moi-même, Ed! Alors on verra si tu es une vraie terreur. Là-bas les types ne détestent rien plus que les violeurs, à l'exception des gars qui battent leur femme et leurs gosses. Maintenant nettoie! Tu es répugnant.

Templeton sortit en prenant soin de claquer la lourde porte métallique. Il retourna à son bureau et s'effondra sur sa chaise avec lassitude. Son estomac gargouillait de protestation. Il était neuf heures du matin et il avait déjà sauté deux repas consécutifs, ainsi que les en-cas dont il raffolait en temps normal. Il décrocha le téléphone pour appeler Ellie. Sa femme lui amènerait avec plaisir un énorme petit déjeuner, il le savait. Mais il raccrocha sans avoir fait le numéro. Il n'avait pas vraiment faim.

Le rapport de Paul Samuels sur le décès de Lisa Chambers lui avait coupé l'appétit. Le spectacle de la mort ne le bouleversait plus depuis longtemps, mais les conclusions du docteur, reçues quelques minutes plus tôt, l'avaient jeté dans un grand trouble.

Comme il le redoutait, aucune marque sur le corps de Lisa n'était imputable à un être humain. La jeune fille était morte par étouffement, mais son cou ne portait aucune trace de strangulation. Samuels incriminait la boue ostruant les voies respiratoires, et il avait sans aucun doute raison.

– Mais elle s'est défendue, avait assuré le praticien. Un animal quelconque l'a attaqué, et elle a tenté de le repousser. J'ai trouvé quelques poils de fourrure animale sous ses ongles. Il faudra que je les analyse pour définir leur provenance. Lisa s'est visiblement débattue avec force, et si Ed Cavanaugh l'avait agressée il en porterait des traces. Mais franchement, Gene, je ne le crois pas coupable. Pour autant que je puisse en juger, elle essayait d'échapper à ce qui lui a sauté dessus. Elle a trébuché dans les sables mouvants et perdu pied. Et c'en était fini.

Quelques coupures étaient visibles sur les bras, et celles qu'on ne pouvait imputer à un animal présentaient les caractéristiques des entailles produites par deux variétés d'herbes du marais. Dans de nombreuses plaies, Samuels avait retrouvé d'infimes parcelles végétales.

– Si elle avait gardé son sang-froid, avait conclu le docteur, elle aurait pu s'en sortir. Ce qui l'a attaqué a laissé tomber quand elle s'est enlisée dans les sables mouvants, à mon avis. Elle aurait pu flotter toute la nuit. Elle aurait eu froid, elle aurait eu peur, mais elle aurait survécu. Néanmoins on ne peut pas toujours s'empêcher de paniquer dans une telle situation.

Templeton ne savait que penser. Malgré les spéculations et les discussions sans fin qui occupaient la population de False Harbor, aucune preuve sérieuse n'existait. Pourtant, au fond de lui-même, le policier gardait la certitude inexplicable que Cassie Winslow était mêlée au drame.

Les mots prononcés par l'adolescente, la nuit précédente, le hantaient, ainsi que son visage inexpressif, son regard lointain et sa voix monocorde. On eût dit qu'elle revoyait la scène.

Et il restait de troublantes similitudes entre les blessures faciales de Lisa Chambers et celles d'Harold Simms.

– Un chat aurait-il pu infliger de telles plaies? avait-il demandé au docteur avant de quitter l'hôpital.

– C'est possible, bien sûr, mais ç'aurait été un vrai démon. Si c'était un chat, il ne faisait sûrement pas partie de la catégorie gentil-minou-ronronnant-sur-les-genoux-de-sa-grand-mère, croyez-moi!

Ce qui ne donnait rien, aucune preuve permettant d'accuser Ed Cavanaugh du meurtre de Lisa Chambers, et pas d'explication satisfaisante à la mort de la jeune fille.

Et comme Laura avait payé la caution de son mari, Templeton ne pouvait même pas garder l'ivrogne au frais pour quelques jours.

Ces pensées moroses furent interrompues par un tambourinement à la porte de la cellule, et il alla chercher Ed Cavanaugh. Un instant il se demanda s'il effacerait le sourire suffisant du visage bouffi, mais il savait que c'était hors de question. Les brutes comme Cavanaugh étaient les premiers à hurler dès qu'ils recevaient leur dû. Il se contenta d'expliquer à l'ivrogne ce qu'il pensait de lui pendant qu'il ouvrait le coffre et lui rendait clefs et papiers.

Son petit discours n'eut évidemment aucun effet.

– On ne me ramène pas en voiture? railla Cavanaugh.

– Marche! gronda Templeton. L'air frais ne te tuera pas. Et avec ta gueule de bois et un peu de chance, tu seras peut-être écrasé par un camion! Dehors!

Après le départ de l'alcoolique, le policier résolut de rentrer chez lui. Il laissa la permanence à son adjoint et sortit. Peut-être un petit somme et un bon repas lui permettraient-ils d'y voir plus clair dans ces derniers événements.

24

Ed Cavanaugh entra par la porte de la cuisine. Devant l'évier, Laura lavait la vaisselle du petit déjeuner que ni elle ni Eric n'avaient pu avaler. Il ne dit rien mais ôta sa chemise et la fourra dans la machine à laver. Puis il s'approcha de sa femme qui lui tournait le dos, passa les bras autour de sa taille et la serra tendrement. Il sentit qu'elle se raidissait. Une bouffée de colère monta en lui, mais il réussit à la dominer. Pendant un moment il lui mordilla le cou avant de murmurer à son oreille.

– Je suis désolé de tout ce qui est arrivé. Je crois que j'ai un peu perdu les pédales, hier soir.

D'un mouvement brusque, Laura s'écarta.

– Hier soir? fit-elle d'une voix sèche. Ce qui s'est passé hier soir n'est pas nouveau et tu le sais! Tu ne crois quand même pas que je vais t'excuser?

– Mais il faut me pardonner, bébé, plaida-t-il de cette voix doucereuse que sa femme connaissait bien. Tu es tout ce que j'ai. Je t'aime tant que l'idée de te perdre me rend fou. Mais hier, c'était la dernière fois. Si tu me pardonnes, je te promets que ça ne se reproduira plus. Jamais.

– Jusqu'à ta prochaine saoulerie?

Laura regretta aussitôt ses paroles, mais elle avait entendu souvent ces promesses jamais tenues. Il buvait, la battait, et le lendemain matin jurait qu'il ne recommencerait plus. A chaque fois elle le croyait, elle voulait le croire.

Comme s'il lisait en elle, Ed l'attira et la serra contre lui. Laura pouvait entendre le cœur battre régulièrement dans le large poitrail, et un sentiment de sécurité l'envahit malgré elle. *Comment se peut-il que je réagisse encore ainsi?* se demanda-t-elle vaguement.

– J'ai eu le temps de réfléchir en prison, dit Ed en lui

caressant les cheveux. J'avais peut-être besoin de ça. Que Gene me secoue un peu... mais tu sais, je ne lui en veux pas. Je n'en veux à personne, bébé. Ni à toi, ni à Eric, ni à Rosemary Winslow. Nous allons repartir à zéro. Je vais arrêter de boire et mieux m'occuper d'Eric. Mais je ne réussirai que si je suis sûr que tu m'aimes encore. Et tu m'aimes encore, n'est-ce pas? C'est bien pour ça que tu as payé ma caution?

Laura se sentit faiblir. Cette fois, il semblait vraiment sincère. Mais il donnait toujours cette impression quand il s'excusait, et rien n'avait jamais changé.

– J'ai payé ta caution parce que je ne voulais pas qu'Eric soit forcé d'avouer devant ses amis que son père était en prison!

Ce n'était qu'une demi-vérité, mais aujourd'hui elle était décidée à ne pas se rendre facilement. A nouveau il parut lire ses pensées.

– Cette fois c'est vrai, je te le jure. Je n'étais encore jamais allé en prison, et ça m'a fait peur, Laura, vraiment. J'ai passé toute la nuit à réfléchir à toi, à moi, à ce que je t'ai fait endurer, et je me suis senti comme un salaud. Si tu me quittais, je ne sais pas ce que je deviendrais. Je crois que ça me rendrait dingue, bébé...

A présent il baisait doucement son cou. Malgré elle, Laura ressentit les premiers frissons d'excitation. Sans plus résister elle entoura son cou de taureau de ses bras et lui caressa les cheveux. Un moment plus tard il la prenait dans ses bras et montait l'escalier.

Eric était assis à son bureau quand la porte de sa chambre s'ouvrit. Il ne se retourna pas. Pendant une demi-heure, il avait essayé de ne pas entendre les sons provenant de la chambre de ses parents. Des bruits qu'il détestait encore plus que ceux de son père frappant sa mère. Comment pouvait-elle accepter qu'il la touche, après ce qu'il lui avait fait? Lorsqu'il avait entendu son père monter l'escalier, il avait pris sa batte de base-ball dans le placard et s'était campé au centre de la pièce. Mais Ed n'était pas entré. Eric avait vite compris.

Il avait alors ressenti une terrible envie de se ruer dans la chambre voisine pour tuer son père là, tout de suite. Si sa mère avait crié, rien qu'une fois, il aurait cédé à cette pulsion meurtrière avec joie. Mais il n'avait perçu que des gémissements de plaisir, et sa rage avait encore décuplé.

Inconsciemment, il s'était avancé vers la porte. Au prix d'un gros effort de volonté, il était revenu s'asseoir à son bureau. Ce n'était ni le moment, ni le lieu. La batte à portée de main, il avait ouvert un manuel de classe. Depuis il était resté ainsi, les yeux baissés sur la page sans rien voir, à combattre sa fureur.

Et maintenant son père se tenait sur le seuil de sa chambre. Eric se tourna enfin vers lui. Ed ne portait que ses sous-vêtements.

– Je viens m'excuser, dit-il en avançant d'un pas.

Il stoppa aussitôt en voyant son fils saisir la batte de base-ball.

– Allons, Eric, tu ne frapperais quand même pas ton vieux père? fit-il d'une voix douce. Bon Dieu! Moi qui ai dit à Templeton que tu n'avais rien à voir avec ce qui s'est passé la nuit dernière.

Le garçon garda le silence.

– Je ne l'ai pas tuée, Eric. Je suis désolé qu'elle soit morte. Mais tu ne peux pas m'en vouloir. Tu la connaissais à peine... et tu as toujours Lisa.

Eric écarquilla les yeux, ahuri.

Il ne sait pas! songea-t-il. *Il ne sait pas qui était là-bas!*

Alors que l'adolescent regardait son père avec un détachement ébahi, il vit le sang refluer du visage de l'adulte et une expression de terreur déformer ses traits.

– Non! marmonna son père. *Non!*

Eric comprit qu'il ne le dévisageait plus. Ses yeux étaient braqués sur la fenêtre. Le garçon se retourna. De l'autre côté de l'allée, dans l'encadrement de sa propre fenêtre, Cassie Winslow les observait sans ciller.

– Non! souffla encore une fois Ed Cavanaugh. Elle est morte! *Morte!*

Affolé, il fit face à l'adolescent.

– Je l'ai vue! Je te dis que j'y étais et que je l'ai vue mourir!

Les lèvres retroussées sur un sourire amer, Eric hocha lentement la tête.

– Ce n'était pas Cassie, mais Lisa. Tu as tué Lisa Chambers.

Soudain furieux, son père avança d'un pas dans la pièce, mais Eric leva la batte.

– N'approche pas! Ou je jure devant Dieu que je te tuerai, bien que tu sois mon père!

L'adulte se figea sur place.

– Elle te tient, hein! dit-il d'une voix redevenue grinçante. Tout comme Miranda. Elle t'a eue de la même manière. Eh bien, Miranda aurait dû te laisser crever! Elle aurait dû vous laisser crever tous les deux! Personne n'a jamais voulu de vous, de toute façon!

Il éclata d'un rire de dément et se précipita hors de la pièce, l'esprit submergé par une seule pensée.

Un verre. Il fallait qu'il boive un verre.

Eric n'aurait pu dire depuis combien de temps il était allongé sur le lit, ni même s'il avait dormi.

Les mots de son père résonnaient encore à ses oreilles.

Il savait qu'ils étaient vrais; il l'avait toujours su.

Il se leva et traversa la chambre jusqu'à la fenêtre. Cassie se tenait toujours à la sienne. A présent, c'est lui qu'elle observait..

Il sortit de la pièce et descendit sans bruit l'escalier. L'atmosphère n'était plus chargée de cette tension que provoquait toujours la présence de son père.

Il trouva sa mère dans le petit salon. Le regard dans le vide, elle était assise au bord d'un des fauteuils à oreillettes qui ne servaient qu'exceptionnellement. Lorsqu'il lui parla, elle ne parut pas entendre. Enfin elle se tourna vers lui. Ses yeux habituellement apeurés étaient emplis d'une immense résignation.

– Je ne m'en sortirai jamais, dit-elle d'une voix blanche. Après tout ce qu'il a fait, je lui ai pardonné. Comment ai-je pu, Eric? Comment?

Le garçon eut du mal à se contenir.

– Que s'est-il passé? demanda-t-il d'un ton sourd. Il a dit que Miranda aurait dû nous laisser mourir, et que personne ne voulait de nous. Dis-moi de quoi il parlait!

Laura dévisagea son fils sans comprendre.

– Miranda, finit-elle par murmurer en hochant de la tête. Mais c'était il y a si longtemps... Oh oui, si longtemps...

C'était un samedi, par une de ces journées d'été si lourdes que la maison devenait insupportable. Depuis le matin Ed était sur les nerfs, et elle avait veillé à ne pas l'ennuyer. Après le déjeuner, quand il avait proposé d'emmener Eric à la plage, elle avait approuvé avec soulagement. Elle pourrait rattraper la lessive qui s'amoncelait et les mille et une choses qu'elle ne trouvait jamais le temps de faire. Elle avait donc préparé les affaires du gamin et son mari était parti avec lui. Quelques heures plus tard, la lessive enfin terminée, la chaleur qui régnait dans la maison l'avait décidée.

Elle irait rejoindre son mari et son fils sur la plage.

Elle savait où ils allaient toujours. Du côté de Cranberry Point, où les touristes ne s'aventuraient jamais. Et il ne lui avait pas fallu longtemps pour les repérer.

– Du moins Ed.

Allongé sur une serviette de bain, il faisait l'amour avec Diana Winslow. Les deux corps étaient soudés dans une étreinte passionnée. Ed avait dû sentir sa présence car il avait levé la tête. Laura avait vu son regard passer de l'humiliation à la colère.

Et les enfants – Eric et Cassie – avaient disparu.

Elle ne s'était jamais très bien souvenue de la demi-heure suivante. Elle se rappelait simplement avoir cherché partout son fils.

Et l'avoir retrouvé.

Dans la maison de Miranda.

La vieille femme s'était avancée sur le seuil et lui avait souri d'une é ange façon.

– Je les ai sauvés des sables mouvants, et maintenant ils sont à moi. Ils m'appartiennent.

Laura n'avait rien répondu. Elle avait saisi les deux enfants dans ses bras et s'était enfuie sans se retourner, courant à l'aveuglette dans le marais jusqu'à ce qu'elle eût atteint la plage. Ed et Diana l'attendaient. Alors elle leur avait demandé comment ils avaient pu oser se conduire ainsi, et s'ils n'avaient pas compris le danger tout proche que représentait le marais pour les enfants.

Aucun des deux n'avait répondu, et Laura avait vite su pourquoi.

Ils n'avaient rien à dire.

Consumés par leur désir mutuel, aucun des deux ne s'était soucié des enfants.

Laura n'avait jamais parlé de l'incident à qui que ce soit. Un mois plus tard Diana quittait False Harbor, emmenant Cassie avec elle.

Incapable d'assumer l'éducation d'Eric, Laura était restée avec Ed. Celui-ci avait commencé à boire peu après, et les coups s'étaient mis à pleuvoir. Inconsciemment, Ed en voulait à Laura de l'avoir surpris ce jour-là, et il y avait associé son fils.

Après tant d'années de silence, Laura se libérait enfin.

– C'est pour ça qu'il nous déteste, Eric, conclut-elle d'une voix presque inaudible. Il reporte sur nous sa propre honte, de m'avoir trompée, de savoir que tu aurais pu mourir par sa faute. Il me hait parce que je sais... et qu'il redoute que je le quitte un jour. Mais c'est impossible; je ne le peux pas, c'est au-dessus de mes forces.

Immobile, Eric posait sur sa mère un regard brûlant.

– Tu dois me pardonner, Eric, plaida-t-elle. Il le faut.

La pièce entière bascula et un gouffre noir avala le garçon. Les paroles de sa mère déchiraient le voile de sa mémoire.

Il revit un visage qui se penchait sur un lit – son lit. Des yeux emplis de haine s'abaissaient sur lui, et une odeur horrible empuantissait l'air. Il voulait s'en détourner, mais chaque fois qu'il tentait de se réfugier sous les draps, des mains brutales – si grandes qu'elles auraient pu le broyer – le dénudaient. Et il y avait la voix, et les mots qu'il n'avait jamais compris auparavant. Aujourd'hui il les entendait clairement.

– Tu n'es rien. Tu devrais être mort, tu piges? Personne ne veut de toi, mon gars! Et je vais te faire regretter de ne pas être mort.

Après quelque temps la voix avait cessé pour être remplacée par les coups. Et toute sa vie, quoi qu'il fît, rien n'avait jamais été satisfaisant. Rien n'avait obtenu l'approbation de son père.

A cause d'un événement qui s'était produit alors qu'il n'était âgé que de deux ans.

– Pourquoi? dit-il d'une voix enrouée.

– La honte, répondit Laura. Ne comprends-tu pas? Cette honte qu'il n'a jamais oubliée...

– La honte? cracha Eric.

Les fragments de sa mémoire s'accolaient enfin, et une fureur terrible, bien plus terrible que ce qu'il avait caché jusqu'alors, monta en lui.

– Il n'avait pas honte de ce qu'il avait fait! Il avait honte d'avoir été découvert, c'est tout! Et toi? Tu ne te préoccupais pas de ce qu'il m'infligeait, hein? Il y a longtemps que j'ai compris que tu acceptais tout de lui, mais moi? Je ne savais pas pourquoi! Je n'étais qu'un bébé! Comment as-tu pu le laisser me maltraiter?

Il criait à présent, et Laura se renfonça dans son fauteuil.

– Comment? Comment as-tu pu accepter?

Laura se redressa enfin et fit un pas vers lui.

– Ne me touche pas! grinça le garçon. Plus jamais!

– Non, Eric. Moi je t'aime. Je t'ai toujours aimé.

– Si tu m'avais vraiment aimé, tu n'aurais pas permis ça.

– Je ne pouvais rien faire, gémit sa mère. J'ai essayé, mais...

La main droite du garçon se ferma en un poing et il leva le bras, prêt à frapper le visage pathétique. Laura s'immobilisa.

– Vas-y, murmura-t-elle avec résignation. Tu souffres tant, et tu es tellement en colère. Vas-y, Eric.

Lentement, l'adolescent décrispa son poing et baissa le bras.

Quelque chose changea dans ses yeux, et Laura sentit son sang se glacer. En cet instant où il avait refusé de la frapper, elle savait qu'elle venait de le perdre.

– Je ne voulais pas que cela arrive, dit-elle avec un calme triste. Si j'avais su...

– Tu savais, Maman. Dès le début. Tu voyais bien qu'il me maltraitait, et tu n'as pas levé le petit doigt pour l'arrêter.

Il tourna les talons et sortit de la maison.

Il est parti, pensa Laura avec désespoir. *Et il ne reviendra jamais.*

Elle est morte, se répétait Ed Cavanaugh. *J'étais là-bas et je l'ai vue s'enfoncer dans les sables mouvants. Et si elle n'était pas morte, je l'aurais tuée!*

Mais ce matin...

De sa fenêtre elle l'avait défié du regard, et il avait cru qu'elle lisait en lui. Puis elle avait souri.

Elle savait. Et elle s'était jouée de lui.

Il actionna le démarreur du *Big Ed*. Le moteur toussa, renâcla puis se mit à ronfler doucement. La poupe du bateau disparut dans un nuage noirâtre de fumée grasse que le vent poussa dans la cabine.

Ed tituba vers un hublot qu'il ouvrit. Il respira l'air frais du dehors à pleins poumons. La fumée se dissipa rapidement, tandis que le moteur tournait régulièrement. Ed prit une bouteille de whisky à peine entamée posée sur la table des cartes et en but une large goulée. Puis il sortit pour larguer les amarres.

Il fallait qu'il s'éloigne. En mer, il pourrait réfléchir dans le calme.

Il rentra dans la cabine de pilotage et s'assit à la barre. Il enclencha la marche arrière et le *Big Ed* sortit en raclant le flanc tribord du bateau voisin. Sans se soucier des dommages qu'il occasionnait, Ed redressa la barre et la proue pointa peu à peu vers la sortie du port. Il s'octroya une nouvelle rasade d'alcool avant de passer en marche avant.

A vitesse réduite, le *Big Ed* s'engagea dans le chenal et prit la direction de la haute mer. Ed Cavanaugh ne commença à se détendre qu'après avoir laissé loin derrière lui Cranberry Point.

Maintenant, ils ne pourraient plus le rattraper.

Peut-être mettrait-il le cap sur Hyannis pour y couler un jour ou deux. Il avait pas mal d'amis là-bas, et la plupart d'entre eux lui devaient un verre.

Dehors, le jour commençait à décliner. Laura s'aperçut qu'elle n'avait pas bougé de la journée. Engourdie, elle était restée assise de longues heures devant la fenêtre.

Mais son fils ne reviendrait pas. Elle savait que le garçon ne rentrerait plus jamais à la maison. Quant à Ed...

Il reviendrait, lui. Et qu'arriverait-il? Avouerait-elle que leur fils avait définitivement quitté le foyer?

Il l'accuserait, et...

Elle devait partir. Si elle se trouvait toujours ici au retour de son mari, cette fois il serait capable de la tuer.

Elle tenta de se lever. Sans résultat. Elle eut l'impression horrible d'être piégée. Elle n'avait pas la force de sortir de la maison, ni même de se bouger. Son esprit semblait avoir perdu le contrôle de ses muscles, et lorsqu'elle essaya encore de se mettre debout ses jambes refusèrent de la porter. Elle attendit un moment, se forçant au calme. Enfin, bien qu'ankylosé par des heures d'immobilité totale, son corps répondit. Elle parvint à se lever. Marchant lentement, elle sortit du salon, traversa le petit corridor et entra dans la cuisine.

Elle ressentait presque physiquement l'abandon de la maison.

Ils ne reviendront jamais

Sans s'en rendre compte elle avait ouvert la porte et avançait vers la maison des Winslow. Elle frappa chez les voisins. Après un moment, Rosemary, les yeux rougis, entrebâilla la porte et la regarda. Laura se souvint alors qu'elle ne s'était ni lavée ni changée depuis le départ d'Ed. D'une main tremblante elle ferma sa robe de chambre élimée pendant que de l'autre elle ordonnait un peu sa chevelure, dans un geste de coquetterie futile.

– Je m'excuse. Je n'aurais pas dû...

Rosemary ouvrit complètement la porte.

– Laura? Que s'est-il passé?

– Ils sont partis, fit Laura d'une voix morte en suivant sa voisine dans le salon. Ils sont partis tous les deux.

Allongée sur la moquette devant un livre ouvert, Jennifer leva la tête pour examiner la nouvelle venue avec curiosité.

– Qui est parti? demanda-t-elle.

L'air absent, Laura répondit plus à la mère qu'à la fille.

– Eric et Ed. Ils ne reviendront pas, je le sais. Mon Dieu, que vais-je devenir?

Rosemary hésita à envoyer Jennifer dans sa chambre, puis renonça.

– Venez, dit-elle avec gentillesse. Je vais vous faire un bon café.

Mais lorsqu'elles furent dans la cuisine, Laura secoua la tête.

– Je préférerais un verre d'alcool, si ça ne vous dérange pas. Je n'ai pas bu depuis des années, à cause d'Ed, vous comprenez. Mais aujourd'hui j'en ai vraiment besoin.

Accablée, elle se laissa tomber sur une chaise.

Toutes ces années de mensonges pour épargner son mari... Mais le moment était enfin venu de dire la vérité.

Le visage baigné de larmes, Laura raconta d'une voix lasse ce qui s'était passé ce matin-là.

25

Cassie marchait d'un pas lent sur la plage, oublieuse des sternes et des mouettes qui virevoltaient au-dessus d'elle. Des bécasseaux fouillaient la grève à la recherche de nourriture. Le grain était passé et la mer était calme de nouveau. Sumi trottait à côté de la jeune fille. De temps en temps il se lançait à la poursuite d'un oiseau qui rompait le jeu en s'envolant.

Après son dernier accrochage avec Rosemary, ce matin, Cassie savait qu'elle devrait rentrer s'excuser.

Mais elle n'était plus chez elle dans la maison des Winslow, et Rosemary ne voulait plus d'elle. Elle habiterait dorénavant la cabane au cœur du marais. Miranda y avait vécu, et elle avait prédit qu'un jour l'adolescente s'y installerait.

La nuit dernière, même après le départ d'Eric, elle s'y était sentie bien.

En sécurité.

Et puis...

Elle savait ce qui s'était passé dans le marais. Sumi avait agressé Lisa, mais elle ne comprenait pas pourquoi. Elle n'en voulait plus à la jeune fille. Lorsqu'elle avait stoppé le chat dans le parc, hier matin, l'animal avait aussitôt obéi. Et pourtant, la nuit dernière, Sumi avait férocement attaqué...

Elle quitta la plage et pénétra dans le marais en évitant avec soin l'endroit où l'on avait découvert le corps de l'adolescente. Beaucoup de gens traînaient encore dans les parages. Ils discutaient entre eux lorsque Cassie apparut. Immédiatement ils se turent.

Elle sentit leurs regards méfiants posés sur elle.

L'hostilité qui se dégageait d'eux était presque palpable. Réprimant un frisson, la jeune fille se pencha, ramassa le chat et s'éloigna en le caressant d'une main distraite.

Pourquoi la haïssaient-ils? Elle ne leur voulait aucun mal.

Pourtant elle leur en avait fait. Au fond d'elle-même s'était développée une colère invisible contre Mr. Simms et Lisa Chambers. Et le chat avait exécuté cet ordre inconscient.

Cela ne devait plus se reproduire. Plus jamais.

Mais il restait Mr. Cavanaugh.

Il voulait la tuer. La nuit dernière, en fait, il avait cru assister à son agonie. Elle l'avait su dès le retour de Sumi. Elle avait perçu l'image du père d'Eric, penché au-dessus de Lisa mourante, et ressenti la haine qu'il éprouvait.

Et ce matin, quand elle l'avait observé de sa fenêtre, la même impression l'avait assaillie.

Elle atteignit le pied de la petite butte. En entrant dans le cercle de pins, une onde de paix la submergea. Et une pensée s'imposa.

Aussi longtemps qu'elle resterait ici, il ne pourrait rien contre elle.

Sumi dans les bras, elle pénétra dans son nouveau foyer.

Elle n'aurait pu dire depuis combien de temps elle se trouvait dans la cabane quand Eric arriva. Assise dans le rocking-chair, les paupières closes, elle se laissait bercer par les bruits rassurants du marais. Sumi s'étira sur ses genoux et elle sentit la présence du garçon.

Elle ouvrit les yeux. Il se tenait sur le seuil.

– Je sais ce qui est arrivé, et pourquoi mon père te hait tant. Tu es mêlée à toute l'histoire, avec ta mère.

Il entra et lui raconta le drame qui s'était noué tant d'années auparavant, le jour où tous deux avaient rencontré Miranda pour la première fois.

– Où vas-tu?

– Chercher Cassie! répliqua Keith d'un ton brusque. Je suis son père. Qu'attendais-tu d'autre de moi?

Rosemary lutta pour conserver son calme.

– Que tu m'aides à comprendre ce qui se passe. N'est-ce pas pour cela que tu es revenu? Pour m'aider?

– Je suis rentré pour Cassie!

Il n'était arrivé que depuis une heure, mais après les explications de sa femme il n'était pas du tout sûr d'avoir bien agi. Quatre clients absolument parfaits étaient maintenant furieux – et perdus – parce qu'il avait insisté pour rejoindre le port immédiatement après l'appel-radio de Rosemary, ce matin. Cassie aurait réussi à tuer Lisa Chambers dans la nuit, d'une façon mystérieuse.

– Et tu as gobé ces salades? avait-il rétorqué. Tu crois vraiment que Cassie est mêlée à tout ça?

– Je te répète ce qu'a dit Gene Templeton : ils ont trouvé des poils de chat sous les ongles de Lisa et les plaies de son visage sont identiques à celles de Mr. Simms. C'est pourquoi je t'ai appelé par radio. Et si tu avais vu Cassie la nuit dernière, quand elle est sortie...

C'est à ce moment que Keith avait laissé éclater sa colère.

– Donc Cassie a envoyé Sumi attaquer Harold Simms et tuer Lisa Chambers, c'est bien ça? Bon Dieu, Rosemary! Tu es pourtant une femme intelligente! Comment peux-tu croire un tel ramassis de conneries?

– Tout ce que je sais, c'est ce qu'a dit Paul Samuels. Lisa est morte, Keith, et ce que tu penses n'y changera rien : toute la ville est déjà persuadée de la culpabilité de Cassie!

– Alors cette ville est devenue dingue en deux jours!

– Peut-être, avait-elle répliqué d'une voix acide. Mais Lisa est morte, et Ed Cavanaugh a essayé de tuer Eric et Cassie! Pourquoi refuses-tu de regarder les choses en face? Depuis l'arrivée de Cassie, tout va mal et elle est toujours au cœur des problèmes.

Livide de fureur, Keith s'était levé de sa chaise. Il était allé prendre son caban dans le vestibule et s'apprêtait à sortir quand il avait entendu la voix plaintive de Jennifer.

– S'il vous plaît, ne vous disputez pas!

Assise au pied de l'escalier, La gamine était en larmes.

Ses parents s'entre-regardèrent une seconde, et leur colère reflua.

– Mon Dieu, que nous arrive-t-il? murmura Rosemary.

Keith était revenu auprès de sa femme.

– Tout va s'arranger, ma chérie. Pour nous et pour Cassie.

Jennifer s'était approchée. Il les serra tous deux dans ses bras, puis il enfila son caban et caressa la joue de Rosemary.

– Je dois aller la voir. Je commence à réaliser ce qu'ont été ces deux derniers jours pour toi. Mais pense à ce qu'a dû endurer Cassie. Je me fiche de l'opinion de False Harbor, je ne peux pas croire que Cassie puisse désirer la mort de quelqu'un. Je suis certain que c'est faux.

Et il sortit.

Keith fit halte au pied de la petite colline. Avant même d'apercevoir le filet de fumée qui montait de la cheminée, il savait que sa fille était dans la cabane.

Sur le toit, le faucon le surveillait d'un regard aigu en se balançant d'une patte sur l'autre avec nervosité.

– Cassie? Cassie, c'est moi, ton père!

Il n'avança que d'un pas. Le rapace venait de s'envoler brusquement et entamait déjà une spirale ascendante. De la cabane parvint un seul mot :

– Non!

Instantanément l'oiseau de proie redescendit se poser sur le faîte du toit.

Cassie se tenait devant la porte. Elle semblait indécise et un peu méfiante.

– Je n'ai rien fait, dit-elle après quelques secondes tendues. Je sais ce que tout le monde pense, mais c'est faux.

Keith sentit son cœur se serrer. Il aurait voulu courir vers elle et la prendre dans ses bras, la rassurer.

– Je sais, fit-il d'une voix enrouée par l'émotion. C'est pourquoi je suis ici. Pour t'aider, ma chérie. (Il leva les yeux vers le faucon.) Est-ce que... je peux entrer?

De longues secondes s'écoulèrent avant que la jeune fille hoche la tête.

Sous la garde vigilante du rapace, Keith grimpa la pente et pénétra dans la cabane.

Une heure plus tard, Keith était abasourdi par les révélations de sa fille. Toutes les pièces du puzzle s'étaient mises en place grâce au récit de l'adolescente, et il comprenait maintenant pourquoi Diana s'était montrée si jalouse : elle avait toujours craint qu'il agisse comme elle.

– Je ne sais pas quoi dire. Je ne soupçonnais rien, sinon je ne t'aurais jamais laissée partir avec ta mère.

– Mais pourquoi a-t-elle voulu m'emmener? demanda Cassie d'une voix un peu tremblante. Si elle ne se souciait pas assez de moi pour me surveiller sur la plage, pourquoi a-t-elle voulu que je l'accompagne à Los Angeles?

Keith hocha la tête, plein d'amertume.

– Ce n'était pas pour toi, ma chérie. Elle voulait m'empêcher de te voir. Elle savait combien je t'aimais, et combien je souffrirais de ton absence.

– Et elle ne t'a jamais dit ce qui s'était passé? s'étonna Cassie. Que j'avais failli disparaître dans les sables mouvants?

– Impossible. J'aurais demandé pourquoi elle ne t'avait pas vue te diriger vers le marais. Et si j'avais deviné pourquoi, elle n'aurait jamais pu t'emmener.

Il se tourna vers Eric qui gardait le silence depuis une heure.

Je ne sais pas trop quoi te dire non plus. Toutes ces années...

– Miranda aurait peut-être mieux fait de nous laisser mourir, répondit Eric d'un ton morne. Tout le monde s'en serait foutu. Tout le monde...

Keith voulut protester mais il se retint. Ces enfants avaient souffert pendant presque toute leur vie, ils avaient reçu des coups et vécu sans amour. Comment pourraient-ils jamais croire à la sollicitude de quelqu'un?

– A quoi ressemblait Miranda? demanda-t-il avec douceur.

– C'était mon amie, dit Cassie.

Des larmes noyèrent ses yeux comme elle se rappelait les quelques heures partagées avec la vieille femme.

– Elle m'écoutait lorsque je lui parlais, et elle comprenait exactement ce que je ressentais. Elle connaissait ma solitude, ma différence et... (Sa voix se brisa, mais elle se reprit et continua.) Et mes souffrances. Elle n'était pas folle, Papa, pas du tout. Elle n'avait aucun ami, à part Sumi et Kiska. C'est pourquoi elle savait ce que je ressentais : elle l'avait toujours vécu. Et elle n'a jamais voulu faire du mal à qui que ce soit. Elle m'a dit que l'incompréhension des gens ne me donnait pas le droit de les blesser.

Sur ses genoux le chat émit un miaulement étouffé et Cassie le caressa affectueusement.

– C'est pour cette raison qu'elle m'a donné Sumi, reprit-elle. Elle voulait que j'aie un ami qui me comprenne vraiment.

Un frisson parcourut Keith. Il se souvenait des propos de Rosemary.

– Tu ne prétends quand même pas que ce chat *comprend* ce que tu dis?

– Non. Mais il sait ce que je ressens et il agit selon mes ordres. Kiska également. Je l'ai empêché de t'attaquer quand tu es arrivé ici.

– Mais, ma chérie, c'est complètement fou! s'exclama Keith.

Devant l'expression attristée de sa fille, il souhaita n'avoir jamais parlé ainsi.

– Enfin, je veux dire par là que les gens ne peuvent pas faire ce genre de trucs, c'est impossible!

Cassie le regarda droit dans les yeux.

– La plupart des gens ne le peuvent pas, c'est vrai. Mais Miranda en était capable, et moi aussi. Ces animaux étaient son seul bien, et elle me les a légués. (Elle déglutit péniblement mais se força à poursuivre.) C'est ce qui est arrivé à

Mr. Simms. Inconsciemment j'ai envoyé Sumi le punir. Je ne savais pas que j'en étais capable, mais...

Elle se tut et observa son père craintivement.

Keith resta silencieux un long moment.

– Montre-moi, demanda-t-il enfin.

– Comment?

– Ordonne-lui de m'attaquer. Si tu le peux, je te croirai.

Cassie jeta un coup d'œil à Eric, mais le garçon restait impassible.

– Mais je ne veux pas te blesser! dit la jeune fille en regardant à nouveau son père.

– Dès qu'il m'attaque, tu l'arrêtes, insista Keith. Si je dois t'aider, il faut que je sache ce qui s'est passé.

Cassie l'observa plusieurs minutes avec une singulière fixité, puis elle ferma les yeux.

Elle ne peut pas, songeait Keith. *Elle s'en croit capable, mais...*

Brusquement Sumi se tendit et cracha, tandis que son poil se hérissait. Devant l'homme ébahi, l'animal quitta les genoux de Cassie et s'avança lentement vers lui, le dos arqué, les crocs découverts. Keith leva les bras au moment où le chat bondissait sur lui.

– Non!

Sumi se reçut souplement sur les genoux de Keith. La queue de l'animal fouetta l'air une ou deux fois puis il émit un miaulement soumis. Toute trace d'agressivité avait disparu de son attitude. Keith baissa les bras et tendit une main hésitante que Sumi lécha d'une langue rose. Ensuite le chat s'installa confortablement sur ses genoux et ronronna en fermant ses yeux dorés.

Pendant plusieurs minutes personne ne parla. Enfin Cassie rompit le silence.

– Je n'ai pas tué Lisa Chambers, Papa, dit-elle avec une douce assurance. Je te le jure.

– Je te crois, Grenouille, répondit Keith, encore abasourdi.

Eric ne fit aucun commentaire.

Rosemary jouait aux dames avec Jennifer sur le tapis du salon quand la sonnette de l'entrée retentit. Elle décida de l'ignorer.

Toute la journée, des gens attirés par la rumeur avaient défilé devant la maison. Des gens qui n'habitaient pas dans le voisinage et ne se promenaient jamais dans Alder Street. Jennifer n'avait pas manqué de remarquer ce manège peu discret et en avait demandé la raison à sa mère.

– Ils regardent, c'est tout, chérie. Je suppose qu'ils n'ont rien trouvé de mieux pour passer le temps.

– Je peux sortir? avait dit la gamine.

Rosemary avait évidemment refusé. Elle devinait trop bien ce que la fillette pourrait entendre. Aussi, après le départ de Keith, elles s'étaient installées toutes les deux dans le salon. Rosemary voulait distraire sa fille, et par la même occasion oublier un peu la situation présente.

Une seconde fois la sonnette tinta.

– Tu ne réponds pas, Maman?

Avec un soupir de résignation, Rosemary se mit debout et alla ouvrir la porte. Pour regretter aussitôt d'avoir écouté sa fille. Devant elle, les yeux rougis et gonflés d'avoir trop pleuré, Fred Chambers la toisait avec une hostilité manifeste.

– C'est sa faute, dit-il d'une voix agressive. Tout allait bien jusqu'à l'arrivée de cette dingue, la gosse de Keith! Et maintenant regardez ce qui s'est passé! Ma fille est morte, Rosemary! Vous comprenez ça? MORTE! Ed Cavanaugh n'y est pour rien, c'est Cassie la responsable! Et elle savait bien ce qu'elle faisait! Depuis qu'elle s'est montrée habillée comme Miranda au bal de l'école! Elle avait tout prémédité! Elle est aussi cinglée que Miranda l'était!

Rosemary tenait tête à Fred Chambers, mais elle éprouvait de sérieuses difficultés à ne pas s'effondrer.

– Allons, Fred, ça suffit. Je suis au courant de ce qui est arrivé, et je ne peux vous dire combien j'en suis désolée. Mais rien ne prouve que Cassie soit impliquée dans cette tragédie, Fred. Rien! (Elle sentit qu'elle allait se mettre à pleurer.) Le chat pouvait appartenir à n'importe qui.

Mais elle-même ne croyait pas à ses paroles.

– Conneries! éructa Chambers. Qui goberait ça? Teri Bennett a vu le chat poursuivre Lisa hier! Et il a attaqué Harold Simms aussi! Je ne sais pas ce que ma fille faisait dans le marais, mais c'est Cassie qui l'a tuée, c'est certain! Elle a un plan contre nous, Rosemary, et tout le monde commence seulement à le comprendre! Elle a tenté de supprimer Harold et elle a réussi à assassiner ma pauvre petite fille! Et si Templeton ne s'occupe pas d'elle, nous nous en chargerons! Elle est dingue!

Il recula de quelques pas, pivota et courut jusqu'à la rue. Devant sa voiture il s'arrêta et fit demi-tour.

– Elle est folle, Rosemary! hurla-t-il. Aussi cinglée que Miranda! C'est une sorcière, et on va l'enfermer!

Il monta dans l'automobile et démarra brutalement. Rosemary attendit que le véhicule ait disparu pour rentrer. Elle respirait avec difficulté. Dans le salon, Jennifer, assise sur le tapis, le visage livide, la regarda entrer.

– Je ne l'aime pas, et je n'aime pas les méchancetés qu'il raconte sur Cassie.

Elle se leva et vint entourer de ses bras la taille de sa mère, collant son visage contre le corps de l'adulte.

– Je sais qu'elle ne voudrait pas faire de mal à quelqu'un.

Rosemary caressa les cheveux de sa fille. Elle aurait aimé trouver les mots justes pour rassurer la gamine. Pourtant, malgré les affirmations de Keith, les questions qu'elle se posait à propos de Cassie restaient sans réponse et elle n'avait aucun argument à opposer à Chambers.

Peut-être subsistait-il encore une chance. Quand son mari reviendrait avec Cassie, Rosemary espérait qu'une explication rationnelle et claire disculperait tout à fait sa belle fille.

Mais, le soir venu, Keith n'était toujours pas rentré.

Ce n'était pas la première fois que Laura Cavanaugh passait une nuit seule, mais aujourd'hui les choses étaient différentes. Jusque-là elle avait toujours pleinement apprécié une soirée de répit, savourant la possibilité de l'organiser à sa guise, profitant d'un havre de paix dans la tension constante qu'imposait Ed. Lorsqu'Eric s'absentait pour la nuit, elle ne s'inquiétait jamais car elle savait toujours où le joindre et quand il rentrerait.

Mais ce soir son fils ne reviendrait pas et elle n'avait aucune idée de l'endroit où il se trouvait. Pendant un moment elle avait envisagé d'appeler Gene Templeton, mais elle avait finalement renoncé. Bien qu'elle eût révélé toute l'histoire à Rosemary Winslow, elle ne se sentait pas encore le courage d'en parler à quelqu'un d'autre, et surtout pas au policier. Elle avait passé la soirée à arpenter d'un pas nerveux toute la maison, s'attelant à une tâche pour l'abandonner presque aussitôt et passer à une autre. Vers neuf heures elle s'était réfugiée au premier, dans la chambre d'hôte.

Sans dormir, elle etait restée allongée pendant des heures, à écouter les menus bruits de la maison. Elle avait toujours aimé ces petits craquements de la charpente, les trouvant rassurants. Mais aujourd'hui chaque son ressemblait au râle de souffrance de quelque animal inconnu qu'elle ne pouvait ni comprendre ni soulager. Alors que la torpeur la gagnait, des bribes de cauchemar vinrent la tourmenter et elle se tourna et se retourna dans son lit en s'entortillant dans les draps comme dans un linceul.

Dans ces lambeaux de rêves, Ed était présent. Il s'était mué en une incarnation du diable, bien décidé à lui faire expier des péchés dont elle n'avait pas conscience. Pourtant elle acceptait sa culpabilité sans se révolter. Pourquoi devrait-elle être châtiée, sinon? Elle se soumit avec résignation aux tortures du démon et pria silencieusement pour qu'un trépas miséricordieux la délivre de cette agonie.

Elle finit par croire la mort libératrice toute proche et ouvrit les yeux pour l'accueillir. Seule l'obscurité moite de la chambre l'entourait.

Peu à peu elle comprit qu'elle s'était réveillée. Son corps trempé de sueur frissonnait encore du cauchemar, et elle ramena une couverture sur elle.

Alors elle vit le chat, immobile sur le rebord de la fenêtre ouverte. Sa silhouette énigmatique se découpait sous le ciel illuminé par un clair de lune métallique. Ses prunelles dorées luisaient dans l'ombre, et Laura eut l'impression inquiétante que l'animal lui adressait un sourire sinistre, les babines retroussées sur ses crocs invisibles.

Le souffle coupé par une soudaine vague de peur, elle recula et pressa sur sa poitrine le rempart dérisoire des couvertures.

Le chat glissa de la fenêtre et disparut dans les ténèbres de la chambre. Un moment plus tard, ses yeux jaunes émergeaient de la nuit près de Laura. Épouvantée, elle les vit se rapprocher lentement.

La lune disparaissait à l'horizon quand Sumi se faufila entre les branches et entra par la fenêtre entrebâillée. Avec légèreté il bondit sur le lit et vint se pelotonner contre le corps chaud sous les couvertures. Les griffes rentrées, il se mit bientôt à ronronner comme n'importe quel chat familier. En lui ne subsistait aucune trace de l'animal diabolique qui avait accusé Laura de son regard implacable et l'avait obligée à obéir.

– Tu l'as fait, Sumi? demanda une voix ensommeillée. Tu as vraiment fait ce que je te demandais?

26

Jennifer s'étira, roula sur elle-même et ouvrit les yeux. Les premières lueurs de l'aube rosissaient le ciel au-dehors. La gamine s'aperçut que quelque chose n'était pas normal.

Ce n'était pas sa chambre.

Peu à peu, elle se souvint.

Pendant la nuit, son père l'avait soulevée hors de son lit pour la transporter dans la chambre des parents. Il l'avait confortablement installée et, en lui baisant le front, avait murmuré qu'Eric dormirait dans son lit cette nuit.

Elle avait résisté au sommeil aussi longtemps que possible pour entendre la conversation au rez-de-chaussée, mais elle s'était assoupie au bout de quelques minutes.

A présent elle était bien éveillée, et coincée entre sa mère d'un côté et son père de l'autre. Avec d'infinies précautions elle sortit du lit, puis de la pièce, et se rendit directement dans la chambre de sa demi-sœur.

Elle ouvrit doucement la porte et, sur la pointe des pieds, s'approcha du lit. Pendant un bon moment elle examina Cassie toujours endormie.

Elle se souvenait très bien des paroles de Mr. Chambers, et elle ne les comprenait pas plus qu'hier.

Cassie ne pouvait être une sorcière, c'était l'évidence même. En admettant qu'elles existent, bien sûr, les sorcières avaient un visage très vieux et très horrible, avec un nez abominablement crochu et des rides profondes un peu partout.

Cassie n'était pas du tout comme ça.

D'ailleurs, c'était la plus gentille personne du monde. Elle avait laissé à Jenny sa chambre redécorée, l'avait soutenue quand sa mère la grondait, et ne lui en avait même pas voulu quand la fillette l'avait suivie l'autre jour.

Mr. Chambers se trompait sûrement. Elle dut secouer l'adolescente plusieurs fois avant que celle-ci ouvre les yeux.

– Salut, murmura Cassie. Quelle heure est-il?

– Presque six heures, annonça Jennifer en montant sur le lit. Je peux te dire quelque chose sans que tu me prennes pour une rapporteuse?

Cassie bâilla en s'étirant.

– Mmmh... Vas-y. De quoi s'agit-il?

– Mr. Chambers est venu hier et il a raconté des trucs très méchants sur toi!

Les yeux de la jeune fille s'assombrirent.

– Quoi donc, Jenny?

La gamine hésita, soudain mal à l'aise, et détourna les yeux.

– Il... il a dit que tu étais une sorcière et que tu étais folle comme Miranda et qu'on devrait t'enfermer!

Après cette tirade débitée à toute vitesse, elle s'interrompit et regarda gravement Cassie.

– C'est pas vrai, hein?

A sa surprise, l'adolescente sourit.

– Qu'en penses-tu?

– Je... je ne sais pas, moi. Après son départ, j'ai demandé à Maman.

Cette fois, Cassie montra un peu d'inquiétude.

– Et qu'a-t-elle dit?

– Rien. Mais si c'était faux, pourquoi Mr. Chambers raconterait-il ça? Les grands ne mentent jamais, non?

Cassie mit un temps à répondre, et ce fut d'une voix qui parut un peu sèche à l'enfant.

– Parfois, ça leur arrive. Et Mr. Chambers l'a fait parce qu'il ne m'aime pas. En fait, il me déteste à cause de ce qui est arrivé à Lisa.

– Mais tu n'y es pour rien, hein?

– Je... (La jeune fille secoua la tête avec humeur.) Ça n'a aucune importance. Pourquoi ne vas-tu pas te recoucher?

L'adolescente se tourna sur le côté, remonta les couvertures et ferma les yeux.

Jennifer descendit du lit et avança la main pour caresser le chat. Mais l'endroit qu'il occupait habituellement était vide.

– Cassie? Où est Sumi?

Les yeux de la jeune fille s'ouvrirent immédiatement et elle s'assit dans le lit, inspectant la chambre du regard.

Le chat était ici hier soir, elle en était sûre.

– Retourne au lit, dit-elle.

La fillette obéit à contrecœur. Quelques minutes plus tard elle s'était rendormie contre le corps tiède de sa mère.

Pour Cassie, la nuit était terminée.

Il était déjà sept heures dix et ni Cassie ni Eric n'avaient donné signe de vie. Rosemary se demandait s'il ne serait pas plus sage de les laisser dormir. Après ce qu'ils avaient vécu pendant ce week-end, ils n'assisteraient certainement pas aux cours de la matinée.

Et à quoi ressemblerait la journée qui débutait?

Elle tenta d'imaginer la réaction qu'aurait Gene Templeton en entendant la version de Cassie. Montrerait-il la même incrédulité qu'elle-même cette nuit, quand Keith était enfin revenu du marais en compagnie des deux adolescents?

– Je leur en voulais, avait expliqué la jeune fille, j'étais en colère contre eux et j'aurais aimé les punir, mais je ne savais pas ce que Sumi ferait, je le jure.

– Sumi? avait répété Rosemary sans comprendre. De quoi parles-tu?

C'est Keith qui avait poursuivi, d'une voix tendue.

– Le chat. Il existe une sorte de communication entre Cassie et lui. Il comprend ce qu'elle ressent et agit en conséquence.

Lentement, la jeune fille avait raconté toute l'histoire, et chaque phrase augmentait l'effarement de Rosemary.

– Sumi a agressé Lisa parce qu'elle s'apprêtait à me faire quelque chose, dit Cassie. Lorsqu'il est revenu j'ai su ce qui s'était passé. C'est comme si je pouvais lire dans ses yeux tout ce qu'il a vu. (Elle s'était mordu la lèvre inférieure.) Mr. Cavanaugh ne l'a pas tuée, mais il n'a rien tenté pour la sauver. Il s'est contenté de rester là à la regarder mourir.

Il était plus de minuit et Rosemary n'avait pu se contenir davantage.

– Je pense qu'il faut appeler Gene Templeton.

– Pas cette nuit, avait aussitôt répliqué Keith. Nous avons tous eu une journée difficile et je n'exigerai pas des enfants qu'ils racontent encore une fois toute l'histoire à Gene. Pas question.

Rosemary l'avait dévisagé avec étonnement.

– J'ai dit à Eric qu'il pouvait dormir ici cette nuit, avait ajouté son mari. Demain nous parlerons à Gene et à Paul Samuels.

Rosemary avait eu la tentation de protester, mais son propre épuisement l'en avait dissuadée.

– Très bien. Je ne comprends plus rien à rien. Je ne sais même plus si je crois à toute cette histoire ou non, et je ne veux plus y penser. (Elle s'était tournée vers Cassie.) Mais je ne pense pas qu'ils te prennent au sérieux, même si c'est vrai...

– Et toi? avait demandé la jeune fille.

– Je ... je ne sais pas. Je ne sais plus! Et je ne veux plus en discuter ce soir.

Et elle avait tenu parole. Bien qu'elle fût persuadée que Cassie n'avait pas tout dit, elle avait refusé de revenir sur le sujet malgré les tentatives de Keith, plus tard dans leur chambre. Mais elle n'avait pu trouver le sommeil, obsédée par cette discussion. Jamais Gene Templeton n'accepterait une telle histoire. C'était trop étrange, trop... incroyable.

Keith buvait son café à petites gorgées, les yeux fixés sur sa femme.

Ce matin, Rosemary savait qu'elle ne pourrait éviter le problème. Avec un soupir elle se tourna vers Jennifer, occupée à déverser quelques kilos de sucre sur son bol de céréales.

– Tu peux leur demander de se dépêcher, ma chérie?

Jennifer descendit de sa chaise et alla jusqu'au pied de l'escalier. Là elle prit son souffle et appela d'une voix stridente les deux adolescents. Comme aucune réponse ne venait, elle poussa un gémissement de martyr et monta à l'étage.

– Tu ne crois pas Cassie, n'est-ce pas? demanda Keith dès que la fillette eut disparu.

– Je... je ne sais pas.

– Si tu avais été présente à la cabane hier, si tu avais vu...

– Non! s'écria Rosemary, les yeux brillant de larmes. J'ai passé une nuit blanche à réfléchir aux explications de Cassie et je ne peux pas les accepter! C'est... c'est trop bizarre!

Elle allait continuer, mais Jennifer revenait dans la cuisine.

– Ils ne sont plus là-haut. Ils sont partis.

– Comment ça, partis?

– J'ai regardé dans ma chambre et dans celle de Cassie, et...

Rosemary se leva et fonça à l'étage. C'était impossible. S'ils s'étaient levés, elle les aurait entendus.

Dans la chambre de Jennifer, le lit était défait mais il n'y avait aucune trace d'Eric dans la pièce.

La chambre de Cassie était également déserte.

Méthodiquement mais sans aucune illusion, Rosemary fouilla tout l'étage. Lorsqu'elle redescendit au rez-de-chaussée, Keith l'attendait. Il lui lança un regard interrogateur et elle secoua la tête avec désespoir.

– Ils ne sont plus là-haut, déclara-t-elle d'une voix blanche. Mais où sont-ils allés? Et pourquoi? Mon Dieu, Keith! Le moindre bruit s'entend dans cette maison, tu le sais aussi bien que moi, et ils ont disparu sans qu'on s'en aperçoive! On ne les a pas entendus, pas vus! Ils ne nous ont rien dit. Mais pourquoi? Pourquoi?

Elle sentit que ses nerfs lâchaient et laissa son mari la serrer dans ses bras rassurants.

– Je ne comprends plus rien, Keith, et j'ai peur.

– Allons, allons! dit-il gentiment en lui caressant les cheveux.

Il la mena jusqu'à leur chambre et l'étendit sur le lit. Elle tremblait de tous ses membres.

– Calme-toi, chérie. Je vais jeter un coup d'œil. Il doit bien y avoir une explication. Pendant ce temps, essaye de te détendre et de te reposer un peu.

Il trouva rapidement la clef de l'énigme dans la chambre de Cassie. La fenêtre était grande ouverte. Les deux adolescents étaient sortis par là, en s'aidant de l'arbre voisin. Mais cela ne donnait aucun indice sur leur motivation ou leur destination. Il retourna dans la chambre parentale. Rosemary s'était assise sur le lit et se tamponnait les yeux avec un mouchoir en papier.

– Ça va aller, assura-t-elle avec un pâle sourire. Je crois que j'ai un peu craqué, mais c'est fini maintenant.

Elle écouta en silence le résultat de ses recherches. Ils

redescendirent ensemble dans la cuisine où elle se servit une tasse de café avant de parler.

– Je ne peux plus le supporter, annonça-t-elle calmement en regardant son mari. Je sais que tu aimes Cassie, et je voudrais l'aimer aussi, Keith. Mais cette situation ne peut plus durer. Comment pourrais-je croire ce qu'elle dit alors que tout ça n'a aucun sens? Quelle que soit la vérité, je ne laisserai pas Cassie détruire mon foyer. Je...

Keith écarquilla les yeux.

– Détruire ton foyer? Mais, chérie, elle s'est enfuie une nouvelle fois, c'est tout!

– Elle ne s'est pas enfuie, Keith. Hier elle s'est enfuie, oui, après une dispute. Je l'ai vue partir, je l'ai entendue et je savais pourquoi elle partait. Mais ce matin elle a *disparu*! *Ils ont disparu tous les deux.*

Sa voix chevrotait légèrement, et elle sentit que ses nerfs la trahissaient une fois de plus.

– Je crois que je vais devenir folle, Keith! Je ne sais pas ce qui se passe, je ne comprends plus rien; je suis perdue et... et...

Des larmes noyèrent ses yeux et elle ne put continuer. Elle enfouit son visage dans ses mains et des sanglots irrépressibles secouèrent son corps.

Désemparé, son mari l'observa un moment. Il aurait bien aimé savoir que lui dire. Tout ce qu'il pouvait faire, c'était retrouver Cassie.

– Je vais sortir, dit-il. Pour la chercher. Et cette fois j'attendrai d'être revenu ici avec elle pour lui demander ce qui se passe. Et nous l'écouterons ensemble.

Rosemary lui jeta un regard pathétique.

– Pas maintenant. S'il te plaît, pas maintenant! Reste avec moi encore un peu.

Keith hésita une fraction de seconde, mais il devait retrouver Cassie au plus tôt. Il se tourna vers Jennifer.

– Va voir Mrs. Cavanaugh et demande-lui de venir ici, tu veux bien?

Impressionnée par la vision de sa mère en pleurs, la gamine acquiesça et se dirigea vers la porte.

– Non! s'écria soudain Rosemary en retenant sa fille par les épaules. Elle n'ira pas là-bas! Si Ed est rentré...

– D'accord, fit Keith. J'irai chercher Laura moi-même. Je reviens tout de suite.

Il sortit et traversa l'allée. Il eut beau tambouriner à la porte des Cavanaugh, aucune réponse ne lui parvint. Après une attente raisonnable, il pénétra dans la cuisine déserte.

– Laura? C'est moi, Keith Winslow. Où êtes-vous?

Il entra dans le vestibule et arriva au bas de l'escalier. Il appela une nouvelle fois, sans plus de résultat.

Il gravit les marches et s'arrêta sur le palier. Trois portes étaient ouvertes, donnant sur deux chambres et la salle de bains; les pièces étaient visiblement vides de toute présence. La dernière porte, au fond du couloir, était entrebâillée. Comme Keith s'en approchait, un pressentiment funeste le saisit.

Du pied, il poussa le battant.

Pendue au plafonnier par un drap enroulé, Laura se balançait doucement au-dessus du sol. Sa tête était penchée sur son épaule dans un angle atroce, et ses pieds touchaient presque le matelas à chaque oscillation. Son visage avait pris une teinte noirâtre et sa langue, gonflée et décolorée, pointait entre ses lèvres entrouvertes.

Des griffures sanglantes et parallèles balafraient ses joues.

Keith sentit une nausée monter dans sa gorge et il se détourna de l'horrible scène. Un mouchoir plaqué sur sa bouche, il se rua hors de la chambre, dévala l'escalier et sortit en courant de la maison. Il tomba à genoux et vomit longuement sur la pelouse. Pantelant, il se releva enfin et se dirigea d'un pas tremblant vers sa propre maison.

Rosemary leva les yeux comme il entrait en titubant dans la cuisine. En découvrant son expression horrifiée, elle pâlit brusquement.

– Gene, haleta Keith. Appelle Gene. C'est Laura!

Il traversa la cuisine et s'engouffra dans le cabinet de toilette sous l'escalier. Tandis qu'elle décrochait le téléphone, Rosemary entendit son mari qui vomissait encore.

– Dépendez-la, ordonna Templeton d'un ton sec.

Les photographies avaient été prises et un policier cherchait déjà des empreintes dans la pièce. Mais Gene ne pensait pas découvrir quoi que ce soit, à moins qu'ils trouvent des empreintes n'appartenant pas à Eric, Laura ou Ed, ce dont il doutait fort. Il avait déjà une idée précise du drame.

Le coupable ne pouvait être qu'Ed.

Il imaginait sans peine la scène.

Saoul, le mari était rentré chez lui et avait entamé une nouvelle dispute avec sa pauvre femme. Mais cette fois il était allé trop loin.

Le policier considéra les plaies sur le visage de la morte. Il espérait qu'elle était déjà décédée quand Ed s'était amusé à lui déchirer les joues, sinon...

Il frissonna en songeant à la torture qu'impliquaient de telles marques et chassa l'idée de son esprit.

Ed l'avait-il pendue avant sa mort ou lorsqu'il s'était aperçu qu'il l'avait frappée une fois de trop? Mais cela ne faisait pas grande différence. L'ivrogne restait coupable de meurtre, malgré cette mise en scène ridicule destinée à faire croire à l'attaque d'un animal. Les bêtes ne pendaient pas leurs victimes, et si Laura n'était pas morte, Gene aurait ri de cette tentative maladroite pour maquiller le meurtre.

Les infirmiers coupèrent le drap entortillé et descendirent le corps avec précaution. Ils le déposèrent sur une civière, le couvrirent et le transportèrent hors de la chambre.

Templeton s'approcha de la fenêtre. Une dizaine de badauds à la curiosité morbide s'étaient attroupés devant la façade des Cavanaugh, et d'autres les rejoignaient déjà. Gene pouvait presque les entendre murmurer entre eux.

– Allez ramasser Ed, dit-il à Tony Vittorio. Sauf erreur, il doit se trouver sur son rafiot, ivre mort.

L'adjoint eut une moue dubitative.

– M'étonnerait, Gene. J'ai vu le *Big Ed* sortir du port hier matin, et il n'est pas revenu. Son emplacement était vide quand je suis passé ce matin.

– Vous êtes sûr?

Mais le doute n'était pas permis. Tony vivait seul sur un bateau mouillé à l'extrémité de la marina, et il arrondissait ses fins de mois en gardant un œil sur le port. Templeton eut un coup au cœur. Si ce n'était pas Ed...

Eric?

Pour l'instant, c'était le seul suspect logique, mais l'idée répugnait au policier. Pourtant il devait assumer ses responsabilités et accomplir son travail sans état d'âme. Il soupira.

– OK, allez patrouiller et voyez si vous pouvez trouver Eric. Et contactez Ed par radio. Je vais parler à Keith. Ils ont peut-être entendu quelque chose.

Mais avant même d'entrer chez les Winslow, il savait que sa visite ne lui apprendrait rien.

27

Ed Cavanaugh se réveilla. Son crâne l'élançait et ses narines étaient emplies de la puanteur familière dégagée par les vomissures séchées. Pendant un moment il se refusa à ouvrir les yeux, certain de découvrir les murs gris de la prison de False Harbor. Mais le roulis tranquille du *Big Ed* le rassura. Il entrouvrit un œil et reconnut le désordre habituel de la cabine. Peu à peu il se remémora la nuit précédente. Il l'avait passée dans un bar de Hyannis à ingurgiter bière sur bière jusqu'à ce que le patron le flanque dehors. Quelques amis dont le nom lui échappait à présent l'avaient aidé à rejoindre le bord. Ils avaient partagé un fond de bourbon qu'il gardait pour les cas d'urgence dans la cale du moteur. Il se rappelait même avoir été malade. Très malade. Il n'avait pas pris la peine de sortir sur le pont. Ensuite...

Il roula sur lui-même et ramena la couverture graisseuse sur sa tête. Pas question de se lever tant que son crâne serait aussi douloureux.

La radio crachota et une voix pressante retentit dans le haut-parleur. Il voulut l'ignorer, mais après quelques minutes de silence l'appel reprit. Jurant copieusement, il repoussa la couverture, descendit de la banquette et tituba jusqu'au poste de pilotage. Après avoir tâtonné une bonne minute il trouva enfin le micro, le tripota maladroitement et réussit à presser le bouton de transmission.

– Ici le *Big Ed*, croassa-t-il.

Sa langue, sa bouche et sa gorge entière étaient desséchées.

– C'est toi, Ed?

– Qui veut le savoir?

– Ici Tony Vittorio. On a un problème ici, vieux, et on a besoin de toi au plus tôt.

– Quelle sorte de problème? grogna Ed. Faut que j'gagne ma vie, moi! J'peux pas m'amuser à faire la navette; j'ai du boulot.

Il y eut un long silence, puis la voix reprit, plus gravement cette fois :

– C'est Laura, Ed. Elle est morte.

Cavanaugh considéra stupidement le poste de radio. De quoi parlait cet abruti? Morte? Laura ne pouvait pas être morte! Elle ne l'était pas quand il l'avait quittée. La suspicion plissa ses yeux gonflés.

– Faudrait pas que vous autres salopards m'accusiez, hein, Tony? Je l'ai peut-être bien cognée une ou deux fois, mais je ne l'ai pas tuée, hein! Ça, jamais de la vie!

Au commissariat, Tony Vittorio sentit une colère froide monter en lui. Ce fils de pute ne se souciait-il donc pas de la mort de sa femme? Il prit une profonde inspiration pour se calmer et pressa la commande de son micro.

– Personne ne t'accuse, Ed. Mais on a pensé que tu devais être mis au courant. Où te trouves-tu?

– Hyannis. J'y étais toute la nuit, et j'ai des témoins.
– Parfait. Quand peux-tu être de retour?
Dans la cabine, l'ivrogne haussa les épaules.
– Sais pas. Dans trois heures, peut-être quatre.
– Besoin d'aide?
– Et pourquoi donc? maugréa Ed. La gueule de bois ne m'a jamais empêché d'appareiller.
– Très bien. Nous t'attendons vers midi, alors. Mais si tu ne viens pas, on ira te chercher. Tu me suis?
– Ouais.
Ed raccrocha brutalement le micro.
– Et va te faire foutre! lança-t-il à l'adresse de la radio. Pauvre con! Tous les mêmes, ces flics!
Mais cette fois ils n'avaient rien contre lui. Rien du tout.
L'esprit toujours embrumé et le crâne douloureux, il mit le moteur en marche et fit chauffer du café sur son réchaud.
Confusément, il commença à réaliser que Laura était morte. Un étrange sentiment l'envahit lentement, et d'abord il ne put le nommer. Peu à peu, pourtant, il le reconnut.
Il avait du chagrin.
Jamais il n'avait imaginé que Laura pourrait mourir, pas plus qu'elle pourrait le quitter un jour. Mais à présent elle était partie. Pour toujours. Et il était seul.
Qu'allait-il devenir? Sa peine se transforma très vite en une émotion beaucoup plus familière.
La colère.

– Je veux m'en aller, décréta Rosemary après le départ de Templeton.
Le policier n'avait pas cru un traître mot de tout ce qu'il venait d'entendre. Et comment aurait-il pu? Elle-même n'y croyait plus du tout.
– Je veux prendre Jennifer avec moi et partir d'ici.
Elle surveillait le visage tendu de Keith, mais pendant de longues secondes elle n'y décela aucune réaction. Enfin le regard las de son mari rencontra le sien.
– Je ne peux pas la laisser tomber, fit-il d'une voix douce. C'est ma fille, chérie. Je ne peux pas l'abandonner.
Rosemary crispa ses mains et les jointures de ses doigts blanchirent.
– Elle est folle! Et si elle est responsable de tout ce que tu as vu à côté, alors c'est... c'est un monstre!
– Hier...
– Hier les choses étaient différentes! coupa Rosemary. Hier

je voulais la croire. Je refusais de penser qu'elle ait pu faire tout ça! Mais aujourd'hui Laura est morte et... et...

Sa voix s'étrangla mais elle réussit à ne pas éclater en sanglots.

– Et tu crois que Cassie est coupable, n'est-ce pas?

Rosemary secoua la tête avec violence, bien qu'elle fût d'accord.

– Je ne sais plus quoi penser! J'essaie d'être rationnelle et ça ne sert à rien. Je... Keith, j'ai peur! Je me répète qu'il existe une explication raisonnable à tous ces événements atroces, mais je ne peux pas m'empêcher de penser que quelque chose va arriver, à toi ou à Jenny.

Elle lui lança un regard suppliant.

– Pourquoi ne partirions-nous pas ailleurs jusqu'à ce que tout soit fini?

Les yeux de Keith survolèrent tristement la pièce.

– Partir ailleurs, répéta-t-il d'une voix morne, comme si les mots ne signifiaient rien. (Puis il se reprit.) Je ne peux pas, Rosemary. Quelle que soit la cause de tout cela, j'ai ma part de responsabilité. Et Cassie reste ma fille. Je ne peux pas l'abandonner. Je dois rester; il le faut.

La mâchoire de Rosemary se crispa, ses lèvres devinrent deux lignes pâles et ses yeux brillèrent d'un éclat aigu.

– Très bien, dit-elle d'une voix grinçante. Nous resterons. Mais combien de temps, Keith? Jusqu'à ce que nous soyons tous morts?

Keith se détourna de sa femme et s'approcha de la fenêtre. A la clarté joyeuse de ce matin printanier, tout lui parut irréel. Et pourtant il garderait toute sa vie l'image horrible de Laura gravée dans son esprit.

Cassie était-elle vraiment responsable de cette tragédie? Il ne voulait pas le croire. Et pourtant...

– Je ne sais pas, fit-il enfin. Tant que je pourrai l'aider. Ou au moins la comprendre un peu...

Cassie était assise en face d'Eric, à la table au centre de la cabane. Ses yeux étaient vides et son esprit bouleversé. Son corps était parcouru de frissons incoercibles.

Ce matin, la cabane de Miranda n'était plus chaude et rassurante, et elle ne le serait plus jamais.

A présent la jeune fille connaissait la vérité. Elle l'avait découverte dès qu'ils avaient passé la porte. Elle s'était assise à la table et Sumi avait sauté sur ses genoux en ronronnant.

Les images étaient venues très vite, et en esprit elle avait assisté à l'horrible scène, voyant Laura nouer le drap autour de son cou avant de sauter du bord du lit.

Elle avait vu le chat bondir et laisser ses griffures éloquentes sur les joues de l'agonisante. Puis l'animal avait fui par la fenêtre.

Alors que le chat se glissait dans son lit, elle avait entendu Eric lui chuchoter : *« Tu l'as fait, Sumi? Tu as vraiment fait ce que je te demandais? »*

En une fraction de seconde tout était devenu clair. Elle n'avait aucune responsabilité dans ces morts. Depuis la minute où elle avait rencontré Eric en arrivant à False Harbor, le garçon avait tissé sa toile avec un machiavélisme constant.

Le jour où Sumi avait attaqué Mr. Simms, Eric le guidait.

Et lorsque Kiska avait été blessé, il avait su où le trouver.

Miranda n'avait pas communiqué son don qu'à elle. Eric le partageait.

– C'était toi, murmura Cassie. Depuis le début, c'était toi.

Eric acquiesça. Un sourire froid relevait les coins de sa bouche. Dans la lumière matinale ses yeux d'un bleu glacial étaient fixés sur elle avec un détachement sardonique.

Toute la sympathie, toute la compréhension qu'elle y avait lues auparavant avaient disparu.

– Ces animaux étaient nos amis. Miranda n'a jamais voulu que...

– Miranda est morte! siffla le garçon, et ses yeux s'étrécirent. Ce qu'elle voulait n'a plus aucune importance! Elle est morte!

Sur ses genoux, Sumi s'agita et d'autres images se formèrent dans l'esprit de la jeune fille.

Une fois de plus elle revit Miranda au soir de sa mort. Les sables mouvants se refermaient sur elle et la silhouette sombre se penchait pour assister à son agonie, mais ses traits étaient devenus visibles. C'était Eric.

– Tu l'as tuée! souffla Cassie avec effarement. Tu les as tous tués!

Elle refoula l'immense douleur que lui causait cette découverte et posa sur lui un regard brillant de larmes.

– Ta propre mère, Eric. Tu as même tué ta propre mère.

Le sourire froid de l'adolescent se mua en un rictus aussi aigu qu'une lame de couteau.

– Sumi a tué ma mère, et Sumi a tué Lisa. Or tout le monde sait qu'il accomplit ce que *tu* lui ordonnes de faire.

Cassie se sentait comme engourdie par la révélation de cette machination. Il avait raison, elle le savait, et elle comprenait déjà qu'elle n'y pourrait rien changer.

– Pourquoi? Pourquoi avoir agi ainsi, Eric?

– Ils le méritaient, fit-il d'une voix âpre. Ils m'ont fait souffrir. Alors je les ai condamnés.

Cassie secoua la tête pour repousser le cauchemar qui commençait à l'entourer.

– Non. Miranda était ton amie. Elle ne t'a jamais blessé. Elle t'aimait.

– Jusqu'à ton arrivée! cracha le garçon avec colère. Elle était à moi et tu me l'as volée!

Dans ses yeux dansait une étrange lueur, celle d'une haine trop longtemps dissimulée.

– Elle était comme tous les autres! Elle ne m'aimait pas vraiment. Elle ne me désirait pas vraiment. Alors je l'ai tuée. Tout comme je vais tuer mon père.

Cassie sursauta, horrifiée.

– Non, Eric! Tu ne dois pas!

– Et pourquoi donc? Personne ne me soupçonnera! Personne ne se doutera que je suis l'instigateur du meurtre. Ils t'accuseront toi, Cassie! Ils t'accuseront de tout.

– Non! s'écria la jeune fille. Je ne te laisserai pas faire! Je leur dirai la vérité, à tous!

– Tu leur diras quoi? ironisa Eric. Tu es folle, tu te souviens? Personne ne te croira. Tu es comme Miranda, cinglée! Tous les gosses de False Harbor sont déjà persuadés que tu es une sorcière! (Il éclata d'un rire discordant.) Miranda ne t'a donc pas avertie de ce qui t'attendait? Ils vont te montrer du doigt, chuchoter dans ton dos et s'enfuir à ton approche! Et tu n'y pourras rien, ma chère! Tu les laisseras te persécuter. (Sa voix se transforma en un murmure amer.) Mais pas moi; j'ai assez souffert. Je les tuerai tous, et ils penseront que c'est toi! (Il lui décocha un sourire haineux.) Et tu ne peux rien contre mon plan. Tu es comme Kiska et Sumi, tu feras tout ce que je voudrai! Tu m'as toujours obéi sans le savoir, et cela va continuer.

Le chat poussa un miaulement nerveux et se raidit brusquement.

Aussitôt des images se pressèrent dans l'esprit de la jeune fille.

Elle se vit, le visage couvert de sang, tandis que Sumi déchirait sa chair de ses griffes.

Eric.

Il prenait possession de l'animal par la pensée et lui ordonnait de l'attaquer.

Elle tenta de combattre son influence, de calmer le chat, mais c'était sans espoir. Le garçon était plus fort qu'elle. Beaucoup plus fort.

Alors elle comprit qu'il ne lui restait qu'une solution. Ses mains encerclèrent le cou de Sumi et elle serra.

Le chat se débattit, fouetta l'air de ses pattes pour déchirer de ses griffes l'étau fatal. Elle l'approcha de son esprit pour apaiser sa fureur, mais la haine qu'Eric lui insufflait était plus puissante.

Sumi ouvrit la gueule et cracha de rage. Ses crocs étaient couverts de bave.

Cassie sentit qu'elle perdait son combat contre le garçon. Il la dominait lentement. Elle serra plus fort encore le larynx. L'animal fut agité de quelques spasmes puis son corps se détendit. Il gisait mort sur ses genoux.

Pendant un moment elle ferma les yeux et lutta contre les larmes. Avec une infinie douceur, elle déposa le petit cadavre au centre de la table et se força à soutenir le regard glacé d'Eric.

– Il est mort, dit-elle. Et il ne tuera plus jamais.

Mais le garçon se contenta de sourire avec mépris.

– Il me reste Kiska.

Il se leva et marcha jusqu'au seuil de la cabane. Sans un mot il leva le bras et pointa l'index vers le ciel.

Immédiatement la forme pâle du faucon se détacha du toit et monta en spirale dans les airs. Puis l'oiseau prit le vent et partit vers la mer. Eric se retourna vers la jeune fille, les traits déformés par un rictus de triomphe.

– Il est en route. Pour tuer mon père.

Cassie sentit une vague froide la submerger. Elle tenta d'atteindre le rapace par la pensée, mais le pouvoir d'Eric écrasait le sien. L'oiseau continua de s'éloigner vers l'océan.

Elle ne pouvait plus rien empêcher.

Peu à peu, elle sentit son esprit dériver et une étrange brume grise se referma sur elle.

Les sons se firent plus ténus, et ses yeux se mirent à lui jouer d'étranges tours.

Elle voyait toujours Eric, mais le garçon semblait s'être considérablement écarté d'elle, et sa silhouette ne tarda pas à disparaître dans le brouillard.

Elle était seule, à présent. Seule à jamais.

Mais quelle importance, en vérité? Elle avait toujours été seule, sauf pendant ces quelques heures passées en compagnie de Miranda.

A partir de maintenant, elle vivrait seule, ne désirant plus rien, n'ayant plus besoin de rien. Elle s'enfonça dans une agréable brume grise et ouatée. Là, personne ne la ferait plus souffrir.

Une houle légère soulevait régulièrement la proue du *Big Ed*, imprimant au chalutier un tangage agréable. Le ciel était dégagé et un soleil radieux chauffait la cabine. Affalé sur le siège du pilote, Ed maintenait la barre d'un pied. Le bateau filait un sept-nœuds régulier et longeait la côte au loin. Dans une heure au plus il aurait rejoint False Harbor.

La mer calme et le ronronnement du moteur avaient plongé Ed dans une rêverie douceâtre.

Sa gueule de bois s'était dissipée et il avait avalé deux aspirines pour combattre son mal de tête.

Ainsi Laura était morte.

Voilà bien une situation qu'il n'avait jamais envisagée. Même lorsqu'elle menaçait de le quitter, il ne l'avait jamais prise au sérieux. Si elle avait dû le faire, elle se serait décidée des années plus tôt. Ed en était arrivé à la conclusion qu'elle ne passerait jamais à l'acte. C'était d'ailleurs là le problème de Laura : elle n'avait jamais eu le courage de se rebeller ou de le quitter. En fait, elle était entièrement responsable de la façon dont il l'avait traitée. Après tout, si elle avait accepté qu'il la frappe, pourquoi s'en serait-il privé?

Mais à présent elle était morte. Elle avait trouvé le moyen de s'enfuir.

C'était bien la chose la plus stupide qu'elle ait faite.

Il refréna le flot de son ressentiment avec un soupir. Plus la peine de lui en vouloir, maintenant. D'ailleurs, quelle importance? Ce qui était arrivé ne pouvait être changé.

Il décida donc qu'il serait plus sage d'éviter d'y penser pour l'instant. Lorsqu'il serait rentré à la maison, il serait temps d'y réfléchir.

Un mouvement sur la proue attira son attention. A travers le pare-brise couvert de sel, il vit un oiseau d'une blancheur éclatante se poser sur le bastingage. Les lèvres d'Ed se retroussèrent sur un sourire narquois.

– Rien aujourd'hui! fit-il d'une voix forte. La cantine est fermée. Pas de filet, pas de poissons! Même pas d'amorces, mon gars! Tu perds ton temps.

Il s'attendait à voir l'oiseau reprendre son vol d'un battement d'ailes dépité, mais il n'en fut rien. Immobile, l'animal fixait sur la cabine un regard rougeâtre.

Presque accusateur.

Ed grimaça. C'était idiot! Il n'avait rien à se reprocher et qu'est-ce qu'un stupide tas de plumes pouvait savoir de lui, de toute façon?

Pourtant l'oiseau continuait à le contempler sans ciller. Ed sentit une pointe de nervosité le gagner.

Avec un froncement de sourcils mécontent, il se leva et ramassa un morceau de beignet sec qu'il n'avait pu avaler. Ouvrant le hublot, il le lança avec précision.

Le projectile toucha l'animal à l'aile et retomba sur le pont.

L'oiseau était resté parfaitement immobile. Et il observait toujours l'homme.

Ed se rembrunit. Il enclencha le pilotage automatique, empoigna une clef à écrous qui traînait dans un coin et sortit.

Jouant avec décontraction de son arme improvisée, il s'approcha de la proue.

Il se figea en reconnaissant l'oiseau qui le narguait ainsi.

Ce n'était pas une mouette.

C'était le faucon albinos qui surveillait du toit la cabane de Miranda depuis des années.

Le rapace que Gene Templeton avait abattu.

Et pourtant il était bien là, perché sur le bastingage du *Big Ed*. L'oiseau pencha la tête sur le côté et transperça l'homme de son regard écarlate.

Ed assura sa prise sur la clef et avança avec circonspection. Il voulait être assez près pour frapper à coup sûr.

Avant qu'il arrive à portée, le faucon battit des ailes et s'éleva de quelques mètres. Mais au lieu de fuir il vira et piqua sur l'homme avec un cri aigu.

Ed lança un coup féroce de la clef à écrous mais le rapace fit un écart. Les redoutables serres balafrèrent sa joue droite. L'homme hurla de douleur autant que de rage et lança l'outil avec violence. Mais l'oiseau évita le projectile qui décrivit un arc de cercle et disparut dans les flots. D'un battement d'ailes le faucon avait repris de l'altitude et planait en un cercle étroit à la verticale du chalutier. Il poussa un caquètement étrange qui ressemblait au rire d'un dément.

Sous les pieds de l'homme, le pont se mit soudain à tanguer.

Ed faillit tomber et dut se cramponner au bastingage.

Le faucon plongea et les serres déchirèrent l'arcade gauche de sa victime. Se protégeant d'un bras, Ed agrippa le garde-fou de l'autre main et tenta de regagner la cabine aussi vite que le permettait la houle de plus en plus forte. Le rapace attaqua encore. Ed sentit une intense douleur brûler sa nuque. Il plongea dans la cabine et referma la porte d'un coup de pied.

En jurant il se releva et s'assit sur le siège de pilote.

En face de lui, sur le bastingage, l'oiseau avait repris son poste et le fixait toujours d'un regard sinistre.

Le ciel restait parfaitement clair mais le vent s'était levé et tourbillonnait autour du chalutier. Des rouleaux frangés d'un moutonnement blanc bousculaient maintenant le bateau. Pourtant ce grain subit ne semblait venir de nulle part.

Ballotté par la mer furieuse, le chalutier déviait de son cap. Ed coupa le pilotage automatique et saisit fermement la barre. Le gouvernail résistait et il dut s'arc-bouter. L'urgence de la situation lui faisait oublier ses plaies profondes qui saignaient pourtant abondamment. Un voile d'écume aspergea la proue. Ed jura avec férocité. Sa main droite abandonna la barre pour actionner les essuie-glaces. Aussitôt une embardée secoua le *Big Ed* qui aborda un creux de travers. La coque grinça et une vague déferla sur le pont dans un bruit d'enfer. Ed réunit toutes ses forces et parvint à redresser la proue face à la lame suivante.

Les ailes repliées, le faucon se tenait toujours sur le bastingage, apparemment protégé de la furie des éléments.

Sous les yeux ahuris de l'homme, l'oiseau s'envola, prit un peu de hauteur et plongea sur le pare-brise.

Par réflexe, Ed recula quand les serres raclèrent l'épaisse vitre. L'oiseau rebondit et d'un coup d'ailes rejoignit la pointe du garde-fou.

Ed Cavanaugh sentit la peur s'infiltrer en lui.

Malgré les interférences, Tony Vittorio reconnut la voix et appuya aussitôt sur le bouton de transmission.

– Ici la police de False Harbor, Ed. Tu me reçois?

Un craquement retentit dans le haut-parleur, puis Tony entendit la réponse de Cavanaugh :

– Il m'arrive un truc dingue! Je suis pris dans un foutu grain et... je suis attaqué par un oiseau!

L'adjoint jeta un coup d'œil par la fenêtre. Sous le ciel serein, les feuilles récentes de l'érable voisin n'étaient agitées que d'une brise insignifiante.

– Tu peux répéter, Ed?

Malgré l'électricité statique, il perçut cette fois une note de panique dans la voix du marin comme il réitérait son message.

– Je ne sais pas ce qui se passe, ajouta Cavanaugh, mais je commence à embarquer de l'eau!

Vittorio prit un stylo.

– Donne-moi ta position.

A bord du chalutier, Ed consulta l'indicateur LORAN accroché au-dessus de la barre et lut la longitude et la latitude d'une voix nerveuse. Dehors le faucon couvrait le pare-brise de ses ailes déployées, et des trombes d'eau s'abattaient toujours sur le pont. Sous les assauts de la tempête, le *Big Ed*, tanguant et roulant à la fois, vibrait de toute son infrastructure. L'aiguille du compas tournoyait et Cavanaugh n'avait plus la moindre idée de son cap. Une énorme lame submergea le chalutier et les longerons de la coque grincèrent sinistrement.

Le faucon, insensible au déluge, restait accroché au pare-brise. Avec horreur, Cavanaugh vit alors l'oiseau frapper avec acharnement la vitre du bec. Une fêlure apparut.

– J'ai besoin d'aide! hurla l'homme dans le micro. Et vite!

Le bateau effectua un tête à queue à une vitesse effrayante et la barre tourna seule, échappant à la poigne d'Ed. Il lâcha le micro, agrippa la barre à deux mains et poussa l'accélérateur à fond d'un coup de coude.

Le diesel rugit et le chalutier fendit la mer déchaînée.

– Je ne comprends pas, dit Tony Vittorio au remplaçant qu'il venait de faire venir pour qu'il tienne la permanence. On aurait dit qu'Ed était saoul, mais il paraissait aussi complètement terrorisé. Je vais aller jeter un coup d'œil.

Vingt minutes plus tard il s'engageait dans le chenal avec le canot automobile que gardait le propriétaire de la marina en cas d'urgence. Tandis qu'il négociait le passage du goulet de Cranberry Point, il expliqua la situation à Bill Dawson, le mécano qui vérifiait le canot quand Tony était arrivé.

– Tout ça c'est du flan, si vous voulez mon avis, grommela Dawson en observant la mer calme et le ciel sans nuage. Il devait encore être saoul.

– Possible, répliqua Vittorio. Mais je préfère vérifier. Vous avez des jumelles?

– Dans le coffre avant.

Le policier les trouva sans difficulté et se mit à scruter l'horizon lentement. Après quelques secondes, il désigna un point presque invisible, au loin.

– Là-bas.

Dawson corrigea leur cap et augmenta la vitesse. Le canot automobile bondit sur la surface plane de la mer. A trente nœuds à l'heure, l'étrave fendait l'eau comme une lame. Derrière eux s'évasait un large sillage d'écume.

Le point repéré par le policier grossit rapidement jusqu'à prendre la forme reconnaissable d'un chalutier.

Un chalutier prisonnier d'une violente tempête au beau milieu d'une mer d'huile.

Cavanaugh barrait sans rien voir. De son bec à présent ensanglanté, le faucon s'acharnait toujours sur le pare-brise, et les fêlures formaient maintenant une véritable toile d'araignée.

Soudain le *Big Ed* s'enfonça dans un creux, et une lame monstrueuse le frappa par le travers. A bâbord, la sécurité de la porte sauta et le battant s'ouvrit sur une trombe d'eau, arrachant Ed à la barre pour le projeter au sol.

Quand il se releva, l'homme vit que le faucon avait abandonné le pare-brise pour se ruer par la porte béante qui claqua derrière lui.

Alors, pour Ed Cavanaugh, l'enfer se déchaîna.

– Bon Dieu! Que se passe-t-il? fit Bill Dawson.

A vitesse réduite, le canot automobile se rapprochait du chalutier. La violente tempête qui entourait le bateau s'était calmée soudainement, et le *Big Ed* se balançait maintenant sur une mer à peine frissonnante. Pourtant ils n'avaient pas rêvé. L'eau s'écoulait encore du toit de la cabine en d'innombrables ruisseaux et jaillissait des plats-bords.

Dawson se maintint à cinq mètres du chalutier et le contourna.

Le pare-brise était étoilé, son centre constellé d'impacts, comme si quelqu'un avait voulu enfoncer une centaine de clous dans la vitre.

Après un tour complet, Tony Vittorio prit le porte-voix dans le coffre-avant et appela Ed.

Il n'y eut pas de réponse.

Habilement, Dawson manœuvra pour coller le canot contre le flanc du chalutier. Avec des filins les deux hommes l'arrimèrent aux taquets du *Big Ed* et montèrent à bord. Pendant que le policier fouillait l'arrière, le mécano alla jusqu'à la cabine. La porte bâbord semblait coincée et il dut la forcer d'un coup d'épaule. Dans un battement d'ailes rageur, un faucon blanc le frôla et se précipita au-dehors. Le rapace décrivit un court arc de cercle dans le ciel limpide avant de redescendre se poser sur le bastingage du pont avant, surveillant Dawson d'un regard cruel.

Une fois la surprise passée, le mécano entra dans la cabine. Horrifié par le spectacle cauchemardesque qui s'offrait à ses yeux, il cria pour appeler le policier.

Les murs étaient barbouillés de traînées sanglantes encore fraîches. Sur le sol, étendu sur le dos au milieu d'un désordre indescriptible, gisait ce qui restait d'Ed Cavanaugh.

Les os de ses avant-bras et de ses mains avaient été mis à nu avec une sauvagerie inouïe, et des morceaux de chair souillaient le sol autour du cadavre. Sa large poitrine, réduite à l'état de pulpe sanguinolente, portait encore quelques bouts d'étoffe rouge – des lambeaux de chemise.

Malgré ses traits déchiquetés, le visage reflétait une épouvante totale. Retenu par quelques filaments blanchâtres, son œil gauche, énucléé, pendait hideusement sur la joue.

– Bon Dieu! souffla Dawson. Jamais vu une telle boucherie!

Vittorio luttait contre une nausée croissante. Il se détourna et aspira une goulée d'air à l'extérieur.

– Moi non plus, fit-il d'une voix rauque. Bill, fixez un câble de remorquage pendant que je contacte False Harbor. Si la radio fonctionne encore après ce carnage.

Quand ils arrivèrent en vue du port, une petite foule s'était déjà massée sur le quai. Tony Vittorio n'était pas la seule personne à avoir entendu le SOS d'Ed Cavanaugh, et son bref rapport au policier de permanence avait certainement été intercepté lui aussi. Tandis que le canot automobile peinait pour tirer le lourd chalutier dans le chenal, un murmure d'anticipation parcourut la quarantaine de badauds attroupés.

Comme ils approchaient du port, le visage de Vittorio exprima une rage impuissante.

– Tu ne crois pas qu'ils auraient mieux à faire que de jouer aux voyeurs? lâcha-t-il avec dégoût.

Bill Dawson secoua la tête. Toujours hanté par la vision du corps massacré de Cavanaugh, il jeta sur la foule un regard atone.

– Fallait s'y attendre. Avec ce qui se passe dans le coin... Ils ont peur, Tony, et quand ils auront vu Ed, ils auront encore plus peur.

– Je ne les laisserai pas se rincer l'œil! déclara fermement le policier. Et si j'avais pu aborder autre part je n'aurais pas hésité, crois-moi. Quand nous serons à quai, ne laisse personne monter à bord du *Big Ed*. J'ai bien dit *personne*.

Il mit le moteur du canot au ralenti. Sur son élan le chalutier rattrapa la petite embarcation et ils les arrimèrent solidement ensemble. Puis le policier manœuvra en douceur vers le quai.

Le faucon blanc, qui était resté perché sur le bastingage avant durant tout le trajet du retour, lança à Vittorio un regard malveillant et s'envola. Il décrivit un large cercle au-dessus du chalutier, trouva un courant ascendant et s'éleva sans effort dans l'air. Avec un cri sinistre qui résonna sur le petit port comme un défi, il vira sur l'aile et prit en planant la direction du marais.

Tous les yeux étaient braqués sur lui. Tous l'avaient reconnu.

C'était le faucon de Miranda qui retournait se poster sur le toit de la masure.

Gene Templeton et Keith Winslow approchaient lentement de la cabane. Un filet de fumée légère s'échappait de la cheminée pour se dissiper rapidement dans l'air printanier.

Perché sur le toit, le faucon avait surveillé leur progression. Mais bien avant que le policier ait été assez près pour tirer sur lui, l'oiseau de proie s'était envolé, avait dépassé Cranberry Point et s'était éloigné au-dessus de l'océan.

Ils atteignirent le pied de la butte et Templeton fit halte.

– Vous êtes certain de vouloir venir?

Keith hocha la tête.

– Je le dois. Quoi qu'elle ait fait, elle reste ma fille, Gene. Je l'ai aimée depuis le jour de sa naissance, et je l'aime toujours.

Il emplit ses poumons de l'air salin et commença l'ascension de la pente, Templeton derrière lui.

De la cabane ne leur parvenait aucun son. Tous les volets étaient fermés, ainsi que la porte. Sans la fumée montant de la cheminée, l'endroit aurait semblé désert.

Keith s'arrêta un instant devant la porte, puis il poussa lentement le battant et entra.

Ils étaient assis face à face, à la table qui occupait le centre exact de la cabane.

Par-dessus l'épaule de Cassie, Keith discernait le visage d'Eric.

Il paraissait très pâle, même dans la lumière chiche de l'endroit. Ses yeux bleus étaient fixés sur la jeune fille.

Lorsque Keith franchit le seuil, le garçon cilla un peu. Il déglutit avec difficulté.

– Il est mort, n'est-ce pas? demanda-t-il d'une voix blanche. Mon père est mort.

Keith hésita, puis acquiesça.

– Elle l'a dit, poursuivit Eric sur le même ton. Quand nous sommes arrivés ici, elle m'a avoué que Kiska était parti tuer mon père.

– Pourquoi es-tu venu ici? questionna calmement Templeton qui s'était approché.

Eric eut un froncement de sourcils imperceptible dans la pénombre, comme s'il réfléchissait.

– Sumi, dit-il enfin. Il n'était pas dans la maison ce matin.

Il eut un sourire gêné.

– Nous savions que Mr. Winslow ne nous laisserait pas venir ici, alors nous sommes sortis sans prévenir personne.

– Et le chat?

Le garçon baissa les yeux devant lui. Keith avança d'un pas et vit le cadavre de Sumi posé au centre de la table, le cou tordu en un angle mortel.

– Elle l'a tué, expliqua Eric en regardant Keith bien en face. Quand nous sommes arrivés ici, Sumi était déjà dans la cabane. Elle l'a pris dans ses bras un moment, et puis elle m'a dit ce qu'elle voyait. (Sa voix s'altéra et se transforma en un murmure.) Elle voyait ma mère se pendre. Sumi était là, c'est lui qui l'y a forcée. Et après...

– Courage, Eric, dit gentiment Templeton. Ensuite?

– Sumi a griffé le visage de ma mère.

Pourquoi raconte-t-il tout ça? songea Keith. *Et Cassie, pourquoi reste-t-elle assise sans parler?* Une peur glacée l'envahit car il devinait les réponses à ces questions.

– Elle a étranglé Sumi, continuait le garçon. Elle a dit qu'il avait tué ma mère sans raison. Elle a dit... qu'elle ne le maîtrisait plus. C'est pourquoi elle l'a étranglé. Elle ne voulait pas qu'il attaque quelqu'un d'autre.

Incapable de parler, Keith contourna lentement la table pour voir le visage de sa fille.

Elle fixa sur lui un regard clair et totalement absent. Il savait qu'elle ne le voyait pas. La douleur avait enfin déserté les yeux de Cassie. Mais rien ne l'avait remplacée. Sa bouche était légèrement entrouverte, ses traits sans expression.

D'une main tremblante, son père lui caressa la joue. La peau était froide et moite, et elle ne réagit pas au contact des doigts.

– Elle voulait arrêter Kiska aussi, dit Eric. Mais elle n'a pas pu... Elle n'a pas pu.

– C'est bien, mon garçon, fit Templeton en tapotant l'épaule d'Eric. C'est fini, maintenant.

Quelques minutes plus tard Keith souleva sa fille de la chaise et la porta dans ses bras au-dehors. La respiration de l'adolescente était lente et régulière, et il pouvait même percevoir les battements de son cœur.

Mais Cassie était ailleurs. Très loin.

La portant toujours, Keith descendit la petite colline, suivi de Gene Templeton, silencieux.

Eric était resté sur le seuil de la cabane.

– Je préfère être seul, avait-il expliqué. Il faut... il faut que je m'habitue.

Il paraissait abattu. Keith et le policier s'éloignèrent.

La voiture de Templeton était garée sur le parking, en

bordure de la plage. Du mieux qu'il put, Keith installa sa fille sur le siège arrière. Le véhicule effectua un demi-tour et se dirigea vers la sortie du parking. Alors que Gene ralentissait avant d'engager le véhicule dans Cape Drive, Cassie se retourna brusquement. Par la lunette arrière elle vit la cabane.

Eric se tenait devant la porte.

Le visage de Cassie se durcit et son regard s'assombrit.

Lentement, elle leva un bras et pointa l'index.

Pendant une fraction de seconde, rien ne se produisit. Puis Kiska déploya ses ailes et s'élança dans le ciel. Il trouva le vent et monta rapidement. Le faucon hésita un moment, comme s'il cherchait sa proie, puis il replia les ailes et piqua.

Exalté par son triomphe et la défaite de Cassie, Eric n'eut pas le temps de maîtriser l'esprit du rapace, pas plus qu'il ne put échapper aux serres mortelles.

Maintenant, c'est vraiment fini, pensa Cassie.

Et elle sombra doucement dans les brumes accueillantes de l'oubli.

Imprimé en France
Dépôt légal : juin 1991

Achevé d'imprimer en juin 1991
par Maury-Eurolivres S.A. – 45300 Manchecourt
N° d'imprimeur : 91/05/M0006 C

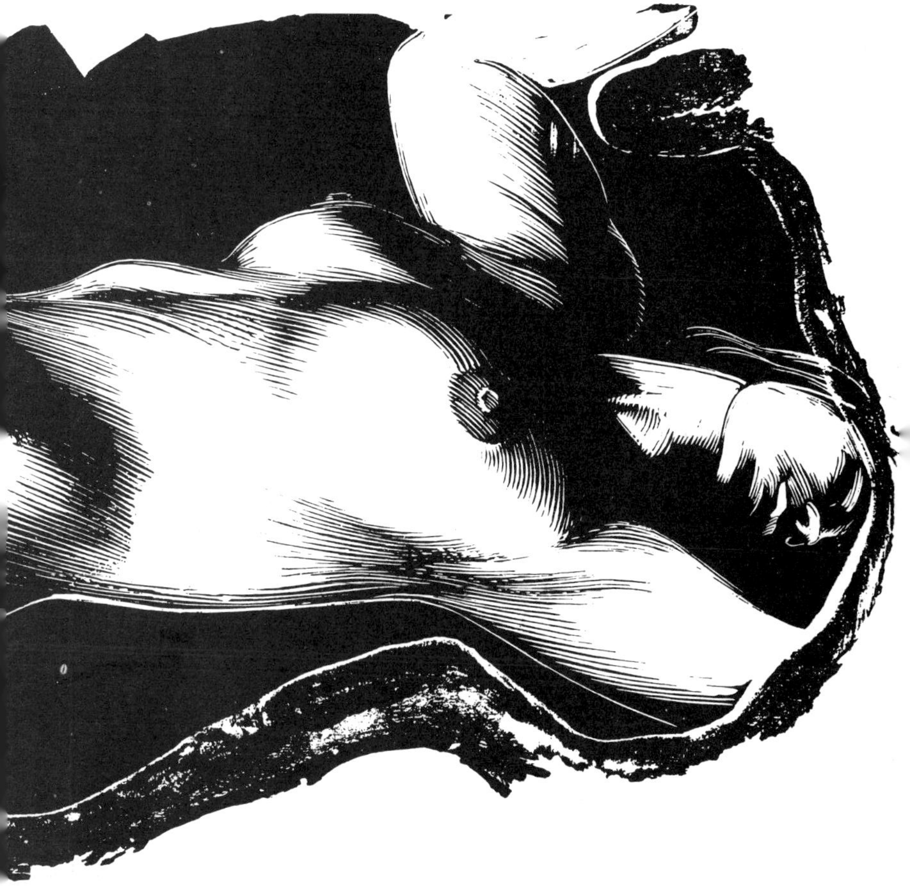

David Jones: Naked girl supporting cartouche, 1928

LA GRAVURE

FORTY NUDES

an anthology of wood engravings
selected by Simon Brett

SILENT BOOKS

for a better artist and patient wife

First published in Great Britain 1988
by Silent Books, Swavesey, Cambridge CB4 5RA

ISBN 1 85183 005 7

Typeset by Goodfellow & Egan, Cambridge
Printed in Great Britain by St Edmundsbury Press,
Bury St Edmunds, Suffolk

All engravings are reproduced actual size,
unless otherwise indicated by the original measurement.

Peter Forster: Alcibiades, 1986

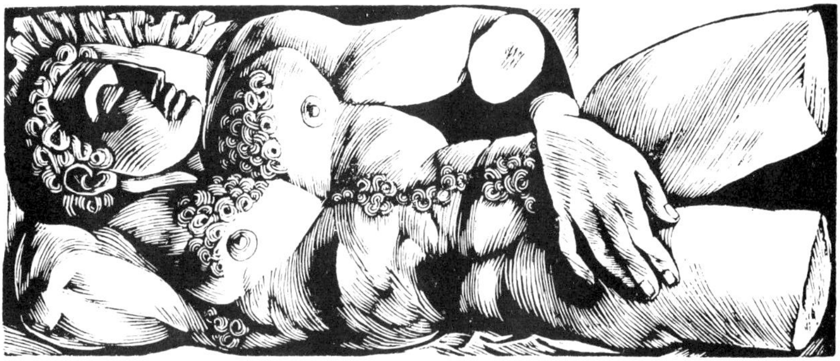

The frontispiece to this book reproduces a wood engraving from *The Magazine of Art* 1880. The wood engraving reproduced a drawing. The drawing reproduced a large ceramic wall plaque. The plaque was one of a series made by H. Deck of Paris which reproduced the designs of M. E. Ehrmann. Ehrmann's designs were of figures representing the arts, in this case *La Gravure*. But La Gravure was not wood engraving; the acid and copperplate press show that she represented intaglio engraving; the wood engraver was the last, least visible link in a chain of communication, and was, in this case, anonymous.

Shortly after this, classical subjects such as La Gravure holds up and emblematic figures such as she is, naked or clothed, were discredited; and wood engraving was replaced as the anonymous communicator by photography. Nowadays the allegorical figure, especially if nude, gets further blame, for some of the social ills of women.

Artists still learn to draw, test their responses and measure themselves against their peers in their study from the nude, and have done so in art schools since the seventeenth century, but the tradition which has partly

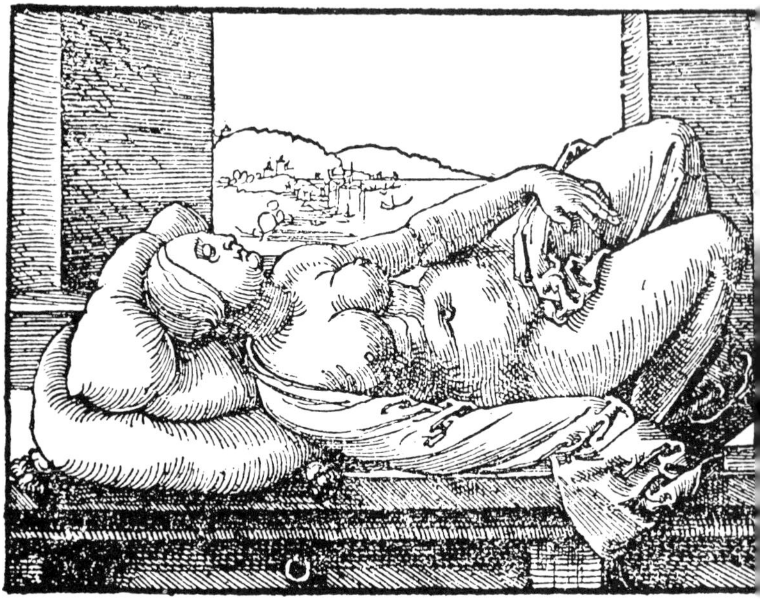

defined the west is today almost out of bounds. It is not just within the world of art or from governmental economic cuts that it is at bay: memories of the concentration camps, compounded by subsequent atrocities, assail it; the gleaming body in advertising nudges the edge of ubiquitous pornography; the just claims of feminism make – or should make – any depiction of the female figure, by a male artist at least, the object of nervous second thoughts; and all such 'social' criticism affects the perception and the making of art. The artist's own central concern with the nude is hardly touched by such criticisms; they perpetuate the continual misunderstanding of the practice by those who have not experienced it directly, misunderstanding which has in effect become part of the subject – part of the ways in which the naked figure has been used, in art and outside it – and yet their effect is valid and powerful.

The artist's central concern, as Durer shows, is to look. Study of the nude has survived the abandonment of its narrative and emblematic use in compositions, to become

Albrecht Durer (1471–1528): Draughtsman drawing a reclining nude, 1525.

an almost philosophic pursuit. It is still the choice school of the plastic imagination, for there is no subject to which we respond more subtly; it is the most ruthless test of an artist's ability to conceive of forms as fully three-dimensional and to realise (to make real) this perception in the work. The perception itself is central to serious visual art; it is what distinguishes a simple picture from a philosophic statement, visually; the attempt to achieve it is more important than any failure to do so.

The artist's concern is to look, hard and disinterestedly; the concern to construct conclusions, which is where social reflections come in, is secondary.

Wood engraving stands a little aside from this centre, which has come to be associated with direct response to the model's immediate presence. The print, even when communicating urgency, is generally a medium for premeditated action rather than direct response. The idea of a wood engraver raising his or her head to look directly at the subject and then engraving directly into the wood is an unlikely one, though not impossible. Also, wood engravings tend to be done as illustrations. The images in this book are closer to a middle ground between professional and popular responses than a collection of paintings or drawings would be: more like *pictures* than *studies* of the nude, let alone *studies from* the nude. However easily sneered at, such phrases do embody important distinctions.

At a time when wood engraving is enjoying a revival, it is important to reconnect it to the centre, the *one* standard – Rembrandt's, Michelangelo's, Matisse's – however much particular engravings fall short and despite the distance inherent in the process of engraving itself.

More broadly, when pictures of bodies in conditions of atrocity, impossible glamour, equally impossible sexuality or tragic deprivation bombard us daily, we need descriptions of our *whole* condition: descriptions which are free of fashionable, social or psychological slant, inclusive and yet particular; personal and yet acceptable to others; naked because *essential.* We need descriptions levelled to some truth of common, humane existence. We find this so difficult to agree upon that we have put the tradition of searching for it at bay.

How do wood engravings stand in relation to our need?

Durer was the one great artist who achieved greatness *as* a woodcut printmaker. His artist studies the nude: an exercise in perception and in the conception of language. Durer studies her from the side as an ordinary, patient, not very comfortable woman. He relates her to the same classical model that Peter Forster has used for *Alcibiades;* but does not idealise her away from reality. Each part and limb is related, in drawing, to the whole; nothing appears flat or unattached either anatomically or psychologically. He hides one arm so as to seem to double it back under the head as a pillow, in a way Picasso would have liked. The air is warm, the pot plant needs watering.

THE ENGRAVINGS

Margaret Haythorne: Sleep, c.1930

It is a long step from Durer to Eric Gill – not much concerned with philosophy in this aspect of his output, but greatly concerned with sex. How do they compare?

Gill was instrumental in reinventing wood engraving as a direct expressive medium and his response to the body and to the engraved line were of equal sensuality. The twenty-five nudes are so famous that even a short survey must begin with them, but he was no Durer and no Matisse either: in few of the engravings does the line achieve this beauty or, more seriously, contain form; those few are the ones that get reproduced. This engraving returns to the *Belle Sauvage* pose that fascinated him, and is among the loveliest.

Despite the beauty of the white line, Gill seems curiously unaware of its presence as light. He thinks as a relief carver,

1 Eric Gill (1882–1940): from *Twenty-Five Nudes*, 1937. 233 × 146 mm.

2 Eric Gill: Mellors, 1930.

3 John Farleigh (1900–1965): Susanna, 1934.

hatching around the edge of the line just as he might shade with a pencil or carve with a chisel, to throw up the form. In fact, being white, the hatching throws the figure into silhouette; this normally flattens form.

John Farleigh expands the white line into light in a way which has more in common with how most engravers work, seeing the cuts as admitting light into the dark block.

Gill's description of humanity is sensuous yet hieratic, isolated within the darkness of the block as in a private room or dream. Farleigh's is similarly locked in its story, and the story is remote.

Here, in Mark Severin's engravings, a goddess reveals herself to her mortal lover, and departs.

Severin deals with light, radiant around the goddess and caught in the man's garment, and uses a neutral, descriptive line, without confusing the two or compromising the Attic black-figure style he has adopted.

Compared with the anguished figuration let alone the abstract expressionist painting of the time, the female figure is very much a popular response, almost a 'Miss 1948'. The man is more formalised. The strength of Severin's abstract design and his control of the medium make her a figure of power despite the lightweight characterisation of her physique.

These are good engravings. Yet they illustrate the timewarp in which engraving tends to exist and the way in which true responses become deadened by habit: we accept a cipher for the nude without really seeing what it is.

4 Mark Severin (1906–1988): from *The Homeric Hymn to Aphrodite*, 1948.

5 Clifford Webb (1895–1972): from *Ana the Runner*, 1937

6 Frank Martin (b.1921): from *The Cave*, 1957.

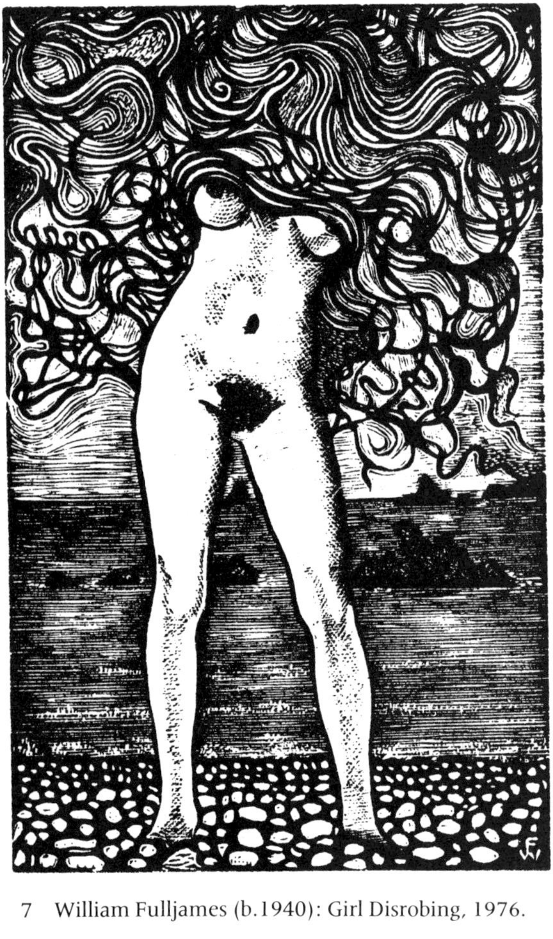

7 William Fulljames (b.1940): Girl Disrobing, 1976.

If the classical goddess or biblical beauty afforded dwindling subject matter, the child of nature took their place, at least in the private press book, illustrated on the previous pages. This had antecedents (right); and heirs (left) in the

8 C. T. Nightingale: Echo, c.1922.

flower children of the 'sixties sexual revolution. Gill engraved tumbling hair, as did Farleigh (p.13); William Fulljames' tossing lines continue the theme. The bathing-place, symbol of naturalness and lost freedom, was a

9 John Nash (1893–1977): Two figures in landscape, 1922.

perennial motif between the 1880s and the 1920s, finding its strangest and greatest eulogist in Cezanne. It still finds echoes today (pp. 45 and 49).

Gwen Raverat's woodcut style preceded work in which all edges are softened by Impressionist light (p. 46). In John Nash's engraving it is largely the play between sharp and softened edges that makes the almost entirely white shapes glow and swell with both light and weight.

White-line and black-line hold reality at a formalised distance. In tonal work, roundness and the subtleties of skin

10 Gwen Raverat (1885–1957): Bathsheba, c.1922.

11 Richard Shirley Smith (b.1935): Thais, 1984.

test the engraver's draughtmanship and the sensitivity of pointed tools. They also test the deeper response. The greater the surface realism, the easier it is for fantasy and unreality to creep in. They enter where sexual response is balanced against other, larger human sympathies, and self-delusion is commonplace; and where this bundle of attitudes is or is not balanced in resolved artistic form. The steadiness of Durer is a touchstone here, each part and limb related.

The vigorous popular realism of Gerard Gaudaen, the distinguished Belgian engraver, and Richard Shirley Smith's classical preoccupations tread this minefield; and the

12 Gerard Gaudaen (b.1927): Nude

13 Valentin le Campion (1903–1952): Ars Amatoria, c.1945. and an illustration to *Manon Lescaut*, 1950.

undeniably splendid piece of engraving by the expatriate Russian, Valentin le Campion, almost bursts with the eroticism that is a strong, sometimes violent feature of his work. The stylisation of technique and form give the figure a surreal, Bellmer-like quality. Perhaps this was not what le Campion intended, or even saw; the skin is brazen.

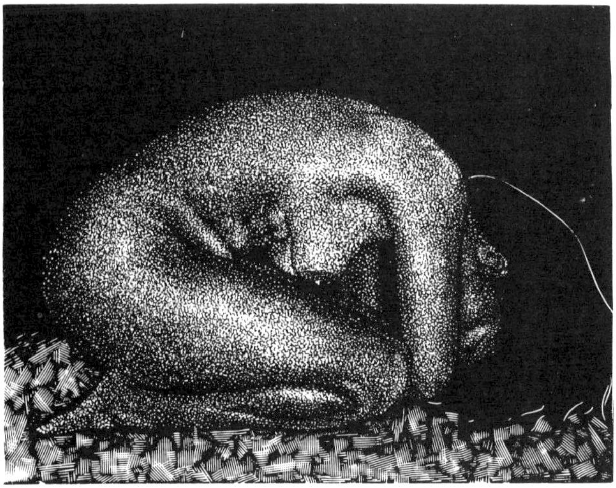

14 Graham Williams (b.1940): Michelle, 1985

Lord Leighton's *Athlete* as engraved by Gardner shows what attention to form rather than surface will yield – clear structural explanation from chest to knee and along the outstretched arm. Some of the pitfalls awaiting the pointed burin also appear: the stomach is globular and the shadowed thigh inconsistent with the other. The detail from another 1878 commercial engraving shows tedious and uninformative cross-hatching but a lively background.

Graham Williams' treatment of the skin is more modest and sympathetic.

RG

16 John Petts (b.1914): Susanna, 1948.

15 Robert Gibbings (1889–1958): Clear Waters, c.1922, 250 × 135 mm.

Robert Gibbings (also overleaf) and John Petts show, however, that the classic is achieved by clear decision and the eschewing of detail. Without any summons by name or attribute, the goddess child of nature reappeared for them. She is as modern today, sixty years on.

17 Robert Gibbings: Nude, c.1925.

18 Kenneth Lindley (1928–1986): Shimabara dancing, 1972.

Shimabara was also a goddess – of a more rumbustuous, anticlassical sort. The flat whorls of texture stop one from seeing, at first, how much form there is in the kicking leg.

19 J. Martin Pitts (b.1939): from *Twenty-four Nudes,* 1985. Linocut.

20 Eileen Clarke (b.1941): January, 1985. Linocut, 208 × 130 mm.

Eileen Clarke's linocut is a down-beat variant on the calendar girl; while J. Martin Pitts reworks Gill: male for female, lino for wood, photographically based tone and shape for curving line.

The traditional nude lasted, in wood engraving, for a surprisingly long time, but in the nineteen-eighties it seems that the gay or feminist nude is *OK* – enfranchising and new

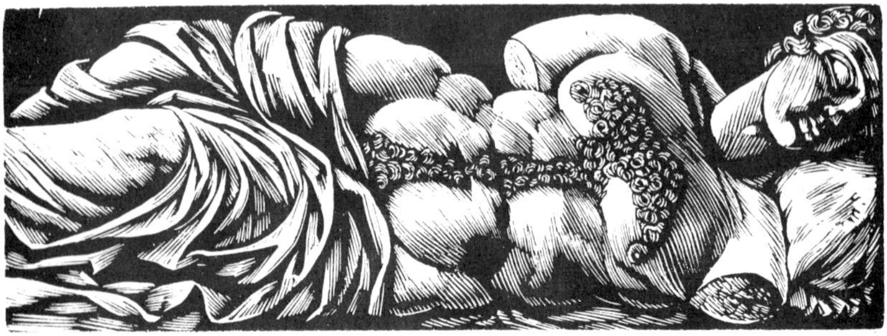

– while the heterosexual female nude is merely suspect of lust and exploitation in maker and public alike. Though widespread, she is greatly disapproved of. The possibility that she might express other than sexual attitudes, right or wrong, is ignored.

Today, few understand the classical balance of generously conceived form and closely designed detail so well as Peter Forster – who presents it in parody. The *mis*understanding of those who do what they can to curtail the understanding of others by educational cuts and act of Parliament, is expressed by the confused irony of Norman Tebbit, the politician: 'The chap I am talking about is as likely to enjoy looking at the girl on Page Three as his so-called superiors and social betters who go to the National Gallery, look at the nudes and say how well they were painted'.

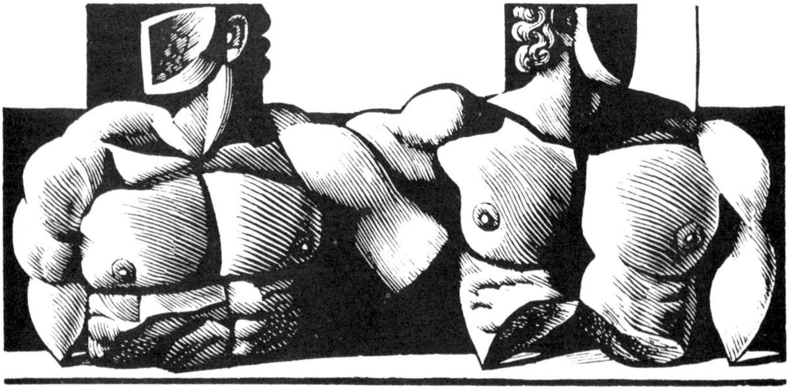

Well, honi soit qui mal y pense, or 'he would, wouldn't he?' when life drawing classes at the nearby art school have been cut by a third.

21 Peter Forster (b.1934): Alcibiades de Milo, 1986.
Honi soit qui mal y pense, 1988.
The Whitehall Venus, 1984.

22 Frank Martin: from *Jonathan Wild*, 1966.

Perhaps pop art, by including the commercial pin-up in what was available for 'art', most seriously played into the hands of cynics, while it also raised questions. There have been perky little nudes a-plenty in engraving, pin-ups in all but name, which pop culture and feminism show up decisively. Illustrators' nudes can be sexy, but are allowed expression appropriate to the story – a blowsy line for a blowsy wench or the amused affection with which the lady regards her serious, well-equipped lover: individuals drawn

23 Derrick Harris (1919–1960): from *Euphormio's Satyricon*, 1954.

in their particular spaces and situations. The freshness this evokes when well done is similar to the injection of vitality given to a tarnished genre by a gay or feminist perspective; or, in a modest way, to Degas' invention of the realist nude. The bathroom or rehearsal room were the pretext Degas needed for the age-old study of the figure, which, as the study of our own kind, must be as nearly self-justifying as art can be; but when asked why he worked there so much he replied 'because only there can I rediscover the movements of the Greeks'.

The past looks down upon the present continually, as Ravilious's engraving may be taken gently to suggest, but will not do its work for it. The nude provides an easy sexual motive and an easy formal rehash for the unthinking. For that very reason, it tests motive and pretext as sharply as the command of form: '*Why* are you doing this?'

24 Eric Ravilious (1903–1942): for *Gallimaufry*, 1925.

25 Frank Martin: from *Roderick Random,* 1961.

Joan Hassall was not just taking a visual artist's opportunity to do a statuesque nude figure in the engraving opposite; the past, the myth of girl and bird, is integral to the Eric Linklater story she was illustrating.

In response to a picaresque tale, Frank Martin's line conveys softness (and bumps) with great economy – compare it with the different intention and therefore approach on p.36 yet such is the sureness of the drawing that the injuries to body and feelings are both done justice to.

26 Joan Hassall (1906–1988): The Goose Girl, from *Sealskin Trousers*, 1947.

27 John O'Connor (b.1913): from *A Pattern of People*, 1959.
28 John Buckland-Wright (1897–1954): Tiptoe Night, 1947.

Here are two images of intoxication: by youth and sunlight – conveyed in dark tones and black; and by sensual abandon and moonlight, where the body is made to express the desire it arouses – 'the lineaments of gratified desire' which Blake said men and women most look for in each other. Not being literature, visual art seldom distinguishes between observed and observer, and makes the image of the object express the feelings the object arouses, be it landscape, figure, still life or the forces and presence of abstraction.

John Buckland-Wright, a tireless delineator of the nude, sometimes as a device for formal experiment, sometimes in a rather obsessive accumulation of bodies, was at his consistent best in prints such as this sturdily charming 'thirties period piece, in which the seaside architecture and the presentation of the figures are as one, and in illustrations like that on the previous page.

Despite all misgivings, the nude figure still and perpetually seems capable of elemental correspondences and immortal longings.

29 John Buckland-Wright: Le Plage, 1935.
30 Harry Brockway (b.1958): Ad Lunam, 1984.

31 Gwen Raverat: A Boy's Song, 1932.

To consider a classic subject from the oblique angle of wood engraving is to see how the dictates of avant-garde art – what is or is not possible 'any more' at a given time – have apparently little effect on more middle-of-the-road image-making, yet prove true in the end. The nude is played out as a popular, easy subject. Yet it would be a sad irony if the present fear of being exploitative, trivial or sexist delivered the nude into the hands of those elements in our world which are sexist, trivial, exploitative, cost-effective and widespread enough already. If artists abandon the nude, they abandon it to advertisers, pornographers and amateurs.

This is unlikely to happen. The cost of triviality has been high, but the success of Lucien Freud shows that the hunger for the deeply serious human image is unabated. His example shows that to be serious, it is necessary to be very serious indeed.

Wood engraving is a young art with relatively few adherents and with one foot in graphic and illustrational applications. It is also by nature a slow and reflective medium, well capable of providing the images of wholeness we need if artists capable of conceiving them are drawn to

32 Leon Underwood (1890–1975): Music from Behind the Moon, 1926.

it. The engravings in this book show what has been done in the building of such a tradition.

We try to repeal some of the injustices of western culture by recognising the idea of nakedness being in some way 'essential' as perhaps just cultural and social conditioning. Yet the insight is itself born of western culture: the confidence of the Greeks, the poor, forked creatures of Shakespeare, the hovering muse and the bathing child; it is its latest fine-tuning. The idea remains, greater than all the abuses of it. Rembrandt's *Bathsheba* and Michelangelo's *David* still go before us, a cloud by day and a pillar of fire by night.

The last nine prints in the book show the nude used to express varied experiences, not least that which the single figure scarcely touches on – relationship.

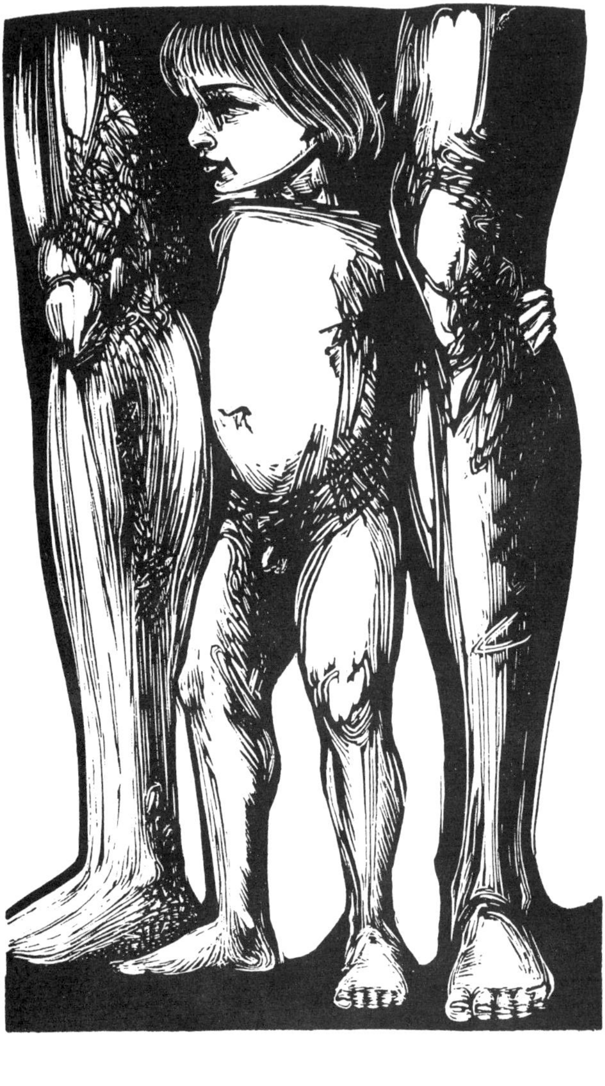

33 Hilary Paynter (b.1943): Threshold, 1974.
34 John O'Connor: The Boy and Heron, 1977

35 Dorothea Braby (1909–1987): The Lottery Ticket, 1944.
36 Gertrude Hermes (1901–1983): Two People, 1934.
510 × 305 mm.

37 Agnes Miller Parker (1895–1980): from *Elegy Written in a Country Churchyard*, 1951.
38 Blair Hughes-Stanton (1902–1981): from *The Ship of Death*, 1933.

39 Leon Underwood: Nuptials, 1925.
40 Simon Brett (b.1943): Music of Dark Tones, 1982.

ACKNOWLEDGEMENTS AND SOURCES

The artists who have kindly allowed reproduction of their own work gain little or nothing by it. If you like their work, seek them out and buy it; most can be contacted through The Society of Wood Engravers, P.O. Box 355, Richmond, Surrey TW10 6QW.

Thanks are due to them and to the families and executors of deceased artists for their permission; and also to the following for permission to reproduce from work in their collections or publications:

Mrs Molly Elkin and Will Carter/The Rampant Lions Press for p.1; Christopher Skelton/The September Press for nos. 1 and 2; Barbara and John Kane and The Gresham Press for no. 3; David Wolfers and Jeremy Greenwood/The Wood Lea Press for no 9. The Folio Society for nos. 13, 22, 25; the Old Stile Press for no. 19; The Libanus Press for no. 21a and p.5; and Simon Lawrence/The Fleece Press for numbers 32 and 39.

The half-title, p. 9, was reproduced from *The Studio* magazine March 1930; and the frontispiece and the engravings on p. 27 from *The Magazine of Art*. Nos. 8 and 10 were reproduced from *Contemporary English Woodcuts*, 1922. Norman Tebbit's observations were attributed to him in the Observer.

John Petts: Loch Bather, 1939.